2019三农新闻作品选

农业农村部新闻办公室　编

中国农业出版社
北　京

图书在版编目（CIP）数据

2019三农新闻作品选/农业农村部新闻办公室编
．—北京：中国农业出版社，2020.8
ISBN 978-7-109-26940-8

Ⅰ.①2… Ⅱ.①农… Ⅲ.①新闻–作品集–中国–当代 Ⅳ.①I253.3

中国版本图书馆CIP数据核字（2020）第103492号

中国农业出版社出版
地址：北京市朝阳区麦子店街18号楼
邮编：100125
责任编辑：刁乾超　李昕昱　　文字编辑：孙蕴琪
版式设计：李向向　　责任校对：吴丽婷　　责任印制：王　宏
印刷：北京中兴印刷有限公司
版次：2020年8月第1版
印次：2020年8月北京第1次印刷
发行：新华书店北京发行所
开本：700mm × 1000mm　1/16
印张：25
字数：500千字
定价：80.00元

编委会

主　　任　广德福

副 主 任　宁启文

编写人员　张海涛　杨　岚　赵经平　吴　佩

颜廷昆　乔一茗

目录

CONTENTS

消息

中国农业“压舱石”稳得很 3
今年将建成八千万亩高标准农田 6
70年，从吃饱吃好到吃健康 8
细化党管农村　推动农业农村现代化 10
农业农村经济稳中向好　亮点频现 11
全国“大棚房”问题清理整治取得明显进展 13
我国粮食产量70年增长4.8倍 14
全国夏粮收获八成　丰收已成定局 17
北大荒水稻种植开启“无人机作业时代” 19

专题调查

订单生产　这样种地有赚头 23
家庭农场　农业高质量发展生力军 29
一片田园长出15个新产业 33
肉价飞涨，百姓“菜篮子”价格怎么看 37
你吃的水果几成熟 42
84颗葡萄引出的3点启示 45
水蜜桃园为何种了草 47

养猪这件事儿，正在发生变化 49
岗则村的氆氇生意经 51
安徽水坪村脱贫纪实：茶产业风波 55
大槐树村的调水故事 59
农村改革40年取得历史性成就 62
多部门部署生猪稳产保供工作　多措并举加快恢复生猪生产 66
苹果产业助力甘肃静宁农民打赢脱贫攻坚战 69
看文登如何以强镇带动乡村振兴 72
斗罢贫魔成大道　心向振兴再出发 81
“特别法人”诞生记 90
奋勇打造中国现代农业航母“北大荒号” 98
农融两岸　一园情深 106
莫让手机游戏毁了孩子 113
面对非洲猪瘟我们该怎么办 114
出山入市蓝绍忠 115
由“运猪”到“运肉”　生猪流通或将迎来大变局 116
“云端”里修出一条扶贫路 117
降税之后 118
“产能过剩”的茶产业如何托起扶贫重担 119
兴起来　强起来　融起来 120

人物通讯

老鲍啊，是棵实心竹 131
为了大地的丰收 133
永葆初心　根植沃土 139
跟着太阳走的人 145
汤常荣——马鬃岭下的“第一书记” 152

综述

亿万农民最美的寄托 159
“三农”账本看小康 163
粮食生产能否保持后劲 171
五谷丰登听民声 176
科技让生活更美好 180
品味收获的美好 183
调整优化结构 推进粮食生产绿色发展 186
透视粮食生产“十五连丰” 189
中国饭碗 194
筑梦种业强国再出发 207
乡村振兴这两年 215
我们走在希望的田野上 233

系列报道

春耕探行 243
当无人机飞过大田 243
种地走出新路 247
关注长江禁捕 252
市场缘何出现长江刀鱼 252
禁捕区边界成非法渔网聚集地 254
非法网具破坏长江水生生物资源 256
聚焦生猪产能 258
全国规模养殖场生猪产能触底回升 258
今年年底全国生猪产能将实现回升 259
中国农业之最 261
一粒小麦的重量 261
稻花香里说丰年 264

超市里的世界第一 267
能甜能苦还有才华的农副产品 269
鱼肥水美看中国 272
大国农业 275
种铸基石 275
餐桌四季 276
耕海牧渔 276
尊崇自然 276
创新力量 277
乡村治污记 278
猪场拆迁喜与忧 278
养鱼鸭　零排放 279
乡村治污绿智慧 280
土里埋着“金豆豆” 280
水里捕鱼　粪里淘“金” 280

访谈解读

对标硬任务　做好“三农”工作 283
土地承包关系长久不变是重大宣示 288
确保如期完成“三农”硬任务的总部署 292
集中力量攻坚“三农”硬任务 296
“大国小农”如何实现农业现代化 299
韩俊：中国有能力保障农产品供给 302
把“三农”领域事情办实办好 304
中央1号文件为何连续16年聚焦“三农” 308

评论观点

决胜全面建成小康社会　推进乡村全面振兴　313
做好“三农”工作关键在党　315
每天二两肉　民生重千钧　317
像抓粮食生产一样抓生猪生产　319
保供稳价慢不得　转型升级等不起　321
编筐编篓收好口　一鼓作气决全胜　324
十一论学习《习近平关于“三农”工作论述摘编》　326
沃野千里　磅礴伟力　347

融媒体作品

一把麦子一碗米，为何在总书记心里重千钧　371
夏粮丰收：中国的饭碗端得很稳　374
为您专属定制的中央1号文件　377
国家启动粮食良种重大科研联合攻关计划　380
猪肉价格何时归位　听听专家怎么说　382
我带农民上“两会”　384
9月23日，我在中国农民丰收节等你　387
还在@微信官方要国旗？田野里，国旗早已铺遍祖国大地　388
“两会”专访郭文圣｜历任6个村子第一村主任，他心中最难办的问题竟然是　389
诗仙李白养老的地儿，农村人居环境整治搞得咋样了　390

消息

NEWS

农民收入持续增长 乡村振兴全面提速

中国农业“压舱石”稳得很

刊播《人民日报》（5月11日1版）

作者 赵永平

“立夏麦龇牙，一月就要拔。”在河南滑县，180万亩麦田绿浪滚滚，令人心旷神怡。“准又是个丰收年！”郝村种粮大户刘飞边说边弯腰拔了株麦苗：“你瞧，分蘖七八个，长得多喜人。”

不负好春光，希望的田野勃发生机。农业农村部数据显示，2019年冬小麦面积稳定，长势好于2018年，夏粮丰收在望。全国春播进入高峰期，南方早稻栽插基本结束，东北地区播种过四成，全国已播农作物8.4亿亩，完成意向面积60%以上，粮食生产开局良好。

务农重本，国之大纲。经济形势越复杂，越是要重视“三农”。

习近平总书记指出，2019年是决胜全面建成小康社会第一个百年奋斗目标的关键之年，做好“三农”工作对有效应对各种风险挑战、确保经济持续健康发展和社会大局稳定具有重大意义。

从中央到地方，坚持农业农村优先发展，打出政策“组合拳”。“三农”发展实现“开门红”：2019年一季度，第一产业增加值达到8 769亿元，同比增长2.7%；农村居民人均可支配收入达到4 600元，实际增长6.9%，延续“双增长”的好势头。

数字背后看质量，农业生产正“变优”“变绿”，发展动能更强劲。

调优结构。“种什么、怎么种？”老问题有了新答案。“2019年补贴下发早，咱还种有机稻，身价好，划算！”黑龙江绥化市西南村农民闫井武坦言。

放眼全国，政策“指挥棒”引导，多的调下去，少的调上来，非优势区调减玉米，增加市场紧缺优质品种，2019年将发展“粮改饲”面积1 200万亩以上。该退的退，该减的减，轮作休耕将试点3 000万亩，让更多耕地“喘口气”。田野里的加减法，换来产业布局的一手好牌。

调顺体系。农业不止于耕种养，还要迈向一、二、三产融合。国家级现代农业产业园带动创建了一大批省、市、县级产业园，更多农产品快步告别“原字号”。中原粮仓河南，一颗麦粒被“吃干榨净”，变身出几百种产品，粮食产能变成加工优势。2019年一季度，规模以上农产品加工企业营业收入3.7万亿元，同比增长5.8%。新产业新业态竞相迸发，田野里的动力更充沛。

守好底线。“手中有粮，心中不慌”，全国划定10.16亿亩“两区”（粮食生产功能区和重要农产品生产保护区），完成96%的划定任务。精准施策，农业、水利、财政等资金集中发力，打造“一季千斤，两季吨粮”的高标准农田。守好“两区”，可保障中国人95%的口粮、90%的谷物、60%的糖料蔗等，稳住粮食等重要农产品有效供给的基本盘。

站在全局看农村，乡村振兴全面提速，更多村庄美“颜值”，提“气质”，注入旺盛生命力。

一场“厕所革命”，点亮了贵州雷山县陡寨村的“美丽经济”。2019年“五一”小长假山村人气火爆，村委会主任宋志军连说想不到：“田园变公园，青山变金山，美起来的山村能长出新钱袋。”何止一场“厕所革命”，何止一个陡寨村！全国农村人居环境整治全面推开，投入真金白银，唤回绿水青山，一批批文明乡村活起来，善治乡村美起来，一个个生态宜居的幸福家园快步走来。城乡融合发展，更多美丽乡村成了城里人的“后花园”……

发展背后看增收，农民不再单靠“土里刨食”“四驾马车”拉动，收入渠道更多元——

说一千道一万，农民增收最关键。翻看一季度“三农”成绩单，农民经营性收入拓展新空间，打好“果蔬牌”，卖健康、卖品牌，为传统农业赋予新内涵；工资性收入“主引擎”动力强劲，一季度同比增长9%；财产性收入步入快车道，农民有了更多入股分红、资产收益；转移性收入保障有力，一项项补贴更精准、有效，沉甸甸的收入礼包，映照在农民朋友幸福的笑脸上。

今日中国乡村，亿万农民奋力奔向美好生活，处处能感到蓬勃脉动。中国人的饭碗端得更稳，“菜篮子”品种更全，农民腰包更鼓，更多农村“望得见山、看得见水、记得住乡愁”…… 守好“三农”这个战略后院，牢牢稳住经济社会全局的“压舱石”，这是应对各种风险挑战的十足底气！

今年将建成八千万亩高标准农田

耕地质量提升 种粮底气十足

刊播《人民日报》(12月8日1版)

作者 朱隽

年根儿算账，江西省余干县东河村的章兴发长舒了一口气：“遭了旱灾不减产，多亏2019年有了高标准农田！”

老章眼见着高标准农田项目落户东河村，通路、整地，打破田垄，打通支、斗、毛渠，几千亩农田告别“靠天吃饭”。

高标准究竟高在哪？“好处多着哩！”老章掰指头细数：浇地不愁，一亩多打200斤粮；大农机下田，自家15亩水稻收割只用3小时；节肥省药，每亩省出100多元……“这样种粮有干头，一亩增收500元！”

小账连大账。老章家的变化正是我国高标准农田建设的一个缩影。高标准农田，就是通过水、土、田、林、路综合治理，让中低产田实现旱涝保收、高产稳产，保障粮食安全、实现“藏粮于地”。截至2018年年底，全国累计建成入库高标准农田约6.4亿亩。2019年，全国计划再建设高标准农田8 000万亩，推动高标准农田建设再上一个新台阶。到2022年，将建成10亿亩高标准农田。

10亿亩高标准农田意味着什么？可以用3个数字来说明。

“1万亿斤”——高标准农田稳住粮食产能大头，10亿亩高标准农田可保障粮食产能稳定在1万亿斤以上。这一数字占全国粮食总产量的80%左右，确保任何时候产得出、供得上，牢牢稳住粮食安全的基本盘。

“过去春怕旱、秋怕涝，如今地平整、土肥沃、旱能浇、涝能排，小麦颗粒饱满，没有瘪籽儿，没有黑籽儿，亩产1 000斤没跑儿！”山东省商河县史家庙村种粮大户史益民说。

评估数据显示，高标准农田项目区耕地质量能够提升1～2个等级，粮食产能平均提高10%～20%，亩均粮食产量提高100公斤，实现“一季千斤，两季吨粮”。

“19.1%”——高标准农田推动农业生产率“变优”“变绿”，项目区农药施用量减少19.1%，同时，化肥施用量也减少了13.8%。在项目区示范带动下，2019年全国优质专用小麦比例达33%，比2018年提高3个百分点。

“做面包要强筋的，做馒头要中筋的，如今种小麦更讲究了！”河南省襄城县十里铺镇二甲王村种粮大户王占定说，2019年60多亩高标准农田里，防虫害用上了植保无人机，“‘黑匣子’真神！喷多少药、多少面积，在手机上看得清清楚楚，绿色优质才能卖出好价钱。”

一个个项目区里，硬件强起来，软件跟上来，新品种、新技术、智慧农业等先进要素聚集，农业供给侧结构性改革向纵深推进，少的、好的调上来，多的、非优势的减下去，田野里激活新动能。

“500元”——高标准农田建成后，一方面，项目区人工、肥料、农药等投入成本下降；另一方面，粮食产量和品质提升，亩均可以增加综合收益约500元。

“渠道三面光，10分钟就把水送到地头；机耕路硬化，运输车辆能到田间。条件好了，2019年种完小麦又抢种一季蔬菜，一季变两季，多赚8 000元。”江苏省新沂市时集镇凤云村种植大户阚明航乐得合不拢嘴。

建设高标准农田，离不开给力的投入。2019年，中央财政安排高标准农田建设资金859亿元。2019年10月，提前下达2020年农田建设补助资金预算616亿元。真金白银的投入，让种粮主体更有底气。

建设高标准农田，还将兼顾数量与质量。各地将突出抓好耕地保护、地力提升和高效节水灌溉，为土地持续“减肥”“节药”，补充“营养”，破解农业发展的资源瓶颈，牢牢端稳中国人自己的饭碗，为应对各种风险挑战赢得主动。

70年，从吃饱吃好到吃健康

刊播 新华社（9月6日）

作者 于文静

走进北京前门一家京味餐馆，桌子玻璃板下压着米票、面票，桌子上面摆着酥皮虾、烤鸭等美食，仿佛时空穿越。

小小餐馆从一个侧面折射了70年来中国人餐桌的变化。在此就餐的河北省张家口市退休工人苏润风说，小时候粮食短缺，白馒头是“奢侈品”，主菜只有萝卜、大白菜等。粮票、食用油票到现在还记忆犹新。

随着国家经济发展，农业产出持续增加，温饱不再是问题，餐桌上的果菜肉蛋奶等越来越多。苏润风感慨道：“过去过年才能吃顿好的，现在天天像过年。”

“70年的饮食变化，可以概括为主食越来越不‘主’、副食越来越不‘副’，中国人正在经历食物消费结构升级和消费方式的深刻转变。”国务院发展研究中心农村经济研究部部长叶兴庆说，主食在食物消费支出和营养来源中的占比大幅下降、副食大幅上升；植物性食物占比大幅下降、动物性食物大幅上升；成品、半成品和在外消费快速增加。

变化背后是沉甸甸的成绩单。我国粮食产量1949年只有2 263.6亿斤，无法满足人们温饱需求；2018年提高到13 157.8亿斤，粮食人均占有量超过世界平均水平。新中国成立初期，畜产品供应总体不足，1985年至2018年，畜产品产量快速增加，主要畜产品产量持续稳居世界第一。

农业农村部有关负责人说，经过多年努力，我国农产品供给保障能力显著提升，食品加工业快速发展，城乡居民正由吃得饱、吃得好向吃得更安全、更营养、更健康迈进，膳食结构更趋科学，初步形成了以谷物为主、动物性食品为辅、瓜果蔬菜为补充的中国特色东方膳食结构。

70年，中国人餐桌上的变化与国家的发展同步。从努力果腹到追求健康，变化的是数量和品种，不变的是对幸福生活的追求。

《中国共产党农村工作条例》印发

细化党管农村　推动农业农村现代化

刊播 中央电视台（9月1日）
作者 宋建春　王凯博　陈博

【导语】

《中国共产党农村工作条例》于2019年9月1日向社会公布，这是中国共产党在历史上首次专门制定关于农村工作的党内法规。

【正文】

《中国共产党农村工作条例》把党管农村工作的总体要求细化成了具体的规定，实现了有章可循、有法可依，在加强党对农村经济建设、社会主义民主政治建设、社会主义精神文明建设、社会建设、生态文明建设5个方面的领导提出了主要任务，将更好地满足农民群众日益增长的美好生活需要。

今后在《中国共产党农村工作条例》的执行过程中，党管农村工作的政策体系还将进一步完善。

【同期】**中央农村工作领导小组办公室主任、农业农村部部长　韩长赋**

要把党中央提出的坚持农业农村优先发展的总方针，体现在具体的政策上，体现在农村工作中，要真正在干部配备、要素配置、资金投入、公共服务等方面，向农业和农村倾斜，推动农业农村现代化。

农业农村经济稳中向好　亮点频现

刊播 中央电视台（8月3日）

作者 宋建春　王凯博

【导语】

2019年上半年，中国经济总体平稳、稳中有进，农业农村经济无疑是其中最闪亮的板块之一。从发挥“压舱石”作用的粮食，到增强乡村发展动能的一、二、三产融合，再到带给农民更多获得感的收入增加，农业农村经济亮点频现。

【正文】

2019年夏粮总产量达2 835亿斤，增产59亿斤，与历史最高年持平。其中，优质专用小麦面积增加到33%。

中央强调，确保重要农产品特别是粮食供给，是实施乡村振兴战略的首要任务。夏粮增产提质的背后，正是我国农业大省按照中央提出的“扛稳粮食安全这个重任”的要求，深入推进农业供给侧结构性改革。

结构调优：河南拿出2亿元发展优质专用小麦；国家启动大豆振兴计划，2019年大豆种植面积将增加1 000多万亩。

品质调绿：河北推广节水小麦面积达到60%左右。

产能提升：全国新建高标准农田8 000万亩。

【同期】**中国社会科学院学部委员　张晓山**

农业供给侧结构性改革目前已经取得了很大的成就，我们的农产品能更好地适应需求，有效提高了我们国家农业在全球市场上的竞争力。

【正文】

乡村发展动能增强，在2019年上半年农业农村经济发展版图上，同样可圈可点。

2019年上半年，第一产业增加值达23 207亿元，同比增长3.0%；作为第二产业的规模以上农产品加工业，预计实现营业收入6.8万亿元左右，同比增长4%左右；而第三产业休闲农业和乡村旅游营业收入更将保持两位数增长。

饮水思源，乡村产业的蓬勃兴起，是得益于中央对乡村振兴的统一部署，明确了乡村振兴关键是产业要振兴。

方向既定，海南省儋州市成立乡村振兴投资开发公司，将人才、技术、资金等涉农资源整合到一起，发展特色产业园。

【同期】海南省儋州市那大镇农民　王元高

因为我们没有技术，也没有基础设施，我们自己做不了。发展了产业园，一个月能有4 000多元的收入。

【正文】

乡村产业的兴起，最有获得感的是农民。2019年上半年，农民人均可支配收入7 778元，增长6.6%，分别快于GDP和城镇居民收入增幅0.3和0.9个百分点。

【同期】国务院发展研究中心农村经济研究部部长　叶兴庆

2019年以来农业生产的稳定发展，为保障市场供应，改善人民生活提供了坚实的物质基础。农民收入的快速增长，为形成强大的国内市场提供有力的消费支撑。农业农村稳中向好，确实进一步彰显了我们国家经济发展的韧性。

全国“大棚房”问题清理整治取得明显进展

刊播 中央电视台（3月17日）
作者 宋建春　王凯博　石爽爽

【导语】

农业农村部、自然资源部于2019年3月17日发布，为了坚决遏制农地非农化，2018年9月以来，12个部委在全国范围内联合开展的“大棚房”问题专项清理整治行动，目前取得阶段性成果，进入集中整改阶段。

【正文】

按照中央统一部署，此次专项行动清理整治的重点是占用耕地建设非农设施，在大棚内建设商品住宅等。

经过近6个月的排查，基本摸清了“大棚房”问题的底数，发现“大棚房”问题16.8万个，涉及占用耕地13万亩。“大棚房”问题专项清理整治行动已进入集中整改阶段，完成整改“大棚房”问题近10万个，其中，各地率先拆除与农业无关的农业大棚改建“私家庄园”、别墅等违法违规建筑。

【同期】**农业农村部种植业管理司副司长　杨礼胜**

农地姓农这条底线不能触碰，这次是逢棚必进、逢棚必查，拆除后尽快恢复耕种条件。

【正文】

在这次整改中，对直接用于或服务于农业生产的超标“看护房”，以及农业设施，也要抓紧规范。

我国粮食产量70年增长4.8倍

刊播 中央电视台（9月30日）
作者 武立丰

【导语】

2019年9月23日的“壮丽70年，奋斗新时代”系列报道中，湖南育种的快速发展正是我国农业科技进步、科技驱动作用增强的缩影。70年来，我国粮食生产跃上新台阶，中国人把饭碗牢牢端在自己手上。

【正文】

新中国成立之初，全国粮食总产量为2 000多亿斤，改革开放以来，家庭联产承包责任制的建立和农产品提价激发了农民的积极性，促进粮食产量快速增长。2018年全国粮食总产量为13 158亿斤，比1949年增长4.8倍，年均增长2.6%。水稻、小麦、玉米三大主粮自给率常年保持在95%以上，中国的肉类、水产、蔬菜、水果等产量也长期位居世界第一。

【同期】**农业农村部部长　韩长赋**

中国人的饭碗牢牢端在自己的手上，而且饭碗主要装中国粮，一靠政策，二靠科学，三靠投入，解决粮食问题，我们是有一套做法和经验的，这个国际上都承认。

【正文】

新中国成立以来，随着“种子工程”、超级稻推广项目等持续推进，科技在农业生产中推动作用日益增强，2018年我国农业科技进步贡献率达到58.3%，比2005年提高了10.3个百分点，全国农作物耕种收综合机械化率超过67%，主要粮食作物超过80%。韩长赋表示，下一步要进一步提升科技应用水平，建设高标准农田，保障粮食安全。

【同期】**农业农村部部长　韩长赋**

目标是到2020年要建成8亿亩，到2022年要建到10亿亩，一季1 000斤，两季1吨，就可以基本上保障我们的粮食（安全），把我们的高标准农田建设好，这是我们的"看家"的底数。

【正文】

韩长赋介绍，新时期对粮食生产提出了更高的要求，这就要通过农业供给侧改革实现结构调优、品质调新、生产方式调绿，由吃得饱向吃得好、吃得安全转变。

【同期】**农业农村部部长　韩长赋**

农产品质量经过抽检，还有超标还有不合格的问题，去年的合格率是97.5%，这个要提升，因为我们每天要吃大概200万吨左右的食品，1%在中国就是很大的绝对量。

【正文】

近年来，湖南省加快优质稻育种和产业化开发，促进了水稻产业发展由数量增长向质量提升。在湖南长沙县隆平稻作基地，汇集了全国各地最新的水稻研发技术和品种。从事30多年水稻育种的赵正洪这几天正在向安徽、江西等地的种子企业展示自己的新成果。

【同期】**湖南省水稻研究所所长　赵正洪**

农香39也是我们所培育出来的，米质已经评为国标一等优质稻品种，并且都有抗稻瘟的能力。

【同期】**安徽丰大种业公司负责人　何立斌**

我看它香味还可以。

【正文】

赵正洪告诉记者，从20世纪80年代开始，湖南杂交稻育种不断突破，使得水稻单产水平不断提升，粮食总量也得到很好的保障，但是品质的短板却凸显出来。

为了提升湖南米的品质，赵正洪开始带着科研人员，对稻米品质改良进行研发，经过多年的努力，湖南优质水稻品种取得了明显的突破。

【同期】湖南省长沙县农业农村局副局长　曾建新

隆平稻作（基地）每年有100多项新的科技成果包括新品种推向市场。

【正文】

为了推进优质稻育种，湖南省鼓励科企合作，同时加大商业化育种投入，全省年商业化育种投入达到3亿多元，重点在40个县（市、区）开展绿色高质高效创建行动，每个县（市、区）新增高档优质稻面积2.5万亩以上。

【同期】湖南省农业农村厅种植业处副处长　宋志荣

每年我们拿出400多万元专项资金攻关，选育出来的品种尽量推广。2019年我们拿出8 000万元，对专家选育出的品种进行推广。

【同期】湖南省汨罗市稻香米业公司负责人　谢光新

现在我们收（优质稻）140元（每百斤），比普通稻高20元，农民每亩增收500块钱。

全国夏粮收获八成　丰收已成定局

刊播 中央电视台（6月12日）

作者 武立丰

【导语】

截至2019年6月12日，全国夏粮收获已近八成，经过农业农村部农情调度和专家实地调查分析，2019年夏粮实现恢复性增产，又是一个丰收年。农业农村部部长韩长赋表示，2019年夏粮最大的特点不只是丰收，更重要的是结构调优、质量提升、方式转绿。

【同期】农业农村部部长　韩长赋

2019年夏粮面积与2018年基本持平，主产省大多都是增产的，预计全国平均亩产提高10公斤左右，可以说，丰收已成定局。

【正文】

据介绍，2019年预计夏粮收获面积4亿亩，夏粮主体小麦的平均亩穗数、穗粒数、千粒重都有所上涨。韩长赋介绍，2019年继续实施小麦最低收购价政策的同时，大力推广小麦深耕深松等稳产增产技术，深耕深松面积同比增加380多万亩。

【同期】农业农村部部长　韩长赋

夏粮首战告捷，为全年粮食丰收奠定基础，利于稳物价、保民生、增信心。

中国有14亿人，还是那句话，手中有粮，心中不慌。任凭风浪起，咱有“压舱石”。农业稳定、粮食安全，为有效应对风险挑战增添了底气，为经济社会发展大局提供了坚实支撑。

【正文】

河北邢台南和县农民靳彦杰承包了400亩小麦，他介绍，虽然部分小麦主产区遭遇了冬春连旱，又加上2019年病虫害高发，但由于他们防治措施到位，小麦品质没受太大影响。

【同期】**河北省邢台市南和县小麦种植户　靳彦杰**

2019年赤霉病防控好，种的都是优质强筋小麦，籽粒大、硬质、饱满，亩产可以达到1 100斤。

【正文】

靳彦杰说，2018年他们合作社重点推广节水、节肥、节药等绿色生产技术，比如种子包衣可以预防地下害虫，减少用药5%，2019年小麦节药技术推广比例达到60%，比2018年提高10个百分点（全县节水小麦面积达到10万余亩）。合作社负责人表示，2019年还选择了市场需求量大的优质强筋小麦品种，销售自然不用愁。

【同期】**河北省邢台市南和县金沙河小麦种植合作社负责人　李江坡**

3万亩全部实现订单种植，企业收购价格每斤高出市场价格2毛，每亩收益400～500元，比普通小麦提高200元。

【正文】

据介绍，当地还依托粮食生产发展食品加工产业，通过电商平台，销售农产品和加工产品。

【同期】**南和县农业农村局局长　张瑞霞**

小麦“三产”融合发展，延长了产业链条，规模化种植，统一供应、统一管理、统一销售，企业、职业农民、村集体、农户等多方受益。

稻田空无人 但见插秧景

北大荒水稻种植开启“无人机作业时代”

刊播《农民日报》(5月18日1版)

作者 李飞 王军 刘楠

“厉害了！水稻插秧机无人驾驶作业啦！”2019年5月10日，黑龙江北大荒农垦集团总公司建三江分公司红卫农场种植户贾君，在其承包的600亩水稻地里见证了“无人作业时代”的到来，“这台无人智能插秧机插出来的秧苗比人工驾驶的株距行距都要整齐。”

这是北大荒集团农业全程无人作业2019年首站试验的现场。2019年5月8日，12支团队已经在这里联合进行了小面积的测试。在预先输入程序的控制下，无人机械按照现场地形与预设路径，用时70分钟，精准完成了160亩稻田的搅浆整地、插秧、施肥、施药等工作，标志着北大荒水稻春耕无人作业这一工农协同、军民融合创新应用试验成功。

作为中国农业现代化的排头兵，北大荒近年来在农业生产过程中一直在尝试信息化、智能化新技术。2019年春播，九三分公司嫩江农场就借助搭载北斗导航系统的航天智慧农业系统，精准控制播种机自动匀速播种、施肥，将每千米行驶误差控制在2厘米之内。

农机驾驶员曲一凡介绍，过去手动驾驶操作，在1 000多米长的耕地里直线行驶，驾驶员精神高度紧张，体力消耗也大，“今年春播容易多了，播种机上配备电子导航后可以自动行驶，播种均匀，提高了标准化水平，预计可增收10%左右。”

洪河农场农机科科长周洋说，无人驾驶插秧机极大地解决了春耕用工荒问题，2019年洪河农场引进了10台，日均节省10个人工，节约费用约5万元。

除节约劳动力外，中国空间技术研究院503所哈尔滨地区相关负责人介绍称，航天智慧农业系统还可以通过卫星遥感技术，对土壤墒情、农作物长势、种植结构等进行综合测评，提供春耕生产指导意见。

据悉，北大荒无人作业试验计划从2019年春耕开始到2025年秋收结束，将分级、分期、分批建立具备自主感知、传递、决策、反馈、执行五大闭环，全域无人作业的农业生产基地。

2019年的试验在平原、丘陵和缓坡山地3种代表地形上开展水稻、小麦、蔬菜、棉花、水果、烟草等10余种代表性农作物的全程无人作业，重点解决自动驾驶算法、地理信息系统、融合感知系统等地面无人农业设备的基础性关键性问题，建立全国无人农机合作联社，采取农机共享等方式打造农业生产新模式。

目前，北大荒已建立起较为完整的农业大数据应用体系，覆盖24.5万种植户的2 100多万亩耕地。现正逐步构建农业企业智慧大脑和智能决策指挥中心，综合运用云计算、大数据、物联网和人工智能等信息化手段，在种植基地实现“种、管、收、储、运、加、销”7个关键环节信息化集成示范应用。

专题调查

INVESTIGATIONS
OF SPECIAL SUBJECTS

河北邢台120多万农民组成联合体闯市场

订单生产 这样种地有赚头

刊播《人民日报》(8月23日19版)

作者 顾仲阳

2019年上半年，对于河北省隆尧县固城镇小孟村瓜农来说，很不寻常。

甜瓜行情好，可7月初来了一场12级大风，刮倒了全村200多个大棚……

王聚明家的2个大棚受了灾，但他并没有愁眉苦脸，趁着灾后重建，他又扩种4棚甜瓜。“上半年挣了十来万，这次多亏合作社统一给上了保险，没啥大损失，我看准了，这订单种甜瓜能挣大钱！”王聚明底气十足地说。

这几年，小孟村推行“党支部+公司+合作社+农户”的发展模式，500多户村民组织起来，种甜瓜致了富。

在邢台全市，120多万农民在合作社、龙头企业、农业产业化联合体的带动下，“拴”在产业链，融入价值链，他们的经营方式发生了大的变化。

种什么？

联合体统一下订单，让优质麦变成了“黄金麦”

“有了订单，种啥不抓瞎！”小孟村第一书记高志敏又高又黑，貌似“大老粗”，可谈起“种瓜经”却头头是道：甜瓜刚换了茬，这茬多种了点西州蜜、红冠等新品种，都是按百果园等连锁企业的订单育苗种瓜，新品种卖得俏。

“现在只管把瓜种好，太省心了！”赵聚江是村里第一批种甜瓜的，之前，他可没少受“种什么”的折磨。

“过去什么行情好，来年就种什么。”勤劳肯干的赵聚江种过粮食，不挣钱；种过水果和蔬菜，也没挣到什么钱。要说，种出来的蔬菜水果，品质不差，可拿到集市上一卖，发现满大街都是“大路货”，价格低得让他心头滴血：辣椒卖过3毛钱1斤，西瓜卖过5毛钱1斤……

种地不挣钱的局面，在2014年开始改变。那年，高志敏带领村民去山东等地考察，回来后在村里发展起了订单甜瓜。5年时间，小孟村成了远近有名的“全国一村一品示范村”，高志敏也“升级”为北方现代农业园区党总支书记，带着周边4个村一起发展甜瓜产业。“订单种瓜，心不累，能挣钱，好着咧！”赵聚江一脸轻松地说。

相比赵聚江，隆尧县隆肖家庭农场主王国云，则享受到了“升级版”订单农业的好处。

“以前都是自己买种子种麦子，加入联合体后，统一种优质强筋麦，从播种那天起，就订好今麦郎这个买主了。公司还统一提供技术服务和加工服务，省心得很！2019年每亩比普通小麦多打了100公斤，收购价每公斤还比市价高2毛钱。”王国云所说的联合体，全称“冀南优质麦产业联合体”，是由今麦郎集团牵头，联手隆尧、巨鹿、平乡等县120多家新型经营主体打造的。今麦郎每年加工小麦200来万吨，近年来推广种植优质强筋麦。优质强筋麦产量高、价格贵，成熟后麦株金黄，在采访中，很多农民称它为“黄金麦”。

“优质粮就是好原料，麦田就是我们的第一车间。”今麦郎集团行政部经理林瑞骞介绍，2005年集团启动了“今麦郎优质麦工程”，率先在黑龙港流域推广优质强筋麦。但传统的订单合作比较松散，为形成更为紧密的利益联结机制，快速扩大规模，公司牵头打造了冀南优质麦产业联合体。联合体内，王国云这样的家庭农场订单种植，合作社提供社会化服务，今麦郎专注于深加工和销售，三者分工协作，通过契约关系结成“从麦场到卖场”的完整产业链。

隆尧县县长李建强介绍，联合体通过打造“三产”融合的产业链，较好地解决了企业买好粮难、农民粮食卖好价难的问题，以往低收益的传统种粮模式，逐步升级为收益更高、现代化程度更高的种植模式。在联合体的带动辐射下，2019年全县“黄金麦”种植面积达40万亩。

怎么种？
一条龙社会化服务，一个新型职业农民种四五百亩地

364亩小麦纯收入4.94万元！这是南和县河郭乡梁牌村农民梁立峰在2019年麦季的分红。

梁立峰不是传统意义上的种粮大户，而是新型职业农民。他如今在金沙河农作物种植合作社的闫里村基地种粮，“现在种地可是技术活，我的技术还有很大提升空间，要勤跟课堂上的老师学。”

基地种地还要上课？

合作社负责人李江坡说：“咱的合作社是国家级示范社，闫里村基地还是一所职业农民培训学校，这里的农民，白天在田间劳作，晚上进教室培训。”

“农民经过培训毕业后，才可以在合作社的基地种粮，我们也鼓励他们出去单干。”金沙河集团董事长魏海金说，新型职业农民流转土地单干，也能为集团提供更多的优质麦源，把学到的种粮技术、管理经验撒播到广大农村。

走进闫里村基地，6 000亩玉米绿波荡漾，据了解，这里平时主要由15个职业农民打理。“借助社会化服务，基地生产全程机械化，1个职业农民可以种四五百亩地，平均年收入超过10万元。”李江坡说，有了社会化服务，就能规模化、标准化种地，用工业化理念经营农业，这样更有“钱途”。

社会化服务在邢台农村已成气候。最近，南和县莹翌航空植保专业合作社的60多架无人机，几乎“倾巢而出”，为玉米打药，防治黏虫。

“无人机喷施，能把调配好的药剂精准喷到玉米叶面上，与人工打药比，节药20%、增效20%，1亩能省30元。”合作社理事长程建中介绍，目前合作社为600多个社员和3 000多农户提供植保作业，服务耕地面积超30万亩。

说起无人机打药，闫里乡大郝村农民马路坤竖起了大拇指，“我家11亩玉米，以前人工打药，我需要从天亮忙到天黑，一架无人机10多分钟就能搞定。这一家一户种地，算是种到头了，还可以出去打3个月的工，多挣一些。”把地托管给莹翌合作社后，马路坤抽身打起了工，一年多了4万元收入。

“农村越来越多的青壮年劳动力转移就业，无论是通过流转适度规模经营，还是留守老人种自家的地，社会化服务都必不可少，发展空间还很大。”南和县农业农村局副局长白立克感叹。

在邢台，除了合作社等社会化服务组织，还有互助服务。

隆尧县莲子镇镇会瑞家庭农场主沈会彬，是县里的家庭农场协会会长。

"以前，像我这样的家庭农场都会自己购置农机设备，但使用率低。"沈会彬告诉记者，2019年协会成立了托管服务中心，除了给农户提供托管服务，还在会员之间提供互助服务。

"自动巡航无人机，一架要9万多元，有了互助服务，就没必要每家都买了。而且，你帮我打药，我帮你机播，大家都划算。"祥农农业合作社理事长武军祥说。

怎么卖？

畅通渠道打响品牌，农产品卖得更好更远

"看着好好的西红柿，1斤只卖2毛钱，心痛，却找不到好办法。"回忆早些年的卖难，南和县郝桥镇万客来蔬菜专业合作社负责人程学哲动情地说，销售是合作社的短板，在很长一段时间里，社员种的绿色蔬菜卖不上好价。

"最近，合作社的普通西红柿1斤卖4元，五彩番茄更是18元1斤。"程学哲高兴地告诉记者，"变化源自让专业的人做专业的事。"这两年，合作社引入近心农业开发有限公司负责销售，注册商标，打出品牌，开拓渠道，卖难问题迎刃而解。公司法人魏如华介绍，公司收购合作社的蔬菜，价格普遍比市价高20%。

专业力量加盟，助力邢台成为京津冀的"菜篮子""果盘子"，越来越多的农产品卖得更好，卖得更远。

河北宝信物流有限公司是家5A级物流企业，领衔组建宝信农产品城乡共配和宝信果蔬两家产业化联合体。公司采取"企业+基地+合作社+冷链中心+电子商务+农户"的经营模式，整合销售全市近百种农产品。"我们的销售模式压缩了中间环节，让利给农民，一般农产品收购价比市价能高10%，直接带动8万农户增收。"副总经理苗辉介绍，公司充分发挥冷链物流优势，让越来越多的邢台农产品，进入了北京、天津、石家庄等城市的知名商场、超市、市场。

"有了品牌，身价倍增。"隆尧隆尚农业开发有限公司负责人张京山说，2018年公司为大葱注册了"尚竹香"品牌，电商平台售价达到每公斤3元，是往年的3倍，3 000亩大葱增收近1 000万元，同时带动周边1 500多户农民增收。隆尧县农业农村局副局长李现国说，通过育龙头、兴园区、强特色、创品牌，全县形成130多家龙头企业带动6万多农户的产业集群，越来越多的农民端起了品牌“金饭碗”。

来到邢台，你会发现，品牌农产品还真不少。隆尧县的“泽畔贡藕”，邢台县的“浆水苹果”，威县的“威梨”，一个个“邢字号”农业品牌，成为带动群众增收致富的“金名片”。目前，邢台拥有13个涉农中国驰名商标，17个农产品地理标志。在首届“中国农民丰收节”上，农业农村部推出“100个品牌农产品”，邢台的临城薄皮核桃和巨鹿金银花占得两席。

利益怎么联？
让农民成股东，分享产业链更多增值收益

越来越多的邢台农民组织起来，“拴”在产业链上，全市农业产业化经营率超过七成。“但产业链各主体之间的利益联结有待加强，要让农户融入价值链，才能更多地分享各环节的增值效益。”邢台市农业农村局调研员郭计欣坦言。

为了让农民多得实惠，隆尧县推行“折股量化”模式——财政资金注资入股龙头企业，每年5%的保底分红“折股量化”给以土地入股的农户。

“辣椒收购每斤比市价高2毛钱，我入股了3亩地，每亩每年还能多400元的保底分红，好着咧！”莲子镇镇白家寨村农民李俊书，和19户村民一起，成了辣椒全产业链龙头企业——旭日食品有限公司的股东。

折股量化，企业也欢迎。旭日食品公司负责人郝瑞生坦言：“农户入股后，每一环都跟自己的腰包有关系，责任心增强了，辣椒品质更有保证，企业更快拓展基地。”

在南和县，越来越多的农民融入龙头企业的产业链、价值链。

“田间麦子到筷子，‘三产’融合好路子。收了麦子存厂子，行情好时结票子。”这是时下在南和县粮农中流行的一段顺口溜。为农民提供如此“甜头”的，是当地的“吃粮”大户金沙河集团，这个全国最大的挂面生产企业，每天让1.1万吨小麦变成挂面，身价翻番。

这中间的利润，使越来越多的农民也参与进来。

“企业追求经济价值，也要追求社会价值，和农民、村集体结成利益共同体，才能更好发展。”魏海金深知这个道理，在粮源基地建设方面，公司积极

推行“企业+村党支部+合作社+农户”的股权联盟合作模式——农户以土地经营权入股，职业农民以劳动力和技术入股，合作社组织生产经营，企业负责粮食收购、加工、销售，利润按比例分成。其中，村“两委”每年获得每亩50元的协调服务费。目前，金沙河集团带动30个村6 700多农户，每年户均增收2万元左右。

“我家6亩地入股企业后，不仅拿到流转费，还有二次分红，2017年每亩分了70元。”武庄村村民武计成满意地说，流转费定的是“双500”标准，每亩每年两季各500斤小麦加500斤玉米的售价，跟自已种收入差不多。

“这样的合作，能使企业稳定获得优质原粮，农民和村集体增加收入，大家都比较满意。”武庄村党支部书纪武玉海告诉记者，2019年麦收后，村里剩下的耕地都成了金沙河的生产基地。“你看，这玉米丰收在望，乡亲们又能增收啰！”站在地头，武玉海一脸的喜悦。

家庭农场　农业高质量发展生力军

全国纳入名录的家庭农场近60万家，经营土地1.6亿亩

刊播《人民日报》（10月14日10版）

作者 高云才

【核心阅读】

家庭农场以家庭成员为主要劳动力，以家庭经营为基本经营单元，从事农业规模化、标准化、集约化生产经营，是现代农业的主要经营方式。党的十八大以来，各地积极引导扶持农、林、牧、渔等各类家庭农场发展，取得了扎实成效。

近几年，我国家庭农场数量稳步增长，发展质量日益提升。家庭农场成了农民收入的增长点、产业兴旺的着力点、农业供给侧结构性改革的试验田。

“俺们把蘑菇卖到了日本、韩国，还有东南亚市场，俺的家庭农场收入一年比一年好。”河北省邢台市南和县康怡家庭农场负责人余培英难掩兴奋。这家农场经营土地120亩，家庭劳动力4人，主要生产食用菌、核桃、蔬菜，年产值达到110万元，2018年纯收益实现20多万元。欣欣向荣的家庭农场，正成为我国农业高质量发展的生力军。

家庭农场以家庭成员为主要劳动力，以家庭经营为基本经营单元，从事农业规模化、标准化、集约化生产经营，是现代农业的主要经营方式。党的十八大以来，按照党中央、国务院的部署，各地积极引导扶持农、林、牧、渔等各类家庭农场发展，取得了扎实成效。记者从农业农村部获悉，目前全国纳入农业农村部门名录的家庭农场近60万家，经营土地1.6亿亩，家庭农

场数量稳步增长，发展质量日益提升，经营产业日趋多元。

政策创设

小农场成了农民收入的增长点

在家庭农场制度供给上，亿万农民有了新依托。喜事好事，一桩接着一桩。

2019年的中央一号文件强调，支持发展适合家庭农场和农民合作社经营的农产品初加工。2019年9月9日，中央农村工作领导小组办公室等11个部委《关于实施家庭农场培育计划的指导意见》出台，家庭农场发育有了政策新底气。

翻开康怡家庭农场2018年的纯收入账，眼前一亮：粮食收入9 000元，蔬菜收入1万元，核桃收入1.1万元，食用菌收入22万元。河北省家庭农场4.1万家，覆盖了94%的行政村，有力地带动了农民增收。安徽省家庭农场达10万家，数量居全国第一位，成为农民增收的重要渠道。

《关于实施家庭农场培育计划的指导意见》要求，到2020年，支持家庭农场发展的政策体系基本建立，管理制度更加健全，指导服务机制逐步完善，家庭农场数量稳步提升。到2022年，支持家庭农场发展的政策体系进一步完善，家庭农场生产经营能力和带动能力得到巩固提升。

农业农村部政策与改革司司长赵阳表示，加快培育一大批规模适度、生产集约、管理先进、效益明显的家庭农场，农民收入将不断迈上新台阶。

坚持农户主体。就是坚持家庭经营在农村基本经营制度中的基础地位，鼓励有长期稳定务农意愿的农户适度扩大经营规模，发展多种类型的家庭农场，开展多种形式合作与联合。

坚持适度规模。引导家庭农场根据产业特点和自身经营管理能力，实现最佳规模效益，防止片面追求土地等生产资料过度集中，防止“垒大户”。

坚持市场导向。遵循家庭农场发展规律，充分发挥市场在推动家庭农场发展中的决定性作用，加强政府对家庭农场的引导和支持力度。

示范创建

小农场成了产业兴旺的着力点

群雁要靠头雁领，家庭农场也不例外。

稼农家庭农场位于安徽省天长市冶山镇高巷村，被评为当地十强家庭农场，这让负责人陈宏平很开心。作为种田的“老把式”，老陈的家庭农场念好了三本"农经"。

一本经，节本增效。稼农家庭农场345亩的经营规模可以让全套农机设备撒了欢似地干，既节省成本，还可适当对外提供农机服务增加收入。农场引进的稻谷新品种实现了优质优价，每亩增收200多元。

二本经，农业科技。稼农家庭农场坚持绿色理念，采用轮休模式，精选新品种，开展农业防治，实施节水增温等栽培管理技术，既环保又增收。

三本经，订单农业。通过多方联合，稼农家庭农场让自己和龙头企业共生共长，基于订单和合约，家庭农场不仅可以与企业构成紧密利益共同体，还能带动种田大户、小农户等参与产业化经营。

赵阳说，发挥典型示范作用，以点带面，以示范促发展，总结推广不同类型家庭农场的示范典型，提升家庭农场发展质量。

加强示范家庭农场创建，开展家庭农场示范县创建。各地要按照"自愿申报、择优推荐、逐级审核、动态管理"的原则，健全工作机制，开展示范家庭农场创建。依托乡村振兴示范县、农业绿色发展先行区、现代农业示范区等，支持有条件的地方开展家庭农场示范县创建，促进家庭农场培育工作整县推进。

鼓励各类人才创办家庭农场，引导家庭农场发展合作经营。鼓励乡村本土能人、有返乡创业意愿和回报家乡愿望的外出农民工、优秀农村生源大中专毕业生以及科技人员等人才创办家庭农场。

辽宁省清原满族自治县草市镇大窝棚村村民霍秘财真是不简单，他的明宇家庭农场专心种水稻，年净收入达到70万元，而他的"秘密"就在于，通过自家生产经营和收购小农户粮食两种方式加工增值，农场的储备库里可以储备粮食300～400吨呢！

家庭农场示范创建在全国如火如荼。浙江坚持适度规模、家庭经营，在全省推出示范家庭农场1 204家。按照培育家庭农场的制度标准，安徽省创建的示范家庭农场达到11 107家。

机制创新

小农场成了农业供给侧结构性改革的试验田

哪里有家庭农场，哪里就有连绵不断的农业供给侧结构性改革的深化行动。一方面，家庭农场深化农业供给侧结构性改革，绿色理念贯穿在农业生产的全过程。

一眼望去，康怡农场田园里的红薯长势喜人，绿油油的叶子，结实的红薯藤交织在一起，像一块巨型绿毯。

这里还引入循环农业机制，一根玉米芯两次使用，将玉米芯原料作为培养基，培育新鲜蘑菇；蘑菇种植产生的废料又作为有机肥，生出新的蘑菇培养基，保证了培养基的有机营养和产品的绿色品质，提升了种植的综合效益。

另一方面，家庭农场正在细化农业供给侧结构性改革。

浙江引导家庭农场组建合作社，从单打独斗转变为抱团发展，注重从产业、市场、产权重组入手，引导主体走向联合，构建“小农户—家庭农场—合作社—农业龙头企业”的宝塔式经营主体体系。河北省从制度供给入手，支持家庭农场做优做强，2019年统筹省级财政涉农资金20多亿元，同时开发省级信贷专属产品，为4 317家合作社和家庭农场提供担保21.7亿元。

家庭农场深化农业供给侧结构性改革，将构筑更加完善的保障体系。农业农村部有关负责人表示，要依法保障家庭农场的土地经营权，健全土地经营权流转服务体系，鼓励土地经营权有序向家庭农场流转。依法保护土地流转双方权利，引导土地流转双方合理确定租金水平，稳定土地流转关系，有效防范家庭农场租地风险。

家庭农场深化供给侧结构性改革，将加强更加完善的基础设施建设。赵阳说，鼓励家庭农场参与粮食生产功能区、重要农产品生产保护区、特色农产品优势区和现代农业产业园建设。支持家庭农场参与高标准农田建设，促进集中连片经营。

余培英喜在眉梢：“算算账，俺家4人的家庭农场，人均收入5万元以上，这搁以前想都不敢想。这好，那好，都不如收入增长好。这甜，那甜，都不如荷包鼓着甜！”

山东沂南县打造田园综合体，让资金、技术、资源握指成拳

一片田园长出15个新产业

刊播《人民日报》（10月25日19版）

作者 郁静娴 王沛

沂蒙山区，一场淅淅沥沥的秋雨，赶走了溽热，空气里飘着瓜果甜香。

走进沂南县西北部的朱家林——山东省首个国家级田园综合体试点项目区，可以听到村民们感叹农业之变：还是这座山、这片田，如今不仅长出了“金谷子”“金果子”，也长出了主体民宿、创意农业、果蔬加工等新产业。

变化源自变革。项目区立足田园，让资金、技术、资源握指成拳，3年间引入总投资16.9亿元的21个项目，兴起沂蒙大妮、天河本草园、柿子岭理想村等15个新产业。农业与相关产业深度融合，在这片28.7平方公里的土地，培育出高质量发展新动能。

“撒手田”变“精细田”：从品种到技术全面升级，让土地生金

“这次回来，就不打算再出去折腾了。”在项目区的“十六庄园”里，尚长利一边麻利地打理石榴树，一边讲起自己的创业经历：

前些年，他种过蔬菜，又在山东农业大学进修了园林专业，一技在身，却在家乡施展不开。为啥？“条件不行，路不好、渠不通，想干产业不容易。”

朱家林村党支部书记田立军说，村子三面是山，山多田少，基本是靠天吃饭。一家几亩地，种麦子打不上1 000斤，遇上旱涝，收成更不保险了。种地难以维持生计，村里年轻人纷纷外出务工，130户、352口人的村子，只有不到120人在村。

村民盼着土地生金，尚长利们也盼着大展身手。

转机出现在2017年7月，朱家林村和周边10个村串珠成线，申请到国家级田园综合体试点项目。引水入村、道路改造、土地整理，让农村“硬件”硬起来；项目落地、资金扶持、技术提升，让产业“软环境”跟上来。

看准政策机遇，尚长利坚定了信心：干！通过创客孵化平台，他获得105万元产业扶持资金，加上自有投入，流转了120亩地，打造高品质石榴种植、深加工、观光旅游为一体的现代家庭农场。

“谁说种地不挣钱？咱种的石榴有黑、黄、白3个品种，在市面上比较少见。”尚长利讲起种地有新招：“这样的石榴籽粒大，每斤能卖20～30元，经过恒温贮存，来年提前上市，价格还能往上蹿哩！”

和尚长利一样投身农业的李胜，尝到了技术“加盟”的甜头。他的现代化温室位于波子峪村，一排排水培蔬菜长势喜人。“这些蔬菜都由水肥一体化设备自动管理。”李胜指着门口的一台“大家伙”介绍，只要提前设定好各项指标，设备就能随时监测水中的氮、磷、钾含量，通过滴灌管及时为作物补充养分，既高效又精准。

“我们最大的优势是平台优势，在一个项目区，从品种到技术全面升级，推动优势农产品做大做强。”朱家林田园综合体指挥部常务副指挥黄树田介绍，项目区因地制宜，规划小米杂粮、优质林果两大产业带，通过订单式生产、预售式经营，让曾经卖难的小米成了俏销品。2018年，最好的“月子米”卖出了每斤118元的价格，村民们尝到了高质量种植的甜头。

第一产业变第二、第三产业：多个业态抱团生长，长出更多“新钱袋”

金秋10月，朱家林的柿子林火红一片，与柿子一同“走红”的还有柿子岭理想村。这是上海乡伴文旅集团重点开发的项目。在这里，基于小米、柿子和萱草元素的创意农业正遍地开花。

“在城市里，人们望不见麦浪，闻不到稻香，听不到蛙声。而这些乡村独特的自然景观，注定使乡村在某些业态上拥有先天的市场优势。”乡伴文旅集团副总裁郑德福说。

田园综合体既让农业有了延伸发展新空间，也给想到乡村干事创业的人提供了新机遇。朱家林管理委员会每年安排2 000万元，向创业主体发放创业券。“创业券可以用来支付办公、住宿等费用，也促进了创客项目之间资源共享。”管理委员会副主任侯合雷介绍。

目前朱家林已吸引创客160多名，一家家创客团队相继入驻，唤醒了农业在教育、旅游、科研、文化上的多元功能。创意农业区、田园社区、电商物流区、滨水度假区、山地运动区五大功能区布局日益清晰，民宿度假、文创研发等成为了新的产业增长点。

“80后”创客高龙拿到了5万元的创业券。在他所创办的童朴自然教育基地里，孩子们可以同田野零距离接触，草木染、肥料沤制、蚕桑文化等特色体验活动更是让他们着迷。“自然本身具有感召力。”高龙向记者展示了孩子们自己用陶土、秸秆等材料制作的小工艺品，“孩子的创造力让人惊叹。”

中国农业科学院郑州果树研究所在此搭建起综合试验站。“这一片是山区到平原的过渡地带，地形多样，土壤类型丰富，适合开展多项试验。”轮值驻站的研究所副研究员孙海生介绍，选育出的优质果树品种，会优先推广给当地农民。

农业功能不断拓展，也为农耕文化的传承提供了载体。农闲演出、拿工分换工钱、包产到户……朱家林村中心的乡村美学馆里，举行了一场“故乡的记忆”主题摄影展，吸引了众多游客。“咱沂蒙山区的故事，多得讲不完呢！”讲解员田莹说。

目前，朱家林产业培育正在由政府主导向政府引导迈进。“要形成核心的市场竞争力，下一步要坚持社区发展方向，园区管理机制，政府则负责搭建平台。”沂南县委书记姜宁说。

良好的创业支持、灵活的市场机制，赋予了产业自然生长的空间。在采访中记者得知，2019年年初，一家曾经不看好朱家林投资环境的公司，不仅回来了，还流转了90亩地。“平台强大了，自然吸引更多市场化要素流入乡村，促进各业态抱团生长。良性循环形成了，农业的整体效益会得到更好提升。”黄树田透露，未来，这里将会出现一个村民、新居民共享共融的文化康养社区。

田园变乐园：生态、生产、生活统筹发展，让乡村宜居宜业

干碴墙，石头房，枣木屋脊榆木梁，是沂蒙山区传统的建筑形式。不用任何黏合材料，所有石块之间错缝勾连；石头经过适当的敲凿，保持了立面的自然。朱家林项目一启动，全村的老石匠、老泥瓦匠、老木匠都忙活个不停。“没想到，老手艺可派上用场喽。”石匠公维利说。

起用村里的老工匠，是项目“共建共享”理念的一个缩影。随着生态、生产、生活统筹发展，朱家林正在成为宜居宜业的美丽家园。

昔日的小山村，如今添了颜值。村间石板铺路，两侧撒上碎石；老院墙外围栽满蒲苇、芒草和狼尾草，高高低低的草穗随风起舞，与石子路共同构成了自然的乡村海绵系统。这两年，朱家林坚持生态优先，编制了生态规划，治水种树，打造循环农业，4 000余亩荒山披上了绿装。

多重产业入驻，村民参与的劲头十足。老屋流转后，今年58岁的尹德兰住进了新的农家小院，水电无忧，每年手头还多了2 000元租金。不仅如此，经过培训，她还迎来新的身份——“民宿管家”。“咱也领起工资了，1个月1 800，日子宽裕多啦！”客人刚走，尹德兰忙着收拾，动作轻快又利索。

吃住不愁，村民的精神生活也更富足了。每天，公树贞和几个老姐妹相约在非遗文化体验馆，一起缝制布老虎。“在家成天对着四堵墙，心里也堵得慌。这下可热闹了。”她81岁，一头银发，飞针走线却十分灵活。田园综合体的建设，重新点燃了传统手艺的文化火种，老年人也有了闲暇去处。

昔日空落落的村子重又热闹起来。田立军说，这段时间，有10多位村民返乡创业，有的开起农家乐，有的带回了新的农业技术。曾经负债的村集体，如今每年有10万元收入，村民人人有股权。

乡村产业发展，目的是让广大农民受益。“朱家林可以搞旅游，但绝不是做景区，最终不光要让村里人留在村里，还要让出去的人回到村里。”朱家林生态艺术社区总设计师宋娜说。

构建人才回流长效机制，亟待更多的城乡衔接配套服务。“项目跟着人才走，人才跟着环境走，环境，则要靠政策来营造。”黄树田表示，不能让创客成为“过客”，完善城乡衔接机制仍有可为空间。

离开朱家林时已近黄昏，创客公寓的灯火一盏盏亮起，伴随着“新鲜血液”的不断注入，古老村庄正焕发新的生机。

肉价飞涨，百姓“菜篮子”价格怎么看

——2019年中国物价形势观察

刊播 新华社（12月5日）

作者 董峻 于文静 高敬

年终岁末，农产品价格更牵动人们的心。受疫情等因素影响，2019年以来猪肉价格飞涨，连带着牛羊肉、鸡蛋等畜禽产品价格不同程度上扬。某些时段，水果价格也牵动着人们的心。

有涨也有稳。2019年，粮食价格依然保持稳定。持续丰收、供应充足的粮食成为中国经济社会发展的“压舱石”。

农产品价格是影响物价的关键，也是最受社会关注的经济热点之一。记者日前就此赴各地展开调研。

2020年年底生猪产能有望基本恢复

在广州市南沙区明珠肉菜市场，何建国刚买了2斤肉排，每斤比上个月便宜了4元钱。

像很多市民一样，何建国总是每天一早采购全家晚饭所需食材，就为了图个新鲜。猪肉正是他的菜篮子里不可或缺的食材。

受多重因素叠加影响，2019年以来全国生猪产能下降较多，猪肉市场供给持续偏紧，10月猪肉价格同比上涨101.3%，影响全国居民消费价格（CPI）上涨约2.43个百分点，占CPI同比总涨幅的近2/3。近期这一趋势已出现小幅回调的可喜变化——

据农业农村部监测，全国猪肉价格已连续4周回落，降幅超过20%。2019年12月1日猪肉价格为每公斤41.48元，比11月1日价格高峰的每公斤52.40

元下降10.92元，降幅为20.84%。

即将到来的元旦和春节是猪肉消费的高峰，由于前期产能下降造成供应减少，保供稳价的形势仍有不确定性，10月CPI同比上涨3.8%，稳物价仍面临压力，需要高度重视。

当前，很多地方生猪养殖正在回暖，一个明显信号是养猪场复养的积极性提高，仔猪需求增加了。

几千里外的重庆市荣昌区，兴旺猪场的销售正在回暖。记者见到猪场负责人郭平时，她刚刚卖了几头仔猪。猪栏里还有几十只胖乎乎的小猪拱来拱去、哼哼唧唧。

“下半年农户补栏的多了。有时候一天能接到十几个要买仔猪的电话。”她说，“现在基本天天有猪卖，仔猪成了‘小金猪’。”

猪肉消费的比重占我国肉类消费的2/3。一场稳产保供行动在各地强势推进，支持生猪生产发展的各项政策效果开始显现——

8月底以来，农业农村部会同国家发展和改革委员会、财政部等部门出台了17条扶持生猪生产政策措施，从明确生猪及其产品绿色通道政策、缩短非洲猪瘟扑杀补助发放时间、规范禁养区划定和管理、保障生猪养殖用地等方面给予支持。

在国务院办公厅印发的《关于稳定生猪生产促进转型升级的意见》中，更是明确提出猪肉自给率要保持在95%左右。

“生猪生产整体进入止降回升转折期。”农业农村部畜牧兽医局局长杨振海说，“2019年年底前存栏有望止降回升，市场供应明显增加或将在2020年下半年，力争2020年年底生猪产能基本恢复到接近往年水平。”

不过，一头猪从小猪到育肥出栏，大体上需要半年时间。因此即使“马力全开”，恢复常年水平也仍有待时日。对此，农业农村部要求各地充分挖掘自身生产潜力，努力增加猪肉市场供给量，并加快发展禽肉、牛羊肉、水产品等替代肉品生产供应。

猪肉供应的积极信号不只来自火热的养猪场。海关总署数据显示，前三季度我国进口猪肉132.6万吨，增加43.6%；进口牛肉113.2万吨，增加53.4%，均达到相对较高的水平。

第四季度，各地通过进口、商业库存转储等方式增加冻猪肉储备，储备量也较充足。加上禽肉、牛羊肉等生产都在增加，市场总供给的预期较好，不支持猪价持续走高。

粮油价稳发挥经济社会“压舱石”作用

俗话说，猪粮安天下。肉贵了人们着急，但粮油等大宗农产品价格却并不那么引人关注。从根本上说，这是连年丰收的“底气”。

在北京的沃尔玛超市宣武门店，打折促销的粮油商品琳琅满目。店员李慧敏一边码货一边回答顾客关于烙饼用哪种面粉好等问题。

她说，很多顾客买粮油时更倾向品质好的，价格高点也不介意。一些顾客也反映，现在人们主食吃得少，买米面花不了多少钱，平时不太在意价格。

粮价是百价之基。稳定的粮价不仅让消费者心里踏实，也默默支撑着物价的平稳走势。10月份，稻谷、小麦、玉米3种粮食集贸市场均价每斤约为1.2元，同比跌1.0%。

农业农村部市场与信息化司司长唐珂说，粮食市场平稳运行的最根本原因是粮食连年丰收，主要粮食品种库存充足。2019年产量有望连续第五年稳定在1.3万亿斤以上，为经济持续健康发展和社会大局稳定提供有力支撑。

而从吃穿用度的总体情况看，前10个月CPI同比上涨2.6%，仍在年初确定的3%左右的预期目标内。

“今年以来核心CPI保持稳定，说明宏观经济体系中总供给和总需求相对平衡。”中国宏观经济研究院市场与价格研究所研究员郭丽岩说。

“压舱石”虽稳，但隐忧也不可忽视。农资、人工等种粮成本不断上涨，种粮比较效益低，影响了农民种粮的积极性。根据中国农业科学院的一份调研报告，近年来西南等地一些原本是粮食产销平衡区的省份已成为粮食调入区。

中国农业科学院研究员陈萌山表示，稳住粮食生产这个“定盘星”，一方面要向规模化、专业化要效率和收益，另一方面要围绕市场推进农业供给侧结构性改革，调整种植结构和品种，推动实现优质优价。

2019年以来，国家围绕保障粮食安全的政策和举措频频出台：对玉米、大豆继续实施生产者补贴，水稻最低收购价保持稳定，国家还提出到2022年全国建成10亿亩高标准农田，稳定保障1万亿斤以上粮食产能。

农业农村部有关负责人指出，当前要切实落实省长负责制，毫不放松抓好粮食生产，要进一步抓好南方夏秋连旱地区抗旱工作，加强越冬作物田间管理和防灾减灾，为促进2020年丰收稳价奠定基础。

农业“靠天吃饭”局面仍待破解

大雪节气将至，广东省遂溪县湛江百顺农业有限公司的农场里，仍然葱葱郁郁、瓜果飘香。农场主苏义杰2019年种了500亩木瓜、300亩火龙果和1 200亩贝贝南瓜，收获颇丰。

他以木瓜为例盘点了水果销售情况：木瓜销售价1—4月是每斤1～1.5元，5—9月降到每斤0.7～0.8元，10—12月回到每斤1.4～1.5元。原因主要是相比夏季，冬、春季节雨水少，果实品质更好。

“现在水果种植使用有机肥越来越多，虽然成本至少增加了1/3，但果实品质好，能卖个好价钱。”他喜滋滋地说。

在2019年的农产品价格曲线图中，水果曾经一度逆袭，不仅进口水果价格不菲，荔枝、苹果等国产水果身价也有些不寻常。2019年以来，水果价格前高后低，季节性波动规律明显。由于苹果、梨主产区在2018年春季遭受倒春寒天气，减产幅度较大，2019年上半年水果价格持续走高。

春夏之交是每年水果青黄不接的季节。6月，农业农村部重点监测的6种水果均价每公斤8.39元，环比涨11.1%，同比涨51.7%。

而下半年以来，随着水果大量上市，价格出现季节性下滑，跌破2018年同期水平。10月份，6种主要水果的批发均价每公斤5.17元，环比跌11.8%，同比跌0.8%。

与水果情况类似，2019年蔬菜由于春季生产和上市受到不利天气影响，进度推迟，菜价持续高位运行，此后菜价以季节性波动下跌为主。10月份，农业农村部监测的28种蔬菜全国平均批发价每公斤3.79元，环比跌3.3%，同比跌7.1%。

“菜篮子”关系千家万户，直接关系百姓的获得感和幸福感。不久前，农业农村部会同国家发展和改革委员会等10个“菜篮子”食品管理部际联席会议成员单位，对36个直辖市、计划单列市、省会城市进行“菜篮子”市长负责制考核后的结果显示，大多数城市供给有保障，但有些城市“菜篮子”产品自给能力下降，一些城市市场流通体系建设滞后等问题仍待破解。

日前，农业农村部部长韩长赋提出，各大中城市继续加大“菜篮子”工程建设力度，切实提高综合生产能力。

“要保障‘菜篮子’，首先得保护好、建设好‘菜园子’，要坚决守住耕地红线，确保菜地面积稳中有增、质量不断提高。”他说，“要加强城市自有鲜活农产品生产基地建设，一些缺口较大的，要加强与外埠生产基地合作。”

他同时指出，要加强仓储保鲜、冷链物流设施建设，健全市场流通体系，落实重要“菜篮子”产品储备调节制度，创新使用农业保险等金融工具，引导产销平稳、价格稳定。

你吃的水果几成熟

——透视小果子背后的大问题

刊播 新华社（7月24日）

作者 于文静　张志龙　杨文

夏日炎炎，西瓜、甜瓜、桃等时令水果大量上市。如何能买到成熟度高、口感好的水果是消费者关心的问题。有人心心念念柔软多汁、可以“剥皮吃”的水蜜桃，有人疑惑为何好果难觅，我们吃的水果到底是几成熟？

“熟果”要到产地找

“现在一些桃子等时令水果，如果没到成熟期就采摘，会显得干硬、发涩，水分少，也不甜；还有一些外地香蕉是青色的，在没有黄透的情况下吃起来没滋味。”在山东省济南市经十路一家水果摊点，市民李晓明对记者说。

农业农村部水果品种首席分析师赵俊晔表示，水果成熟度可分为成熟和完熟。成熟也叫“可采成熟期”，是指果子已经长到最大，可以采摘，但食用品质不是最佳，而完熟期的果实则达到了最佳食用品质。从成熟到完熟的过程，多数水果可以在树上完成，也可以在采收后完成；少数水果如芒果、鳄梨需要在采收后完成，有些水果如香蕉的“后熟”过程通常要辅以人工催熟。

市场上的水果有几成熟？专家们认为，苹果、梨、柑橘等耐贮存的水果通常是九成、十成熟，桃、杏、李、葡萄、猕猴桃等不耐贮存的水果的成熟度不会太高。

赵俊晔说，零售市场的国产猕猴桃、香蕉等普遍不到十成熟，消费者购买后妥善放置，完成“后熟”作用之后食用；而部分进口或品牌香蕉、猕猴桃，通过合理规划上架时间，可以达到十成熟。

现实中，果实采摘后一般需要经过运销、贮藏甚至长时间贮藏才能到达消费者手中，果实通常都在“可采成熟期”采收；完熟期的果实不耐贮运，只有采摘园或者产地近距离销售才有可能在完熟期采收。

“早采早摘”危及产业长远

日前在江苏省无锡市，阳山水蜜桃正是上市旺季，线上线下销售繁忙。

“水蜜桃很娇嫩，一般发货是七、八成熟。曾有青岛消费者要买‘寄到就能吃’的水蜜桃，我们发的是八点五成熟的，结果快递到了2天后对方才拆箱，说有烂果要求索赔；还有应要求寄往常州的八点五成熟的桃，一路颠簸后效果不理想。”无锡市惠山区阳山水蜜桃桃农协会秘书长赵逸人说，桃子几成熟更好，既与何时采摘有关，也与运输条件和食用时间有关。

合理的采收期是品质的重要保障。近日，有媒体报道个别地方出现猕猴桃提前近2个月早采早摘现象，引起业内关注。

专家们认为，很多水果有相应的技术规范，但为了早上市抢占市场，不少水果存在“采青”现象，这在苹果、梨、芒果、猕猴桃、香蕉、桃中都或多或少地存在。

“过早采收的猕猴桃即使经过催熟，也口味淡，果肉松懈，有硬芯，甚至放烂了也不熟，极大损害了消费者的利益。对果农和经销商而言，虽然获得了眼前利益，但是导致整个产业受损。”赵俊晔说。

品质之道：多措并举破解产销脱节

“很多时候水果何时采摘是经销商（水果经纪人）说了算，采摘标准不是品质而是外观和是否耐贮运。”国家桃产业技术体系鲜食桃品种改良岗位科学家俞明亮说。

专家们认为，早采早摘的根本原因是产销脱节，其背后是小生产、大市场的生产方式。应改变目前生产、采购、批发、销售各自为政的状态，发挥当地政府和专业协会的作用，建立并执行统一的采收标准，建立贯穿全产业链的品控体系，形成利益共同体，实现产销一体化。

对此，一些大型农业企业正在积极探索有效的新模式。

“我们在陕西铜川基地种植的‘未央2号’桃，采用绿色种植生产方式，在八点五成熟时采摘，标准是直径7.5～8.5厘米、单果170克起、糖度14度左右，全程冷链运输、精细包装，虽然每车运费增加1 000元左右，但因为成熟度和口感，得到了很多客户认同，是对优质优价的有效探索。”中化农业品质生活部产品经理刘忍对记者说。

赵俊晔表示，当前我国农产品消费升级趋势凸显，今后一方面应推动本地化消费，发展采摘、农旅结合，另一方面要通过产地直供、电商途径等缩短流通环节，提高包装保鲜技术，完善冷链物流体系。同时，美国的产地直接对接超市、冷链体系完善；日本的品控严格、运输距离短、优质优价；新西兰的完善产后商品化处理和供应链组织体系等经验，都有借鉴意义。

84颗葡萄引出的3点启示

刊播 新华社（9月23日）

作者 董峻

84颗葡萄要在半小时内吃完，同时还要对每颗葡萄的表现打分——这是记者日前在一次采访中临时“客串”群众评委的经历。

这是一场由江苏省葡萄产业技术体系在连云港市灌南县举办的优质葡萄评比活动，是一次对葡萄种植者种植成果的检阅。参赛者来自苏州、常州、南通、南京、连云港等地。

葡萄过去多在北方种植。因为雨水多，江浙一带从来都不是葡萄适生区。不过，近年来随着避雨栽培等新技术的广泛应用，江苏、浙江、重庆、云南等地的葡萄产业被“点燃”了，开始改变我国葡萄种植区域版图。

记者面前的葡萄凝聚了江苏葡萄产业发展的最新成果。这些葡萄有阳光玫瑰、夏黑、巨峰、藤稔、醉金香等14个品种，其中半数是深受市场欢迎的阳光玫瑰。

评委每吃一颗就在评比表上写下相应分数：果穗整齐度、色泽、果粒大小3个外观项目总分满分45分，肉质、风味、糖度3个内质项目总分满分55分。以一颗葡萄平均重12克计，84颗葡萄总重1 008克，也就是2斤。很快记者就发现，当评委并不是一件容易的事，需要强大的“吃货”意志才能在一颗颗“甜蜜冲击”下挺住。

江苏葡萄产业技术体系首席科学家、南京农业大学教授陶建敏介绍说，这种评比已经是第二次举办了。从参赛的葡萄品质看，2019年的整体水平更趋均衡，这意味着葡萄产业的整体水平在提高。

葡萄吃完，评分表也交了。记者和陶建敏以及几位果农就参赛情况聊起来，引出3个话题和启示——

话题1：同样的品种，为什么品质不一？如，阳光玫瑰本应有淡淡的清香，但一些参赛的葡萄有了很高的糖度，却少了一丝果香。一位种植户道出原委：过度追求产量，用化肥多，忽视了有机肥和微量元素的施用，导致了品质的不理想。

“宁吃好桃一个，不吃烂桃一筐”，人们对水果的消费已经进入更讲品质和口感的阶段，愿意为更好吃的水果掏腰包的消费群体越来越大。只有不断精进、提升产品品质才是种植者的“王道”。

话题2：不同的品种，为什么都有胜出？在比赛结果中，虽然阳光玫瑰有“一统江湖”之势，但老品种巨峰仍取得了不俗战绩。巨峰至今仍是国内的葡萄主栽品种之一，其屹立不倒的缘由何在？有位评委的一句话可以解释：熟悉的口感和味道。

俗话说“众口难调”，有人口味偏酸，有人更好吃甜，有人喜欢“肉肉”的口感，有人青睐脆弹的风味。对此，有种植者感慨：“不要看到市场流行就一窝蜂地改换新品种，等到进入盛果期，也许前人早已赚得盆满钵满，新品种的市场价格一落千丈了。”

话题3：差不多的品质，为什么价格不一？陶建敏同时也是国家葡萄产业技术体系岗位科学家，掌握着全国的葡萄生产情况。据他介绍，2019年同期上市的阳光玫瑰，湖北、湖南、新疆、河南等省份的价格已经比2018年有所下降。但在云南，阳光玫瑰的收购价能达到50块钱1斤。这是为什么？

来观摩这次评比的云南建水县葡萄种植园主张家福说，这主要是因为云南独特的高原气候使葡萄的生长与其他地区产生了季节差——他的葡萄5月底6月初就上市了，此时其他地方的葡萄还未成熟。

如何能让葡萄这种很讲究鲜食的水果价格更平稳、波动更少？大家普遍认为，这需要通过在产区大力建设仓储物流冷链系统以延长葡萄的上市期，还要通过精准的市场营销和品牌推广策略更精准地锁定目标人群。

“各地都有品质好的农产品，但要实现优质优价则是一个系统工程，需要各方合力。”陶建敏说。

水蜜桃园为何种了草

刊播 新华社（8月5日）
作者 于文静

盛夏时节，正是无锡阳山水蜜桃销售旺季。多少年来，桃农们习惯了用除草剂把杂草清得干干净净，认为这才是勤快。可是当地种植大户——建勤家庭农场的桃园不光不除草，还特意买种子种草。这是为什么？

“村民们说种地可不是这样的——撒肥料喂草吃，背地里叫我‘孙傻子’。”家庭农场主孙建勤说，被喊了10年傻子，他心里难过又迷茫，直到遇到了农技专家们，才有了信心把“傻”继续下去。

47岁的孙建勤是个戴眼镜的农民，个子不高，平头，说话时常憨憨地笑。或许是借了名字里的“勤”字，他总是闲不住。园子里水蜜桃挂满枝，马唐草、水花生、婆婆纳、苕子、紫云英等植物郁郁葱葱，鸭子在鱼塘里嬉戏。他的裤兜里总揣把修枝剪，看到有枝条长得太旺，上前“咔嚓”两下便解决问题。

桃园种草是孙建勤和专家们共同碰撞出的火花。10多年前，因为有过种植的葡萄受除草剂影响的经历，他在种桃时便尝试不用除草剂，后来通过查阅资料发现果园生草是良法。“除了自然生草、人工种草，就连村民割后不要的草，我也要捡回来放在园子里。”他说，虽然村民说他傻，但农技专家一直给予他鼓励和指导。

“只要有机会我们就给桃农讲解果园生草的好处，不合理地喷洒除草剂会让土壤板结、桃树流胶加重，如果不小心将除草剂喷洒到树上，则会使叶片黄化脱落。果园生草不仅保墒，增加土壤有机质含量，激活微生物活动，疏松土壤，有利于蚯蚓繁殖，而且增加生物多样性，东亚小花蝽、瓢虫、中华草蛉及肉食性螨类等优势天敌数量明显增加，能够制约害虫蔓延。”国家桃产业技术体系岗位科学家马瑞娟说。

孙建勤以最爱的豆科植物紫云英举例说，根瘤菌可以固氮，为土壤增加营养；花期是3月底至5月上旬，那时树上粉桃花，树下紫云英，果园更美；5月上、中旬紫云英结籽，可以收获种子；5月下旬紫云英枯萎后覆盖地面，可以保水保肥。通过生草种草和覆盖秸秆等方式，能够减少化肥和农药用量至少20%。

“桃园生草技术推广了多年，之前一直难落地，因为农民习惯把园子清得‘一片草芽都不长’。”国家桃产业技术体系南京试验站站长宋宏峰说，农村特别需要能接受新技术、新理念、能带动农民的新农人。

多年来，随着桃园生态变化，水蜜桃的品质也在改变。在科技人员指导下，阳山越来越多桃园实现草木共生，应用宽行种植、长枝修剪、病虫害绿色防控、施用有机肥等技术，使果型和品质越来越好，连续多年在江苏和全国获奖。

阳山水蜜桃如何能走得更远？孙建勤也在琢磨：

——皇帝的女儿也愁嫁。让农民既会种植又懂市场和经营，挺难，能不能发挥政府和行业协会力量对接产销？

——未来谁来种桃？放眼桃园、水蜜桃交易市场，都是白发老人，年轻人最多只在末端电商管销售。能否开发性价比高的果园实用农机？

——什么才是真正的好桃？白里透红的大果价高且畅销，但大果需要肥料多，要得到白里透红的外形则需要套袋，这样不仅影响光照，降低糖度，而且会增加约1/5的成本。能否引导消费者不以大为贵、以粉红为美，而以糖度评出好桃？

如今，手机已经成为孙建勤的新农具。手机里安装最多的是农业技术App，微信朋友圈里发得最多的是桃园花草，有时他也会幸福地自嘲：“这是种桃还是种草？”

或许，他自己的话就是最好的答案：给小草一点空间，它会还你一个缤纷的世界。

养猪这件事儿，正在发生变化

——新华社记者年终经济调研采访札记

刊播 新华社（12月5日）

作者 高敬

“养10头母猪，明年开宝马”。2019年，一些养殖企业喊出了这样的口号。这是真的吗？

岁末年尾，记者赴广西壮族自治区、重庆等地调研百姓菜篮子里备受关注的“猪”。面对记者的疑惑，重庆市荣昌区畜牧发展中心一位工作人员给记者算账，1头母猪1年产仔约20头，按照现在的行情计算，10头母猪1年收益的确可以达到数十万元。

荣昌猪是全国有名的地方猪品种之一。重庆市荣昌区每年能外销百万头仔猪。

猪舍里，几十头胖乎乎的小猪在宽敞的栏舍里撒欢儿，不时“哼哼”叫几声。

“今天上午卖了4头仔猪，最近这段时间基本天天有猪卖。1头10公斤左右的仔猪能卖到1 900多元。”郭平的普通话带着点重庆味儿，语速快，声音脆。

她是全国农业劳动模范，也是荣昌区兴旺种猪场的负责人。合作社以饲养种猪为主，把仔猪卖给农户饲养，指导服务周边3 000多养猪农户。

在广西壮族自治区贵港市，一家养殖场业主梁敬旺告诉记者，他10月底卖出约1 000头肥猪，赚了200多万元。

2019年价格最高时，一些地方活猪价格一度冲到每斤24元。“1头猪能卖出1头牛的价钱！真是疯狂！”郭平说，每头猪都成了名副其实的“金猪”！养猪多年的人也从没见过这样的行市。

记者在调研中发现，在多重因素影响下，变化的不只是猪价，还有养猪的方式。不少农户以前对怎么阻断病毒传播、如何保护环境等没有概念。经过这次考验，农户都知道搞好环境卫生、认真消毒，来保护自己家的“金猪”了。从大型企业到中、小养殖户，养猪行业整体水平都有所提升。

记者想进大型养殖场看一眼活猪，成了个“难事儿”。在养殖企业眼中，现在每个靠近猪舍的人、车、物都是“安全隐患”。

在广西壮族自治区贵港市调研时，记者首先被复杂的消毒流程震惊了。刚到养猪场的山脚下，汽车就得清洗、消毒，所有人员更换一次性隔离服、专用鞋子，随身携带物品用酒精消毒，之后全体人员进入喷雾消毒室消毒，再乘坐专用车辆才能来到猪舍约100米外的一处围栏。要想再靠近猪舍，还得经过长时间隔离，多次洗澡、换衣服等过程。

远眺猪舍，令人吃惊——这里的猪已然过上了“吹空调、住楼房、坐电梯”的生活。

如果不听介绍，绝对看不出眼前是一个养猪场：茂密的树林深处，有几栋方正的白色楼房，2栋7层楼、2栋9层楼。记者站在猪舍外100米远，几乎闻不到任何异味。

这个位于贵港市亚计山的养猪场，是广西扬翔股份有限公司的一个母猪场。猪场占地只有120亩左右，饲养了3万多头“猪妈妈”，1年可提供上市约100万头仔猪。

“我们把猪舍保护得像铁桶一样滴水不漏。”扬翔公司总裁施亮介绍。经过严格生物安全防控措施，这个猪场至今未发生1例非洲猪瘟病毒感染事件。

全国1年约消费7亿头猪。面对百姓吃肉的刚需，如何恢复生产是养猪产业当前最急迫的问题。

记者在调研中感受到，生猪生产正在出现一些积极变化。大企业投入较大成本，抓紧当前国家鼓励生产的“良机”恢复产能。

大家都来养猪，是否会加剧未来猪价的动荡？一些养猪企业对记者表示，养猪行业需要在合理的价位上，实现良性、可持续的发展。施亮坦言，大型企业即使希望积极复产，硬件建设需要时间，肉猪上市也需时间。

“当前不怕仔猪卖不掉，即使留下来也可以为春节后大规模补栏做准备。”郭平对养猪依然很有信心。

岗则村的氆氇生意经

刊播 中央电视台（2月22日）
作者 肖振生　宋建春　王凯博

【导视】

作为深度贫困地区之首的西藏自治区，2019年春节期间，又有25个县（区）脱贫“摘帽”。然而，记者在刚刚脱贫的西藏自治区贡嘎县岗则村采访时，发现这里的扶贫干部依然在奔波忙碌，为的是让当地不仅要彻底断掉“穷根儿”，还要发展致富。

【正文】

岗则村是贡嘎县一个偏远山村，一大早，村里的氆氇合作社就热闹了起来。

【同期】**西藏自治区贡嘎县岗则村村民　普布曲珍**

每天都来，在这上班，一个月5 000块钱。

【正文】

氆氇，是藏族百姓最常用的手工编织品，过去，岗则村村民可没把这种传统手工品当回事儿，村里更是没有氆氇合作社。

【同期】**西藏自治区贡嘎县岗则村村民　普布曲珍**

家家户户都编氆氇，编好了自己用，氆氇在当地太普通了，能卖出去的不多。平时大家都在打零工，没有稳定的收入。

【正文】

由于贫困户没有稳定收入，岗则村一直是当地脱贫攻坚的“老大难”。而与此同时，西藏自治区有不少县（区）陆续“摘帽”，这给岗则村的扶贫干部带来不小压力。

【同期】

[记者：脱贫攻坚最难的是什么？]

西藏自治区贡嘎县岗则村驻村第一书记　多吉扎西

最大的困难是找准发展的路子，比如说产业这块儿。

【正文】

看到周边不少村都有了脱贫产业，岗则村的扶贫干部也尝试着学习引入，可没想到，这些产业在岗则村很难推广。

【同期】**西藏自治区贡嘎县岗则村驻村第一书记　多吉扎西**

以前我们也试过发展很多产业，比如说红土豆种植、温室大棚种植，但最终的效果都不是很明显。

【同期】**西藏自治区贡嘎县岗则村村民　普布曲珍**

以前没种过作物，后来学会了怎么种出来，但卖不上价，收入还是不稳定，所以就又返贫了。

【正文】

一般性产业在岗则村没扎下根儿，刚刚脱贫的贫困户又返了贫。吃过这个亏，扶贫干部们就再一次挨家挨户走访，下决心要找到村民认可、能帮村里断掉穷根儿的产业来。

【同期】**西藏自治区贡嘎县岗则村驻村第一书记　多吉扎西**

在走访过程中知道了，我们这个乡有"氆氇之乡"的美称，跟老一辈问了以后知道了氆氇。

【正文】

这两年，西藏自治区的不少地方流行藏装定制，轻柔保暖的氆氇是抢手的上品布料，而岗则村恰好有编织氆氇的传统。氆氇能否规模生产，打开藏装定制的市场？扶贫干部们跟村"两委"班子几次考察市场之后，在村里成立了氆氇合作社。

让扶贫干部出乎意料的是，与以往推广产业时很少有人过问的情况不同，这回氆氇合作社建起来后，不少村民前来报名，普布曲珍就是其中之一。

【同期】**西藏自治区贡嘎县岗则村村民　普布曲珍**

我们从小就会编氆氇，干部们说成规模了就能卖出去，能赚钱脱贫，所以就来试试。

【正文】

嘴上说试试，但心里还真打鼓。虽然这些扶贫干部一个个那么卖力气、掏心窝子地带领村民们干，但干到最后能不能打个响，能不能真脱贫，普布曲珍心里确实没底。

像岗则村一样，西藏自治区80%的贫困村，因为自然条件差，产业发展基础弱，要想彻底断掉“穷根儿”难度极大。为此，当地采取产业扶贫、易地搬迁、生态补偿等多种有针对性的措施，加大力度，使得贫困发生率首次达到个位数，降到6%以下。而其中，最下力气的就是产业扶贫。

在岗则村，搞起氆氇加工之后，村民的这一特色产品卖到了拉萨。

【同期】

[记者：这里是西藏自治区拉萨市最繁华的商业街八廓街，在这儿卖得最火的就是传统的藏族手工品、牦牛奶渣等特产。走访了一些店铺，我们发现，这些特色产品不少都来自曾经的深度贫困村。]

【正文】

在这些特色产品中，岗则村的氆氇已经占有一席之地，一件定制藏袍能卖出10 000多块钱。

【同期】**西藏自治区贡嘎县岗则村驻村第一书记　多吉扎西**

氆氇主要用于制作藏装，还有鞋子，按照市场的需求还做了棉被，现在已经卖完了。

[记者：您经常来了解氆氇的销售情况？]

经常过来看一下利润怎么样，产销方面的情况怎么样，我们也是按照市场的需求变化来销售，今年哪个流行我们就稍微做多一点。

【正文】

由于看到了效益，尝到了甜头，普布曲珍发自内心地感谢这些说到做到，帮他们脱贫致富的扶贫干部们。

【同期】**西藏自治区贡嘎县岗则村村民　普布曲珍**

扶贫干部对我们帮助太大了，这次又组织我老公外出务工，家里一年能收入90 000多块钱，不仅是脱贫，我们现在要增收致富。

【正文】

岗则村的产业发展有了起色，老百姓打心眼里满意，这让在这里打拼了几年的扶贫干部们满心欢喜。然而，看到氆氇卖得这么火，其他村也开始发展这个产业，以后岗则村的氆氇会不会卖不上价，影响村民致富的步伐？这让这里的扶贫干部又添新的忧虑！

为了让岗则村的氆氇产品进一步做到人有我优、提档升级，春节过后，这里的扶贫干部们又开始了新的打拼！

全面小康路上一个不能少，脱贫致富一个不能落下。在刚刚脱贫的西藏自治区贡嘎县采访，使记者深切感受到这里的扶贫干部们带领百姓脱贫致富的勇气和担当！

截至2018年10月，全国已经有153个贫困县“摘帽”。“摘帽”后，不能“撤摊子”“甩包袱”“歇歇脚”，扶贫干部们只有和当地百姓一起，咬定目标使劲干，才能确保脱贫不返贫，最终走向共同富裕。

安徽水坪村脱贫纪实：茶产业风波

刊播 中央电视台（10月24日）
作者 宋建春　王凯博

【导语】

发展产业是实现脱贫的根本之策。当前，脱贫攻坚已到了决战决胜、全面收官的关键阶段，在安徽大别山革命老区，仍有35个贫困村没有出列。这些深度贫困村，为何仍未走出贫困？记者近日来到这里进行了采访。

【同期】**安徽省金寨县水坪村第一书记　宿方瑞**

我们现在茶园都搞起来了，从现在开始我们都要用这种有机的肥料。

【正文】

宿方瑞是安徽省金寨县水坪村第一书记，为了把有机茶产业搞起来，他在水坪村碰了不少钉子。

【同期】**安徽省金寨县水坪村农民　全贤松**

我们总想着这些干部都是年轻人，都是大学生，又不会干农活，凭嘴讲是没用的。

【同期】**安徽省金寨县水坪村农民　全诗卫**

怕是形式主义吧，来了就跟我们讲扶贫，不知道能不能干实事，没准走个过场就走了。

【正文】

穷怕了的农民对扶贫干部不服气，不是没有原因的。

水坪村地处偏远的大别山深处，由于缺少像样的产业，全村超过30%的农户都是贫困户。

如何找到适合当地发展的产业，一直是宿方瑞他们这些驻村扶贫干部最着急的事儿。看到不少村种高山蔬菜脱了贫，而水坪村的海拔高，生态环境好，很适合种高山蔬菜，于是，宿方瑞他们动员贫困户种蔬菜，可没想到，菜种了，贫困户却没脱贫。

【同期】安徽省金寨县水坪村农民　全诗卫

还是没技术，再一个也是不擅长。

【同期】安徽省金寨县水坪村第一书记　宿方瑞

种了100多亩的辣椒，结果卖不出去，然后我们把辣椒做成了泡椒，还是不行，最后把泡椒做成了辣椒酱，销售还是不行。

【正文】

一方面，水坪村的农民不擅长种蔬菜，另一方面，由于交通不便，信息不畅，销路没打开，几千个定制好的泡菜坛子白白闲置，满怀一腔热情的扶贫干部被当头泼了冷水。

【同期】安徽省金寨县水坪村第一书记　宿方瑞

着急，真着急。

【同期】安徽省金寨县水坪村扶贫工作队副队长　潘涛

他急得头发都掉了，现在长出来了又把白发急出来了。

[记者：真是不容易。]

白天在外面找项目找产业，晚上基本上都工作到一两点。

【正文】

脱贫没那么容易，在水坪村住了几年的宿方瑞等人对此深有体会。这一次，扶贫干部没有气馁，花更大力气继续去找适合当地发展的产业。

【同期】安徽省金寨县水坪村第一书记　宿方瑞

没办法，只能再一户户地去走访调研，发现这个地方老百姓祖祖辈辈都在种茶，但是好山好水，一把化肥一撒，好茶也就给糟蹋了。

【正文】

一筹莫展当中，宿方瑞他们发现，现在市场上的有机茶缺口很大，而水坪村恰好有种茶的传统。水坪村能不能搞有机茶产业？宿方瑞他们在仔细考察市场，并请专家评估之后，与村“两委”一合计，决定引入大公司的销售渠道，由村合作社负责技术指导，带领大伙儿搞有机茶。

可没想到，因为之前种蔬菜没搞起来，这回推广有机肥种茶，大伙儿抵触不小。全诗卫就是其中之一。

【同期】安徽省金寨县水坪村农民　全诗卫

那时候不相信他们，我们又不懂这些科学技术，他们来的都是大学生，谁知道他懂不懂得茶叶管理呀？

【正文】

虽然村民不看好，可产业还得做，要不大伙儿怎么脱贫呢！宿方瑞他们顶住压力，硬着头皮挨家挨户做大伙儿的工作。

【同期】安徽省金寨县水坪村第一书记　宿方瑞

我们到他家里去，结果他跑到山上去了。我们到山上去，他又跑到另外的地方去了。那没办法，我们就在他家门口等着，堵着，一直等到他回来。

[记者：去他家跑了几次？]

我们跑了5趟。

【同期】安徽省金寨县水坪村农民　全诗卫

他人就不走，他说如果你明年减产了，我理赔你们，我来这里扶贫，一扶贫就是三年五年，我不会走的。

【正文】

看到宿方瑞他们一个个那么卖力气，那么掏心窝子地要帮大伙儿脱贫，全诗卫心里受触动了。可种有机茶能不能搞成，全诗卫确实心里没底。

【同期】安徽省金寨县水坪村农民　全诗卫

你想推广我就干吧。但事实上，我也没有很认真地干。

【正文】

在大别山革命老区，很多贫困村都和水坪村一样，由于自然条件差，产业发展弱，脱贫很难找到门路。全国其他深度贫困地区也都不同程度地存在这样的情况。为此，中央和各地采取资金投入、金融扶持、市场营销、科技服务等多种产业扶贫措施，让92%的建档立卡贫困户参与到产业发展中。

安徽金寨县水坪村这一次发展有机茶，没有让全诗卫他们失望，2019年春茶一上市，大伙儿就尝到了甜头。

【同期】**安徽省金寨县水坪村农民　全诗卫**

施了有机肥的茶叶厚墩墩的，乌涂涂的，炒了会变黄。有机肥茶叶2019年能卖60块钱一斤。

[记者：和普通的茶叶比呢？]

高10来块吧。

【正文】

有机茶卖得好，宿方瑞他们趁热打铁，又带领大伙儿扩种。这次不少农民都主动找上门来，他们对扶贫干部打心眼里满意。

【同期】**安徽省金寨县水坪村农民　马世玲**

有机茶产量高，能为我们老百姓多赚钱！

[记者：你们相信他们吗？]

相信。

【同期】**安徽省金寨县水坪村农民　全诗坤**

有扶贫工作队，在他们的带领下，我们起码心里有个底，就像吃了颗定心丸。

【正文】

如今在水坪村，村民的住房、医疗、教育、饮水等社会保障和基础设施也在同步改善。大伙儿收入多了，村里环境好了，脱贫出列也快马加鞭。

【同期】**安徽省金寨县水坪村第一书记　宿方瑞**

2019年我们村出列肯定是没问题的。把茶产业搞起来，然后老百姓稳定增收，慢慢致富，最后实现产业的振兴。

【正文】

2019年，安徽大别山革命老区的35个贫困村将全部退出贫困序列。

大槐树村的调水故事

刊播 中央电视台（11月14日）
作者 宋建春　王凯博　施韶宇

【导语】

刚刚脱贫的陕西咸阳大槐树村最近遇上了新麻烦，2019年，他们靠发展果业脱了贫，然而，他们卖出的果品却在电商平台上遭遇了差评。这是怎么回事呢?

【正文】

为了帮大伙儿尽快脱贫，扶贫干部通过大数据分析评估，带领大伙儿发展耐旱的林果产业。2019年，1 700多亩果树陆续挂果，绿色果品在电商平台高价卖出去，让大槐树村提前脱贫出列。可新的问题来了。

【同期】**陕西省咸阳市淳化县大槐树村第一书记　王剑峰**

你看这都是我们收到的差评，（果树）它在坐果的时候，因为没有水，造成果实的品质有差异。

【正文】

电商平台的差评，让扶贫干部们压力不小，一旦水果卖不上价，大伙儿很可能就会返贫，必须抓紧把水的问题搞定。

可大槐树村的实际情况是：从沟底到塬上，近300米落差，70度陡坡，之前几次引水上塬，都由于资金缺口大，投入产出不划算，没搞成。扶贫干部这次能把水引上来？大伙儿认为扶贫干部这么做是劳民伤财，压根儿不信。

【同期】**陕西省咸阳市淳化县大槐树村村民　张景荣**

我这几十年是看着大槐树村的成长过来的，没想到最后都没弄成，在这个水的问题上都没有成功，况且他现在刚来就弄这个，我确实没报一点希望。所以我就极力反对，也鼓动群众反对。

【同期】陕西省咸阳市淳化县大槐树村村民　郝世民

城里娃想在这把水引上塬，我绝对不相信。为啥？我在村上原来听过，但是弄了多年也没引上来过，扶贫干部在城里坐办公室，一来就能把水引上来，我根本就不相信这事。

【正文】

村民们不信任，又不配合，让扶贫干部们心里也窝火。这个项目可是他们跑了多个部门争取来的。大槐树村所在的淳化县对此专项评估，整合了相关扶贫资金。最困难的事儿都解决了，就差把大伙儿的心拢起来，早点通上水。

【同期】陕西省咸阳市淳化县大槐树村第一书记　王剑峰

还是有点憋屈。但是脱贫攻坚，关键还是得把这个事干成，把水送上去。只有把水送上去，村里的产业才能稳定住，才能把脱贫攻坚的成果保住。

【正文】

受了委屈，大伙儿的工作还得做通，否则影响施工，误了冬灌，2020年水果的品质就没法保证了。扶贫干部们再一次上门去做工作。

【同期】陕西省咸阳市淳化县大槐树村第一书记　王剑峰

郝叔，在家吗？

陕西省咸阳市淳化县大槐树村村民　郝世民

不要来了，我睡了。

陕西省咸阳市淳化县大槐树村第一书记　王剑峰

聊一会儿呗。

陕西省咸阳市淳化县大槐树村村民　郝世民

没事没事我睡了，不跟你聊。

陕西省咸阳市淳化县大槐树村党支部书记　杨兴旺

你这老汉还燥（发火）得不行，我绊了一跤，你还燥（发火）啥。

【正文】

在家里聊不成，扶贫干部们又找到地里。

【同期】陕西省咸阳市淳化县大槐树村第一书记　王剑峰

大家现在都安静下来，你也别生气，赶快让他去施工。如果水上不来，你怎么闹都行，你到村委会打我们我们都认了，行不行？

陕西省咸阳市淳化县大槐树村村民　郝世民

行，有这话，我就看效果。

【正文】

做通了几个钉子户的工作后，大槐树村的引水工程没再出岔子。这回村里通水没让大伙儿失望，资金到位，水终于调上来了，大伙儿的干劲儿也更足了。通水后村里扩大林果种植，大伙儿主动来领树苗。

【同期】

[记者：领了几捆树苗？]

陕西省咸阳市淳化县大槐树村村民　郝世民

6捆。

[记者：种这么多呀？]

陕西省咸阳市淳化县大槐树村村民　郝世民

越多越好，水上来了，多栽种些。

陕西省咸阳市淳化县大槐树村村民　张景荣

这回满意，给扶贫干部一个大大的赞。

【正文】

如今在陕西咸阳，已经有90%的村脱贫出列，这些仍然驻村帮扶的扶贫干部们，都像大槐树村的扶贫干部一样，收获了村民们发自内心大大的点赞。他们脱贫不脱责任，脱贫不脱帮扶，继续带领大伙儿致富奔小康。

【同期】陕西省咸阳市淳化县大槐树村第一书记　王剑峰

你看我们村上的水已经引上来了，我们当前要做的一个主要工作，就是引导我们村里的乡亲们搞标准化种植，让我们村老百姓的腰包，一天天越来越鼓。

农村改革40年取得历史性成就

——一位小岗村农民的改革增收账

刊播 中央电视台（9月23日）

作者 宋建春　王凯博　石爽爽

【导语】

2018年是农村改革40周年，40年来我国农业农村发展取得了历史性成就、发生了历史性变革，有着“中国农村改革第一村”之称的安徽小岗村，是这一历史性变革的见证者。特别是近年来，农产品价格形成机制改革、农村土地制度改革、农村集体权能制度改革等一系列重要农村改革不断深化，为乡村振兴战略的全面实施提供了不竭动力，亿万农民正从中获益，小岗村农民程夕兵也是其中一位。

【正文】

早上8点，700多只小鸭子拉开阵势，奔向几十亩水稻田，开始了一天的“除草施肥”工作。有了它们的帮忙，这片水稻卖出了好价钱。

【同期】**安徽省凤阳县小岗村种粮大户　程夕兵**

我们用的都是有机肥，现在都是鸭稻和虾稻，这样能提高粮食的品质，市场价格也就高了。

【正文】

小鸭子连着大政策。最近几年，由于粮食最低收购价高于市场价，粮库里的粮食大量积压。为了解决这个难题，中央一方面增加对农民的补贴，一方面降低最低收购价。这一粮食价格改革就是为了引导农民根据市场需要来调整种植的品种。

有了中央政策这个指挥棒，稻田主人程夕兵和全国不少农民一样，开始打起了绿色生产的主意。稻田里养鸭，物联网管理，这套技术花了老程6万多块钱，但老程觉得值。

【同期】**安徽省凤阳县小岗村种粮大户　程夕兵**

过去是吃饱，现在要吃好。

[记者：为了吃好所以要提高品质是吗？]

对，提高品质。以前就是讲数量，现在我们要讲的是质量。

【正文】

粮食卖出了好价钱，只是老程今年的一份收入，眼前这些证还给老程带来另外的收入。

【同期】**安徽省凤阳县小岗村种粮大户　程夕兵**

这是我的土地承包经营权证。

[记者：这是确权的，这是流转经营权证。]

这是流转经营权证。这样我们就敢大胆地投。

【正文】

老程说这话很有底气，这是因为他知道习近平总书记都为这事儿说话了。习近平总书记说，实施乡村振兴战略，要深化农村土地制度改革，完善承包地“三权”分置制度。第二轮土地承包到期后再延长30年。

政策落实到老程身上，就是“三权”分置改革保障了他流转土地的经营权，这让他又放心签下了更多流转合同。

【同期】

[记者：这是19.86亩，这是5亩……一共有多少？]

安徽省凤阳县小岗村种粮大户　程夕兵

现在是430多亩。

【正文】

老程的邻居曾正云，家里有40多亩承包地，在确权颁证之后，将土地全部流转出去，到附近农场打工去了。

【同期】**安徽省凤阳县小岗村农民　曾正云**

收入可以，这几十亩地赚了，打工还能挣两三万块钱，我老公在哪儿干都能赚个2万多块钱。

[记者：那你打工和租地1年一共能得多少钱，算过吗？]

1年反正能挣六七万块钱。

【正文】

现在，小岗村流转的土地已经有8 800多亩，占到全村承包地的近七成。

老程很为自己是小岗村村民自豪。40年前，小岗村的农村改革就走在全国前列，40年后，小岗村的各项改革依然风头强劲。

让老程他们得实惠的，不仅仅是前面说的粮食价格改革和土地改革，还有一个小本本，它是小岗村在集体产权制度改革后，给村民发的股权证。小岗村的集体资产在摸清家底之后，被做成股份分到了每个人的头上。

2018年，程夕兵领到了第一笔分红。

【同期】安徽省凤阳县小岗村种粮大户　程夕兵

我们家有10口人，一人能分得350块钱，我家一共分得了3 500块钱。小岗村的集体收入增加了，我们以后分得的钱就更多。

【同期】安徽省凤阳县小岗村党委第一书记　李锦柱

我们还有为百姓免费购买的新型农村合作医疗、新型农村社会养老保险、政策性农业保险以及教育奖励，人均在600元以上。

【正文】

小岗村的农民看到的是改革给眼前带来了实惠，而站在专家的角度，他们看到的是乡村振兴战略有了农村改革的助力，蹄疾步稳。

【同期】农业专家　张红宇

怎么样才能使我们的乡村振兴道路达到我们预期的要求？改革在其中扮演了非常重要的角色。只有通过土地制度改革、产权制度改革，我们把农民拥有的资源、资产盘活用好，老百姓才能够在改革的过程中产生获得感、收益感、成就感。

【正文】

国家《乡村振兴战略规划（2018—2022年）》已经出台，为今后5年乡村发展谋划了方向，也让像小岗村程夕兵一样，成千上万的中国农民觉得种地更有奔头。

【同期】安徽省凤阳县小岗村种粮大户　程夕兵

乡村振兴战略给我们带来了很大的机遇，这样我们就可以更大胆地去干了，就像我们跟习近平总书记汇报的那样，多种粮，让大家吃上放心粮。

多部门部署生猪稳产保供工作 多措并举加快恢复生猪生产

刊播 中央人民广播电台（12月1日）

作者 朱敏

元旦、春节这一农产品消费高峰期即将来临，“两节”期间的猪肉供应能否得到保障、猪肉价格会不会再次上涨，是大家都关心的问题。农业农村部最新数据显示，2019年11月第四周，全国500个集贸市场统计中，每公斤活猪平均价格是32.26元，环比下降2.5%，猪肉每公斤51.22元，环比跌3.4%。全国畜牧业工作会议近日在河南省驻马店市召开，关于猪的话题无疑成为会议上的焦点。

价格下跌的背后是生猪产能的逐步恢复。农业农村部表示，全国规模生猪场生猪存栏已实现连续2个月回升。近日，《中国之声》记者实地探访了生猪养殖企业，在非洲猪瘟尚未消灭的情况下，规模猪场靠什么实现增产？小散养殖户如何过冬？各部门就促进生猪产业转型升级释放了哪些红利？

【压混：洗消车声音】

从河南省驻马店市驱车1小时，到达河南龙凤山农牧股份有限公司的一处生猪养殖基地。进入基地前，车先进行了“洗澡”、消毒等一系列全身大扫除。

【压混：消毒、洗手、穿防护服声音】

一下车，酸味扑鼻而来，消毒剂的气味弥漫在空气中。经过消毒屋停留、消毒液洗手、穿上防护服之后，记者进入基地内一处屋内，通过实时视频监控观察生猪的状况。

【记者】这个是产房，正在产仔的小猪多可爱啊！这是保育室、这是春节要上市的黑猪……

这是非洲猪瘟在我国爆发之前未曾有过的小心。该公司副总经理王文强说。

【王文强】我们在外围做病原切断方面，建了3个全自动化的洗消站，我们为每个消毒站投入的成本达到200万元。生产内部实现了区域化的隔离，还有小单元的阻断，从内和外两个方面来彻底有效地防控非洲猪瘟。

2018年8月非洲猪瘟在我国出现之前，该公司母猪存栏约35 000头。非洲猪瘟爆发后，为了更有效地防范，公司降低了饲养密度，从35 000头下探到了28 000头。2019年3月，公司开始大量增产补栏。截至2019年11月，公司已经恢复到了2018年8月份的生产规模。年设计出栏各类猪只超150万头。

【王文强】目前，我们采取的是全自动的智能化饲喂，对每头猪都能够精准投喂。我们在通风设备上实现了无人操作，能够给猪提供舒适的温度以及湿度，还有空气质量。我们通过全自动化的饲喂，减少了一些饲料的消耗，同时又满足了母猪所需的精准营养。对比2017年来看，我们母猪的年产窝数从2.2胎达到了2.4胎。从生产性能来看，由原来的170天出栏到现在的160天，这缩短的10天，主要归功于饲料营养，还有我们的整个饲养环境。

目前，该公司有2个在建大型生猪养殖项目，所有在建及储备项目建成投产后，年设计出栏各类猪只可超过300万头。作为当地的龙头企业，该公司的产能恢复将为河南省的生猪供应助一臂之力。农业农村部畜牧兽医局二级巡视员辛国昌表示，综合能力较强的规模猪场能较顺利地恢复生产。

【辛国昌】规模猪场产能的提升主要是靠更加严格的生物安全防护措施，还有更高的生产效率，包括设施设备的支撑能力，在这些方面它比小散户要强得多，所以它的生产效率、疫病防控能力都要更强一些，恢复生产也就更快。据监测，现在年出栏5 000头以上的规模场生猪存栏连续3个月回升，年出栏500头以上的规模场生猪存栏连续2个月回升，恢复的势头是非常好的。

在我国生猪生产中，规模化养殖和小散户养殖各占半壁江山。而小散户是非洲猪瘟疫情中受冲击更大的群体。如何恢复小散户的养殖信心、提升小散户生物防疫水平，同样关系到生猪产能恢复的效果。辛国昌指出，针对小散养户，目前正在推广“公司+农户”的模式。

【辛国昌】我们现在正在推广“公司+农户”或者是龙头企业带动小散

户，包括租赁、兼并、合伙制等形式，来加快小散户生猪生产的恢复。从趋势上看，2019年年底前，整个生猪存栏包括规模场的、散养户的全国生猪存栏和母猪存栏触底回升，这是完全可以实现的。

在2019年11月30号的全国畜牧业工作会议上，自然资源部表示，畜禽养殖生产设施用地规模不受限制，可以根据市场需要和实际情况确定；取消生猪养猪附属设施用地15亩上限规定。生态环境部明确，坚决反对打着环保旗号，超出法律法规规定限制养猪业发展。生态环境部副部长黄润秋说。

【黄润秋】目前无明确法律法规依据划定的禁养区已基本取消，全国共调减禁养区1.4万个，涉及生猪产能555.6万头。

为养猪用地开“绿灯”的同时，相关部门也给猪场建设和维护发“红包”。国家发展和改革委员会副秘书长苏伟表示，中央预算内投资将继续加大支持力度。

【苏伟】在畜牧大县畜禽粪污资源化利用整县推进基础上，2020年先行选择100个生猪存栏量10万头以上的县（区）实施畜禽粪污资源化利用项目；对2020年年底前新建、改扩建种猪场、规模猪场和禁养区内规模养猪场异地重建等给予适当补助。

中央农村工作领导小组办公室主任、农业农村部部长韩长赋强调，要把生猪稳产保供作为2019及2020年农业工作的重中之重，努力确保2019年年底生猪和能繁母猪存栏全部止跌回升，确保2020年元旦春节期间猪肉不断供、价格不大涨，确保2020年年底前产能基本恢复到接近常年的水平。

外界除了担心“两节”推高猪肉价格外，也顾虑蔬菜、水果会不会跟着涨价。入冬后气温持续降低、各地雨雪冰冻天气增多，蔬菜、水果价格季节性、结构性上涨的可能性加大。

【韩长赋】各大中城市要落实好鲜活农产品运输“绿色通道”政策，保障蔬菜、水果顺畅流通，特别是北方城市要保持必要的冬储菜储备，防止价格大幅波动。保护好、建设好“菜园子”，坚决守住耕地红线，确保菜地面积稳中有增、质量不断提高。

苹果产业助力甘肃静宁农民打赢脱贫攻坚战

刊播 人民网（5月27日）
作者 张桂贵

平凉市下属的静宁县地处甘肃中部，属国家扶贫开发工作重点县，六盘山片区和甘肃省23个深度贫困县之一。

20世纪80年代，静宁县开始零星地建果园，到如今，静宁全县果园总面积已经稳定在了百万亩以上，是全国苹果规模栽植的第一县，品质优质的苹果正变成当地脱贫致富的“金”苹果。

“那些年没有认识到种苹果的价值，村上给的树苗在干部们的督促下种上了，后来又偷偷地拔掉扔了，仍旧种上了庄稼。等到后来看到带头种植果树的村干部和邻居们赚了钱，才发现自己错了，思想观念才转变过来！”

5月26日，甘肃省平凉市静宁县余湾乡王坪村贫困户李根彩在自家的果园里向记者讲述了自己从最初不接受种植苹果树，到今天从种植苹果中获得实实在在的经济效益的经历。

说起当年抵制种植苹果树的事儿，早已靠着种植苹果致富的妇女马托瑞告诉了记者其中的缘由：“世世代代种粮食，为的是吃有保障，改种了苹果，如果没有收成，家里吃什么呀？”

当年马托瑞和李根彩一样，虽然她没有直接把树苗从地里拔掉，但在耙地时，仍旧把树苗耙掉，重新种上种惯了的庄稼。

事实教育了马托瑞和李根彩们，1年地里种小麦玉米，1亩地最多也就几百元的收入，而种植苹果的效益则要高出很多。马托瑞告诉记者，自己一家1

年种植粮食的收入，加上丈夫打工的收入也就几千元，而身边带头种起了苹果的村干部和邻居们，种植1亩苹果收入就可以达到几千元甚至上万元。

较早转变了观念的马托瑞一家在村里的支持下也开始种植果树。从2010年起，马托瑞和丈夫开始因为种苹果得到了实惠，那一年马托瑞家种植苹果的收入达到了近3万元，从此种植苹果成了家庭最主要的收入来源，她家也提前告别了贫困户的行列。

采访中，马托瑞和丈夫正在给苹果套袋。她告诉记者，这是一项种植苹果的技术，可以提高苹果的颜色、形状等品相，还可以防止病虫害。记者从夫妻俩的套袋速度可以看得出来，这些活儿对他们来说已经是再熟练不过。

马托瑞告诉记者："2018年我家的苹果收入有12万元，2019年套袋更多，收入也会比2018年还要好。"

与马托瑞家不同，李根彩家在5年前才开始种植苹果，因为种植晚，苹果从种植到挂果收益有一定周期，加之这些年家人因病花了不少钱，她家至今还是贫困户。

李根彩也告诉记者，2018年她家以种植苹果为主要收入，已达到了2万元，2019年，她家有望脱贫了。

马托瑞和李根彩是余湾乡村民们转变观念追求致富的一个方面，余湾乡以"三联接"组建产业化联合体才是乡亲们脱贫致富的法宝。

静宁县红六福果业公司总经理王志伟告诉记者，余湾乡在苹果产业发展中采取了"产业扶贫公司+龙头企业+合作社+贫困户"的苹果产业扶贫联合体模式，即由静宁县的果业公司、10个果品专业合作社和2 258户农户（其中贫困户422户）围绕产业、要素、利益组成了一个新型农业经营组织联盟。村集体和农户以土地、果园、人力资源、技术等入股，资源变资产；贫困户以产业配股资金，精准扶贫贷款和闲余资金入股，资金变股金；联合体通过运营，实现利益最大化，农户获取收益分红，农民变股民。"三变"之后的农民除了有分红收入，还有苹果销售收入、在合作社的打工收入等。

王志伟在投身农业科技公司之前是省城一家媒体的记者，他敏锐地看到了大力发展苹果种植产业的商机。如今他的公司不仅注册了"红六福""静红"商标，他还将"互联网+"思维融入到生产、流通、营销等环节，通过自建静宁苹果网及微博、微信等第三方信息平台，大力宣传推介，扩大品牌影响，让合作社产品成功入驻淘宝网、京东等知名的电商平台，开辟了电商销售通道。通过现货交易，提升了产品的知名度和定价话语权，有力助推了苹果产业发展。

余湾乡通过“公司+合作社+基地+农户（贫困户）”的模式，带动合作社发展，合作社社员果品收入最多的31万元，最少的4万元，社员分红116万元，户均1 757元，63户社员购买了小汽车，95%以上的社员住上了新房子，社内110户贫困户482名贫困人口整体脱贫，带动周边5 000多农户户均果品增收3 000多元，助力213个贫困户实现了脱贫，为返乡大学生、农村青年提供了创业平台，解决了就业难题，走出了一条带领干旱山区群众合作经营、互助共赢、脱贫致富的路子。

据了解，余湾乡只是静宁县在发展苹果产业实现脱贫发展的一个例子。静宁县围绕“两不愁三保障”这一核心，全力推进各项重点工作任务落实，目前全县贫困人口由2013年的35 295户16.09万人减少到2018年的3.61万人，贫困发生率由35.88%降至8.73%。

“带领乡亲们发展产业、摆脱贫困是我们的责任。通过以发展苹果产业保证农户增收为主的帮扶措施，目前我们乡还剩下66户特殊群体贫困户，2020年通过政府兜底保障等办法，这些贫困户也将全部脱贫。收入过了关，群众的吃穿不再是问题，群众“住房、医疗、就学”保障方面，我们也已经基本解决。下一步，我们还将以苹果产业为主导，通过将电商、旅游发展和生态文明相融合，使我们乡在脱贫攻坚中得到更进一步的发展。”余湾乡乡长靳龙信心满满地告诉记者。

破解农民老龄化、农村空心化、农业兼业化等日渐突出的难题，以乡镇为主要支点进行生产再组织、资源再整合，激活、发挥"统"的功能，将乡镇打造成乡村服务中心、经济中心和治理中心——

看文登如何以强镇带动乡村振兴

刊播《农民日报》（12月6日1版）

作者 唐园结 高杨 吕兵兵 李纯

乡村振兴，是不是每个村庄都要振兴？

我国城镇化正在推进，农民进城还是大趋势，一些村庄会衰败消失，这是一个必然的历史进程，我们要客观面对。

那么，在乡村振兴战略实施中，如何科学合理投入资源要素，最大限度避免“打造盆景”的短期行为和“撒胡椒面”的无效投资，就成了一个亟须审视的时代命题。

在广袤的乡野大地上，乡镇如同一个个结点，通过行政管理、公共服务和商品流通把十里八乡的村庄有机地连在一起。推动资源要素向乡镇汇聚，可以更好地产生集聚效应和规模效益，有利于形成带动乡村振兴的龙头，进而实现乡村振兴与新型城镇化的统筹衔接。

近年来，山东省威海市文登区为破解日渐突出的农民老龄化、农村空心化、农业兼业化等难题，以农业社会化综合服务体系建设为突破口，将乡镇打造成乡村服务中心、经济中心和治理中心，走出了一条镇强、村兴、民富的好路子。

兴村为何要强镇?

黄海之滨，昆嵛山旁，坐落着因秦始皇东巡“召文人登山”而得名的文登。从乡镇企业发展浪潮中的“胶东一条龙”，到现在的“全国工业百强区”，文登素以工业实力强劲著称。

但良好的经济形势，却无法掩盖日趋严峻的“三农”问题：2017年，文登农民老龄化水平超40%，半工半种劳动力占40%，土地撂荒面积达10%，集体经济薄弱村占比近35%……

这已经不是发展“短腿”的问题，而是“断腿”的危机。文登区委、区人民政府清醒地意识到，不能再“头疼医头，脚疼医脚”，要立足当前、着眼未来，拿出一套“三农”整体解决方案。

“未来农村会是什么样？”党的十九大闭幕后一周，文登区委召开的乡村振兴务虚会形成了这样的认识：农村会变成一个田园综合体，少量职业农民从事农业生产；联通十里八乡的乡镇，会变成农业生产服务、农产品加工流通、乡村文化旅游等产业链延伸从业人员的聚居地。

这一判断是符合现代化发展规律的，因为并不是所有村庄都能拥有特色优势资源，一部分村庄最终会实现适度规模经营对小农户的替代。而乡镇以其连城带村的结点地位，最有条件成为农村地区生产生活的“最后堡垒”，承载集聚人口、资源、要素的梯度转移。

“实施乡村振兴战略，不能只盯着乡村看，要把乡镇摆在主要支点位置进行统筹安排。”文登区委、区人民政府认为，如果乡镇是破败的，就无法形成中心引领的集聚效应，乡村振兴可能是零散的，甚至是徒劳的。

然而，如同全国大多数乡镇一样，在历经取消农业税、机构精简、乡财县管等改革后，文登各镇也存在着职能弱化的问题，辐射带动能力不足。

思考深一层，行动先一步。文登将“镇村统筹”作为乡村振兴的先导性工程来抓，区财政拿出1亿多元引导资金，撬动各镇完成投入10亿多元，全面提升镇区的基础设施建设、人居环境整治和公共服务保障水平，增强对产业、人口的承载能力。

按照“以镇聚产、以产兴镇”的思路，文登大力推进镇级工业产业园以及集标准化种植、多元化加工、现代物流交易于一体的“三产”融合功能区建设，打造了“跨贸小镇”“渔港印象小镇”“樱桃谷小镇”“康养文旅小镇”等一批特色小镇。

产业的兴旺，增加了人气。文登进一步着力发展镇区商业街区，建设农村综合商贸服务中心，镇里曾经冷清的街道慢慢热闹起来，商业氛围也越来越浓。

日益振兴的镇域经济，在重塑着文登的城乡关系，为工业反哺农业、城市支持农村提供了有力抓手。这也使得文登的乡村振兴之路，从一开始就带有“强镇引领”的鲜明导向。

服务中心如何打造？

美好的设想，只有落成现实才会产生价值。对于文登来说，解决好“谁来种地，如何种地”的问题，是乡村振兴工作的首要任务。振兴起来的乡镇，怎样才能带动乡村迈好这第一步呢？

试点先行、典型引路，是行之有效的工作方法。为杜绝“堆大户”“造盆景”，探索出更具推广意义的模式，文登这“第一步”迈进了高村镇。

高村镇是一个传统农业大镇，青壮年劳动力大量外流，土地撂荒问题严重。“外面的人进不来，村里的人搞不动”——土地细碎化，流转难度大，吸引不到社会资本；村集体经济薄弱，村民老龄化程度高、组织化程度低，也无力推进规模化经营。

村里的困局，在镇里找到了办法。2017年11月，高村镇试点打造镇级农业社会化综合服务中心，探索一揽子问题解决方案。文登区农业农村局局长姜宗浩，当时正担任高村镇党委书记，参与了服务中心的模式设计，为记者细数了其中的创新要义：

“地往哪转？”——由村党支部牵头成立土地股份合作社，党支部书记担任合作社负责人，利用地缘人缘优势开展土地流转；各村土地股份合作社将土地集中到服务中心平台上，由中心统一对外“招商”，以村为单位推进适度规模经营。

“怎么服务？”——服务经营一体化，是服务中心的“生命力”所在。镇人民政府将农村经济经营管理、农业技术推广、农业机械管理等站所集中搬到中心办公，实现群众“进一扇门，办百样事”；镇人民政府领办的高田农业公司入驻中心，负责引进优质社会化专业服务组织，提供农资供应、农机植保、烘干仓储等经营服务业务。中心所具备的镇域规模优势则形成了有力的议价权，可实现物资采购、作业服务的“物美价廉”。2018年，仅农资直供就为平台用户节约了116万元。

"地该咋种？"——"招商"而来的新型农业经营主体，只需与中心对接，就能享受全链条服务，"拎包"即可开展生产经营；对暂时没能"招商"的土地，由中心委托给高田农业公司统一垫资耕作，该公司提取土地净收益的10%作为利润，剩余收益归土地股份合作社。

"钱从何来？"——"招商"出去的土地在进行规模化整理后，会有"两个溢出"：因边沟田埂平整形成的面积溢出，增幅一般在10%～15%，收益归村集体所有；因土地连方成片耕作条件改善形成的价格溢出，收益由村集体和村民三七分成。其中，涉农财政资金投入形成的价格溢出部分，设置为"公益股权"，收益归村集体所有。

"人到哪去？"——鼓励村党支部组建劳务合作社，服务中心将脱离耕作的农民组织起来开展技能培训，按建筑服务型、社会服务型等5大类20个小类进行能力标注，实行一般工、熟练工、能手的定级管理，打响了"高田劳务"的劳务中介品牌。

细究这一模式，我们可以发现：服务中心得以运行的逻辑起点是，村党支部领办的土地股份合作社能把土地流转起来。可实际上，由于存在自然灾害、价格波动等风险，土地流转推进较慢。

为此，文登区以服务中心平台为主体，与太平财产保险有限公司签约，创新推出了全国首个"农业社会化经营主体收入险"。目前，主要以小麦、玉米、花生为标的物，参照正常年景每亩750元、700元、1 250元的目标收入，对流入中心的土地免费提供保险支持，这样，村党支部就能放开手脚大胆干。

"当人站在连方成片的田边时，才更容易理解土地对于乡村的意义。"姜宗浩说，服务中心充分发挥了"统"的功能，以低成本的方式实现了农业生产规模化、组织化，找到了激活土地资源的出路。

目前，按服务半径3公里、辐射面积3万～5万亩，文登已建成镇级农业社会化综合服务中心12处，助推土地流转达33.8万亩，全面消除了撂荒地和集体经济薄弱村。

经济中心如何运营？

"大国小农"是我国的基本农情，农业要实现从温饱糊口向增收致富的跨越，产业化是唯一出路——通过规模化、组织化"统"起来，由标准化、品牌化“富”起来。

就文登而言，由政府主导的镇级农业社会化综合服务中心，趟出了大田农业规模化、组织化的新路。但附加值较高、小农户依然占主体的特色农业，标准化、品牌化该如何破题呢？

答案也在镇里——打造镇域经济中心，把更多加工交易环节留在镇里，让小农户近距离接触市场，形成清晰的价格导向，让农民从产业链增值中获得更多收益，把农民开展标准化生产的积极性调动起来。

以发挥镇域经济中心交易功能为目标，文登重点打造了张家产镇西洋参、宋村镇蔬菜、葛家镇水果、高村镇粮油四大镇域交易中心，开展大宗农产品营销，以此推动农业标准化生产和农产品品牌化经营。

20世纪80年代，张家产镇口子李村村民王继振以“8粒种子”起步，带动乡亲们一起种植西洋参。经过近40年的发展，如今文登西洋参种植面积达到5.5万亩，产量近全国七成，被誉为“中国西洋参之都”。

“过去，由于种植标准不一、加工粗糙，农民种出的西洋参只能当原材料来卖。”文登区西洋参产业办公室副主任谷昭俊介绍，丰收时收购商常常会压价，而参农则为追求产量滥用农药化肥，甚至会把不满4年生产周期的西洋参提前出售，形成了恶性循环。

在政府组建西洋参协会、制定西洋参种植和加工标准、引进精深加工龙头企业的努力下，文登参农种植标准化水平有所提升。而真正调动起参农积极性的是，张家产镇西洋参交易中心的成立。

交易中心大厅如同股票交易所一般，大屏幕上实时滚动着西洋参长枝、短枝、圆片等现货产品交易信息和行情走势，是全国西洋参市场行情的“风向标”。

优质优价，是交易中心的运营理念。中心对符合药典规范的鲜参给予额外补贴，引导参农自觉按照高标准种植；参农还在中心学会了“分级销售”，将西洋参细分出20多个品类出售，每箱干参纯利润能增加2 000多元。

通过向参农参企提供检测、认证、价格、包装、仓储、配送“六统一”服务，张家产镇西洋参交易中心已完成对全区5.5万亩西洋参种植地的辐射带动，基本破解了标准化种植、品牌化销售难题。2019年，“文登西洋参”区域公用品牌以116.43亿元位居中国农业品牌价值榜第3位。

"2018年以来，中心一直在力推一种介于现货和期货交易的类期货交易。"张家产镇党委书记柯华强说，利用这种新型交易模式杠杆，文登有望掌握国内西洋参市场的定价权，培育出上百亿元的产业"蛋糕"。

在四大镇域交易中心的推动下，文登根据市场需求制定、修订区域性农业生产技术规范和操作规程等地方标准60多个，以"文登精作"农产品区域公用品牌为主线，构建"区域公用品牌+明星个体品牌"的农业品牌体系，推动小农户与龙头企业形成优质优价的利益联结。

随着产业化水平的不断提升，农业又开始成为文登农民增收的发力点。2018年，文登全区农村居民人均可支配收入达到了21 733元。

治理中心如何形成?

作为我国农村最基层的政权机构，乡镇在乡村治理中应当居于中心位置。可由于职能弱化、缺少抓手，乡镇实际上处在"悬浮状态"。通过对服务中心、经济中心的打造运营，乡镇的组织动员能力得到质的提升，推进乡村治理有了抓手。

乡村治理千头万绪，政治、经济、文化等多重因素复杂交织，关键问题之一是对乡村干部和群众的关系的处理。文登做过一项调查，在农民反映的乡村治理问题中，80%与村干部有关，这些问题中又有80%与农村"三资"管理有关。

虽有农村财务公开、村务监督委员会等制度，但在执行中还是会存在制度约束性不足、人为干预性强等问题，影响了村干部在村民中的形象，干群关系难免紧张。

"村里的账，在外人看来也许不大，但对于村民来说，那可是一本大账，关系着公道人心。"大水泊镇党委书记滕新强认为，抓好农村"三资"管理，就能牵住乡村治理的"牛鼻子"。

为解决执行和信任问题，文登探索在镇里打造"村级事务阳光平台"，以"网上公示、全程留痕"的透明方式，实现农村"三资"管理的在线化和精细化，保证村里的每一件事、每一分钱都晒在阳光下，村民拿起手机就能查看监督。

显然，只是信息上了网，并无助于问题的解决。“阳光平台”的运行，有着一套基于农村“三资”管理在交易、采购、支付、公示4个关键环节的制度设计：

阳光交易，揭开“窗户纸”——由镇农村经济经营管理站成立农村产权交易分中心，负责各村资产资源交易工作。村里投资1万元以上的建设项目、目标金额在3 000元以上的集体资产等承租、出（转）让事项，都要在中心进行公开招投标，所有交易信息必须通过农村产权交易平台网站实时在线发布。杜绝“暗箱操作”，提高“三资”的利用率。

阳光采购，管好“钱袋子”——由镇人民政府建立农村商品采购服务平台，经公开招标确定粮肉油蛋、海鲜、五金建材、办公设备4大类24家公司作为供应商，村里的采购清单要通过“四议两公开”和镇里审核后在平台发布，进行线上比价采购。试用1个月无问题后，由镇农村经济经营管理站向供应商付款。村干部不经手现金、不白条入账，还避免了商品采购价高质次的问题。

阳光支付，即时“晒里子”——对笤帚、稿纸等日常小件商品实行线下定点采购，用“村务卡”刷卡付款。“村务卡”与村党支部书记、村委会主任、会计、民主理财小组组长的手机绑定，可实时接收支付信息，再小的支出都有迹可查。有村干部感叹，“手上不沾钱，想犯错也难”。

阳光公示，全程“可追溯”——对于交易、采购、支付各环节的应收应付账款、资产资源明细等信息，全部录入数据库，在网上实时公开，账目核对全程可溯。为方便不会上网的村民，镇便民服务中心还安装了自助查询机，有专人讲解使用方法。

“以前村里也按月张榜公示，但具体事务做不到笔笔详细，大家看得糊里糊涂，就会感觉有‘猫腻’。”大水泊镇北洼村党支部书记于洪光坦言，“阳光平台”让过去锁在柜子里的会议记录、账本上了网，成了人人都能随时查看的明白账。群众心中没疙瘩了，乡村治理就好办多了。

“阳光平台”的实质在于，通过互联网的公开性和透明性将制度执行落实落细，落到了农民心里。平台运行之后，文登各镇关于农村“三资”管理的信访案件大幅降低，村“两会”公信力显著提升，也进一步强化了镇党委、人民政府在乡村治理中的中心地位，可以说这是对推进乡村治理现代化的一次有益尝试。

【后记】

乡村振兴作为一项长期性的历史任务，是要贯穿国家现代化建设全过程，到2050年才能完全实现的战略。这需要我们有足够的历史耐心，以长远眼光做好制度安排和路径选择。从这个维度上看，文登对于以强镇带动乡村振兴的探索是颇有示范价值的。

在服务中心、经济中心和治理中心的协同发力下，文登在镇一级初步构建起“土地托管、农村人才、农机服务、金融保险、品牌农业、农安监管、三资管理、基层党建、庄稼医院、产品交易”的“10+N”职能框架。镇党委、人民政府与乡村联结越来越紧密，工作越来越务实、越来越主动，乡村振兴工作局面喜人。这给我们带来了一些思考和启示：

把握好乡村与乡镇的互促共生关系。费孝通先生认为，乡镇与乡村“两者之间的关系好比是细胞核与细胞质，相辅相成，结合成为同一个细胞体”，“要把小城镇建设成为农村的政治、经济和文化的中心”。而实际上，权小责大的乡镇已经“失语”了相当长一段时间，几近成了一个单纯的执行机构，对于农业农村工作的开展难以形成开创性和引领性。因而，在乡村振兴战略实施中，文登“强镇引领”的理念值得借鉴，找好乡镇的角色定位，强化乡镇的服务职能，把乡镇主动作为的活力激发出来，构建镇强村兴的工作机制。

把握好农业适度规模经营与村集体经济的协同发展关系。土地是农村最大的资源，种好农民最依赖的土地，把资源优势发挥出来，乡村才能葆有活力。改革开放之初，解决温饱问题要靠“分”来调动积极性；如今推动乡村振兴，则要靠“统”来形成规模效益。文登实践的亮眼之处在于，把推进农业适度规模经营与村集体经济发展有机结合起来——村党支部牵头成立土地股份合作社把土地集中到镇平台上，形成了镇域规模优势，让经营主体省心享服务，让村集体和小农户放心得实惠。

把握好乡村振兴与新型城镇化的“双轮联动”关系。乡村振兴的本质是城乡关系的重塑。新型城镇化优化了“三农”发展的外部环境，吸纳农业转移人口，提供人才、技术和资本支撑等；乡村振兴解决的是“三农”内部机体的活力问题，要让有为的政府与有效的市场形成合力，实现农业产业化、农民职业化、农村田园化，而非每个村庄都要振兴、返乡农民越多越好。因而，乡村振兴与新型城镇化都是推进我国现代化的必由之路，两者是相辅相成、相得益彰的关系。文登“镇村统筹”的探索是有借鉴意义的，只有打造好乡镇这个城乡资源要素交换的关键节点，才能助推乡村振兴与新型城镇化“双轮联动”，开辟出城乡融合发展的新路径。

大兴安岭南麓片区·内蒙古自治区兴安盟：

斗罢贫魔成大道　心向振兴再出发

刊播《农民日报》（10月8日1版）

作者 唐园结　冯克　马晓刚　周鹏飞　李纯　李昊

只要还有一家一户乃至一个人没有解决基本生活问题，我们就不能安之若素；只要群众对幸福生活的憧憬还没有变成现实，我们就要毫不懈怠团结带领群众一起奋斗。——习近平

5年过去了，郭永财一直惦念着给习近平总书记看看自家的新房。客厅中间挂着的总书记坐在他家老屋炕上唠家常的照片，郭永财和老伴儿每天都要擦拭一遍。

在内蒙古自治区兴安盟阿尔山市，已有10 200户群众像郭永财家一样，搬出了狭小低矮的“板夹泥”平房，住进了宽敞明亮的楼房，冬天盖个毯子就能睡个好觉，再也不怕被冻醒。

2014年春节前，习近平总书记迎风踏雪来到阿尔山市，在看望慰问棚户区群众时深情地说：“只要还有一家一户乃至一个人没有解决基本生活问题，我们就不能安之若素；只要群众对幸福生活的憧憬还没有变成现实，我们就要毫不懈怠团结带领群众一起奋斗。”

殷殷之情，念念不忘。兴安盟委、行政公署将总书记的嘱托化作脱贫攻坚行动的信念和力量，坚持以脱贫攻坚统揽经济社会发展全局，探索建立脱贫长效机制，与乡村振兴统筹衔接，走出了一条田园牧歌的脱贫幸福路。

“我‘认得’刘书记的脚步声！”

下得去、待得住、干得好，兴安盟扶贫做到干部尽锐出战、冲锋一线，上演了一场干部群众携手推进脱贫攻坚的“大合唱”，完成了一次基层干部在打赢脱贫攻坚战中的乡村振兴“大练兵”

8月，是兴安盟最美的季节，林海莽莽，稻浪飘香，草美畜壮。

实在很难想象，眼前这样一片丰饶之地，曾是内蒙古自治区贫困面最广、贫困程度最深、脱贫难度最大的地区。全盟6个旗（县、市）中，国家级贫困县5个、自治区级贫困县1个，被整体划入大兴安岭南麓集中连片特困地区。

幸福大多一样，而不幸各有不同。兴安盟的贫困有着鲜明的历史文化成因，行政区划几经变更，基础设施建设历史欠账较多，开发投资较晚；地处农牧过渡地带，干部群众思想观念较为保守，“守着金饭碗讨饭吃”。

脱贫攻坚战军号吹起，第一枪先从哪里打响?

“干部干部，先走一步。不怕起点低、条件差，就怕干部思想贫乏、作风松垮。”兴安盟委书记张恩惠认为，要把加强党员领导干部的扶贫理论武装作为推进脱贫攻坚的先导性、基础性、战略性举措来抓。

兴安盟委、行政公署以习近平总书记的殷切嘱托为指引，有计划、有重点地组织广大党员领导干部深入学习总书记关于扶贫工作的重要论述，学到了工作方法、学到了为民情怀、学到了历史担当。

“脱贫攻坚是我们这一代人特有的历史使命，是前无古人后无来者之举。”兴安盟各级干部在学习中形成了这样的信念和共识：脱贫攻坚是天大的事，要使天大的力，要尽天大的责。

天下大事必作于细。兴安盟紧紧围绕实现贫困人口“两不愁三保障”目标，从最基础、最关键、最艰难的工作抓起，有针对性地出台了产业扶贫、危房改造“两挂车”和教育扶贫、健康扶贫、生活救助“三张网”的扶贫政策。

上面千条线，下面一根针。驻村干部正是兴安盟推进脱贫攻坚中的这根“针”，他们每年驻村帮扶时间不少于200天，与贫困户同吃同住同劳动，“坐到同一条板凳上”研究脱贫门路，通过手把手地帮，将扶贫政策落到老百姓的心坎里。

“我‘认得’刘书记的脚步声！”

扎赉特旗阿尔本格勒镇白辛嘎查（“嘎查”为蒙语，是村庄的意思）村民陈梅是位盲人，驻村第一书记刘建昌为了帮她住新房、享低保、入股分红，去得多、走得勤、聊得亲，没多久陈梅就能认出他的脚步声。

“你不种，我种！”

乌兰浩特市义勒力特镇民合嘎查村民家的院子都很大，驻村第一书记韩香玉决定带着贫困户发展庭院经济。面对贫困户白玉成的无动于衷，韩香玉默默拿起锄头种起了菜苗，慢慢感化了他、带动了他。

……

在兴安盟，如刘建昌、韩香玉一样奋战在脱贫一线的驻村干部共有3 745名，其中科级以上干部达1 169名，实现科级干部驻村全覆盖，做到尽锐出战、冲锋一线。

下得去、待得住、干得好，兴安盟扶贫干部驾稳了“两挂车”，编好了“三张网”——到户产业扶贫政策、健康扶贫政策全覆盖，贫困户适龄少年儿童零辍学，生活不能自理贫困人口生活兜底保障，2019年年底实现危房清零。

截至2018年年底，兴安盟贫困人口减少到2.1万人，贫困发生率从2015年的9.5%下降到1.8%。2019年，突泉县、科尔沁右翼前旗也将陆续脱贫，全盟脱贫摘帽在即。

跨越贫困这道坎，留下的是干部群众的鱼水深情。这些年，兴安盟各级干部去得最多的地方是贫困地区、研究最多的是脱贫办法。通过实行四级干部包联责任制，4.25万名干部与4.85万户贫困户结成了帮扶对子，上演了一场干部群众携手推进脱贫攻坚的“大合唱”。

跨越贫困这道坎，留下的是一支素质过硬、作风优良的干部队伍。扶贫干部由刚开始的不会干、没思路、压力大，变为有办法、有干头、有情感，由门外汉变成多面手，村“两委”干部在驻村干部的带动下，综合素质也有了显著提升，完成了一次基层干部在打赢脱贫攻坚战中的乡村振兴“大练兵”。

“两袋米、两头牛，红红火火搞旅游”

立足天蓝地绿水净生态优势，兴安盟以脱贫攻坚为统领，完成了一次产业革命，打造出了“农牧业+旅游业”的全新产业格局，让沉睡的资源活了起来秋风暖阳，天高云淡。站在乌兰浩特市义勒力特镇满都拉敖包山上望去，绿毯一般的稻田绵延远方，巧手的农民以田为纸、稻作笔，“兴安盟大米”“红城1947”字样的巨幅稻田景观画铺展其中。大地如画，游人如织。

农旅融合是乌兰浩特市推进产业扶贫的“关键词”。依托丰富的水资源优势和渠系配套，乌兰浩特市近年来加大旱田改水田力度，水稻种植面积达到16万亩，连方成片的稻田成了周边市民的“打卡”首选地。

“16万亩水稻，就是16万亩人工湿地，这在北方是难得的旅游资源。”兴安盟委员会副书记、政法委员会书记、乌兰浩特市委书记马焕龙说，乌兰浩特正在打造一条70公里长的万亩稻海旅游观光带，围绕从种到收的时节开展“插秧节”“稻田捕鱼节”等活动，2019年预计可带动每亩综合增收1 000元左右。

水稻田里不见水，扎赉特旗正着手大力推广水稻旱作。通过中低产田改造，采用膜下滴灌水肥一体化节水高产高效栽培技术，水稻旱作可比普通水稻节约近90%的用水量。2019年，该旗旱作水稻种植面积增加到10万亩。

“就像种地膜玉米一样，直接播种就行了。”扎赉特旗好力保镇五道河子村党支部书记杜文义算了一笔账，不用扣棚、不用育秧、不用泡田、不用耙地、不用插秧，每亩至少省200元，亩纯收入不低于1 000元。

在大兴安岭南麓生态圈的润泽下，兴安盟土壤肥沃、水质纯净、空气清新，这里的“寒地水稻”米质上乘，已在一线城市声名鹊起。2018年，“兴安盟大米”荣获“中国十大大米区域公用品牌”。

通过旱改水田、水稻旱作，兴安盟水稻种植面积目前达到131万亩，改变了玉米“一粮独大”的局面，种植业结构得到优化调整，贫困户靠种地也能脱贫致富。

“产业扶贫接地气，水土相宜富路宽。”兴安盟农牧局局长邱枫总结，立足天蓝地绿水净生态优势，创新耕作、养殖模式，推进“三产”融合，让农牧业由“温饱产业”变为“致富产业”。

兴安盟地处北纬46度，是世界公认的“玉米黄金种植带”“最佳养牛带”。盟委、行政公署大手笔地实施了大米、玉米“双百双千”工程和肉牛、奶牛“双百千亿”工程：

——用5～10年时间使1 000万亩的玉米全产业链产值达到1 000亿元。投资48亿元的玉米深加工项目，已在扎赉特旗开工建设。

——用5年左右的时间，使肉牛、奶牛养殖总规模超过200万头，构建全产业链条，产值达到1 000亿元。

为实现大产业对小农户的有效带动，兴安盟组建了米联体、牛联体等产业联合体，以大型农牧业企业作为龙头，通过合作社向农户统一提供技术指导、交易销售等服务，金融机构提供信贷支持扩大生产规模，从而形成了产业壮大、企业发展、贫困户增收的多赢局面。

2014年，习近平总书记在阿尔山市视察时感叹："阿尔山的旅游业一定会火起来。"因为这里的四季都很美，春令杜鹃漫山，夏日天池清冽，秋天林海萧萧，冬季温泉若汤。

"发展旅游业，拉长产业链，我们开展脱贫攻坚就有了'金钥匙'。"阿尔山市市委副书记马继承介绍，以"巍巍大兴安，梦幻阿尔山"品牌为统领，推出科考游、生态游、研学游、摄影游等，促进了乡村旅游发展。2018年，阿尔山接待游客432万人次，旅游收入52亿元。

"放下斧头当导游，小康生活不用愁。"现在，阿尔山农家乐、林家乐遍地开花，特色种养业、传统手工业等产业活力焕发，全市60%的建档立卡贫困户通过旅游实现脱贫增收。

在阿尔山旅游龙头的带动下，兴安盟从冰雪节活动破题，挖掘草海、林海、稻海、雪海风光，大步迈向全域旅游。

"两袋米、两头牛，红红火火搞旅游"，这句话是对兴安盟发展新思路的形象概括。"正是在脱贫攻坚对经济社会发展的全局统揽下，全盟完成了一次产业革命，形成了一个全新的产业格局，让沉睡的资源活了起来。"兴安盟委宣传部部长呼和说。

"树起了勤劳肯干精气神"

让贫困户自愿选择，打造自主脱贫内生动力机制，实施新时代农牧民素质提升工程，让贫困户不仅在物质上脱了贫，更在精神上致了富

"年年扶贫年年贫""扶贫扶出懒汉""争当贫困，坐享帮扶"……这两年，媒体曝光出了不少扶贫怪相。

“贫困户‘等靠要’思想严重，这其中既有个人因素，更多的还是扶贫机制出了问题。”兴安盟扶贫开发领导小组办公室主任陈延成说，要构建增强群众内生动力机制、实施新时代农牧民素质提升工程，实现持续稳定脱贫。

为了把扶贫政策送到田间地头，兴安盟组建了新时代讲习团和“草原学习轻骑兵”两支队伍，以乌力格尔、好来宝等蒙古族曲艺方式，重点讲解产业扶贫政策，把“我脱贫我光荣，我奋斗我幸福”的精神传唱下去。

在乌兰浩特市葛根庙镇设施农业园区，王锁柱是干活最勤奋的一个。“家中地少，自己也上年纪了。看了‘菜单’，我和老伴儿商量了下，选择移民搬迁到园区里种菜。”王锁柱承包了4座温室大棚，1年能挣5万元。

王锁柱所说的“菜单”，是乌兰浩特市推出的一系列扶贫措施，涵盖了产业发展、易地搬迁、政策兜底、技能培训4大项58小项。贫困户“点菜”选项目，帮扶部门“配菜”手把手指导，政府“买单”提供资金支持。

“让贫困户自愿选择，是激发自主脱贫内生动力的好办法。”乌兰浩特市委宣传部部长刘颖说，该做法已在全区推广。

而扶志长志气、扶智长本领的“双扶双长积分制”则是乌兰浩特市又一扶贫创新举措，鼓励贫困户通过自身努力增加收入、展示良好精神风貌、积极参与村庄建设等方式获得积分，可兑换生产生活物资。

“老陈真能干！”乌兰哈达镇腰乐嘎查贫困户陈巴根现在在村里很有面子，他把菜园打理得生机盎然，看见谁家有困难就帮一把……2018年，老陈领到了印有“第一名”头衔的积分卡，家里吃的米面油都可用积分换取。

“这种‘小荣誉’的效果可不小。”腰乐嘎查党支部书记何振国说，村里要组织清运垃圾，通知刚发出去，就能聚起十几个村民，一个个自带铁锹、扫把，干起活来“不掺假”。

2019年，乌兰浩特在全市推行“双扶双长积分制”，嘎查村“比富裕、比和谐、比美德、比环境”蔚然成风。

走进科尔沁右翼中旗巴彦呼舒镇西日道卜嘎查，道路整洁平坦，家家户户窗明几净，跟过去的脏乱完全是两个模样。可在村民感受中，最大的改变来自饭桌——再也不是满桌牛羊肉，荤素搭配渐成风尚。

高盐、高油、饮酒一直是兴安盟农牧民的传统饮食习惯，也成了贫困户因病致贫的主因。兴安盟以此为突破口，开展了党组织带动，转变农牧民思想观念、转变生产方式，改变居住环境、改变陈规陋习、改变饮食习惯的“一带两改三转变”活动。

“习惯的改变是艰难的，要靠党组织动员、党员示范带头。”西日道卜嘎查党支部书记刘海林介绍，嘎查党支部对264户村民实行网格化管理，农牧民党员和能人大户分区分片负责带动10户左右，普及健康生活理念。

在“一带两改三转变”基础上，全盟80%的嘎查村完成了村规民约的制订修订，通过“村民议事会、道德评议会、红白理事会、禁毒禁赌会”的组织带动，“婚事新办、丧事简办、余事不办”的文明新风正在形成。

“贫困户主体意识、参与意识不断增强，实现了‘要我脱贫’到‘我要脱贫’的转变，树起了勤劳肯干的精气神。”谈及脱贫攻坚给兴安盟带来的改变，兴安盟常务副盟长隋维钧说，贫困户精神面貌的改变是最大的、最难的，也是最令人高兴的。

“脱贫不是终点，而是振兴的起点”

脱贫摘帽在即，兴安盟把防止返贫摆在重要位置，扶贫队伍不减反增，管好扶贫资产，为脱贫攻坚与乡村振兴的统筹衔接打下人才、产业和资产基础

2019年，兴安盟有能力再脱贫1.68万人，贫困发生率将由1.8%降至0.6%，全盟高质量脱贫胜利在望。

“这一成绩来之不易，中央部委、北京市、内蒙古自治区各厅（局）等各方支持发挥了重要作用。”隋维钧说，在这种大扶贫格局下，兴安盟办成了绰勒水利枢纽下游灌区建设等一批干部想干、群众期盼的大事好事。

——农业农村部作为大兴安岭南麓片区脱贫攻坚部际联席会议牵头单位，积极协调各部委投入帮扶力量，加快了兴安盟现代农业产业技术体系建设、绿色高质高效创建、农业品牌打造等工作步伐。

——中共中央宣传部定点帮扶科尔沁右翼中旗，通过引进电商帮扶、广告扶贫等方式在淘宝等平台上叫响了兴安盟大米品牌，引进大型肉牛企业推动了良种繁育、数字牧场等现代化畜牧业发展。

——北京市通过京蒙帮扶协作，构建了“农畜产品、劳务输出和人才培训进京，项目、企业和人才入兴安盟”的良好局面。

……

这些帮扶给了兴安盟脱贫的力量，更给了兴安盟攻坚的信心。

“抓好后两年，着眼两年后。要明白，脱贫不是终点，而是振兴的起点。”张恩惠表示，兴安盟委、行政公署没有丝毫松口气、歇歇脚的念头，把防止返贫摆在重要位置，巩固脱贫成效，把脱贫攻坚与乡村振兴统筹衔接，谋划未来发展。

“真没想到，会与爱人在村里团聚。”30岁的吴晶过去在外地工作，常年与在突泉县长春岭村任第一书记的丈夫远隔两地。2018年，她考取了长春岭村扶贫专干，与丈夫并肩奋战在扶贫一线。

设立扶贫专干，是兴安盟2018年在突泉县、扎赉特旗开展的试点。扶贫队伍不减反增——在原扶贫工作队不减力量、不撤队伍的基础上，从返乡大学生、退伍军人中选聘扶贫专干，或在村“两委”班子成员中聘任兼职扶贫专干，做第一书记助理。

“这些年轻人素质较高，现在他们是扶贫专干，到2020年就成了乡村振兴专干，形成一支‘不走的’工作队。”兴安盟委员会宣传部调研员侯佳丰介绍，全盟扶贫专干已有400名，作为试点的突泉县、扎赉特旗实现全覆盖。

产业是连通脱贫攻坚与乡村振兴的桥梁，如何推进产业扶贫，为乡村振兴提供产业支撑?

在科尔沁右翼前旗科尔沁镇平安村，一座电商服务中心颇具规模，上下两层、1 200平方米。该中心由旗扶贫投资管理公司投入150万元扶贫资金建造，所有权归平安村，目前由村里的展翼种植合作社经营。

“合作社一直打算建电商中心，但资金很紧张，现在只需付租金就可以直接使用。”合作社理事齐晓景说，仅运行4个月，营业收入便超160万元，带动了88户贫困户增收。

按照协议，从第一年至第五年，合作社按不高于年化利率10%支付租金；从第六年至第十年，合作社分期购买，10年后电商中心归合作社所有。这样算来，届时平安村不仅能收回150万元扶贫资金，还有70多万元租金。而这些资金会继续用于村集体产业开发、公共事务支出等。

平安村这一探索，来自兴安盟2018年开展的扶贫资产管理试点。旗（县、市）成立国有扶贫开发投资公司，统一管理产业扶贫项目、选定经营主体，设计“先租后买”的10年期收益模式，实现扶贫资产有人管、不流失、能增值，还能保证普通农牧民、村集体在乡村振兴中持续增收。

贫困渐行渐远，幸福越来越近。兴安盟加快推进乡村振兴步伐，开展“改变生活从庭院做起三年行动”，改善农村人居环境、发展庭院经济，曾经冷寂的村庄日益变得火热起来，一条振兴的大道越走越宽。

“特别法人”诞生记

刊播《农民日报》（3月22日1版）

作者 张凤云　柯利刚　范亚旭

作为迄今为止最为广泛高效的经济组织形式，公司被看做是“人类的成就”。然而在中国，有一类“特别法人”，它像公司一样参与市场经营，却与一般性企业有很大不同。村庄的大量土地、房屋乃至山林，都是它的资产构成，但它的成员并不对村庄以外的主体开放，兼具地域性、社区性和内部性，这就是农村集体经济组织。

在改革开放40年历程中，农村集体经济组织为活跃农村经济、促进农民增收发挥了不可估量的作用。但长期以来，由于没有法人地位的尴尬现实，其健康发展受到严重制约。

2018年11月，来自全国的10个新成立的农村集体经济组织领取了印有18位统一社会信用代码的“身份证”，掀开了“特别法人”名正言顺进入市场，充分展现发展潜力的历史一页。

这是一件可以彪炳史册的事件，带来了我国农村生产力的又一次巨大解放；这背后是一场规模宏大的改革，涉及近2亿农户8亿农民的切身利益；这是一场惠民利民的举措，有望推动农村经济实现新一轮飞跃。

打破那座透明的“钟罩”

——没有统一的“身份”，签合同，人家不认；缴税，只能列为“其他类”；甚至打官司，都会遇到比其他经济组织更多的麻烦

2018年11月16日，江苏南京。

一间极为普通的会议室里，农业农村部召开的全国农村集体产权制度改革试点推进会正在有条不紊地进行着。当主持人宣布，向10个新成立的农村集体经济组织颁发印有18位统一社会信用代码的组织登记证书的时候，等候在那里的各大媒体如箭一般冲了上去，长枪短炮伴着闪光灯和快门声，在会场里竟引起了一股不大不小的骚动，以至本来预定好的议程不得已延时了。

而对于拿到证书的南京市江宁区东山街道章村社区股份经济合作社法人汤忠华来说，脸上的笑容显然不足以表达内心的喜悦。在接受媒体采访时，汤忠华这样说："这下好了，有了合法身份，可以大干一场了！"

为什么这张"身份证"会引起如此轰动？这串以N开头的代码又意味着什么？

"10个新成立的集体经济组织拿到了登记证书，这在我们国家是首次，是我们农村集体产权制度改革中的一件大喜事儿。意味着我们农村集体经济组织有了法律地位，有了法人地位，有了自己的'身份证'。这件事是可以载入史册的。"农业农村部副部长韩俊给出了一个简单明了的答案。

把时间拨回到30多年前。早在20世纪80年代中期，广州天河、佛山南海等地就悄然开始了一场农村土地股份合作制改革，集体资产折股量化到每个村民，抱团发展集体经济。但是改革之后成立的这个组织到底是什么性质，到哪里去登记，怎么搞经营活动，都没有明确的说法和路径。

"去工商局登记，工商局说，你们这个组织不是工商企业，既不是有限责任公司，也不是股份有限公司。首先人数上就不符合，工商企业股东人数分50人以内、200人以内两种。但是进行股份合作制改革的村子人数往往超过这个数。有的大村几千人，小点儿的也有四五百人，工商局不受理。后来为了经营活动，有些村就采取变通的方式，一个村民下面带几十个隐形股东。虽然能运转了，但也有很多障碍。比如税收，工商企业要交企业所得税，过去是很高的，大概有25%。还有老百姓的股份分红要交个人红利税。我们当时去调研，很多地方干部群众想不通，说改革完了以后税负反而加重了。这个组织除了要承担社区公益事业，比如治安、卫生、绿化等，还要交这么多税，而且没有税前抵扣，有的村子觉得负担更重了。"农业农村部政策与改革司集体资产处处长余葵说。

在这之前，各地农村集体经济组织在登记方面可谓五花八门。有在农业部门登记的，有登记为工商企业的，还有登记为农民专业合作社、社团组织的，或者干脆由村委会代行经营职能。这些不得已而为之的做法也带来了诸多隐患和局限。

“拿我们济源来说，虽然对行政村颁发了济源市农村集体经济组织登记证书，持该证书也可去办理印章刻制、开户等相关手续，但这毕竟是张‘地方粮票’。”河南省济源市农牧局农业经济经营管理站站长段德龙说，“遇到跨省的投资，人家就不太认可。比如北京的一个企业到济源租赁厂房，北京公司要入账，我们这边就开不出发票来。”

签合同，人家不认；缴税，只能列为“其他类”；甚至打官司，都会遇到比其他经济组织更多的麻烦。摆在面前的问题，犹如一座透明的“钟罩”，使集体经济组织的经营活动被一定程度地隔离了。

另一方面，市场化的大潮、城镇化的进程都在加速乡村的变迁，这也使得农村集体经济组织在国家层面上的身份认定更加迫切。

“现在的农村社区和过去10年、20年完全不一样了，它是开放的，外来人口可能比社区成员还要多。有些城中村、城郊村实力很强，一项征地补偿款就有几千万、几个亿，它该以什么样的身份去投资？以村委会的名义？但这个资产又不完全是村委会的。”余葵说，“2016年中央出台37号文件（2016年12月26日中共中央、国务院下发的《关于稳步推进农村集体产权制度改革的意见》）之前，地方探索了20多年，登记的事一直没有突破，卡就卡在‘这个组织到底是什么’这个问题上。”

2015年，在进一步深化商事制度改革中，国务院下发通知，要求建立统一社会信用代码制度，一定程度上推进了集体经济组织身份认定的进程。

“既不同于企业法人，也区别于社会团体、农民专业合作社，又不是基层行政组织。过去虽然个别村集体到工商部门领取了营业执照，也是不得已而为之的做法。通知下发之后，我们去发展和改革委员会沟通了若干次，农村集体经济组织也需要18位统一社会代码，最后同意作为一个特殊的主体来对待。”余葵说。

2017年10月开始实施的《中华人民共和国民法总则》在起草时，全国人民代表大会常务委员会法制工作委员会征求农业部的意见，经过多轮细致深入的研究论证，最终确定了农村集体经济组织为一类“特别法人”，赋予其市场主体地位。并且规定，依法取得法人资格。

2018年6月，农业农村部、中国人民银行、国家市场监督管理总局联合下发了《关于开展农村集体经济组织登记赋码工作的通知》。明确登记赋码管理部门为各级农业农村主管部门，重点任务落实到县级。

2018年11月5日，全国农村集体经济组织登记赋码管理系统上线启用，登记赋码及换证工作正式展开，标志着农村集体经济组织规范化管理取得实质性进展。

“为什么说意义重大，因为它真正确立了集体经济组织的‘市场主体地位’。集体经济组织可以据此名正言顺地去银行办理开户，和其他经济组织一样，独立对外签订合同、开发票，平等参与市场竞争。”余葵说，“这张印着N打头代码的证书将在中国人民银行备案，它打通了集体经济组织在市场、税务、金融等多个部门间的身份认同，并且全国通用，等于是张‘全国粮票’。”

最基础最重要的工作

——农村集体经济组织获领“身份证”，本身就是农村集体产权制度改革过程中具有突破性的一件大事，是改革成果的一个缩影

这张证书，犹如一颗流着蜜汁的果子，被很多农村集体经济组织迫不及待地捧到了手上。而这果子由青涩到甜润，依靠的则是一棵枝叶繁茂的大树。这棵大树，就是农村集体产权制度改革。

两者的逻辑关系，在2018年农业农村部、中国人民银行、国家市场监督管理总局联合下发的《关于开展农村集体经济组织登记赋码工作的通知》中一目了然：农村集体经济组织登记赋码的对象主要是农村集体产权制度改革后，将农村集体资产以股份或份额的形式量化到本集体成员而成立的新型农村集体经济组织，包括组、村、乡（镇）三级。

这场被称为具有“四梁八柱”性质的集体产权制度改革，不仅关系到集体经济能否成为乡村的一枚活跃因子，还牵扯到3.6万个乡（镇）、58万个行政村、490万个村民小组以及2亿多户小农户的日子怎么过这样具体的问题。

这盘大棋到底该怎么下？改革的目标、路径与方法是什么？改革中遇到

的具体问题如何解决？环环相扣，不容有半点闪失。

正因此，在这场关系重大的改革中，从农业农村部门到各省、市农村，从机关干部到普通农民，都在贡献智慧、精雕细琢，下足了绣花功夫，为的就是不留“死角”，将这项改革“丁是丁卯是卯”地落到实处。

2016年12月26日，中共中央、国务院下发的《关于稳步推进农村集体产权制度改革的意见》，单起草过程就花了3年多的时间。这份凝聚了各方理论智慧、各地实践精华的顶层制度设计，明确提出了农村集体产权制度改革的四大任务：全面开展清产核资，科学确认成员身份，有序推进经营性资产股份合作制改革，发展壮大农村集体经济。

从2015年开始，国家层面的改革试点便开始了。第一批试点在全国29个县（市、区）开展，重点探索保障农民集体组织成员权利、发展农民股份合作、赋予农民集体资产股份权能。

2017年，全国选择100个县开展试点，并对试点内容做了进一步拓展，包括全面开展清产核资、加强集体资产财务管理，探索确认集体成员身份，推进经营性资产股份合作制改革，赋予集体资产股份权能等，要求更加全面。

2018年，中央农村工作领导小组办公室、农业农村部推出吉林、江苏、山东3个整省试点，50个地级市开展整市试点，150个县级行政单位开展整县试点。将原来的“探索确认集体成员身份”调整为“全面确认集体成员身份”，并明确提出了开展农村集体经济组织登记有关事宜。

3批试点加起来，涉及县级行政单位足有1 000个之多。

开展清产核资、摸清集体家底，是这场改革中的第一场硬仗，成员身份确认则是最重要的工作。由于时间跨度长、涉及面广，成员利益关系复杂，各地经济发展水平不一，集体资产构成各异，加之城镇化加速、人口大规模流动，改革难度极大。

农业农村部政策与改革司司长赵阳说：“这项重大改革必须明确两条底线。第一，坚持农民集体所有不动摇，‘农民集体所有’是集体经济组织成员集体所有，不是少数人操控、少数人所有。既不能出现少数人侵害多数人权益，也要防止多数人侵害少数人权益。无论怎么改，不能把集体经济改弱了、改小了、改垮了，不能让集体资产流失了。第二，坚持农民权利不受损，无论怎么改，不能把农民的财产权利改虚了、改少了、改没了，不能让老百姓吃亏。”

山东省把农村集体产权制度改革作为必须打赢的一场硬仗，严把宣传发动、资产查验、资源实测、合同清理、公开公示、档案整理“六关”，规范操作，全程留痕，真正把家底摸清。

天津市制定了“两种模式、三个路径、四个阶段、八个环节、三十二个步骤”的改革指导规程，建立了信息系统，实现了改革模式自主选择、工作流程步步规范、改革进度实时更新、成员信息全市通查、资产动态实时掌握、重要事项媒体公告，确保了改革的稳妥有序推进。

河南济源市在清产核资阶段，采取“张榜公示，三榜定案”的方式，充分调动农民积极性，发挥群众监督作用，寻求农民群众公认的“最大公约数”。

……

步稳蹄疾，成果显著。截至2019年3月，全国已有196.5万个组、47.8万个村、6 619个乡（镇）集体经济组织完成清产核资报表填报工作，超过15万个村完成股份合作制改革，确认集体成员3亿多人。这些都为农村集体经济组织最终能够获得“特别法人”身份打下了坚实的基础。

不止手里多把“米”

——一串小小的代码，破解了资产转化为资本的秘密。它的背后，是一整套明晰产权的程序和纳入国家正规法律系统的严密体系

2019年2月26日一大早，豫西北济源市上空飘着一层薄雾，承留镇花石村党支部书记周全喜从位于村北的南山森林公园滑雪场回到村部，刚好碰到段德龙送新的集体经济组织登记证来，接过证，周全喜反反复复看了很多遍。

“有了这个证也就意味着银行的大门对我们打开了。”周全喜高兴地说。

2015年，花石村便开始了“资源变资产、资金变股金、农民变股东”的产权制度改革，组建集体经济组织，发展壮大集体经济。然而，让周全喜苦恼的是，前期虽然取得了济源市农村集体经济组织登记证书，但贷款、税收等方面依然受到很大限制。如今拿到了这个证，他心里的一块石头可算落了地。

“现在系统内已经生成了农村集体经济组织登记证的18位数的统一社会信用代码，只要证书过来就可以打印了。”段德龙说，前期济源市已完成了清产核资、成员确认、资产量化等一系列基础工作，按照正常程序，到2019年4

月就能完成全市525个行政村的登记赋码及换证工作。

千里之外的南京市江宁区章村，动作更加迅速。领到证的第二天，章村社区股份经济合作社就敲定了2笔“大买卖”。

“一是花了4 000万元买了1 000平方米的旺铺，两证齐全；二是在湖熟、禄口等地收购四五千平方米的厂房，已基本谈妥。”章村党支部书记张文才在接受媒体采访时说，他们的目标是“立足城市做三产，走出章村谋发展”，下一步准备聘请职业经理人，选择成长性好的科创型企业参股。

登记赋码工作的全面开展为乡村集体经济发展添了一把火，因此绝不仅仅是让集体农户手上多把“米”那么简单，而是活化了农村产业，释放了集体的潜力，并且有望使集体经济组织这样一个“特别法人”成为活跃乡村经济的重要单元。

冲击波正在波浪式覆盖乡村。借助改革，很多地方回头来盘点，发现有不少资产可以服务于全村经济发展和村民生活；在股份合作上，虽然不同地方有不同表现形式，但从以前少数人管，资金不知去向，到现在的阳光运行，集体资产的经营效益有了明显的提高；在一些已经消失或正处在城镇化进程中的城中村、城郊村，核资量化，资产有了主，也促进了劳动力的流动；改革还为公共财政投入以及乡村治理提供了载体。政府投入、减免税费形成的资产，落实到集体经济组织，再量化到成员头上，使之成为农户一个长期的收入。

“清产核资、成员认定之后，村民作为集体经济组织的成员，权利大了，积极性也高了，当然要求也多了。以前对集体经济收入不太关心，现在是很关心，想要合作社多赚钱、多分钱。对于村集体理事会成员来说，压力也比以前大，但压力也是动力，这对于壮大集体经济倒也是个好事。”天津市滨海新区海滨街联盟村党总支书记、联盟村股份经济合作社理事长王绍山这样说。

从南到北，从东到西，广袤的乡村，亿万农民发展集体经济的愿望是如此强烈，就如春天里的一粒种子，带着破土而出的那股力量。改革和赋码不仅搬走了压在上面的石块，还给它创造了更大的可供伸展的空间。

更为重要的则是登记颁证背后构建的那套系统。全面清产核资，查实集体资产存量、价值和使用情况，建立健全集体资产的登记、保管、使用和处置各项制度，建设农村集体资产监督管理平台……犹如一座大型水电站，一旦运转起来，便会源源不断地唤醒“沉睡”的资源，一步步转化成看得见摸得着的资本财富。

为了确保工作的有效性，改革的督导工作一直没有间断。不久前，中央农村工作领导小组办公室、农业农村部牵头对12省份开展了改革督导，了解各地改革进展，发现了一定的问题，进而要求各地要自觉对标对表，查找自身不足。

据赵阳介绍，不断扩大集体产权制度改革覆盖面，是农业农村部2019年的一大重点工作。2019年农村集体产权制度改革试点将再确定10个左右省份、30个左右地（市）、200个左右县整建制推进，确保2021年年底之前完成集体经营性资产产权制度改革。同时，要做好新成立集体经济组织登记赋码工作，使完成改革的集体经济组织尽快领到“身份证”。截至2019年3月，全国已向1.2万个集体经济组织发放了统一社会信用代码。预计到2019年年底，70%以上完成改革的村将领到登记证书。

关系到“特别法人”，登记赋码工作也得到了社会各界的关注。

农业农村部集体产权制度改革专家评审组成员、华中师范大学中国农村研究院院长邓大才2019年2月26日到天津调研集体经济组织登记赋码工作时对记者说：“从农民的角度来说，经营最好是包赚不赔，但是从市场经济的角度来说，又很难确保只盈不亏。所以对待集体经济组织这个‘特别法人’，既要有经营上的放活，给它提供充分参与市场竞争的条件，比如登记赋码，还要有政策上的帮扶，并且注意加强对法人和经营决策层的监管。”

法律上的一些难点还有待突破。争论较多的，包括成员界定和权利问题。新增人口到底是不是集体经济组织成员？股份经济合作社成员和享有土地承包权的成员是重合的还是交叉的？股份经济合作社能不能破产？以什么为破产清算边界，是否把土地刨除破产清算的范围？这些都是需要研究的。

对此，农业农村部政策与改革司列了很多专题，以便在下一步的立法中提供有效支撑。

“下一步还要和税务部门沟通，包括集体经济组织的税收问题、税票问题等一些细节。”手里拿着一摞调研报告，余葵不无感慨地说，“这个组织太特别了！”

奋勇打造中国现代农业航母“北大荒号”

刊播《农民日报》（12月4日1版）

作者 唐园结　刘伟林　李飞　王澎　卢静　高跃辉　鲁宏杰

2019年元旦前夕，国家主席习近平发表新年贺词，饱含深情地回忆道，他于2018年9月在东北3省考察时看到“建三江万亩大地号稻浪滚滚”。细心的北大荒人注意到：电视画面中，习近平身后的书架上，摆放着他与北大荒集团的机手们亲切交谈时的照片！

一元复始，万象更新。2019年，是北大荒开发建设的第72年，也是黑龙江北大荒农垦集团总公司元年，更是中国农垦发展与改革史上非常关键的一年。

这一年，接续70余载北大荒人的荣光，“中国粮食！中国饭碗！”的殷殷嘱托回荡在丰收的黑土地上！

这一年，焕发新生的北大荒，朝着建设现代农业领域航母和新型国际大粮商的目标踏浪启航！

这一年，“垦区集团化、农场企业化”的农垦改革足迹深深烙在三江平原上，政府行政职能全面移交和办社会职能改革让北大荒人的脚步变得矫健有力！

时人不识凌云木，直待凌云始道高。这一年之于北大荒、之于中国全局的意义，须待北大荒集团巨木凌云之时才会充分彰显。

在这一年稻金粱红的收获季里，记者踏上这片伟大的黑土地，见证中国现代农业航母——“北大荒号”的诞生！

因国家战略而生

“北大荒是70多年前老一辈无产阶级革命家为我们今天参与全球农业产业竞争而准备的战略性武器。”在黑龙江北大荒农垦集团总公司（农垦总局）党委书记、局长、董事长王守聪看来，北大荒的历史价值和时代使命集中凝聚于“战略”二字。

凡称战略者，“国家关键时刻抓得住、用得上的重要力量”是也。从初建之时的“出粮食、出经验、出人才”，到引领中国农业现代化进程，再到如今组建农业领域航母参与全球竞争，在共和国的不同历史时期，北大荒为“战略性”注入了不同内涵。

72年来，北大荒累计生产粮食4 370.7亿公斤，向国家交售商品粮3 444.3亿公斤。2018年商品粮调出量占全国总量的1/4，可为1亿人提供一整年的口粮，是名副其实的国家粮食安全“压舱石”。

更重要的是，在与农户家庭经济、农村集体经济、农民合作经济等共同构成的中国特色农业经济体系中，北大荒所代表的国有农业经济极具张力——大农场统筹小农场，统得到位、放得彻底，既不失效率，也可集中力量办大事，确保它总能在紧要关头快速形成攻坚克难的战斗力量。

2003年，“非典”疫情爆发。北大荒第一时间“拿出”精米，连续7天每天从17个火车站同时装车南运，迅速平抑了北京地区的粮价。2008年，汶川强震，灾区急需粮食。北大荒米业集团连夜启动制米生产线，两天内“拿出”2 400吨优质大米急送灾区……

每每在国家需要北大荒纾困救急的时刻，它总能及时“拿出”，将国有大粮仓抓得住、调得动、能应对突发事件的战略性优势展现得淋漓尽致。

建三江，三江平原腹地的“中国绿色米都”，我国重要的商品粮基地。2018年9月下旬，习近平考察东北3省第一站即来到建三江，他双手捧起一碗大米，意味深长地说道：“中国粮食！中国饭碗！”

一碗米，连着苍生，关乎国运。彼时，中美贸易摩擦不断升级，国际经济形势复杂多变，“修昔底德陷阱”论甚嚣尘上。何以应对？这考验着中国的战略定力。

解决好吃饭问题，是治国理政的头等大事。波谲云诡的全球竞争中，只有保障粮食安全和重要农产品有效供给，才有“任凭风浪起，我有‘压舱石’”的从容应对之底气。

在这个世界百年未有之大变局中，北大荒集团再次以国家战略为使命担当，勇毅深化农垦体制改革，巩固大基地、建设大企业、发展大产业，打造现代农业领域大航母参与全球农业竞争，建设新型国际大粮商，增强粮食安全掌控力，开启了全面改革发展的北大荒新纪元。

2019年10月的黑土地，锦绣一片。17日，嫩江农场一块1 500亩的红高粱地里，63台收割机、灭茬机、整地机分3排推进，同步作业。在无人机空中俯拍画面中，超大型机车组宛如一艘行驶在红色海洋中的航空母舰。

航母就是话语权、威慑力。作为我国耕地面积最大、现代化程度最高、综合能力最强的大农业示范区，北大荒集团着眼于“国家战略性武器”定位，不断向标准化、绿色化、智慧化的生产方式和全链掌控、产业集群方向迈进，逐步构建完整产业链，力求在国际农产品市场掌握充分话语权和定价权。

建三江七星农场，北大荒精准农业农机中心楼前，一尊“一碗米”造型的雕塑矗立在各式农机具中，象征着中国饭碗的铜铸铁打、坚如磐石。

“每年400多亿斤粮食，我们要稳稳地拿在手中——这是北大荒集团有别于‘ABCD’（美国ADM、邦吉、嘉吉和法国路易达孚）四大粮商的关键。”王守聪向记者描绘了新型国际大粮商最鲜明的特征——不像四大粮商那样，以控制全球粮食流通来体现其极具攻击性的影响力，而是通过抓牢粮食生产、做强粮食产业链来增强我国粮食安全的抗风险能力。

基于农业领域航母和新型国际大粮商的双重定位，北大荒集团的每一步探索都以强化战略属性为着眼点。比如，一场历时7年的试验——

“厉害了！水稻插秧机无人驾驶作业啦！”2019年5月，三江平原水稻插秧季。红卫农场种植户贾君，在其承包的600亩水稻田里见证了无人作业时代的到来。在预先输入程序的控制下，无人机械按照现场地形与预设路径，用时70分钟，精准完成了160亩稻田的搅浆整地、插秧、施肥施药等作业环节。

这是北大荒集团农业全程无人作业的首站试验。从2019年春耕开始，到2025年秋收，这一试验将分级、分期、分批建立具备自主感知、传递、决策、反馈、执行五大闭环，打造全域无人作业的农业生产基地。

支撑这一试验的内生动力，与历史上催生北大荒人每一次的创举一样，是它作为中国农业现代化排头兵的战略担当！

向国之重器转型

2018年12月16日，黑龙江北大荒农垦集团总公司正式挂牌，标志着黑龙江垦区从政企合一的管理体制整建制转入集团化、企业化经营管理体制。

这是北大荒72年历史中重要的一天，也是中国农垦改革史上关键的一步。

农垦体制有着极为复杂的历史成因。以黑龙江农垦为代表，在相当长的垦荒和建设期内，它作为一个区域性经济社会组织，亦政亦企的属性决定了政企合一的管理体制不仅必要，而且先进。事实也充分证明，北大荒作为“国之重地”，在屯垦戍边、发展生产、支援国家建设和保障国家粮食安全方面作出了彪炳史册的巨大贡献。

有一利则必有一弊，利弊权衡因时因势而变。重度依赖行政化管理导致的体制僵化、机构过于臃肿带来负担沉重等问题，在市场配置资源的决定性作用面前开始浮出水面，且有积重难返之势，不仅成为垦区发展的瓶颈，而且对国有农业经济参与全球竞争有掣肘之滞。

一个背负着行政和办社会职能的“四不像”企业，身份不明、效率不高、活力不足，是难以打造出大航母、大粮商的。所以，北大荒必须进行企业化改革，以改革为发展赋能，全面增强内生动力、发展活力和整体实力。

事实上，农垦改革的路线早已明确。2015年，党中央、国务院出台《关于进一步推进农垦改革发展的意见》，确立了“垦区集团化、农场企业化”的改革基调。此后，黑龙江省委、省人民政府适时出台《关于进一步推进黑龙江农垦改革发展的实施意见》。

“这一轮是‘脖子以上’的改革，经济性必须服从战略性，既要坚定不移，也要循序渐进；既要强身健体，也要刮骨疗伤；既要整体推进，也要重点突破。”王守聪说。

2018年12月14日，财政部、农业农村部印发通知，明确“由财政部代表国务院对黑龙江北大荒农垦集团总公司履行出资人职责”。出资人明确，产权关系明晰，为农垦“两化”改革奠定了坚实基础。

改革是政治任务，稳定与发展是基本要求。垦区整建制转企后，原有人员的身份、编制、职级、岗位等如何调整？政府行政职能和办社会职能如何有序移交？粮食生产和经济发展如何确保无虞，甚至再上台阶？以及在特定历史条件下形成的种种遗留问题，又该如何在改革中一一解决？

一个内部情况极其复杂的组织，探索一项涉及160多万人之众的全方位改革，还要有条不紊、按时保质地推进，其难度可想而知，其探索弥足珍贵。

沧海横流，方显出英雄本色。北大荒人善打硬仗、能打胜仗的战斗作风和沉淀70余载的“艰苦奋斗、勇于开拓、顾全大局、无私奉献”的北大荒精神再次发挥关键作用。

2018年6月，黑龙江农垦总局党委设立农垦改革发展稳定专项工作组，下设“两化”改革推进组、办社会职能改革推进组、经济发展组、集团运行保障组、思想发动组和两级机关人员、政法系统干部、教育卫生系统、社会化用工群体、历史遗留问题专项工作组，全局上下解放思想，行动起来，全面、全力推动全员改革。

2019年7月1日，北大荒集团绥化分公司挂牌成立。这是继九三、齐齐哈尔、红兴隆、建三江、宝泉岭、牡丹江、北安分公司后揭牌的第八个分公司。截至2019年11月，垦区113个农牧场全面改组为108个有限公司，标志着“两化”改革的阶段性完成。

在与38家省直部门和12个市、55个县（区）全面对接、逐条确认的基础上，黑龙江农垦总局3 000余项、管理局2.6万余项行政职能以及延伸到各农场的行政权力事项，于2019年6月底前全部完成移交。

垦区公安系统全面移交黑龙江省公安厅管理，检察院、法院统一纳入国家司法管理体系，150所中、小学全部移交属地政府管理，系统内千余个事业单位分类采取差异化措施推进改革，涉改人员有序得到妥善安置……办社会职能改革的基本完成，标志着北大荒集团作为一个全新的、充满活力、富有效率的现代农业集团，正式启航！

黑龙江农垦改革的每一步都是扎扎实实的。记者在采访中体会到，改革之所以顺利推进，至少有3条经验是具有普遍性的。

政治导向与稳定导向相结合。改革是政治任务，所以必坚定不移、坚韧不拔、坚持不懈。为了确保改革过程中的稳定，黑龙江农垦将思想动员工作摆在重要位置，农垦改革各工作组自身加强政策学习，力求做到形势宣讲有高度、思想动员有力度、政策解读有深度。操作过程中，注重让政策落在实处，把工作做到细处，将矛盾化解于未发之时。

目标导向和问题导向相结合。改革的目标是明确的，但遇到的问题是复杂的。总局党委要求各工作组要有解决问题的本事，对普遍性问题提出政策建议，对特殊性问题提出解决意见，对疑点难点问题提出解决思路。数不清的焚膏继晷和夜以继日，换来的是解决一个又一个问题。

整体推进和重点突破相结合。在整个改革过程中，做到了全局统一步调和具体问题具体分析的有机结合；处理改革重点任务和关键环节时，始终以战略为权、民心为重；在谋划改革蓝图、确定改革任务、作出制度安排时，反复征求各方意见，确保了这场重大改革有序推进。

为国际竞争蓄能

2019年7月16日，阿里巴巴集团董事局主席马云带着他的“亩产一千美金计划”跨过山海关，走进北大荒。

作为黑龙江省人民政府与阿里巴巴集团战略合作的重要一环，北大荒集团与阿里巴巴签署战略合作协议：以阿里的核心技术平台支撑北大荒的数字化战略转型。这意味着，届时北大荒集团的核心农田、作物、农事作业、仓储及加工等环节的数据将得到充分的采集、聚合、挖掘和应用，助力农业生产节本增效、农产品全链条品控溯源、产区集中调运和销区分装配送，为产业竞争力提升赋以“乘数效应”。

类似的合作，在过去一年间接连达成：与黑龙江省农业投资集团协议在信息资源整合、建立绿色食品交易平台、推动农业特区建设等七大领域开展深入合作；与京东集团携手打造万余平方米的北大荒电商仓配中心，以实现大宗物资的有效调配；与华为技术有限公司在华为云建设、平安垦区、智慧农业、现代农业人才培养等多领域展开合作……

所有这些合作，连同北大荒集团自身的各项探索创新，都始终围绕着“三大一航母”（建设大基地、大企业、大产业和打造现代农业领域航母）的战略目标展开。

巩固大基地，北大荒走的是控投入品、控农产品和全程标准化绿色化服务的“双控一服务”之路；建设大企业，靠的是“科技+资本”两翼之力来做大做强农产品加工业；发展大产业，北大荒集团将基地库、城市消费库、物流节点库和交易中心建设作为重点，以实现对全产业链的掌控。

“过去是一排排播种，现在是一粒粒播种；过去整片地按平均量施肥，现在每隔1.5米就可以改变一次用肥量。”友谊农场生产技术部部长杨慧对卫星控制精准播种、精准施肥技术赞不绝口：“真是少用种子少施肥，产量品质还都不降！”

浸种催芽、精量播种、侧深施肥……每一项农技农艺的进步，在全程标准化加持下，与巨量的农地规模相乘，为农业生产大基地所带来的节本增效量都是惊人的。

目前，北大荒集团已建成生态高产标准农田2 700余万亩，覆盖62%的耕地总面积；在24.5万户的2 100多万亩耕地上，建立了较为完整的农业大数据应用体系。

米、面、油、肉、乳、薯、种，北大荒集团的七大支柱性加工业，正装备起科技和资本的“两翼”，使市场竞争力大增。

粮安天下，种筑基石。北大荒集团垦丰种业公司每年研发投入超亿元，全力推进分子育种平台建设，自主研发选育良种，为“粮仓”变“良仓”提供有力支撑。

称重、筛包、喷码、装箱……在完达山乳品全自动灌装生产车间，设计精巧的传送带、操作精准的码垛机器人、快速敏捷的机械手在计算机程序的统一调配下，有条不紊地将运进工厂的原奶加工、包装成不同规格的液态奶，运送到工厂内的立体储藏库。依靠数字农服建立起的质量安全追溯体系，涵盖产乳、饲料管理、疫病防控、运输全过程，真正做到了让消费者喝得放心。

国产大豆看东北。黑土地极适合大豆种植，结实粒大饱满、蛋白质含量高，是民族大豆产业的战略后院。具备年加工大豆1 200万吨总能力、销售收入超过450亿元的九三集团，是当之无愧的中国大豆领军企业。

着眼于发展大产业，九三集团正努力做实大农业、大仓储、大物流、大科技、大饲料、大养殖、大资本等板块，打造全程可控的产业链。

只有掌控全产业链，才能在国际市场上掌握话语权。北大荒集团建设现代农业大基地、大企业、大产业，最终目的仍是服务于参与全球农业竞争的国家战略。

2019年8月27日，2019年“亚洲品牌500强”在香港揭晓。“北大荒”品牌跻身百强，位列农业类品牌榜榜首，789亿元的品牌价值较2018年增长15.59%。

时代是出卷人。建设一个社会主义现代化强国，必然要求一支现代农业航母舰队，北大荒风云际会，又一次握住了历史递过来的接力棒——在陪伴新中国走过70年后，北大荒为未来10年确立了新的目标：到2028年，建成具备国际化经营能力的新型粮商和中华大厨房，初步形成农业领域航母。

这样的愿景，与72年前拓荒者们誓把北大荒变成北大仓的目标一样振奋人心，激发人们的无穷斗志。因此，我们坚信，今天北大荒人奋勇再向前的身影，与明日“北大荒号”劈波斩浪的雄姿，也将一起定格在共和国的光辉史册上。

农融两岸　一园情深
——闽桂台湾农民创业园观察

刊播《农民日报》（12月6日1版）
作者 彭瑶　吕珂昕

永福高山茶、黄金百香果、手指柠檬、树葡萄酒、钦州大蚝……在刚刚结束的第十七届中国国际农产品交易会上，海峡两岸农业合作展区备受采购商青睐。很多人或许并不知道，这些极具台湾特色的农产品大多来自全国28个国家级台湾农民创业园。

农融两岸，一园情深。经过十几年的辛勤耕耘，诞生于2006年的台湾农民创业园（以下简称台创园）如今已成为台湾同胞到大陆创业的首选平台，更是两岸农业理念和技术交流、人员往来和情感融合的重要载体。不久前，记者前往福建、广西壮族自治区两省区多个台创园实地调研采访，深入了解台创园和园中人的成长故事。

优势互补——

大陆丰富的农业资源和优惠的扶持政策是台农落地扎根的原动力，而台湾先进技术、管理模式尤其是经营理念的引入，则是台创园发展壮大的强引擎

“台湾最大一片茶园30亩，大陆最小一片茶园300亩。”在福建省龙岩市漳平台创园里，台商谢东庆指着自己1 800亩的台品樱花茶园告诉记者，“台湾的农场平均面积不足20亩，但在大陆，像这样上千、甚至上万亩的农场都不罕见，完全不是一个量级。”

1996年，受限于岛内土地资源的稀缺性，谢东庆来到大陆考察，最终选择在漳平市永福镇租下600亩土地开荒种茶，成为台商“落地生根”第一人。

“永福镇的纬度、海拔、气候和土壤与台湾阿里山极为相似，非常适宜种植高山茶。”谢东庆说。

在漳平市委、市人民政府支持帮扶下，谢东庆带领当地农户把荒山开垦成高梯田式茶园，举办培训班手把手教农户种茶制茶。尤其是2008年漳平国家级台湾农民创业园成立，政府对园区企业的专项扶持资金和在用地、用电、税收、融资等各方面的优惠政策不断出台。备受鼓舞的谢东庆坚定了在大陆安营扎寨的决心，不仅追加投资，把茶园面积扩大到1 800亩，还陆续从台湾等樱花主产地以及日本引进上万株不同花期的樱花品类，套种在茶园道路间，构成茶园立体生态景观。

“阿里山、日月潭、梨山都是产茶区，台湾茶产业发展得好，很重要的一点就是结合了观光旅游。”在谢东庆的倡议下，园区从2012年起开始举办樱花节，每年春节前后约3个月，漫山遍野的樱花轮番绽放，美不胜收，全国各地慕名前来赏樱花、游茶山、品香茗的游客络绎不绝，永福也因此多次登上《中国国家地理》等杂志封面。

百花齐放满园春。谢东庆在永福的成功案例吸引了越来越多的台农台商纷至沓来。截至2018年年底，园区入驻台企66家，其中高山茶企48家，年产茶1 600多吨，实现产值7.2亿元。前来创业就业的台农600多人，成为台商个体在大陆投资最密集的乡（镇），被台农台商亲切地誉为“大陆阿里山”。

春色满园关不住。台创园对周边地区的带动作用极为明显，不仅给村民提供大量就业岗位，“三产”融合的发展理念还带来休闲旅游业的旺盛人气，拉动了主产业茶叶、花卉等的销售，也有力地促进了餐饮、住宿等第三产业发展。

“2018年园区接待游客100多万人次，旅游收入近3亿元。2019年春节7天时间，茶园所在的后盂村仅停车费就收入二三十万元，有的村民一天卖矿泉水就能挣1 000元。”漳平台创园管理委员会主任颜燕芬告诉记者，“正是在台湾观光休闲农业的理念影响下，园区加速转型升级，实现了由单一传统农业向农旅结合的转变。”

而在广西壮族自治区，坐落于钦南台创园的台果休闲果场，正是台农赖忠治按照“三产”融合理念打造的。这位72岁的老人在这里培育、种植水果、蔬菜和花卉已经整整16年，把昔日的荒山变成集台湾优质花卉果蔬种养、农产品加工、科普教育、休闲观光等于一体的绿色生态果园。游客来到这里或游园赏花，或采摘新鲜水果，或品尝台湾特色小吃，还可以亲手尝试园内坭兴陶DIY。在赖忠志的引导带动下，当地农民开始大面积种植桑果，并成立了桑果合作社。赖忠治将自己研发的果苗低价提供给农户，无偿提供技术指导，保价回收果实，以此带动农民共同致富。

“引导贫困群众大力种植台湾水果，在脱贫攻坚工作中发挥了良好的示范带动作用。”广西壮族自治区农业农村厅对外交流合作处处长欧毅霞介绍，园区2018年总产值为2.7亿元，比2017年增长8%，解决1 100多名农民就业，带动2 630户农民发展种养产业。以钦南台创园为载体，近100个（项）台糖系列甘蔗品种、芥蓝等蔬菜品种、两季葡萄等水果品种和生产加工技术及设备在广西壮族自治区落地开花并逐步推广应用。

台创园的发展给当地农户带来实实在在的好处，也赢得了他们的信任和支持。在漳平台创园，为了帮助台商打通茶山上的道路，需要征收当地村民几十亩耕地。“老百姓一分钱补偿也没要。”台创园管理委员会副主任李清标对此十分感慨，“村民们认识到，园区的发展与他们休戚与共，大家的利益是相通的。”

“比台创园经济带动作用更加重要的，是台农秉持的精致高优农业理念和土地永续发展理念。”李清标说，“以前我们对土地利用相对短视，在台农的影响下，当地农民增强了‘拥有土地就拥有责任’的理念，注重休耕，注重养护，注重生产、生活、生态‘三生兼顾’，这与我们的乡村振兴战略和农业高质量发展理念是相通的。”

接续交融——

越来越多的台湾青年，特别是不少“台农二代”“台农三代”接过父辈的事业，形成接力创业的热潮，并在创业中产生情感上的交融，成为台创园不断开枝散叶的中坚力量

“80后”台湾青年蔡志阳家里3代务农。他从小热爱农业，在台湾的家族农场里干得有声有色。一次偶然的机会，他来到大陆漳浦台创园考察，被这里的历史渊源、人文背景、自然环境和政府对台农业政策所吸引，开始了自己的创业梦。

台创园管理委员会工作人员主动帮蔡志阳解读政策、筛选项目、争取资金，蔡志阳从由台湾带过来的第一株树葡萄起步，如今已建起一座占地80余亩，拥有树葡萄、黄金果、牛奶果、手指柠檬、太平洋沙梨、巧克力布丁果、巨无霸红心火龙果等130多个花木瓜果品种的"花果山"，成为远近闻名的"台湾水果王子"。

作为漳浦台创园选定的首批台籍科技特派员，蔡志阳还积极参与示范、推广新品种和新技术，推动当地农户脱贫增收。

"国内水果品种单一，造成农民'一窝蜂'抢种，价格波动太大。"蔡志阳说，"漳州市出台了58条惠台措施，其中有一条是鼓励新品种引进和研发。我会不断尝试新品种引进，改良驯化后推广给更多的农民，让他们有更多的选择，更好的收入，让年轻人认识到搞农业也能比外出打工收入更高，吸引他们回乡创业就业。"

如果说蔡志阳在大陆的事业是从零起步，同为"80后"的漳平台创园岳山嘉茗茶业有限公司的董事长陈耘嘉则是作为"台农三代"接续创业。不满足于爷爷和父亲专注茶叶种植和批发的传统业态，陈耘嘉不断尝试为茶园融入茶道、民宿、文创等新元素，还邀请一批同为茶艺爱好者的台湾青年来到茶园担任文化创意师。游客在茶园可以体验到采茶、制茶、品茶、做茶染、茶罐等茶事乐趣，成功推动岳山茶园从传统茶企向茶旅融合转型升级，陈耘嘉也以其精彩的创业故事获得了2018年福建省台湾青年"创业之星"和2019年福建省青年创新创业大赛一等奖等多项荣誉。

"我高中就跟着父亲从台湾来到福建上学了，这里就是我的第二故乡。"泉州市惠安台创园富邦食品有限公司的副总经理吴妘蓁是一个"台农二代"，在国外念完大学就回到泉州接手父亲的事业。

"我们家的祖籍是泉州，父亲在这里有归属感，我也喜欢这里。"在父亲的撮合下，吴妘蓁与泉州一位大学老师喜结连理。两人携手打拼事业，并积极投身教育和慈善，在当地捐款上千万元，书写了一段两代接力、两岸结缘的佳话。

2019年8月，为给台湾青年营造更好的创业就业环境，漳平台创园里的台湾青年创业中心正式建成启用，水电设施齐全，3年免租金，优厚的条件吸引大批台湾青年聚集。截至2019年11月，19栋独立两层办公楼已基本入驻完毕。

来自台北的“95后”青年吴东树计划在园区种植台湾圣女果，目前正在试种阶段。吴东树说：“没有来过大陆的台湾青年可能对大陆不了解，实际上大陆的发展速度超乎想象，提供的条件也很优惠，我们比在台湾有更多的发展机会。”

“与老一辈台农相比，台湾青年受过更现代的教育，思维更开阔，创造力更强，他们是台创园最富有生机活力的生力军。”福建省农业农村厅海峡两岸农业合作处处长张敏岩告诉记者，各园区高度重视对台湾青年“引得来、留得住、发展好”，积极开展“台湾农民福建行”等多种两岸青年交流活动，让台湾青年全方位了解大陆优惠政策和创新创业优势，以真情实策增强对台湾青年的感召力、吸引力。目前，“台农二代”“台农三代”逐年增加，台湾青年在台创园的新一轮创业正蓬勃兴起。

守望相助——

用工难、用地难、销售难……与大陆很多地方在传统农业向现代农业提档升级过程中遇到的难题一样，台创园想要持久呈现春色满园的胜景，两岸农业人必须勠力同心

在复杂的市场变化中，台创园的发展也并非一帆风顺。在采访调研中，部分台农台商也向记者讲述了他们遇到的一些困难。

用工难是台创园茶企普遍反映的痛点。这几年大陆发展迅速，用工成本大幅上升，每年采茶季都会出现用工荒。“十几年前，人工20元一天，现在200元一天也很难招到人。”漳平台创园鸿鼎茶场的台商赵黎华说，“采茶季每天需要400名工人，但能来六七十名我就偷着笑啦！而且基本都是五六十岁的老人，愿意留下来务农的年轻人很少。”

“现在我们解决用工难的办法就是逐渐从手采过渡到机采，但机采无法做到两叶一心精准采摘，会影响茶叶品质。我们就采取分品级销售，高端茶保留手采。”赵黎华说。

“农企用工难是普遍现象，要从根本上解决这个难题，还得是做大做强农业产业，提升园区特色产品附加值，用高收入吸引青年劳动力回流。”颜燕芬说。

用地难是台创园扩大发展规模面对的又一个瓶颈。蔡志阳告诉记者，他有不少台湾农民朋友想到大陆创业，但目前园区可流转土地资源极度紧张，“不再像老一辈台农那样比较容易就能流转几百上千亩土地了。”

“面对土地资源的有限性，两岸农业合作不能再局限于简单的招商引资，而是要实现两岸农业深度融合。”在惠安台创园和成农业公司300亩的火龙果基地，管理委员会主任张建南告诉记者，福建和成农业与台湾昕运国际公司就火龙果种植开展的技术合作就是方向。“台湾方面提供品种、专家和技术，大陆的企业提供土地，这就最大化地融合了双方的优势。同时，还要引导农民以土地使用权入股参与经营，带动当地农民致富。”

销售难同样是台农台商反映比较多的一个问题，其中一个重要原因是品牌竞争力较弱。记者在采访中发现，永福镇种植高山茶的企业有48家之多，对外销售往往都使用“永福高山茶”这一公用品牌，缺乏个性，影响了产品在销售中的差异化竞争力。

“现在传统茶叶市场趋于饱和，公司必须多元化发展。”即便是漳浦台创园的天福茗茶集团，1 200多家连锁店遍布全国，但茶叶销量增长依然有限。为谋求长远发展，天福把产品门类扩展到茶食、茶具，开办天福茶博物院，创办全球第一所茶专业高等院校漳州科技学院……形成多业态产业集团，努力探索一条提质增效的新路。

在各台创园积极想办法解决困难、转型升级的同时，作为台创园的“娘家人”，农业农村部办公厅台湾事务工作处不仅加强顶层设计、推动各项惠台措施落地，而且注重从细微处帮助台创园排忧解难。

农业农村部办公厅台湾事务工作处处长张国庆介绍，为帮助台农台商解决销售难问题，中共中央台湾工作办公室从2015年开始以政府购买服务的形式与生鲜电商本来生活网合作，设立台创园农产品销售专区，着力培育台创园品牌。同时，每年都举办多场农产品电子商务研习班，深入产地辅导台农台商加速驶入农业电子商务快车道，逐渐探索出一条“政府+互联网+台创园+台农台商”的新型营销通路。

在2019年的中国国际农产品交易会上，本来生活网在海峡两岸农业合作展区举办了一场立体化营销推介活动，全力助推台创园展品销售，成为中国国际农产品交易会期间一抹独特亮色。

本来生活网总裁助理孙红介绍，台创园产品2018年在本来生活网销售额702万元，较2017年涨幅174%，越来越受消费者认同和喜爱。

台创园作为两岸农业合作领域先行先试的成果之一，从诞生之日就受到各级政府政策倾斜，拥有许多优势与便利；它从无到有，无现成经验可学，又面临探索中的种种困难，可谓挑战和机遇并存。台湾要克服岛内资源匮乏给农业发展的桎梏，大陆要提升现代农业的发展水平和速度，加强农业交流与合作成为两岸的共同要求和必然选择。在台创园的发展壮大中，台农引入台湾精致农业技术和先进农业理念，融合大陆土地、资源和市场等优势，共同带领百姓致富，共绘乡村振兴蓝图，美好前景值得期待。

莫让手机游戏毁了孩子

刊播 中央电视台（1月14日）

作者 李欣 马永刚

现在手机已经是我们生活中重要的一部分，走在大街小巷，拿出手机看看新闻，听音乐，甚至玩游戏，这样的场景随处可见。无论是大人还是孩子，都无可避免手机的吸引力。成年人对手机还有一定的自控能力，可孩子的自控能力就相对弱了些，甚至还有人说，想要毁掉一个孩子，就给他一部手机，特别是在一些农村地区，当父母外出打工，手机游戏便成了孩子们的“金箍棒”。手机到底能对孩子产生多大的影响呢？请看记者调查。

面对非洲猪瘟我们该怎么办

刊播 中央电视台（1月23日）

作者 吕军岩　徐志兵

从2018年我国辽宁省沈阳市沈北新区发生第一例非洲猪瘟疫情以来，我国的生猪养殖遇到了前所未有的挑战，各地对非洲猪瘟严防死守，尽管在已发的疫区疫情基本被控制，但是因为非洲猪瘟疫情的传播，疫情防控仍然不能松懈。那么生猪的防疫工作是如何进行的？防控进展如何？猪肉还可以放心吃吗？来看记者的调查。

出山入市蓝绍忠

刊播 中央电视台（2月23日）
作者 周玉　荆诚

大型蹲点纪录片“扶贫周记”从2017年3月至2019年3月，跨越2年播出了4季24期节目，摄制组蹲守扶贫一线，记录国家级贫困县广西壮族自治区田东县脱贫攻坚的典型案例和人物故事，其中几位主人公的命运让无数人牵挂。今天我们来关注贫困户蓝绍忠家易地扶贫搬迁后的曲折故事。

由“运猪”到“运肉” 生猪流通或将迎来大变局

刊播 中央电视台（4月3日）

作者 吕军岩　徐志兵

非洲猪瘟疫情发生后，很多省、市加强了对生猪调运的管理，从禁运到疫区逐渐解封，生猪调运现在是什么情况？随着防疫措施的逐步完善，生猪的产区和销区的调运，将会发生什么变化？

“云端”里修出一条扶贫路

刊播 中央电视台（5月21日）
作者 邹陈文翔　郭泓毅

四川省甘孜藏族自治州，自然条件恶劣，平均海拔4 112.8米，年平均气温7.8摄氏度，是全国“三州三区”深度贫困地区之一，也是14个集中连片特困地区之一。要想脱贫，并非易事。俗话说，“要想富先修路”。在这样艰苦的条件下，那些路究竟是如何修出来的？建设者们都经历了哪些事情？群众又得到了怎样的益处呢？来看我们记者的调查。

降税之后

刊播 中央电视台（4月28日）

作者 及保树　李铁柱

从2019年4月1日开始，我国下调了增值税税率。这对农产品加工企业，乃至农产品价格产生了哪些影响呢？记者进行了调查。

“产能过剩”的茶产业如何托起扶贫重担

刊播 中央电视台（5月18日）
作者 梁松松　刘树文　梁贵权

第三届中国国际茶叶博览会（以下简称茶博会）在浙江省杭州市开幕了，茶产业是我国的传统产业，对改善中小农户的经济状况一直以来都起着关键性作用，2019年的茶博会上会有哪些新亮点、新趋势呢？来看记者在茶博会上的发现。

兴起来　强起来　融起来

——浙江嘉兴乡村产业的高质量发展之路

刊播《农村工作通讯》（11月）

作者　王琦琪

【编者按】**产业兴旺是乡村振兴的基础，是农民收入不断提高的保障。产品、市场，是产业兴旺不可或缺的条件。怎样才能有效利用资源，促进乡村产业兴旺？**

浙江嘉兴，一个地处长三角但还保留着大量耕地和乡村产业的地方。近年来，嘉兴面对市场需求，发力乡村一、二、三产业，从发掘培育特色农产品、打造“食物后花园”，到探路农业经济开发区、像开发工业一样开发农业，再到打造美丽乡村经济、积极融入长三角“朋友圈”，嘉兴把农业产业打造成一张靓丽的名片，有效促进农民增收、城乡融合。本刊记者近日走进浙江嘉兴，一起探寻嘉兴乡村产业从“兴”到“强”再到“融”的高质量发展之路。

秋日清晨，氤氲的雾气笼罩在田野之上，像极了云雾仙境。走近了看，一颗颗稻穗低垂着头，现出黄灿灿的丰收的颜色。这正是稻子成熟的季节。“嘉禾一穰，江淮为之康；嘉禾一欠，江淮为之俭。”位于太湖东南的嘉兴，水网密集，阡陌交错，自古以来就是江淮重要的粮食生产区。如今，地处长三角经济战略核心区的嘉兴，在二、三产业发展的同时，作为重要的粮食生产和农产品保障基地，依然保留着超300万亩的耕地面积和约260万农村人口。乡村发展仍然是嘉兴的重中之重。

2004年，时任浙江省委书记的习近平同志在嘉兴蹲点调研4天，作出了嘉兴“完全有条件成为全省乃至全国统筹城乡发展的典范”的重要指示。实现城乡融合，基础和关键是产业发展。近年来，嘉兴铆足了劲儿让乡村产业兴起来、强起来、融起来，向统筹城乡发展的目标不断迈进。

打造“食物后花园”

让乡村产业兴起来

位于长三角腹地的嘉兴，南临杭州北望上海，有着天时地利的市场优势。多年以来，借助长三角经济发展的东风，嘉兴大力振兴二、三产业，财政总收入迅速上升，跃居浙江前三。但嘉兴的“风头”总是不够突出。“别看嘉兴处在沪杭之间，听上去特别高大上，但这样最大的问题是，嘉兴成了沪杭的过路地，没点特色根本不能吸引人。”嘉兴本地人如是感叹。

俗话说，在哪跌倒就在哪爬起来。善于运用辩证法的嘉兴人，将外地短板变成本地特色，转手将农业打造成一张能拿得出手的靓丽产业名片：瞄准长三角地区耕地面积少、农产品供应有缺口的状况，利用本地丰富的种植加工资源，稳定粮食面积，发展蔬菜、花卉等经济作物，打造消费者的“食物后花园”。乡村产业，成了嘉兴在长三角地区实现“弯道超车”的突出亮点。

槜李，李子的一种。吃时不用剥皮儿，用嘴轻轻一嘬，果肉就可直接被吸出，酸甜的汁液在口中“炸”开，夏日的清新直达胃底心尖，因此受到许多食客的追捧。2019年的槜李收获季，1斤槜李平均能卖到40元，在亩产1千多斤的情况下，是农民实打实的“致富果”。

嘉兴的桃园村有着2 500余年的槜李种植历史，也是槜李最集中、最优质的产地。但在10年前，全村槜李树只剩十几棵，槜李只是当地百姓眼中“好吃但不能挣钱的果子”，市场尚未打开、运输困难是槜李发展面临的最大问题，农民只能用自家农用车将槜李拉到过境干道边叫卖。当时的村主任徐建锋，看着村民守着千年的“贡果”却不能转化成经济效益，心里十分着急。

兴旺槜李产业刻不容缓。2008年，徐建锋和所在梧桐街道的几个党员联名写信给浙江省农业厅，要求“抢救、保护、发展槜李”。经过细致的调研，各方都肯定了槜李的市场潜力和文化价值。桃园村还向上级申请了项目资金，用于拓展槜李市场。徐建锋带头将自家的桑树砍了，种上了槜李树苗，并动员全村人种植槜李。

千百年的历史让槜李在当地小有名气，但外地知道槜李的人却不多。因此刚开始扩张种植那几年，出现了滞销问题。桃园百姓对徐建锋的怀疑也与日俱增，徐建锋本人更是“压力山大”。就在一个普通的下午，刷着微信的徐建锋突然有了主意：建一个微信公众号，通过朋友圈转发扩大槜李知名度！他马上申请了一个公众号，在上面细致地介绍槜李文化、吃法、联系地址、购买渠道等，让全村种植槜李的老百姓发朋友圈和微信群。一时间，转发、点赞、阅读量一下就上来了，一部联系电话更是被“打爆”了。徐建锋还邀请了报社、电视台到桃园村参观宣传，当年就让农民树上的槜李卖了大半。

槜李不耐储存，且上市时间集中，这成了远销的大问题。徐建锋瞅准了发达的快递业，直接同顺丰快递建立联系，顾客通过顺丰下单后，农户接受订单并打包发货，实现了当天摘，次日达。桃园村还在槜李集中上市的时间段举办槜李文化周、槜李文化节等，将一批又一批客户直接请到桃园的田间地头，让客户们品尝“树上熟”的槜李。

如今在桃园村，已经种植有一千七八百亩的槜李，农户不出家门就能将槜李卖出好价钱。“10年前动员大家砍桑树那会，这几户都指着鼻子骂我。”徐建锋指了指前方的几幢房子。“如今槜李让大家发家致富。就说2019年，我们的产量比2018年下降了20%，但销售量和农户收入都在增长。有农民说，销售1周，收入30万。下一步，我们将市场对准杭嘉湖地区，继续优化槜李品质，让槜李产业再一次兴旺起来。”

凤桥水蜜桃、姚庄蘑菇、海宁鲜切花、桐乡杭白菊……如今，越来越多的嘉兴地方特色农产品在长三角乃至全国打响了名号。嘉兴瞄准市场，借助本地资源，通过数十年的持续努力，让乡村和农产品成了本地人骄傲、外地人津津乐道的嘉兴关键词。

探路农业经济开发区
让乡村产业强起来

走进嘉兴平湖农业经济开发区，映入眼帘的是一派繁忙景象：耕地划块被翻犁平整，工厂化育苗设施组装待用，温室外围设备加紧检修，研究所大楼工地人来人往。给人的第一印象：这不是传统的农业产业集聚平台。

当前，“经济技术开发区”“工业综合开发区”已经成为耳熟能详的词，其管理体制和集聚效应已被市场证明具有推动产业发展的作用。“农业经济开发区”（以下简称农开区），目前在全国尚属新鲜词汇。

“像开发工业一样开发农业，像抓工业招商一样抓农业招商”。借助建设工业集聚平台积累的经验，2017年，嘉兴在平湖市广陈镇成立浙江省第一个农业经济开发区。这是一个振兴乡村产业的新平台，让农业产业以市场化经济效益论英雄。

或许您还会问，这与我们通常所见的“现代农业园区”“农业产业园”等各种名目的农业产业平台有什么不同呢？——“在嘉兴，现代农业园区等承接的大都是种植业及少量农产品加工业，结构功能相对简单，展示、参观的成分要多一些，市场化程度低；而平湖农开区以引进农业企业为主，以品种研发和市场营销为核心，是能让农业产业做大做强的载体。”平湖农开区相关负责人说。“可以说，农业经济开发区是传统农业园区的升级版，是引领现代农业发展的集聚平台。”

在管理上，农开区采取“区镇合一”体制，大大增加了管理开发权限。农开区还按照公司化原则，组建农开区集团公司，下设金天野农业发展等五大专业公司，分版块负责项目基建、营销企划等工作。管理委员会机构拉起一支“农小二”服务团队，让浙江“最多跑一次”改革落到了农开区为企业服务的“最后1公里”。

“嘭”的一声巨响，将前来参观农开区浆果种苗研发基地的人们吓了一跳。正在大家不知所措时，工作人员赶紧上前解释：这是新安装的调气设备发出的声音，这声“嘭”正是往里迅速充气、调试设备所发出的。记者仔细观察，调气设备安装在育苗设施下方，外观像是巨大的风筒，上面布满了一个个直径约0.5厘米的出气孔。据工作人员介绍，该调气设备具备调节室内二氧化碳浓度、温度及湿度等多种功能，能将室内空气调节至最适宜种苗生长的状态。在浆果种苗研发基地，还引进了水肥控制设备、嫁接设备、脱毒设备等一系列先进设施设备，为实现精准化育苗打下了良好的基础。

“种质资源是一个国家最重要的资源之一。就说我们熟悉的新西兰佳沛牌猕猴桃，原来只进口给我们猕猴桃成品，种子是保密资源，从不进口给我们。但经过来农开区考察，他们最终决定将正版佳沛猕猴桃种源放在这里。这样我们就有了最宝贵的种质资源，通过数代的选育，可以生产出适合我国不同地区的‘佳沛猕猴桃’，并给全国供给合适的种源。”园区负责人介绍。

在项目引进上，农开区大力招商引资，吸引了许多种子种源企业、农业智能机械企业、现代农业服务业等高附加值农业产业。农开区专门举办数次农业经济洽谈会，以色列高密度养鱼项目、无人机飞防项目、全国第一个商业脱毒中心、上海蔬菜集团外延基地等一大批高新项目相继落户农开区。截至2019年11月，平湖农开区成功招引了19个新型农业产业项目，其中1/3属于国际合作项目，总投资达到19亿元。

除了嘉兴平湖农开区，嘉兴在多个县（市、区）也启动了农开区项目，累计引进项目79个，合同投资超80亿元，这些“姓农”的经济开发区成为嘉兴高新农业发展的主打平台，扛起了让嘉兴乡村产业强起来的大旗。

拥抱长三角“朋友圈”
让乡村产业融起来

在稻田与天空相接的地方，是联丰村的一幢幢粉墙黛瓦的农家小楼。“最多的时候，一个月能来几百桌客人呢。”徐大哥，一名本地出租车司机，但在“兄弟农家乐”最忙的时节，他就顾不得自己的出租车生意了。“现在村里美了，很多人都过来玩。自己也不用出门(打工)了。”

走出“兄弟农家乐”，远远地闻到了一股桂花的香气。顺着蜿蜒河道旁的小路一直往前，记者来到了“灼华居”，原来香甜的味道是从这家民宿门口摆着的一桌桂花豆沙糕飘过来的。桂花豆沙糕香气扑鼻，软糯适口，让前来品尝的食客大呼过瘾。做桂花豆沙糕的是“灼华居”隔壁的徐金妹。徐金妹告诉记者，她原来在城里打工，自打2017年回乡，就将制作桂花豆沙糕的技艺重新拾起来，没想到还因此赚到不少“养老钱”。

当下，繁忙的都市人群追求鲜活农产品、向往诗意田园生活已经成了一股清流，源源不断地汇聚到周边的乡村，这为拥有广袤田野的嘉兴提供了“坐在家里就能搞产业”的巨大机遇。嘉兴与长三角地区的大量优质客户之间只隔着“一层纱”。如何戳破这“一层纱”，将嘉兴乡村的美景美食推送至长三角的“朋友圈”里，是嘉兴人近些年苦苦钻研的事情。

南湖区新丰镇竹林村曾经是著名的养猪大村，村民的房前屋后全都是猪圈。由于养猪设备落后、粪污处理力度不够，造成了不少环境问题。“坐飞机往下看，有一片地方黑乎乎的。那就是竹林村了。”至于那黑乎乎的一片，是满天飞舞的苍蝇。这句话不排除有夸张的成分，但也反映了竹林村前些年糟糕的环境状况。

落后产业阻碍乡村产业发展，污染乡村环境。习近平总书记“绿水青山就是金山银山”的重要指示为竹林村提供了让乡村产业获得新生的方向。竹林村下定决心关闭所有不达标的养猪小场，并开始种植苗木、园艺作物，妥善安置失去工作的村民。竹林村还把拆养猪场剩下来的砖块、瓦片重新利用，搞成围栏、院墙，这些曾经给竹林村带来污染的一砖一瓦摇身一变成了竹林村一景。如今的竹林村，已经是闻名的美丽乡村了，绿水青山更是变成了村民增收致富的“金山银山”。

淘汰落后产业在嘉兴许多乡村陆续展开。嘉兴通过整治非法、淘汰落后、对企业进行规范提升并整合统一搬入工业园区，推进了乡镇工业经济规范、绿色发展。2018年，嘉兴整治“低散乱”乡镇小企业22 158家，腾退有效用地2.27万亩，为新的乡村产业发展提供了充足的空间。

环境美了，嘉兴开始在发展融合产业上做文章：围绕文化特色打造出住行游购娱“一条龙”服务，让游客“来了不想走”。2017年，海宁市丁桥镇新仓村引进一家旅游管理公司，让梁家墩华丽蜕变为集旅游接待、住宿、餐饮、农事体验于一体的民宿村，运营不到1年时间，梁家墩村民的平均收入就增长了20%；秀洲区潘家浜村成立了嘉兴首个乡村旅游合作社，与新塍美食古镇联手打造旅游村镇，2018年接待游客已超40万人次；平湖市林埭镇徐家埭村利用自然村落和2项非物质文化遗产打造原始淳朴的郊野乡园，2019年国庆节期间，徐家埭村吸引周边城市客源86 800人次，带动乡村旅游收入121万余元。

“种好梧桐树，引来凤凰栖”。2019年盛夏时节，秀洲区王江泾镇举办了热热闹闹的荷花节。其中有一批客人格外瞩目，他们就是来自上海市快乐游旅游业联合体、上海市旅游协会的近130家旅行社负责人。他们在王江泾镇兴致勃勃参观了“嘉兴灶头画”、莲泗荡、古塘村，并签署了旅游市场区域合作协议。这个嘉兴最北部的水乡小镇，未来将会迎来更大的发展。

像这样通过发展乡村融合新产业的村镇已在嘉兴呈遍地开花之势，为嘉兴带来了乡村经济发展新的出口。如今的嘉兴，不仅保留了“采菊东篱下，悠然见南山”的田园栖居，还实现了现代化的生产生活方式和“三产”融合的文明富裕。2019年前三季度，嘉兴乡村旅游接待游客总人数1 447万人次，实现营业收入10.1亿元。产业融合，已深深印入嘉兴乡村振兴的每一个脚印中。

喜看稻菽千重浪，成就嘉兴幸福乡。产业发展带来的是更好的农村基本公共服务和城乡收入差距不断缩小。据相关统计，2018年，嘉兴城乡居民收入比为1.68:1，农村居民人均可支配收入连续15年居浙江省首位，许多农民过上让城里人羡慕的生活。2018年，嘉兴更是提出“奏响新时代的田园牧歌，复兴升级版的农耕文明，打造世界级的诗画江南”的目标，全力建设高质量乡村振兴示范地。在长三角一体化上升为国家战略的背景下，嘉兴农业产业从兴起来到强起来再到融起来，这个古老的鱼米之乡正焕发着乡村振兴的新活力。

“消费者倾向于购买更加优质安全的农产品，对于超市来说，就要根据消费者的需求不断调整供货链。绿色食品经过多年发展已经形成了质量过硬的品牌效应，我们已经连续3年在绿色食品博览会上采购货品，一是展会上的产品质量有保证，二是可以节约我们采购员挑选货品的时间成本。”永辉超市生鲜商品采购部负责人告诉记者。

下一步，中国绿色食品发展中心将通过提升品牌的公信力、美誉度，加大品牌宣传和市场推广力度和覆盖面，在全社会倡导绿色生产、绿色消费的模式，带动提升农产品国内外市场竞争力，并发挥优质优价市场机制作用，实现以品牌为载体，配置优质资源，拉动消费需求，促进农业提质增效、农民持续增收的目标。

“进入新时代，我国由农业大国正在加速走向农业强国，深入推进农业供给侧结构性改革，大力发展绿色优质农产品成为现代农业发展的基本方向，绿色化、标准化、品牌化、优质化赋予这一战略新的内涵。”中国绿色食品发展中心主任张华荣用“四个化”强调了未来绿色食品事业发展的方向。

绿色化，确保可持续发展。绿色既是农业的属性，更是新时期农业发展的新理念。促进农业绿色发展，增强农业可持续发展能力，是农业现代化的基本内涵，也是生态文明建设的必然要求。绿色食品始终注重产地环境保护，倡导减量化生产，科学合理控制农业投入品使用，追求以生态环境质量促产品质量提升的目标，是农业绿色发展的重要载体和有效途径。保护农业生态环境，推动农业绿色生产，需要绿色食品继续发挥领跑作用。

标准化，让农产品质量安全“产出来”。实践证明，农产品质量安全要“产”“管”齐抓，“产出来”是前提，落到产品上就是要突出抓好绿色优质农产品生产。只有不断扩大绿色食品的规模总量和市场份额，带动农业标准化生产水平不断提高，才能从源头上解决“产出来”的问题。

品牌化，适应消费转型升级。随着城乡人民收入水平的不断提高，高层次、多元化、个性化消费需求增加，必然要求扩大品牌农产品生产。在各地举办的农产品交易会、博览会和展销会上，绿色食品纷纷“唱主角”，备受经销商和消费者的青睐，展示出了广阔的发展空间和市场前景。

优质化，促进农民持续增收。绿色食品推行标准化生产、品牌化引领、产业化经营的综合发展模式，有利于配置优质资源，提升农业新型经营主体素质，延长农业产业链，促进农业提质增效。据市场调查，通过借助绿色食品品牌的社会影响力和市场竞争力，广大农户不同程度实现了增收。特别是在生态环境优良的贫困地区，发展绿色食品已成为农民脱贫致富的一条捷径。

“潮平两岸阔，风正一帆悬”，未来不远，梦想可期。绿色食品发展的路径已绘就，各相关主体“干”字当头、“实”字为先，在目标任务上再聚焦，在工作思路上再梳理，在政策措施上再加力，在推进落实上再努力，我们有理由相信，绿色食品事业必将在推进我国现代农业发展中书写出绚丽篇章。

人物通讯

THE PROFILE
OF PEOPLE

2019“三农”新闻作品选

老鲍啊，是棵实心竹

刊播《人民日报》（1月23日7版）

作者 王慧敏

一搭手就知道，这是一个敢作敢为、生命里镌满风霜的硬角色。瞧，他粗硬的手指如铁铸的一般。

可不，鲍新民的前半生，一直与硬撅撅的石头打交道。1992年他当选村委会主任时，村里的“石头经济”正火：村边山坡上一天到晚炮声“隆隆”，漫天的粉尘让街巷、房舍像披上了一袭轻纱……

尽管“卖石头”给村民带来了可观的收入——每年村里有300多万元纯利润，名列安吉县各村之首。可是，鲍新民的心却在滴血：青山不见了，绿水不见了，就连村头那棵屹立了近千年的银杏树也不结果了。更糟的是，先后有5名矿工遇难……

再也不能这么活！ 2003年夏，村领导班子作出一项决定：关停矿山，让山川大地喘口气。

这一下可捅了马蜂窝：村集体收入一下子骤降至20万元。许多村民依靠矿山生活，没了饭碗能不急头白脸？ “走，找鲍新民去！”

山里人，脾气犟，鲍新民没有退缩。

2005年8月15日，时任浙江省委书记习近平同志到余村调研，听了村党支部书记鲍新民的汇报后，高兴地说，下决心停掉一些矿山，这是高明之举。熊掌和鱼不可兼得的时候，要知道放弃，一定不要再去迷恋过去那种发展模式，其实绿水青山就是“金山银山”。

牢记习近平同志的嘱托，鲍新民带领余村人开始了探索，奏出了悦耳的“绿色变奏曲”：对全村生态进行了大修复，办起了农家乐、推出漂流项目、发展观光农业……

时隔13年，记者走进余村，只见翠竹绿林连绵起伏，穿村而过的小溪碧水汤汤。村中心道路上，时不时穿梭着杭州、上海、苏州等地牌照的旅游大巴。如今的余村，村强、民富、景美、人和，成为践行“两山”理念的生动典型。

鲍新民告诉记者：“2018年，全村人均收入超过了4万元，大部分人家买了小轿车。”

2011年，连续担任两届村支部书记的鲍新民从岗位上退了下来。但是，他哪能闲着呀——当起了村务监督员。对他，这个职务可不是个摆设：村里的发展思路有不合理的地方他会犯颜直谏，看见游客乱扔垃圾、哪家农家乐偷排污水，他会上前理论……

安吉多竹，说起竹子，当地人爱这样形容：“山间竹笋，嘴尖皮厚腹中空”。可提起鲍新民，村民们说：“老鲍啊，是棵实心竹。无论做人还是做事，实诚！”

为了大地的丰收

——国家现代农业产业技术体系农业科学家的故事

刊播《光明日报》(8月29日1版)

作者 李慧

在云南的大山里，国家燕麦荞麦产业技术体系首席科学家、吉林白城市农业科学院院长任长忠目光所及的是一片充满希望的“绿地毯”——他心爱的燕麦试验田。看到茁壮成长的燕麦苗儿，任长忠兴奋得像个孩子，他一块地一块地跑，一棵苗一棵苗看，跑得满身大汗，忘了劳累和病痛，忘了归家的时间……

数千里外，任长忠位于吉林白城的办公室里，珍藏着白、黄、蓝3条饱含真情的哈达，分别为西藏自治区、青海省、内蒙古自治区的农牧民含泪所送。

人们饱含热泪，是因为燕麦让寒冷的高原和贫瘠的土地吐露芬芳，让农牧民实现了靠种粮脱贫致富的夙愿。

由任长忠领衔的燕麦荞麦产业技术体系是我国现代农业产业技术体系50个子体系之一。50个现代农业产业技术体系、800多个农业科研教学等企事业单位、40余位院士、2 600多位农业科学家，构成了我国农业科技创新的“国家队”，把农业科研创新的最强实力“拧成一股绳”。

这股“绳”之所以有力量，是因为植根大地的泥土气息——用执著坚毅破解“卡脖子”技术难题，维护国家粮食安全和主要农产品有效供给；这股“绳”之所以成大器，是因为不忘初心的共同梦想——让脚下的泥土更有生产力，让国人的饭碗牢牢端在自己手中。

破解“卡脖子”难题的智慧和勇气

行走在黑龙江的县乡村屯，记者发现，这里的农民对一些农业科学家的名字十分熟悉。国家水稻产业技术体系岗位专家、黑龙江省农业科学院佳木斯水稻研究所所长潘国君就是其中之一。

晴天一身土，雨天一身泥，头上太阳晒，脚下水汽蒸，都挡不住潘国君对水稻研究的热情。生在农村的他，在黑土地一干就是三十几年。

支撑他扎根黑土的，是破解农业发展难题的执著——优质水稻种质资源在黑龙江极为短缺，外国品种“空育131”一品独大，“卡脖子”问题突出。

“这个品种产量高、品质好，但缺陷就是抗病性差。”国家水稻产业技术体系首席科学家程式华对记者说，潘国君和他的团队联合技术体系的其他优势单位，历经20多年研究，创新出具有自主知识产权的寒地早粳稻“龙粳”系列，一举解决了寒地早粳稻品种难创高产和稳产问题。

让科学家们引以为豪的是，如今“龙粳”系列品种占黑龙江省水稻总面积的50%，在促进民族种业发展壮大的历程中写下光辉的一笔。

水稻是中国乃至世界的主要口粮作物。多年来，我国水稻科学家不断取得突破，用科技创新为粮食安全保驾护航。

培育一个新品种，最起码要8代繁殖。在浙江，中晚稻1年只能种1次，8年才达到稳定期，而在海南，水稻全年都可生长，“浙江+海南”4年时间就能完成品种的选育，大大节省了育种时间。由此，像“候鸟”一样往返于海南和浙江，成了程式华等育种工作者的日常生活。

与时间赛跑，在烈日下挥汗，是每个育种工作者的基本功。中国水稻研究所的一个重要研究基地在海南省陵水黎族自治县，每年程式华都会奔赴那里。

从程式华所在的浙江富阳到海南陵水，在20世纪80年代还颇费周折——要先从杭州坐火车到广州，再坐车到广东湛江的海安港，然后坐船到海口，再接着坐车到陵水，路上的艰辛难以想象。

是什么支撑了他始终如一的科研热情？“我们的科研关乎亿万人手中的饭碗，我们是在为中国的粮食安全而奋斗。当农民竖起大拇指夸赞我们培育的品种产量高、品质好、口感佳时，满足感便油然而生。”程式华的话朴实而简单。

沉甸甸的稻穗盈满丰收的自信，科学家们的名字被珍藏在农民心里。

纵观50个体系，既有水稻、玉米、生猪等大宗农产品，也有食用豆、荔枝、龙眼、水禽等与农民收入密切相关的特色农产品；既有谷子、茶叶、蚕桑等历史悠久的传统产业，也有木薯、啤酒大麦、酿酒葡萄等新兴加工原料产业。农业农村部推介的主导品种、主推技术一半以上是由现代农业产业技术体系专家研发的，这些技术大幅度提升了我国农产品综合生产能力。

大豆体系培育的品种占全国大豆品种推广面积的50%以上；油菜体系选育的80多个具有双低、高油、高产、广适、早熟、抗逆、适宜机收等特性的新品种，全国示范推广面积超过3.6亿亩；柑橘体系将新品种培育、病虫害防控等技术进行系统集成，彻底改变了柑橘产业的生产方式，使我国柑橘供应期从原来的3个月延长到10个月；蛋鸡体系在育种、繁殖和高效生产方面的技术攻关，使国产蛋鸡品种市场占有率从30%提高到50%以上，摆脱了对进口品种的依赖……12年来，国家现代农业产业技术体系优化了我国农业科研对产业支撑的资源结构，成为科技支撑现代农业产业的核心力量。

“把论文写在大地上”的责任和担当

丁零零……2019年春节后刚一上班，国家大豆产业技术体系首席科学家、中国农业科学院作物科学研究所研究员韩天富办公桌上的电话骤然响起。

“我是贵州铜仁的农民，今年我们这儿鼓励种大豆，可是我们不知道种哪个品种好，上次听了您的培训，所以打电话来咨询一下。”话筒那头，声音中满是焦急。

“你可以选择你们贵州省最近几年培育的黔豆6号、黔豆7号、黔豆8号、黔豆9号，还有安豆6号、安豆8号等大豆品种。”

“除了我们贵州的大豆品种，其他省审定的大豆品种可以种吗？”

“山东的齐黄34、江苏的徐豆18、北京的中黄76……”韩天富一口气说出多个品种的名称。

“韩老师太厉害了，对全国的品种了解得这么清楚，不过江苏、山东距离贵州这么远，引种能成功吗？”对方继续问。

“你放心吧！我们国家大豆产业技术体系十多年来一直在做这方面的工

作，通过组织体系30个岗站，在全国开展大豆品种生育期组划分，就是要弄清楚哪些地方适宜种植哪些品种，这样豆农在选择品种时，可以有的放矢，避免因选错品种而造成的损失。”

在韩天富心中，有一种力量，上可“顶天”，下可“立地”。这种力量背后是一个信条，那便是“论文写在大地上，成果留在农民家”。这也是现代农业产业技术体系2 000多位科学家共同的信念。

长期以来，通过申报课题争取竞争性项目的科研组织方式，导致各农业科研单位出现单打独斗的“作坊式”科研行为，有专家形象地将之比喻为“自由组合、临时搭帮、此时朋友、彼时对手”。

“现代农业产业技术体系打破了部门、学科、区域界限和利益藩篱，实现了‘集团军’式协同创新，着力化解科技与产业‘两张皮’现象。”农业农村部科技教育司司长廖西元介绍，其中有3个核心密码，一是建立研发经费稳定投入机制，二是按照全产业链布局创新链，三是采取“自下而上确定任务、自上而下分解任务、技术用户评估效果”的管理办法。

“作为首席科学家，我们需要思考产业的问题是什么，产业的趋势又是什么。”中国工程院副院长、国家柑橘产业技术体系首席科学家邓秀新指出。

“现代农业产业技术体系与科研项目的任务来源有本质区别，科研项目的任务来源主要是‘专家写本子、领导拍板子、指南定任务、全靠笔杆子’，体系的任务来源主要是‘实际调研、总结凝练，不靠笔杆子而要靠脚板子’。”国家大宗蔬菜产业技术体系首席科学家杜永臣说。

以此为基础，一大批实用技术示范应用，为生产发展作出重大贡献——秸秆还田、测土配肥、深松蓄水、拌种包衣、精量播种、氮肥后移、节水栽培、保护性耕作、病虫草害统防统治等，加上各地形成的特色性栽培技术，构成了当今我国小麦生产的栽培技术体系，持续推进我国小麦生产增产增效；花生体系在河南正阳县开展花生产业全链条科技创新，在县域内实现了花生品种、栽培模式、产品开发等新技术的全覆盖，推动了正阳县花生产业的转型升级；虾蟹体系积极支持湖北潜江龙虾品牌建设，将技术试验示范工作放在潜江开展，培训当地养殖户，帮助潜江建立小龙虾产品生产质量安全制度、开展虾稻共作基地生产跟踪监测……

"甘做农田守望者"的情怀和追求

山东蒙阴县卧虎山家庭农场的任庆梅最近特别忙，她家果园里生产的油蟠桃线上线下销售正旺。

任庆梅种植的油蟠桃正是国家桃产业技术体系岗位科学家王力荣培育的桃品种之一。王力荣告诉记者，他们形成适应不同产区、各具特色、可复制的桃产业绿色发展技术模式，全力支撑桃产业发展。"通过品种调整优化技术，突破了大果高糖蟠桃和油蟠桃品种，丰富了桃品种果实类型。种苗保纯提质技术，提升了苗木品种纯度；研制苗木生产技术规程，提高了苗木等级质量；优化抗砧无性繁殖技术，解决了桃园更新再植障碍问题。"王力荣如数家珍。

在广袤的田野间，处处可见国家现代农业产业技术体系农业科学专家扎根基层、服务农业的身影。从儿时的那一抹浓浓的乡愁到学成后立志科研报国的情怀，再到助农增收致富的一份责任，农业科学家们"甘当农民小学生、甘做农田守望者"。

哪里贫困发生程度深，哪里就汇聚了现代农业产业技术体系科学家更多的目光。

贫困县"扎堆"的宁夏回族自治区、甘肃和内蒙古自治区是我国马铃薯主产省份，国家马铃薯产业技术体系首席科学家、中国农业科学院蔬菜花卉研究所研究员金黎平的一个工作站就建在黄土高原的沟壑里。她和同事常常带着干粮下地，中午累了，铺个"蛇皮袋子"坐在地上休息一会儿再接着干，长年累月，她的脸晒得比农民还黑，"在田间难以分清谁是农民、谁是博士"。

哪里能打造特色小产业，哪里就有现代农业产业技术体系科学家的身影。现代农业产业技术体系支持了谷子糜子、燕麦荞麦、大麦青稞、特色油料、蚕桑、糖料、食用豆、麻类、兔、蜂等具有传统优势的小作物、小动物品种，这些小作物、小动物品种在推动农业"转方式、调结构"、产业扶贫和农民增收中的"支点"作用越来越明显。

其中，谷子糜子体系研发的高效生产综合技术解决方案提高农户综合生产能力20倍以上，带动涌现出一大批千亩、万亩规模化生产的谷子新型经营主体。

燕麦荞麦体系筛选的耐盐碱燕麦品种，每公顷能生产1.5吨籽实和2～3吨优质饲草，土壤脱盐率达到23.7%，实现了“产粮产草增效益，减盐减投益生态”的多重效果，被农民誉为“摇钱树”。

数据无声却最有说服力——12年来，国家现代农业产业技术体系科学家共取得了130项标志性成果和328项重大成果，农业领域2/3的国家级科技奖励成果由体系人员主持或参与完成。

这些重大成果凝聚着科学家的汗水，刻画在农民的笑容里，生长在芬芳的泥土中。

永葆初心　根植沃土

——追记中国科学院院士、华南农业大学原校长卢永根

刊播《农民日报》（12月12日1版）

作者 王泽农

2019年12月5日清晨，广州的天气已有一些寒意。坐落在华南农业大学昭阳湖畔的卢永根雕像基座上，摆放着一簇簇怒放的鲜花。2019年8月12日，卢永根院士走完了他不平凡的89年生命历程。作为作物遗传学家，他保存了华南地区最大的野生水稻基因库；作为老校长，他打开了华南农业大学人才培养的新格局；作为一名优秀的共产党员，他为人民无私奉献，临终前捐出了880余万元毕生积蓄……

2019年11月10日是华南农业大学建校110周年纪念日，12月2日是卢永根的诞辰日。这段时间里，卢永根雕像前各种自发的纪念活动从未间断。华南农业大学党委副书记钟仰进说："他理想信念坚定，道德情操高尚，仁爱之心深厚，是深受人们爱戴的'布衣院士'。"

"你向党、向人民作过许诺、宣誓，那自己要遵守。"

——对党和祖国深沉的爱，贯穿卢永根的一生

2018年3月10日，中央电视台"感动中国"2017年度人物颁奖典礼上，卢永根已经不能来到现场。"举起右手，面向北方、延安宣誓，为共产主义事业奋斗终生，这些还记得。中国人是守诺的，你向党、向人民作过许诺、宣誓，那自己要遵守。"他躺在病床上说出的肺腑之言让亿万观众为之动容。

祖籍广州花都的卢永根，1930年出生在香港一个中产家庭。1941年，香港沦陷，小学六年级的卢永根被父亲送回乡下避难。在乡下时，卢永根亲眼

目睹了日寇的凶残。“当亡国奴的滋味不好受啊！即使是孩子，日本兵也是稍不满意抬手就是一巴掌。从那时起，民族复兴的种子就在他心中种下了。”卢院士的夫人、华南农业大学教授徐雪宾说。两年后卢永根重返香港读中学，加入了中共地下党的外围组织“新民主主义青年同志会”，那几年是他树立正确的人生观、世界观和价值观的重要时期，在这里，他从一个懵懂的少年成长为一个坚定的革命者。

1949年8月9日，卢永根在香港加入了中共地下党。“加入地下党，可能是会掉脑袋的。监誓人一再追问，个人的一切包括生命都属于党、属于人民，党和人民的利益高于一切，你是否确定？他毫不犹豫地举起了自己的右手。阿卢是个重诺的人，他答应的事就一定会办好。”徐教授深情回忆起卢永根院士生前的点点滴滴。

高中毕业后，党组织决定安排卢永根回内地，到广州去迎接解放。“为什么愿意放弃安逸生活回内地？因为他面向延安宣过誓，要忠诚于党的事业，要为祖国复兴效力。”徐雪宾表示，对党和祖国的爱，贯穿着卢永根的一生。他曾3次到国外探亲和访学，亲人试图说服他留下来，都被他坚决拒绝了。外国同行疑惑他何以不选择国外优越的工作环境、生活条件，卢永根说：“我是中国人，祖国需要我！”

2017年3月21日，卢永根院士及徐雪宾教授郑重地在捐赠协议上签下名字，将十多个存折中880余万元存款转入华南农业大学教育发展基金会账户，设立“卢永根·徐雪宾教育基金”，用于扶持农业教育事业。这是华南农业大学建校以来收到的最大的一笔个人捐款，“党培养了我，我将个人财产捐给国家。”当时，卢永根淡淡地说。

“卢老慷慨捐赠的背后是近乎苛刻的节约。”卢永根的学生、华南农业大学农学院教授刘桂富说，卢永根家几乎没有值钱的电器，铁架子床锈迹斑斑，挂蚊帐用的是竹竿，几张椅子都用铁丝绑过。

卢永根生前的秘书赵杏娟清楚地记得，在入院治疗前，卢永根几乎每天都到办公室，忙碌地回复邮件，拿起放大镜读书、看论文。一到中午，他就拎着饭盒到饭堂，和学生一起排队，打上两份饭。每份饭有一个荤菜、一个素菜和二两饭。在饭堂吃完，卢永根再将剩下的一份饭带回家给老伴徐雪宾。

早在患病前，卢永根就和夫人双双办理了遗体捐献卡，愿在身后将遗体无偿地捐献给医学科研和医学教育事业。“阿卢说，捐献遗体，是为党和国家最后一次作出自己的贡献。”徐雪宾轻声说。

卢永根逝世后，为了少给学校添麻烦，87岁的徐雪宾主动搬离学校，自费住进了养老院。

“在那些不为人见的日日夜夜，他为学校长远发展铺就道路。”

——卢永根的治校和治学理念已经融入华南农业大学的学校精神

多干一点；少拿一点；腰板硬一点；说话响一点。——卢永根，1987年。

卢永根有个笔记本，上面写着他用来自勉的四个“一点”。

“这就是一名优秀共产党员、科学家和教育家身上应有的品质、责任和担当！”华南农业大学原校长陈晓阳充满敬意地说。

从1983年开始，卢永根担任了12年华南农业大学校长。这期间，他顶住压力，破格晋升“华农八大金刚”，打开了华南农业大学人才培养的新格局。

1987年，学校面临着人才断层的困局，当时职称评定论资排辈的风气很重，很多四五十岁的老教师没有办法晋升，提拔年轻人风险很大。为给有能有为的年轻人拓展广阔天地，卢永根专程到北京向原农牧渔业部党组书记、部长何康请示。得到批准后，在全国率先打开人才培养新格局。

据知情者回忆，通过谈话考察，在全校副教授以上会议上进行述职，系、校两级学术委员会不记名投票，并寄到校外通过专家评审等环节，最终破格晋升了8名中青年学术骨干，其中5人更是直接由助教破格晋升为副教授，年龄最小的温思美当时才29岁。如今，这些当年的青年才俊分别成长为政界、学界的优秀人才。

发现人才，还要善于使用人才。敢不敢为他们提供更好的科研条件和工作环境？这在当时需要相当的勇气和魄力。辛朝安教授团队在兽药研发方面取得重大突破，卢永根一下拨出10万元作为奖金；刘耀光是卢永根的优秀学生，为了能够使其安心科研，卢永根专门为他建了一座实验室。

在水稻作物研究上，华南农业大学走出了“一门三院士”：1955年被誉为“中国现代稻作科学之父”的丁颖当选中国科学院学部委员（院士）；丁颖的学生卢永根1993年当选中国科学院院士；时隔24年，卢永根的学生刘耀光于

2017年当选中国科学院院士。“我的成长离不开卢老师的教诲，作为他的学生我受益良多。”刘耀光表示。

身为校长，卢永根坚持着自己的治校理念，第一是学校的人才队伍和学科建设，第二是坚决抵制以学校为主体的商业行为，第三是不遗余力地进行校园环境建设。在今天看来，正是这三大理念为学校的发展奠定了牢固的基础，卢永根的治校和治学理念已经融入华南农业大学的学校精神，而他本人，也成为师生们最宝贵的财富。

“在那些不为人见的日日夜夜，他为学校的长远发展铺就道路，却从不考虑个人得失。”当年获得破格晋升的另一位华南农业大学原校长骆世明回忆说，在担任校长期间，卢老坚持不坐进口小车，在住房等待遇上不搞特殊，干干净净做人、清清白白从政。

“他乘飞机从来只买经济舱，寄私信都会贴上自己花钱买的邮票。”赵杏娟说，即使按规定可以享受的待遇，卢院士总是说，公家的钱能省一点是一点。

华南农业大学教授刘向东告诉记者，2003年，卢永根参加在江西南昌举行的全国野生稻大会，会后继续去沈阳出差。为了节省住宿费和时间，70多岁的他选择坐夜行火车到北京，再换乘飞机到沈阳……

“坚持实事求是，提倡独立思考；不赶浪头，不随风倒；有三分事实，作三分结论。”

——卢永根严谨治学，专注水稻遗传育种，保存了华南地区最大的野生水稻基因库

卢永根雕像上铭刻的“坚持实事求是，提倡独立思考；不赶浪头，不随风倒；有三分事实，作三分结论”，是他搞科研的基本准则，也是这位永葆初心、矢志奋斗的“布衣院士”一生最真实的写照。

“卢院士是我最尊敬的人之一，他是我们学界的楷模，是我们为人的榜样。”谈及恩师，中国人民政治协商会议全国委员会常务委员、华南农业大学副校长温思美感慨不已。

1965年，卢永根回到华南农学院（华南农业大学前身），继续从事水稻遗传育种的教学和研究工作。他带回的自己的老师丁颖院士生前收集的7 000多份稻种，成为华南农学院开展水稻育种最宝贵的资源。经过他的多年搜集，稻种后来逐渐扩充到1万多份，是我国水稻种质资源收集、保护、研究和利用的重要宝库之一，也是华南地区最大的野生水稻基因库。刘向东说，这些种质资源，不仅本校的研究人员可以利用，同时也开放给中国科学院、复旦大学、中山大学等国内科研机构，卢老从没要求任何回报。

卢永根在20世纪80年代从细胞遗传学的角度对栽培稻种的起源进行了研究。他选择了原产中国的普通野稻、药用野稻和疣粒野稻3个野生稻种，对它们进行粗线期核型的研究，并与栽培稻进行比较分析，建立了中国3个野生稻种的粗线期核型。他的研究结果表明，中国3个野生稻种的粗线期核型存在着差异，其中普通野稻与栽培稻在染色体长度变化范围、相同类型和编号的染色体数目、核仁组成中心的位置以及染色粒的分布方式等方面均表现出最大相似性，从而进一步印证了他的老师丁颖的论点，即普通野稻是中国栽培稻的近缘祖先。

因濒临灭绝且具有极高的科学和利用价值，野生稻被誉为“植物大熊猫”。卢永根院士曾多次呼吁，要拯救“植物大熊猫”。刘向东说，在野生稻资源的保护和利用上，卢老一直强调“第一手”的重要性，直到70多岁，他还带着学生翻山越岭，到处寻找野生稻种。2001年，听说在广东佛冈县的一处山顶上长有野生稻。卢老不顾年迈体弱，亲自去寻找。荒山野岭根本没有路，且布满荆棘，在学生们的搀扶下，卢老终于攀上山顶，找到野生稻后，高兴得像个孩子一样手舞足蹈。

卢永根一生致力于水稻的遗传育种研究。20世纪80年代初期他带领团队研究水稻的杂种不育性，并和助手张桂权一起提出了水稻“特异亲和基因”的概念，以及应用“特异亲和基因”克服籼粳亚种间不育性的设想，被业界认为是目前对栽培稻杂种不育性和亲和性比较完整和系统的新认识，对水稻育种实践具有指导意义。通过不同时期的研究，卢永根弄清了多胚水稻多胚发生的细胞学机理，弄清了光温敏核不育水稻及栽培稻杂种不育性的细胞学机理，发掘出一批携带有胚囊和花粉育性基因的新种质，创建了一大批同源四倍体水稻等新种质。这些研究成果，对我国的水稻遗传育种研究具有重要意义。

祖国是建功立业的好地方。在卢永根的感召下，大批海外留学人才最终选择回国奉献才智，与他一道在水稻育种等方面研究探索。如今，我国水稻研究技术在很多方面已经世界领先。

【记者手记】

在榜样的感召下前行

大音希声，大爱无疆。

卢永根院士用一生赤诚彰显了一名优秀共产党员的政治本色和人格力量。他对祖国和人民的热爱、对党的事业的忠诚，天地可鉴，岁月可证。

他的一生，充满了爱国情、报国志。他扎根祖国大地，让自己的梦想与祖国的农业科学和教育事业相融相生。桃李芬芳、稻香四溢，卢永根与祖国同成长，与人民共奋进，这样的人生写满了精彩，必能彪炳青史、激励后人。

卢永根挺起了共产党人的精神脊梁。87岁捐献出毕生积蓄用于教育事业，最终捐献遗体用于医学研究，体现了一个坚定的唯物论者、真正的无产阶级战士的情怀和品格。他促使我们反思自己在物质与精神之间的抉择，为我们解决好世界观、人生观、价值观这个“总开关”问题提供了参照，为后来人树立了标杆。

作为一名校长，卢永根同样是一根标杆。他原则性强，公道正派，在高等教育体制改革上开拓创新，坚持按照现代大学的理念办学，大胆启用人才，培养了一大批优秀学术骨干。

作为一名科学家，卢永根在水稻遗传育种理论和实践方面作出的突出贡献，为实现“饭碗里盛满中国粮”的目标提供了坚实基础。他不断学习进步、积极努力工作，把锤炼道德品质作为一生的追求，直至生命最后一刻，给我们展现出了人生修养的最高境界。

华南农业大学的一位学生在接受记者采访时说：“因为心中有光，卢院士才能永葆初心。现在，卢院士就是我们心中的光。”

诚哉斯言。让我们一起在榜样的感召下为实现中华民族的伟大复兴砥砺前行吧!

中国杂交水稻育种专家群像——

跟着太阳走的人

刊播《农村工作通讯》（1月）

作者 牛震

有这么一群人，他们自嘲是“跟着太阳走的人”。

春夏季节，大陆气候温暖适宜，他们在内地育种；秋冬季节，内地气候变冷后，他们又到海南育种。如同候鸟一般，一年四季，他们随着太阳的直射变化迁徙。他们就是中国杂交水稻的育种专家。

“好种多打粮。”近年来，我国粮食产量屡创新高，现代种业发展逐步快速推进，这些骄人成绩的取得，与一代代水稻育种人的艰辛和努力，与他们培育出的一批批具有自主知识产权的优良杂交水稻品种息息相关。

中国杂交水稻的发展现状如何？中国植物新品种权的实施又给种业市场的发展带来了哪些利好？近日，本刊记者走访了湖南部分育种专家，听他们讲述育种人的故事。

育种要耐得住寂寞，还要有梦想和担当

40多年耕耘，培育优良水稻品种65个，教出的学生更是桃李满天下。

作为最早瞄准杂交水稻优质高产的特点的研究者，陈立云为两系法杂交水稻研究作出了杰出贡献。他是湖南大学的博士生导师，全国模范优秀教师。

身材消瘦，皮肤黝黑，年近七旬的他，看上去与其说是一位专家学者，更像是一位农村老人。谈起育种时，本不善言辞的他，伸出因常年下地而指甲磨损严重的双手，向记者介绍杂交水稻的科研情况，如数家珍。他于1972年到湖南农学院（现湖南农业大学）农学专业学习，1975年毕业后留校任教，往后是漫长的育种和育人生涯。

有人说海南是育种人的天堂。那里温度较高，可以多种一季度水稻。

“多数时候是当年的11月份去，来年的4月份返回。为了赶车买票，年三十晚上出发的时候也有过。”20世纪七八十年代，从长沙到三亚，需要火车、轮船、汽车轮着坐，路上就要花费1周的时间。从1975年开始，这种旅行几乎每年都要在陈立云身上发生一次。

40多年前，湖南农业大学在海南的育种基地，因为生活条件艰苦，工作人员的口粮基本上靠自带。于是，每年去三亚，就像现在的农民工返乡般壮观。“十几个人二十几个人组个队，有的负责提前去车站打地铺抢票，有的负责提着大包小包的干粮、咸肉。”陈立云回忆。

有一次因为断了口粮，饿了3天才吃上饭。“过年的时候，当地的餐馆都关门了，我们带的口粮又消耗得太快，那一次可是饿惨了。”对于那次挨饿的经历，陈立云记忆犹新。

因为物资匮乏，能吃上一顿肉，成了那时候育种工作人员最大心愿。

“因为当地温度高，又没有冰箱保存，年初我们带的咸肉，后来都长了毛，坏掉了。”陈立云说，“后来，条件就慢慢变好了。我们自己在当地种了粮食和蔬菜，基本上能解决口粮的问题。”

艰苦的生存条件不算什么，对于育种人来讲，能培育出优良品种才是人生的大事。“育种要耐得住寂寞，守得住梦想才行。一个新品种从杂交稻到稳定至少需要8年时间，推向市场至少又需要10年时间。育种人一辈子没育出好品种的事儿，也是有的。”陈立云说。

杂交水稻优质与高产间的矛盾，是长期困扰杂交水稻育种的难题，陈立云为此默默攻关了20年。1996年，陈立云选育出我国第一个优质高产两系法杂交水稻组合培两优288，紧接着又选育出我国第一个优质香型三系杂交稻新香优80，破解了杂交水稻高产与优质的难题。

两系法杂交水稻发展前景广阔，但制种的安全问题让育种专家们头疼不已。特别是一遇到持续低温天气，大面积制种往往不理想。为此，陈立云又攻关了22年，选育出杂交稻母本C815S，不育起点温度比原来降低了2摄氏度，耐受低温的时间长达7天。正是这关键的2摄氏度，给两系杂交稻制种系上了“安全带”。

为了解决C815S繁殖难题，陈立云又带领团队研创出两系杂交稻母本繁殖基地与时段计算机智能选择系统，筛选出不育起点温度22摄氏度的两系不育系最佳繁殖基地是云南保山。经试验，两系杂交稻母本C815S的繁殖产量是海南繁殖产量的6倍以上。现在，国内许多种子企业按照他研创的方法繁殖两系杂交稻母本，都获得了成功。2012年，“水稻两用核不育系C815S选育及种子生产新技术”获得了国家科技发明二等奖。

“育种行业需要的是全才，既要懂得机械、病虫害、土肥方面的常识，又要具有一定的社会活动能力。好的育种人，还要有一定的担当。”陈立云说。

育种是个技术活儿，也是个辛苦活儿，时时考验着人的体力、耐力和判断力。2010年，当社会层面还沉浸在杂交水稻得以不断推广的喜悦时，陈立云却呼吁起“拯救杂交水稻”。原来，随着水稻传统育秧移栽方式改变为抛秧或直播技术，每亩杂交水稻用种量较以前多了2～3倍。因此，种植杂交水稻的效益下降，不少农民开始改种常规水稻品种。

为了降低杂交水稻种子生产成本，在科研经费不足的情况下，陈立云带领团队自掏腰包开展研究。他们的目标是把杂交水稻的种子生产成本降低一半，把卖到农民手上的杂交水稻种子的价格至少降低一半。目前，他们在高异交两系不育系选育和机械化制种研究方面已取得重大进展。

“现在好多杂交稻品种落后于生产需求，培育出更多让农民放心、适合机械化生产的新品种是正确的发展方向。新品种的推广需要法律保驾护航，我国植物新品种权的实施则有效解决了这一难题。”陈立云说。

为科企共赢筑桥梁

虽然学的是农学专业，但唐文帮的初衷却不是做农业。

“其实，我最早的梦想是做一个律师。”44岁的唐文帮，是湖南农业大学水稻科学研究所的所长。大学期间，除了学习农学专业外，他还自修了法学专业，一直为自己的“律师梦”努力，毕业时获得了双学历。1998年唐文帮毕业后开始搞育种科研，至今已有20年时间。这期间，不但改变了他最初的梦想，也改变了他的人生轨迹。“可能是跟着学校的科研团队搞了几年育种后，真正认识到了农业的重要性，反而淡漠了最初的梦想吧。”唐文帮笑着说。

1998—2013年，唐文帮参与培育的近50个杂交水稻品种通过了省级和国家级审定。他主导培育的C两优华占在2015年成为全国最大的杂交水稻单品。

唐文帮的第二个梦想是“希望自己在退休前实现杂交水稻育制种机械化”，这是唐文帮在36岁那年立下的志向。2011年，国务院印发关于加快现代种业发展的8号文件，伴随着国家对商业化育种的放开与鼓励，传统育种生产方式已不适合市场发展，而新兴的机械化育种程度普遍较低。唐文帮通过多方实验求证，决定以小粒型不育系的培育作为突破口。

2013年，国务院办公厅印发关于深化种业体制改革、提高创新能力的109号文件。凭借这股东风，湖南希望种业科技股份有限公司与湖南农业大学签订商业合作协议：湖南农业大学帮助湖南希望种业科技股份有限公司培养人才，提供设备和技术服务，派水稻育种专家进入公司的育种基地和实验室工作；公司每年向湖南农业大学支付技术服务费38万元，安排学生实习，优先本校学生就业。科技成果共享，经营开发权归公司。唐文帮作为首席育种专家加入湖南希望种业，成为公司的科研领头人，这也为他第二个梦想的实现提供了契机。

“学校与企业之间的这种‘产、学、研’合作，可以加强植物新品种权保护，最终实现互利三赢。”唐文帮介绍，对于公司，则解决了人才、技术、品种的难题。

由学校派育种专家到公司育种，不但增强了公司的科研实力，提升了品种和技术的科技含量，还通过联合培养本科生和研究生，公司择优录用，使人才储备充足。公司可以利用学校的实验室和其他资源开展分子育种。学校原本以基础研究为主，科研成果不能直接转化，现在技术服务费可以解决办学经费不足问题，还可提高教职工待遇。与公司合作，可以利用公司的实验室和基地，加强学生实习与就业，派出的专家通过在公司实践和提高，给学生授课更能结合实际，学生更能学以致用。育种人员则加强了市场观念，拓宽了育种思路，解决了研究经费的问题，育成的品种与市场需要相适应。同时，个人待遇的提高，也增强了育种人的积极性。

在探索小粒型不育系培育的过程中，关键是将种子的父本和母本分开，这期间需要特殊的分选机械，这一块儿在当时的国内几乎处于空白。为了找到最精确的参数，除了带领团队一次又一次地试验，唐文帮还自费到吉林农学院寻求帮助。2016年，唐文帮在农业部规划设计院的帮助下，最终设计制造出专门的分选机械设备，他主导培育的不育系卓201S也于这一年通过了海南省审定。

自己是幸运的，这是唐文帮对自己近几年科研育种的一句总结。2018年4月，唐文帮培育的卓两优581杂交水稻新品种通过了国家级审定，此品种对于实现机械化育制种具有重要意义。时隔6个月后，湖南省长沙县江背镇河田村的稻田中，伴随着收割机的轰鸣声，适合机械化制种小粒型不育系卓201S配组的杂交稻组合卓两优141完成现场测议。示范现场的卓两优141，穗大粒多，结实率高，成熟期落色好，抗倒性强，田间无病虫危害，产量优势非常明显。

“这个系列品种的成熟试用期至少有15年。选育小粒型不育系和大粒型父本，通过机械筛选的方法彻底分离杂交种子，不但保证了种子纯度，而且实现杂交水稻机械化制种混播混收和机械分离，大大提高了工作效率。”唐文帮说。

多年的合作过程中，在唐文帮的推动下，湖南希望种业不但组建了自己的科研团队，而且从名不见经传的小种企一跃成为销售过亿的国家育、繁、推一体化企业。通过合作，双方已申请植物新品种权32个，已获植物新品种权授权14个。

“原先种的常规稻，每亩产量最多800斤，现在的杂交稻每亩产量都达到了1 000斤以上，相比以前多了260元的收益。”38岁的长沙市望城区茶亭镇狮子岭村村民冯赞柳告诉记者，他跟湖南希望种业合作已有3年时间，自己手里的300亩地种的全是卓两优141，“杂交水稻不但高产、优质，而且抗倒伏强，解决了农户最担心的问题。”

商业化育种体系实践者

从主动放弃株洲市农业科学研究所副所长的“铁饭碗”，到投身正在筹建的“亚华种业”主持水稻育种工作，再到进入袁隆平农业高科技股份有限公司（以下简称隆平高科），近20年的时间里，他主导培育出国内迄今为止不育起点温度最低的两用核不育系株1S，牵头创办了国内第一个由企业建设的种业科学院，并开始探索商业化育种体系建设……对于杨远柱来说，很难用单一的育种专家或者企业管理者来定义。

“搞科研要瞄准市场，最终的目的为了让农民受益。”20世纪80年代，杨远柱就开始搞水稻育种，不过培育的是常规稻。至于为啥后来搞起了杂交水稻育种，用他的话来讲就是：“搞常规（水稻）技术门槛低，咱们农民自己就可以搞繁育，而且不受到保护，赚不到钱。”

1999年，已经是株洲市农业科学研究所副所长的杨远柱毅然辞职，把自己和爱人的档案从事业单位拿出，加入到刚刚成立不久的湖南亚华种业股份有限公司，成为一名企业的研发人员。

“辞职那会儿引起了轰动，当时我被称为‘长沙市第一个下岗的研究员’。”杨远柱笑说。的确，彼时年仅35岁的杨远柱，不仅享受着国务院政府津贴，还是国家级有突出贡献的中青年专家、“全国五一劳动奖章”获得者，“辞职事件”在外人看来有些不能理解。但是，只有他自己清楚：“在科研院所，虽然衣食无忧，生活稳定，但搞的研究往往不够接地气，有时候甚至是为了评职称、发论文而去选育品种；只有到了企业，虽然有可能面临一定的生存压力，但能够直面市场需求，自己的心愿才有机会付诸实践。”

对于刚刚成立的企业来说，资金等科研条件的短缺是杨远柱面临的第一个难题。“企业面临经济压力，就更应该把科研和推广融为一体。市场需要什么就研发什么产品，让科研成果尽快转化落地才是真理。”杨远柱说。

把实验室放在租来的农房里，咬紧牙关从0开始组建科研团队，杨远柱选择迎难而上。期间，因为企业资金链出现问题，他拿出所有积蓄，与骨干员工一同出资，成立了湖南亚华种业科学院，继续产业化探索。2007年，亚华种业整体并入实力更为雄厚的隆平高科，他一手建立的种业科学院也一起并入。

因为早些年搞的是早稻研究，出的成果也不少，杨远柱就有了“杨早稻”的美誉。但进入隆平高科时，“杨早稻”却没有高兴起来。“当时的早稻种植面积已经开始下滑，加上早稻种子价格下滑，利润偏低，农民不爱种，企业也不爱卖。”

转型势在必行。2011年，已经进入隆平高科管理层的杨远柱跟公司立下“军令状”：一个中稻品种都没有的他，在5年的时间里要交出10个中稻品种。搞了大半辈子早稻研究的杨远柱，一下子回到了起点。

“要想让科研真正与市场对接，就必须对科研体制进行改革。”杨远柱把种业科学院按照育种流程划分成独立部门，每个部门只负责一个固定环节，同时实现信息与资源的高度共享。如此一来，隆平高科的科研模式不再是业内过去普遍的一个育种家带领几个人包揽全过程的“作坊式育种”，而是变成了“工厂化分段式”的专业高效育种。

创新了运行机制，杨远柱又充分利用隆平高科持续不断的高额研发投入，为不同环节均配备了高科技保障，最终搭起了商业化育种体系的框架。效果显而易见，隆平高科自有知识产权水稻品种在销售中的比例由3年前的30%大幅跃升到2019年的80%。2017年，隆平高科通过国审的水稻品种数量达到61个，占同期国审水稻品种总数的34.27%。以优质高产、绿色稳产的“隆两优”“晶两优”系列中稻品种为代表的隆平高科水稻种子销量一举突破3 000万公斤。

“应该说商业化育种是因为植物新品种权保护的出现而出现，只有品种权保护的有效实施，才能为商业化育种体系不断完善保驾护航。”关于植物新品种权的保护，杨远柱认为，“保护不应该只局限于社会层面，即使在公司内部，也应该有所体现。”

据介绍，隆平高科每年拿出销售总额10%的资金作为量化资金，其中2.35%作为科研资金，目的就是为了提高科研人员的育种热情，健全商业化育种体系，进而促进植物新品种权的有效实施。2017年，隆平高科共申请品种权307件，获得授权127件，获得专利授权13件，编制技术标准8项。2018年，杨远柱团队又申报了11个不育系、23个恢复系和16个杂交品种的品种权保护材料。

“培育优良品种，富裕千万农民，不论身在何处，这是我一辈子的坚持与责任。”杨远柱说。

国以农为本，农以种为先。

从20世纪90年代起，中国杂交水稻为众多发展中国家解决粮食短缺问题作出了重要贡献，有着“东方魔稻”之称的中国杂交水稻，它的出现和推广被誉为“第二次绿色革命”，这一切与这群“跟着太阳走的人”数十年如一日的默默耕耘是分不开的。也正是因为有了袁隆平、陈立云等老一辈育种专家的不懈努力，以及唐文帮、杨远柱等第二代育种人的传承与坚守，我国粮食产量才会多年屡创新高，粮食安全问题才得以保证。

汤常荣——马鬃岭下的“第一书记”

刊播《农村工作通讯》(12月)

作者 夏树　王翔　魏龙飞　汪洋

巍巍大别山，深秋情更浓。沿着九曲十八弯的山道驱车前行2个多小时，记者来到了大别山腹地，位于马鬃岭核心地带的安徽金寨县千坪村。放眼望去层林尽染，就像上帝打翻的颜料，浓墨淡彩总相宜。初至千坪，空气清新，云山雾海中升腾起袅袅炊烟，无愧“世外桃源”的美称。2017年春季的一个下午，安徽省红十字会干部汤常荣带着组织的重托，来到千坪村做了驻村扶贫第一书记，这一干，就是近3年。

黑虫、银蛇、奇寒交织而成的生活，让汤常荣深切感受到了大山里的艰辛

“这里美吧？”汤常荣没等记者回答，紧接着就说道，“我刚来的时候也感觉特别好，但当地村干部告诉我不要高兴得太早，他们说，能到我们大山里头来，能够住下来，就已经很了不起了。”一开始，汤常荣以为这是地方领导的客气话，也就没有放在心上，但随后发生的事情让他真正体会了这句话的分量。黑虫、银蛇与奇寒成了他驻村2年多来最真实的生活故事。

大别山里有种小黑虫，老百姓叫它“蚂蚁婆”。2017年7月的一天，汤常荣在走访农户的过程中，看到一个老人在种马铃薯，锄地锄得很辛苦，他就自告奋勇帮老人家。由于夏天穿着短裤，不一会腿上就被咬了十几个包，一开始他以为是蚊子咬的，但是老人家不让他干了，告诉他是被“蚂蚁婆”咬了，需要赶紧把毒水挤出来。当时他没有当回事，坚持把一块地锄完才走。回到住处洗澡的时候，汤常荣的大腿已经奇痒难耐，抹了风油精也不管用，晚上睡觉的时候更严重了，腿上全是一块块的淤血，血水沿着伤口往下淌，买了各种止痒药膏都不行。种马铃薯的时候弄的伤口到吃马铃薯时都没有愈合，汤常荣结结实实尝到了山里虫子的厉害。

“2018年夏天的一个晚上，我们在住处第一次发现了银环蛇。”时至今日，汤常荣仍然心有余悸。最先发现银环蛇的是林场职工养的一条狗。那天晚上，狗一直狂吠不止，后来又在院子里狂奔，汤常荣就从屋里出来看看这条狗到底怎么了，只见狗的嘴里叼着一条蛇，蛇身上有一圈圈的白色花纹，他赶紧带人用锄头从狗嘴里弄下了这条蛇。处理完这条蛇，汤常荣准备回房间睡觉的时候，狗又叫了起来，再出来看的时候，大家都吓出一身冷汗，这次是一窝蛇，足足有七八条，林场的同志提醒他们，这个院子里肯定有蛇窝，大家晚上睡觉一定要小心，一定要把门缝给堵死。第二天白天，他们去请教村民这是什么蛇，有没有毒？村民后怕地告诉他们，这是银环蛇，俗称“三步倒”，毒性非常大，人被咬到了基本没有生还的希望。

除了虫蛇类带来的危险，异常寒冷的冬天也让汤常荣切实感受到了大山里生活的艰辛。千坪村冬天室外最低温度达零下20摄氏度，不仅水管结冰，连存在厨房里的水都冻成了冰块，要做饭就只能把冰块化成水。由于下山路途遥远，千坪村的冬天与外界交通完全中断，成了与世隔绝的“世外桃源”。“最困难的时候，我们储存的菜都没有了，但是还要等1个多月才能下山。”汤常荣回忆起来不胜唏嘘，“全靠村干部和群众送给我们的咸菜度日，一些群众不忍看我们这么辛苦，在雪地里扒了几颗已经完全冻透的菜送给我们，这些可能在平时看来扔了也不值得心疼的菜，帮助我们度过了最难熬的冬日。”

抓党建、种药材、搞旅游……汤常荣为千坪村想方设法谋增收

独特的自然资源和良好的环境，让千坪村成为大别山海拔最高、自然环境最美的村。但是如何把绿水青山变成“金山银山”，将传统资源变为村民脱贫致富的新的经济增长点，考验着汤常荣的智慧与能力。“过去很长一段时间以来，群众的主要收入来源是木材，现在树木被保护了，群众承包的山林就成了公益林，公益林是不能砍伐的。”初至千坪的汤常荣很是苦恼，“群众的收入从哪里来？靠国家的公益林补贴是根本不够的。”

火车跑得快，全靠车头带。充分发挥党组织在群众中的带动作用，扭住基层党建这个牛鼻子，是汤常荣破题的第一招。驻村以来，他借助各种场合，经常与班子成员和普通党员谈心，从自身做起，引导广大党员积极参加组织生活，让以前不经常不规范的组织生活生动起来、严肃起来。通过党小组会、支委会、党员大会、上党课等形式，结合村实际开展的大讨论活动更是成果显著，“许多村里发展的金点子，就是在党小组讨论时议出来的。”汤常荣告诉记者。

发挥村党员志愿服务队的作用，为汤常荣的扶贫工作打开了另外一扇大门。汤常荣在村党员中选择了一些有热情、有能力的党员同志成立了志愿服务队，经常组织他们开展村内脱贫政策宣传、灾害救援、安全巡逻、光伏电站除草、清理公共饮水池等志愿服务活动，群众反响非常热烈。为了进一步增强党组织凝聚力，汤常荣带领村委发起了党组织关爱党员行动，决定凡是党员患重大疾病或去世，支部都应当组织党员开展慰问活动，村支部先后慰问大病党员2人，组织参加去世老党员追悼会1次，“别看这小小的慰问，花不了多少钱，但是对增强党员的归属感和获得感太有用了。”

海拔高、气温低的环境造成了千坪村“种啥啥不长，养啥啥不发”的尴尬局面。“自然条件虽然不适合种地，但是非常适合中草药的生长，比如天麻，市场需求非常旺盛，利润也很可观。”汤常荣带领村“两委”班子挨家挨户介绍种植中草药的方法和收益，鼓励广大村民种植天麻、七叶花、西洋参等符合高寒山区气候条件的中草药。2018年，千坪村天麻大丰收。“平均一户种植2 000棒就能有2万多块钱的收入，足以应付家庭一年的开支。”汤常荣告诉记者，“有户人家2018年试种了2分地的七夜花就赚了7 000多块，所以现在大家的积极性都很高。”

千坪村位于天马国家森林公园的腹地，偏远的地理位置造就了其独特的原生态景观，这里有奇峰怪石，也有丛林瀑布，有苍鹰娃娃鱼，也有栗子树，优越的旅游资源为千坪村带来了客流。得益于交通的开发及宣传推广的引导，千坪村成了外地游客争相来访的旅游村。汤常荣刚来的时候，村里已经有了几家农家乐，但是他发现，这些农家乐没有组织，各干各的，价格不一，标准也不一，而且还存在恶性竞争的情况。“必须把农家乐组织起来，制定统一的标准，才能留住客人。”于是，他发起成立了千坪村农家乐协会，经常把经营者召集起来开会，并统一了服务标准和定价，引导游客量大的农家乐带动小农家乐发展。为了提升农家乐品质，汤常荣还争取资金为所有农家乐配备了应急包和各类书刊，提升了接待档次。在多方努力下，千坪村的名气也在周边响亮了起来，2018年全村接待游客1万多人次，直接经济效益约100万元。

“我送菜给你们不是巴结你们，是真心觉得你看得起我们老百姓！”

“衡量我们工作好坏的唯一标准，就是村民是否满意。”汤常荣是这样说的，也是这样做的。

群众出行难一直是千坪村最大的困难。由于村子离集镇近50公里，每次下山的车费都要50元，极大地增加了群众的经济负担。汤常荣多次向上级呼吁要求开通公交车，但总是因为海拔高、路途远而不了了之。他就抱着不到黄河不死心的决心，抓住一切与相关领导汇报的机会，多次到县里做说服工作，一遍遍动之以情晓之以理，强调通公交才是提升群众满意度最好的途径。功夫不负有心人，2019年7月，千坪村公交完成了路线勘测，11月1日，千坪村的第一班公交车来到村部，群众自发燃放鞭炮庆祝，大山里的村民与山外的世界终于架起了“金桥梁”。“那一刻体会最深的莫过是‘功成不必在我，功成必定有我’，看着群众的笑脸，成就感油然而生。”记者在汤常荣的眼睛里看到的是真诚和满足。

借助安徽省红十字会的力量，汤常荣为千坪村争取到了“博爱家园”项目，投资40万元。“刚争取来资金的时候大家都很兴奋，但是具体用这笔资金来做什么却出现了争议。”为了把这40万用到刀刃上，汤常荣带领扶贫工作队在村里开展了VCA(易受损性评估)，将村内会出现的灾情进行分析投票。在群众列出的灾情中，洪灾排第一，冰冻灾害排第二，旱灾排第三，大家都支持将资金用于预防洪灾和冰冻灾害。但是汤常荣在实际调研后发现，得益于国家近年来的扶贫政策，洪灾和冰冻灾害的投入和防范已经较为成熟，即便遇到，也可以应付。但是村里已经很多年没有遇到旱灾，大家在抗旱这块普遍不太重视，最后他决定“逆民意”，补短板，用硬件资金修建高位饮水设施。2019年，金寨县遇到了50年一遇的旱灾，汤常荣决定修建的高位饮水设施保证了80余户群众饮水需求，基本不存在群众饮水困难的问题。

汤常荣的努力和坚持得到了老百姓的认可，他们用最朴实的心情表达着感谢。在汤常荣住地的厨房门口，经常会堆放着很多菜，有腌的咸菜，也有地里刚拔下来的新鲜蔬菜，他们也不知道是谁送的。直到有一天，汤常荣“逮”到了一个送菜的村民，他叫祝裕峰，是村里的贫困户。汤常荣问他为什么要送菜，他说看到驻村干部是真的很辛苦，经常帮助他，还把自己的衣服送给他穿，他就想尽自己的能力表达一下心意，能拿得出手的也就家里菜园里的青菜了。后来，汤常荣又“逮”到一个送腌菜给他们的祝大姐，她的丈夫常年在外打工，眼睛因为电焊导致畏光，一到晴天看到的就是白茫茫一片，汤常荣帮忙联系了合肥的一家眼科医院的医生帮他看病，还送给他一副眼镜。祝大姐说，“我送菜给你们不是巴结你们，我是真心觉得你看得起我们老百姓，我打心眼里感谢你们！”

【记者手记】

大别山区条件艰苦、交通不便，山里几个村子的挂职干部记者都有接触，在这么恶劣的条件下，他们想尽各种办法带领村民脱贫致富，无怨无悔，不计得失，用心用情用尽所有的能量想点子、找路子，带领群众走上脱贫致富路，让我们深深感动。

在与挂职干部的交流中，他们也提到了一些工作上的压力，用“上面千把锤、底下一根钉”来形容也不为过，各种检查、督查、暗访、问责时刻悬在头上，扶贫干部承受着巨大的工作和精神压力，为基层干部减负、松绑、提高待遇是目前需要解决的最现实的问题。当然，给予一线扶贫干部更多温暖、更多关心、更多肯定，给扶贫干部多送些“精神温暖”，也是我们能做而且必须要做好的。

综　述

REVIEW ARTICLES

亿万农民最美的寄托

——写在2019年中国农民丰收节之际

刊播 《人民日报》(9月23日1版)

作者 高云才

“瞧瞧，这晚稻，穗大，籽粒饱，看来今年秋粮又要丰收了。”湖南省炎陵县中村瑶族乡平乐村种粮大户陈世丹忙得很，一边忙着“三秋”生产，一边还忙着把承包果园里的优质黄桃通过电商卖到各地。

又到了瓜果飘香、稻黍收成的时节，从丘陵到平原，都是一派忙碌的景象。在2019年中国农民丰收节到来之际，亿万农民在“三秋”生产中欢快地忙碌着。

粮食丰收，农民收入增长，农村面貌正在发生巨变。2019年上半年，农民收入增速达到6.6%，农产品抽检总体合格率达到97.2%。进入2019年以来，我国农业农村经济稳中向好，农业供给侧结构性改革深入推进，为保供给、稳物价、增信心发挥了重要支撑作用。

丰收节里看乡村——

广泛参与 助力振兴

让农民成为丰收节的主体，是2019年农民丰收节的主旋律。

河北省南和县河郭乡左村的田头，机声隆隆。2019年流转了400亩耕地，眼瞅着丰收到手，新型职业农民靳彦杰脸上都是笑。“今年村里安排了很多庆丰收的喜庆活动，县城、乡镇都有。”

农民的主体性，表现在要从农村实际出发，激发农村“双创”动力。重点为广大农民、特别是青年农民搭建风采展示的舞台和干事创业的平台，对乡村全面振兴产生烘托带动作用。

农民的主体性，表现在要注重提高农民参与度和基层覆盖率，提升农民的获得感。丰收节相关活动要动员农民广泛参与，尽情发挥。2019年的中国农民丰收节庆祝活动秉承“庆祝丰收、弘扬文化、振兴乡村”宗旨，引导带动县乡村开展喜闻乐见的庆丰收活动。具体包括2019农民丰收歌会、中国农民丰收文化展、2019年度“全国十佳农民”揭晓活动等。

农民的主体性，表现在丰收节坚持重心下沉，提高广大乡村的参与度，推进乡村振兴。提升节日的影响力，激发基层和新型经营主体办好节日的内生动力。

临近丰收节，四川广安市兴平镇龙孔村大棚蔬菜基地里一片繁忙。广安惠民农机农艺专业合作社生产部经理李小东介绍，2019年上半年新修了机耕道、供水管道，完善了大棚基础设施，种植规模扩大了，“庆祝丰收节，我们欢天喜地，发展生产更来劲了，乡村振兴也更有看头了！”

龙孔村同全国村庄一样，在享受着“我的丰收我的节”。农业农村部市场与信息化司司长唐珂说，节庆活动为广大农民以及各类市场主体搭建平台，推动农产品和服务消费升级，不断培育和拓展节日市场。

丰收节里看农业供给侧结构性改革——
绿色生产 提质增效

2019年的农业丰收，是农业供给侧结构性改革不断深化结出的丰硕果实。

绿色生产，是丰收节的律动。开门7件事，柴米油盐酱醋茶。需求侧注重绿色、健康、营养。供给侧则瞄准和对接市场需求。2019年以来，我国实施轮作休耕试点3 000万亩，继续调优农业投入品结构，化肥农药使用量持续减少。

绿色生产，簇拥着绿色品牌。全国农业绿色品牌，蔚然涌动。2019年上半年，我国绿色食品、有机农产品和地理标志农产品总数超4万个。

擦亮品牌，地理标志农产品保护是制胜重器。这项保护，是一项对产自独特地区、用独特方式生产、具有独特品质和独特历史文化的农产品实施保护的制度。农业农村部农产品质量安全监管司负责人表示，2019年是实施地理标志农产品保护工程的第一年，国家将建设一批保护基地，创响一批“土字号”“乡字号”特色产品品牌。财政部已确定将地理标志农产品保护工程纳入中央财政转移支付进行重点扶持。

农业结构持续优化，乡村产业提质增效，是丰收节的亮色。从夏粮丰收的成色分析，2019年小麦品质明显好于2018年，优质专用小麦面积占比达到33%，比2018年提高3个百分点。农产品加工业继续保持良好态势。休闲旅游业、农产品电子商务蓬勃发展。

夯实供给侧结构性改革基础，打造高质量农业发展平台，是丰收节的底色。以现代农业产业园建设为龙头，推进乡村产业振兴，截至2019年上半年，我国已创建114个国家级现代农业产业园，示范带动创建1 000多个省级和一大批市、县级产业园。建设552个农业产业强镇，成为农村产业融合、产城融合的示范样板。

农业农村部发展规划司司长魏百刚介绍，2017年、2018年创建的62个国家级现代农业产业园，每个产业园平均产值60多亿元。这些产业园吸引返乡下乡的创业人员14.2万人，撬动社会资本1 800多亿元，园区农民人均可支配收入比所在县高34%。

丰收节里看农产品供应——
质优价稳 供应充足

丰收节，不仅是农民的节日，也是亿万中国人民的节日。农产品安全关系着千家万户，关系着老百姓的获得感、幸福感、安全感。在这样的节日里，人们更惦记着舌尖上的安全。

质量好，是管出来的。农业农村部监测结果显示，2019年上半年，我国农产品抽检总体合格率是97.2%，同比上升0.1个百分点。108个监测品种中，有64个品种的合格率在99%以上。蔬菜的合格率达到历史最好水平，农产品质量安全水平继续稳定向好。

据介绍，农产品例行监测是一种风险监测，主要目的是发现问题隐患、强化监管防控，最终为市场提供安全放心的农产品。经过5次调整，目前全国形成了一套比较完善成熟的监测制度。每年按季度对全国153个大中城市的蔬菜、水果、茶叶、畜禽产品和水产品等五大类108个日常消费的大宗鲜活农产品，130个参数进行监测。

质量好，还得供应充足。当前，我国农产品产销两旺，禽肉、奶制品、水产品供应充足。2019年上半年牛、羊、禽肉产量达到1 442万吨，同比增长4.3%；奶业振兴行动深入推进，牛奶产量增长1.7%；渔业生产保持稳定，水产品产量2 770万吨。

质量好，价格还要稳定。当前，农产品供应总体充足，市场运行基本平稳。粮食价格以稳为主，2019年6月份小麦集贸市场价为每斤1.17元，同比下降2.5%；稻谷集贸市场价为每斤1.4元，同比下降4.1%。部分水果价格2019年年初以来涨幅较大，后随着时令水果上市，价格回落。魏百刚认为，农产品价格平稳，对稳定经济运行、应对经济风险，发挥了压舱石的作用。

农业农村部部长韩长赋表示，经过各方努力，中国农民丰收节必将成为一个既体现悠久农耕文化传承，又蕴含新时代精神的全国性民俗节日。要全面理解中国农民丰收节的历史文化内涵，又要尊重现代节日规律，在拉动乡村产业、繁荣乡村文化、增加农民收入、实现乡村多元价值上下工夫，让中国农民丰收节在社会和市场的土壤之中扎根，助力乡村全面振兴。

“三农”账本看小康

——写在希望田野上的幸福答卷

刊播《人民日报》(3月22日18版)

作者 赵永平　王浩

“过了惊蛰节，春耕不能歇”，从南到北，一幅幅生机盎然的春耕图铺展开来——

小麦产区湖北省襄阳市张家集镇，无人机轰轰掠过，10万亩高产田绿浪翻滚，“用上精量匀播技术，苗情就是好，这不，现在就分了3个蘖，亩产上千斤不成问题！”村民康旭脸上挂满幸福的笑容。

地下水漏斗区河北省南皮县罗张村，“大铁牛”来回奔忙，犁铧翻卷起滚滚巨浪，板结的土壤透了气。“调减耗水的冬小麦，改种耐旱杂粮，以水定产，土地才越种越有劲！”农民张书德乐呵呵地讲起新种法。

全面小康是梦想，更是一把标尺。2019年国务院《政府工作报告》提出，对标全面建成小康社会任务，扎实推进脱贫攻坚和乡村振兴。农村贫困人口减少1 000万以上，新增高标准农田8 000万亩以上，提高6 000万农村人口供水保障水平……一项项实实在在的惠农政策落进希望的田野，落到农民朋友的心坎，这个春天，乡村大地激荡追逐梦想的奋进力量。

算账——

“三农”成绩单全线飘红，牢牢稳住“基本盘”

春风劲吹，黑土地渐渐苏醒。

镜头定格在黑龙江桦川县双兴村，玉成合作社理事长李玉成，正谋划春耕“第一犁”：大伙认准了，2019年还种绿色、有机水稻。2018年合作社算账，117户股东，保底、利润加再分配，全年分了3次红，总共1 210万元，社员们打心眼里服气这个带头人。

1斤稻谷有多贵？当家人李玉成最操心这件事，守着黑土地，“插根筷子就发芽”，但也不是种啥都来钱。大路货卖不上价，出路在哪？提品质，无机肥换生物肥，一粒大米富含37种营养元素；降成本，小药壶变无人机，一垧地省出2 000多元。连着3年，3场翻身仗，李玉成笃定这条绿色路：“有机大米好身价，1斤卖到6块钱，2018年仅1单合同，就让合作社挣了200多万元。”

不只是黑土地，调优调绿已成为农业生产主基调。

这是问题倒逼的答案。农业主要矛盾已经由总量不足转变为结构性矛盾，需求升级了，有效供给跟不上；传统动力减弱了，新动能跟不上，大国“三农”，路该怎么走？党中央审时度势作出重大战略决策，推进农业供给侧结构性改革，聚焦结构性，发力供给侧，一场全方位变革在田野里破题并向纵深推进。

——调优结构，多的调下去，少的调上来。2018年全国调减非优势区水稻800多万亩、玉米400多万亩，大豆、薯类、优质饲草等短缺品种补位。田野里的“加减法”，换来产业布局的一手好牌，一批叫得响的优质农产品如雨后春笋般涌现。

——调顺体系，新型主体强起来，技术装备跟上来。家庭农场、农民合作社、龙头企业超过300万家，成为现代农业的生力军。农业科技进步贡献率达58.3%，农民兄弟告别“面朝黄土背朝天”的生活。

在中原粮仓，又一道难题在被破解。全国小麦1/4来自河南，而企业却喊吃不饱，为啥？新时代，市场发出新呼唤：不再单单追求高产，优质成为主旋律。

“做馒头要强筋的麦子，做饼干要弱筋的麦子，分不清哪行？”永城市侯庄村种粮大户侯建理快人快语。2018年麦季，从种到收连遭五灾，1亩地减产200斤，老侯起初心里打鼓，颗粒归仓算收入，却发现钱没少挣：1 020亩优质强筋麦，全走的专用订单，每斤高2毛，1亩还多挣200多元。的确，更多农民抬头看市场，不再只顾埋头种地。

粮农增收账背后，是一条从“粮仓”到“厨房”的全产业链。在河南，每一颗麦粒都被“吃干榨净”，变身几百种产品，全国每2个速冻水饺，就有1个来自这里，每5颗汤圆，有3颗来自这里。粮食产能变成加工优势，稳住了粮仓、鼓起了腰包。

继续向南，红土地上也在求变。

1亩田里能长啥？“养生态虾，种绿色稻，一田双收。”摸索了18年，湖南省南县小龙虾协会会长陈明亮讲起技术门儿清，沟开多深、密度多大，都写成技术标准，发到一家一户。

“稻+虾”在南县产生了化学反应：算增收账，一个产业带动3.8万户农民，一亩增收3 500元。算发展账，全县40万亩稻虾田，年产小龙虾8万吨，稻米24万吨，稻田里“长”出100亿元。再算生态账，虾吃昆虫、粪便还田，一条生态循环链，让农药、化肥减量50%以上，一条条河流干净起来。

放眼全国，农业不再止于耕田养殖，一、二、三产加快融合，一批批农产品告别“洗剪吹”，休闲农业、乡村旅游、农村电商等新产业新业态竞相发展，田野不断集聚新动能。

因为有了新动能，田野可以“打个盹”，青山可以“喘口气”。该退的退，该减的减，农业重回生态本色。2018年全国化肥、农药用量双双实现负增长，3 000万亩耕地轮作休耕。

小账汇成大图景。2018年，农业农村账本全线飘红：粮食总产达到1.3万亿斤，国人的饭碗端得更稳、更牢；农民腰包更鼓，人均收入超过1.46万元；乡村建设迈出新步伐，越来越多的农村“望得见山、看得见水、记得住乡愁”……“三农”发展好形势，牢牢稳住了经济社会全局的“基本盘”，为全面建成小康社会奠定了坚实基础。

对账——

瞄准突出短板，做好全面小康必答题

船至中流，尤须击楫奋进。全面小康，最突出的短板在农村，短板咋补，硬任务咋干？坚持农业农村优先发展，各地瞄准2020年时间节点，倒排时间表，再定任务书，掀起“三农”发展新热潮。

——脱贫攻坚，是当前最紧急的“硬任务”。

2013—2018年累计全国减贫8 239万人，剩下的都是贫中之贫、困中之困。“不获全胜、决不收兵”，2019年将再减少贫困人口1 000万人以上，摘帽300个左右贫困县，这是必须完成的脱贫账。

“脱贫路上不落一人，没有退路。”心印村村主任肖时行，风风火火，刚从县里跑项目回来，就一头扎进山里的果园，“还剩25户贫困户，2019年计划全脱贫，山上的2 100亩猕猴桃是依靠。”

小村地处武陵山深处，是湖南永顺县的一个深度贫困村，人多田少，山高坡陡，3年前贫困发生率高达31%。“产业找对头，脱贫有劲头。”一本扶贫台账，老肖早烂熟于心：村里成立合作社，办起加工厂，2年脱贫136人。剩下的25户，共102人，都有了产业，2019年猕猴桃进入盛产期，脱贫有底气。

决胜之战，出非常之力。“打仗打要塞，攻击攻要冲。”永顺县县委书记石治平说，2019年县里集中力量打“歼灭战”，再细化“作战图”：紧盯医疗、教育和住房这三大“要塞”，发展油茶、猕猴桃、莓茶等扶贫产业，出台25项具体措施，“一定管三年”。

决胜之战，用精准之策。河北康保县马鞍架村，高寒、地瘦，无霜期不足100天。村里197户人家，贫困户占到58.3%。在上级支持下，专家进村精准把脉：气温低、风沙大，种庄稼不行，却有绿色养殖的好条件。思路一变，“劣势”变“优势”，养鸡龙头企业进村，115户贫困户全部入股，“想不到，贫瘠土地能长出挣钱营生！”村支书张桂英感慨。

主攻深度贫困，解决“两不愁、三保障”突出问题，从中央到地方火力更集中，政策更精准，贫困群众从“熬日子”到“奔日子”，内生动力被激发出来，汇成强大的攻坚合力。

——富裕农民，是全面小康的必答题。

“说一千，道一万，农民增收是关键。”到2020年农民人均收入比2010年翻一番，瞄准这个目标，一道加减乘除“四则运算”在田野山乡展开。

做加法：念熟“山海经”，打好“果蔬牌”，老祖宗留下来的经验，如今被赋予了新内涵。

“大蒜之乡”山东金乡，1斤黑蒜卖到80元！“黑蒜，其实就是普通独头蒜，经过美拉德反应，去了辛辣味，变身健康产品。”宏大食品负责人李双雷解释。不只是黑蒜，在金乡，700多个加工厂，让大蒜摆脱“原字号”，变成

40余种深加工产品，附加值提升十几倍甚至几十倍。

车间连着田间，让蒜农腰包更鼓了。2018年蒜价“过山车”，小李楼村的赵汉林却很淡定：“有订单，不愁卖；上了大蒜险，能保住本钱；套种辣椒，一亩多挣4 000块。村里遍地加工厂，大部分人亦农亦工亦商，成了‘三栖’农民。”

数字最有说服力。2018年农民人均收入比2017年增长8.8%，增幅连续9年跑赢城镇居民，城乡居民收入差距继续缩小。

做减法：密织民生保障网，不让负担拖累腰包。

“看病负担轻了，上个月刚报销2 700多元，够买全家半年的粮。”云南省镇雄县安尔村，刚刚住院康复的权朝燕说。为防止因病返贫，县里探索基本医保、大病保险、医疗救助、政府兜底“四重保障”，实现小病不出村、大病看得起、慢病有人管。

优质医疗资源下沉，低保实现应保尽保，农村“看病难”“上学难”“养老难”状况得到较大改善。

做乘法：财产性收入不再是城里人的“专利”，更多农民有了入股分红、资产收益。

甜橙还没挂果，四川古蔺县兰花村的陈相昭就拿到了分红。村子位于赤水河畔，光热条件好，甜橙皮薄色鲜，市场看好。但从栽苗到挂果至少需要3年，短期收入咋办？县里创新机制，荒山荒坡入股。“80亩荒山全交给合作社，每年分红3万元，挂果后，还可参与利润分红，1年收入能超过10万元。”老陈对未来信心满满。

做除法：一系列制度不断融冰，公共服务覆盖农民工群体，农民工们感受到城市的“温度”，干活更体面、挣钱更踏实，2018年农民工人均月收入3 721元，比2017年增长6.8%。

——改善农村人居环境，是乡村振兴的一场硬仗。

“钱塘江尽到桐庐，水碧山青画不如。”江南水乡浙江桐庐，宛如一幅水墨画，溪水淙淙，一村一景，每逢节假日乡村特色民宿“一房难求”。谁曾想到，美丽乡村背后，也经历过农村垃圾遍地、污水横流的窘境。芦茨村村民方木林说起过去的顺口溜：“污水靠蒸发，垃圾靠风刮。”

作为全国首批农村环境综合整治试点，桐庐向农村污染“开刀”，垃圾无害化处理，生活污水治理全覆盖，11年持之以恒发力，换来绿水青山。如今，方木林当上村里的保洁员，顺口溜也有了新版本：“污水有了‘家’，垃圾有人拉”。更不易的是，垃圾变土肥，成了一条绿色产业链，农家土肥进入大型超市，年收益400万元。

农村人居环境整治由点到面全面推开，一批又一批生态宜居的幸福家园正朝我们快步走来。

交账——

真刀真枪地干、真金白银地投，如期兑现庄严承诺

“到2020年全面建成小康社会，是我们党向人民、向历史作出的庄严承诺。”农业强不强、农村美不美、农民富不富，决定着全面小康社会的成色和社会主义现代化的质量。

全国人民代表大会农业与农村委员会主任委员陈锡文表示，现在农村人口在减少，村庄数量也在减少，但是不能减弱农村保障粮食安全和重要农产品供给的功能，不能减弱农村提供生态安全和生态产品的功能，任何时候都不能忽视农业、忘记农民、淡漠农村。

——这是不折不扣的责任账。

决战贫困，“五级书记”抓脱贫，层层立下“军令状”。

“这是必须完成的硬指标。”贵州盘州市贾西村村支书龙涛语气坚定，山村地处石漠化山区，“山高路陡石头多，种一坡才收一箩。贫困赶不走，小康就进不来。唯一的办法就是加油干！”50名干部“包山头”，选准耐旱、耐贫瘠的刺梨产业，把支部建在产业链上。短短4年，3.1万亩刺梨，让石山变为青山，青山变为“金山”。

一张张“军令状”，直指最难啃的“硬骨头”。从“西海固”到西南边陲，从乌蒙山区到秦巴腹地，278万名驻村干部、43.5万名第一书记奋战在脱贫一线，打通政策落地“最后1公里”。

“脱贫是一个系统工程，只有每一道工序都做扎实了，才能真正收到实效。”陕西柞水县县委书记陈璇说。

为了“做扎实”，各地均使尽了解数：山东金乡县1年“三农”投入近9

亿元；四川宜宾设立100亿元发展基金；福建每年新增信贷1 000亿元支持乡村振兴……近5年，仅农林水支出项目，全国一般公共预算累计安排就超过8万亿元。

——这是攻坚克难的改革账。

深化农村改革，瞄准关键环节，全面释放农村活力。

激活要素。确实权，颁铁证，给农民吃下了“定心丸”。推进农村土地“三权”分置，让土地要素活起来。

在贵州六盘水市乌蒙山腹地，“三变”改革（资源变资产、资金变股金、农民变股东），让872个农村变了样。海坪村，351亩集体荒山入股旅游公司，村民吃上旅游饭，780名村民年人均分红961元。

激活市场。玉米“价补分离”，小麦、稻谷等收储制度改革不断深化，理顺市场，越来越多农民看懂了这只“看不见的手”。

不种玉米种什么？一度让山西朔州农民伤脑筋。政府给补贴，搞培训，不干预，把决策权交给市场。薛圐圙村农民王成运，“牛爱吃啥咱种啥，20亩地全种上了青贮料”，年底算账，1亩多挣出三四百元。

激活主体。破解“谁来种地”难题，1 500多万新型职业农民活跃田野，一系列新技术新装备落户田间，用上大数据、物联网，种地“活”起来，农业开始变得“会思考”。

普通西瓜长在地里，可陕西杨凌的马新世却把西瓜种“枕头”里。“‘枕头’是有机营养枕，可收集温度、湿度等数据，智能灌溉，精准施肥。1亩地700个‘枕头’，产量提高二成多，糖度增加2～3度。”说起种瓜秘诀，马新世滔滔不绝。

——这是“三农”全面发展账。

“三农”发展不是只看农业“一农”。“大国小农”是我国的基本国情，资本下乡不能代替老乡。系统发力，推进乡村全面振兴，让农业成为有奔头的产业，让农民成为有吸引力的职业，让农村成为安居乐业的家园。

安徽怀远农村，人多地少，殷尚村村主任魏伟纠结：“一家几亩地，田分八九块，种着费力，投入还高，咋有高效益？”县里探索“一块田”改革，稳定一家一户承包权，互换并地，巴掌田变大田，再通过生产托管，实现

“一增一减”：种地成本大大减少，农民户均年增收1 300元。

农业农村部提出，2020年新型职业农民将达2 000万人，加快发展生产性服务业，把小农户带入现代农业产业链、价值链。

乡村与城市相伴而生，是紧密联结的命运共同体。从“统筹城乡发展”到“城乡融合发展”，保障同步，服务同质，让城乡一起并肩前行。

“嘀嘀！”早上8时，375路公交满载早高峰的居民，驶出浙江嘉兴市王江泾镇虹阳公交枢纽站。这条开了5年的公交线，有着不同凡响的意义：它是全省首条镇村公交标准化线路，是嘉兴将城市公交延伸到乡村的一个里程碑。目前，全市城乡公交一体化率达到100%。而在荣星村居家养老服务照料中心，独居老人陈风华和数十位老人，每天吃完饭后聊聊天、锻炼身体，其乐融融。目前，桐乡市已实现城乡居家养老服务照料中心全覆盖。一个个生动的画面，绘就城乡共享的美丽底色，嘉兴进入城乡深度融合发展阶段。

鼓口袋也要“富脑袋”。在吉林松原农村，过去“入了秋，万事休；进了冬，万事空”。市里启动农村文化小广场建设，惠民直通车、送演出下基层，让农村文化“活”起来，农闲人不闲。前郭县妙音寺村村民李平，刚扭完秧歌，满头冒汗：“村里隔三差五有活动，既锻炼身体，又能让心情舒畅，生活越来越得劲。”

筑梦想家园。一系列新举措快马加鞭，到2020年，完成13万个村环境综合整治，90%的行政村生活垃圾得到处理，乡村绿化覆盖率达到30%，建成2万个国家森林乡村……

行走在今日的中国乡村，处处感受到蓬勃发展的新动能，扑面而来的是春的气息！共同富裕的小康图景从未离我们如此之近！

全年粮食总产将达1.3万亿斤以上，延续连年丰收好形势——

粮食生产能否保持后劲

刊播《人民日报》（11月18日1版）

作者 顾仲阳 郁静娴 葛孟超

又是一个丰收年!

中国经济“三季报”数据显示，全国夏粮和早稻同比增产60.6万吨。当前秋粮收获接近尾声，全国粮食丰收已成定局，预计2019年全年粮食总产量达到1.3万亿斤以上，延续连年丰收的好形势。

手中有粮，心中不慌。正如习近平总书记强调的：“解决好十几亿人口的吃饭问题，始终是我们党治国理政的头等大事。”“中国人的饭碗任何时候都要牢牢端在自己手上。”2019年全国粮食生产再获丰收，对于保供给、稳物价、惠民生、增信心发挥着重要基础支撑作用，为我们应对各种风险和挑战赢得主动。

2019年粮食总产“含金量”更高

最新农情调度显示，截至2019年11月14日，北方收获基本结束，南方双季晚稻已收获完成84.4%，2019年全国粮食总产将连续第五年稳定在1.3万亿斤以上。“同样是1.3万亿斤，2019年的‘含金量’不一样。”农业农村部种植业管理司副司长刘莉华分析：

——结构更优。从“吃得饱”转向“吃得好”，农业供给侧结构性改革深入推进，把少的、好的调上来，让多的、非优势的减下去。2018年全国调减非优势区水稻800多万亩、玉米400多万亩；2019年继续调减，大豆、薯类、优质饲草等短缺品种补位，2019年大豆种植面积增加1 000万亩。田野上的加减法，换来产业布局的一手好牌，无效供给少了，有效供给更多了。

——生产更绿。2019年，我国继续实施耕地轮作休耕试点3 000万亩，化肥和农药使用量实现负增长；小麦播种药剂拌种、种子包衣等节药技术推广比例87%，比2018年提高2个百分点；全国畜禽粪污资源化利用率超过70%。节水、节肥、节药等绿色生产方式广泛推广，农业的生态底色越发鲜明。

田野里的农民感受最直接。“看这秆青籽黄，熟相好！”安徽颍上县鲁口镇种粮大户李士雨，站在节水抗旱稻田边感叹，这稻子产量不减，米质更好，还可节省50%以上的灌溉水，真是不错。

——质量更高。尽管2019年全国夏粮播种面积略减，但得益于单产水平的恢复性增长，夏粮总产量同比增长2.1%。市场导向提质量，全国优质专用小麦比例达到33%，比2018年提高3个百分点。2019年前三季度，全国新认证绿色食品产品11 998个、有机产品3 197个、农产品地理标志产品255个，“三品”总数超过4万个。2019年以来农产品质量安全例行监测总体合格率保持在97%以上。

“党的十八大以来，我们坚持‘以我为主、立足国内、确保产能、适度进口、科技支撑’的国家粮食安全战略，可以说，我国正处在历史上粮食安全形势最好的时期。”国家粮食和物资储备局局长张务锋表示。

“总体上看，我国粮食供给能力有保障。”国务院发展研究中心农村经济研究部部长叶兴庆分析，看总量，粮食总产连续5年稳定在1.3万亿斤以上，标志着综合生产能力站上一个新台阶。看人均，目前我国粮食人均占有量超过940斤，高于世界平均水平。看自给率，我国水稻、小麦、玉米三大谷物自给率保持在98%以上，确保“谷物基本自给、口粮绝对安全”。

粮食产需仍将维持紧平衡

粮食连年丰收，又站上1.3万亿斤台阶，是否可以高枕无忧？

中国社会科学院农村发展研究所研究员李国祥说，从中长期看，我国的粮食产需仍将维持紧平衡态势，确保国家粮食安全这根弦一刻也不能放松。

从需求端看，粮食需求呈刚性增长趋势。《国家人口发展规划（2016—2030年）》指出，人口对粮食供给的压力持续存在。农业农村部预计，未来10年，工业饲料产量及消费量将持续增加。不仅是总量问题，随着消费不断升级，人们更追求吃得好、吃得健康安全，对粮食的结构性需求更加多元、多样。

从供给侧看，资源环境约束趋紧，农业阶段性供过于求和供给不足并存。我国以占世界9%的耕地、6.4%的淡水资源，养育了世界近1/5的人口，但在持续高产背后，一些地方出现了地下水超采、黑土层变薄等问题。另一方面，农业生产成本上升，“谁来种地”问题凸显，这对提升粮食供给体系带来新挑战。

难题怎么破解？新时期，粮食生产从增产导向转向提质导向，加快实现“旧动能”向“新动能”的转换。

——把握好量与质的关系，让中国饭碗不缺粮、装好粮。稳住耕地，确保15.46亿亩永久基本农田数量不减少、质量不下降，建设高标准农田，推广休耕轮作，将耕地质量提升1～2个等级。科技增粮，提升单产，新品种不断迭代，良种、良法、良机配套，农业科技进步贡献率达到58.3%。推进经营体系改革，221万多家合作社辐射带动全国近一半的农户，超过40%的耕地实现适度规模经营，更多标准化技术落户田间。“粮食生产内涵式发展道路越走越宽，有效供给能力不断增强。”叶兴庆说。

——处理好生产与生态的关系，让粮食丰收更可持续。摆脱资源紧箍咒，全国普及秸秆还田、地力培肥土壤改良等综合配套技术，推广测土配方施肥、保护性耕作等绿色技术，为土地持续“减肥”“节药”，补充“营养”。到2030年，农田灌溉用水有效利用系数将提高到0.6以上，农业源氮、磷污染物排放强度和负荷将分别削减30%和40%以上。广袤田畴不断积蓄粮食可持续发展新能力。

——衔接好供与需的关系，更好满足消费升级。大米要吃绿色品牌，做面包要用优质高筋粉……通过统筹粮食生产、储备、流通3个能力建设，强化全产业链，优化供给体系，在更高层次上实现粮食供需动态平衡。

一片片田野种出放心粮。“现在客户扫下二维码，就能看到从种到收再到加工的全过程，质量放心，自然愿意多掏钱。”黑龙江省延寿县信合有机稻米专业合作社理事长姚宏亮说。在全国，农产品质量安全追溯体系不断完善，3.7万家龙头企业带动越来越多的农产品实现“好质量看得见”。

一家家工厂带动质量兴粮。在山东西王集团，从玉米淀粉、食用葡萄糖到结晶果糖、玉米油，1颗玉米变身一系列高附加值健康产品，广受消费者欢迎。增品种、提品质、创品牌，到2020年，全国粮食优质品率将提高10个百分点左右，粮食加工转化率将达到88%。

李国祥说，粮食生产发力供给侧，加快从“高产”向“优质、高产”并重转变，着力构建更高层次、更高质量、更可持续的粮食安全保障体系，“我们完全有条件、有能力、有信心筑牢国家粮食安全防线。”

藏粮于地，藏粮于技，确保产得出、供得上

连年高位运行，未来粮食生产还有后劲吗?

“粮食安全的根基是‘能力安全’，要确保任何时候都能产得出、供得上。”叶兴庆认为。

确保产能安全，我国谋篇布局，持续发力。

——藏粮于地，牢牢守住耕地红线。

“把高标准农田建设好，实现‘一季千斤，两季吨粮’，就可以基本上保障粮食收成，这是我们的看家底数。”农业农村部部长韩长赋说。到2022年，我国将建成10亿亩高标准农田。目前已建成6.4亿亩，粮食亩产提高约100公斤。同时，我国划定了10.58亿亩的粮食生产功能区和重要农产品生产保护区，“两区”建成后，可保障我国95%的口粮、90%的谷物消费量。

——藏粮于技，提升粮食生产能力。

第三代杂交水稻日前首次公开测产，1 046.3公斤的亩产充分展示了我国粮食生产巨大的增产潜能。该项目负责人李新奇介绍，我国目前水稻平均亩产500公斤左右，普通农民种植第三代杂交水稻亩产可达800公斤。

中国农业科学院农业经济与发展研究所研究员王秀东介绍，随着我国由世界农业科技大国向农业强国大步迈进，土地产出率还有提升空间，据测算，通过提高农业技术到户率，粮食单产还可提高10%以上。

——调动积极性，不让抓粮种粮者吃亏。

中央一系列强农惠农富农政策不断加力：抓粮抓重点，取消主产区粮食风险基金地方配套，每年为主产区减轻负担近300亿元，建立产粮大县、产油大县、制种大县等综合奖励政策体系，不让重农抓粮者吃亏。稳粮稳农民，完善稻谷、小麦最低收购价政策，建立玉米、大豆“市场化收购+生产者补贴”机制，2019年安排180亿元农机购置补贴资金，有力保护农民的生产积极性。王秀东认为，下一步要加力实施导向鲜明的政策举措，加强精准施策，更好地激发抓粮种粮的积极性。

“有了数量充足的高质量耕地，有了强有力的科技支撑，有了积极性高的种粮抓粮队伍，大国粮仓一定会根基稳固，我们的饭碗一定能端得牢牢的。”李国祥说。

五谷丰登听民声

——写在2019年中国农民丰收节之际

刊播 新华社（9月22日）

作者 董峻 高敬 周楠 杨静 王建 李志浩

春华灼灼，秋实离离。2019年9月23日是中国农民丰收节。2018年，党中央决定、国务院批复，确定每年秋分之日为此佳节。为农设节，彰显出以习近平同志为核心的党中央重农爱农的拳拳之心。

在这个秋熟稻香、牛羊成群、瓜果飘香的时节，新华社记者走进各地田野、村舍，带来透着泥土和原野气息的报道。

又是一个丰收年

“丰收在望，心里踏实，特别高兴！”

2019年9月20日，湖南省岳阳市湘阴县鹤龙湖镇南洲村的一块稻田，沉甸甸的稻穗随风起伏、频频颔首，把喜悦之情传给这块地的主人、粮农李昌浩。再有半个多月，他这4亩多水稻就要收获了。

李昌浩每天都要到地里查看。他说，自己一辈子就做了这一件事——种好水稻。1950年出生的他与共和国一起成长，经历了从吃不饱穿不暖到衣食无虞的不同时期。

1949—2019年，弹指一挥间，旧貌换了新颜。

70年间，中国破解了长期以来的头号发展难题，成为世界最大农产品生产国，人民家境殷实、安居乐业，农业和农村的变化更是翻天覆地。

70年间，中国从积贫积弱的传统的农业国家转变成全球第二大经济体，农业一直是夯实经济社会发展的根基。

"饭碗不空，肚子不饿，才能干别的事。"忆及过去，李昌浩感慨道："一家人是这样，一个国家也是这样。"

与此同时，距南洲村2 700公里开外的黑龙江省黑河市爱辉区，大豆田也已金黄一片。豆农侯文林剥开豆荚，把大豆扔进嘴里嚼起来。

"丰收已定，月底就开始收割！"他经营的林丰现代农机专业合作社种了4 500多亩大豆，预计亩产超过300斤，这比国产大豆的平均水平高出不少。

调减玉米、扩种大豆，是这片黑土地上实施农业供给侧结构性改革的重要一招。2019年黑龙江全省不仅大豆面积增至6 400万亩，还通过集成绿色种植技术，开展高产攻关创建等，提升了单产水平，从而提高了种植效益。

来自大地的丰收喜悦，又何止粮食？你看，新疆维吾尔自治区的辣椒通红、葡萄翠绿，湖北的莲藕白壮、小龙虾活泛，河北的梨子脆生生、板栗大而满，云南的玫瑰飘香、芒果金黄，内蒙古自治区的羊只肥美、牧歌欢唱……

斗转星移，四季轮回。亿万农民用勤勉的劳作绘就一幅幅美景，用汗水浇灌出一年年硕果。

岁稔年丰，家国同庆，幸甚至哉！

增收才是真丰收

雨刚停，和大林就放下茶杯、换上雨鞋，急急忙忙走向屋后的茶山。他要趁天晴采茶去。

和大林的丰收节将在茶山上度过。他家在云南省怒江傈僳族自治州福贡县匹河乡老姆登村，这是一个藏在碧罗雪山和高黎贡山深处的小山村。

和大林种了30多年茶树，但过去由于交通落后，茶叶一直卖不起好价钱。和其他村民一样，家里还是得靠玉米、土豆为生。因为海拔高，这些传统农作物产量低、只能填饱一家人的肚子。

党的十八大以来，随着脱贫攻坚深入推进，公路通进村里，来山里自驾游的人们越来越多，游客对和大林的高山生态茶颇为青睐。他的茶叶七成都是游客买走的，普通级别的茶叶，1斤能卖300元上下。一家人的生活也一天天滋润起来。

看到茶叶销路越来越好，村民们开始跟着和大林种起生态茶。随着收入的增加，大伙陆续告别人畜混居的环境，住进了有卫生间的砖房。

同样的秋日，不同的欢歌。在太行山里的河北石家庄赞皇县西石家庄村，此时正是板栗丰收之时。满山的栗子树上，一个个毛栗子果肉饱满甘甜。

祁坚强用长竿打栗子，他的妻子用夹子收栗子，两口子正忙得不亦乐乎。虽然2019年有点旱，产量没有往年高，但价格却比往年每斤高了1块多钱，算下来收入还高了点。

收获后的板栗要抓紧卖掉，不然脱壳后的栗子很快会干，不受市场欢迎。与和大林一样，祁坚强不再担心销路问题，因为他搭上了农产品电商的快车。

2018年，赞皇县的一家农产品经销公司把当地的大枣、核桃、板栗、寿桃等特色农产品，上线到苏宁易购的“中华特色馆”，一下子打开了全国销路。

中国要富，农民必须富。让所有贫困群众脱贫是全面建成小康社会的底线任务，也是中国共产党的初心。

从新中国成立时农村人口普遍贫困到20世纪末中国人基本解决温饱，再到2020年“一个都不能掉队”共同进入全面小康社会，这将是划时代的成就。

美好生活新希望

再有一个月，新疆维吾尔自治区的和田大枣就要收获了。64岁的王宗新在塔克拉玛干沙漠南缘的和田地区种了39亩红枣树，这是他家的主要收入来源。

2019年枣子长势不错，预计产量能比2018年翻一番，王宗新很满意，但他担心收获时枣子的市场价格。

这两年，随着交通物流水平的提升和新疆维吾尔自治区林果的品牌化建设，和田大枣名声越来越大，全国有名。王宗新的大枣每年都销往全国各地。

“同质化竞争严重，农民又分散面对市场，收购价不理想。”他坦言，“最渴望的就是议价权，希望我们枣农能在合作社组织下跟收购方议个好价钱。”

不仅经营是分散的，大多数农户的生产规模比王宗新要小得多——全国2亿多农户，户均耕地面积才7亩多。在农业现代化进程中，如何既发展适度规模经营、提升农业竞争力，又保护好小农户的收益，是新时代做好“三农”工作的一个必答题。丰收之时，仍需各方继续求索。

农民的丰收，不仅是农产品丰收，甚至也不仅是收入的增长，还要有宜居的生活环境、丰富的乡村文化、留得住的乡情。让我们一起倾听他们的心愿——

“收完栗子，我们就要搬进新房了。希望以后能像城里人那样，生活越来越方便，村里的人气越来越旺！”祁坚强两口子笑意融融地说。

“种田效益提高了，农业才能良性循环，才会有越来越多的人回到农村、建设农村。”湖南省岳阳市湘阴县程顺种植专业合作社理事陈应征说。

“我希望加强村集体经济发展，把农村的资源留在农村，年轻人不再都涌向城市。”全国劳模、湖北省孝感市孝南区陡岗镇袁湖村党支部书记袁少敏说。

“从咬牙坚持到满满的获得感，投身农业6年来酸甜苦辣尝了个遍。希望社会对我们这些‘新农人’的理解和支持更多。”湖北十大职业农民之一、吴稻长农民种养专业合作社联合社负责人吴斌说。

……

一曲乡村振兴的时代之歌，正在广阔原野激荡响起！

科技让生活更美好

——从首届全国农业科技成果转化大会看农业科技新趋势

刊播 新华社（4月26日）
作者 于文静

垂直智慧植物工厂、不易结晶蜂蜜生产工艺、功能型菜籽油7D产地绿色高效加工技术、花卉新品种、蔬菜秸秆肥料化处理关键装备技术……2019年4月25在成都市举行的首届全国农业科技成果转化大会的科技成果展览上，近百家单位展出了原创性科技、高科技农业生产投入品、优质农产品等约1 300项科技成果。优质、绿色、高效成为突出特点。

吃得丰富：优质特色与儿时味道各美其美

纯粒鲜榨玉米汁，富含不饱和脂肪酸鸡蛋，高叶酸甜糯玉米，适合糖尿病人群的优糖饼干……在展览中可以感受到，农业新品种和新加工技术越来越贴近消费者对优质特色农产品的需求，科研与生产的融合日益深入。

“我们与广东省农业科学院作物研究所、华南理工大学合作，用优质甜玉米做原料，采用NFC非浓缩还原工艺，直接鲜果榨取，瞬时高温灭菌，无菌冷灌，生产的纯粒鲜榨玉米汁很受市场欢迎，每月销售额达200万元。”深圳市一家玉米科技有限公司总经理文天亮说。

在中国农业科学院作物科学研究所展台前，分别由加拿大小麦、中麦578、普通高产小麦烘焙的面包引起参观者的兴趣。前两种面包明显个头高，口感更蓬松筋道。

“中麦578是高产强筋小麦新品种，蛋白质含量15%，湿面筋含量31.5%，稳定性好，对干旱、严寒的抗逆性好。”中国农业科学院作物科学研究所副研究员李思敏说。

中麦578是此次大会上中国农业科学院发布的1 000项优秀农业科技成果之一，同时发布的还有100项前沿性、标志性重大农业科技成果。

“今后要推动科研方向的转变。注重开发优质高效、绿色生态、市场欢迎、附加值高的农产品品种，要瞄准市场需求抓好两头：一头是研发优质高端农产品，一头是挖掘传统口味的、“土”的、“笨”的品种，能够找回儿时的舌尖上的记忆，找回老味道。”中央农村工作领导小组办公室秘书局局长吴宏耀在大会开幕式上说。

种得绿色：生产有所呼，科研有所应

“每当看到上百吨地膜被大车运出生产厂，想到它们源源不断地流向农田，心里就很不是滋味，然后就更想加快生物降解地膜的研究和推广，帮助解决地膜残留污染的环境问题。”中国农业科学院农业环境与可持续发展研究所副研究员刘琪对记者说。

全国农业科技成果转化大会上展示的花生、烟草、玉米、棉花、甜菜等专用全生物降解地膜，不时有观众上前咨询、测试性能。刘琪介绍说，不同作物对地膜的功能需求、需要覆膜时间不同，目前生物降解地膜在华北地区的玉米，东北地区的花生、水稻，西南地区的烟草等种植中都有应用，今后要在降低成本、增强保墒性能等方面进一步加强研究。

在公布的千余项农业科技成果中，相当一部分成果聚焦生态环保问题。

蛋白质植物免疫诱抗剂——阿泰灵的应用是百项重大成果之一。这项中国农业科学院植物保护研究所专利产品已实现规模推广应用。

北京中保绿农科技集团有限公司产品经理张法星说，这种“植物疫苗”一方面通过诱导激活植株免疫系统使植株少生病，另一方面通过加快植物新陈代谢，增强抗旱涝冻害逆境的能力，促进植株健康生长、增产提质。

“以前人们觉得生物农药见效慢，使用技术要求高，比如有的产品因为菌群活性问题，上架期较短。这几年通过阿泰灵的推广应用，人们看到提高作物健康的效果，加上技术创新解决了上架期短等问题，生物农药产品越来越得到农民和市场认可。阿泰灵上市5年来累计在5 000多万亩土地使用，销售收入5亿元。”张法星说。

产得高效：物联网和大数据为农业插上翅膀

在浙江省丽水市松阳县，很多茶农曾为茶园霜冻、热害问题苦恼。近年来，当地政府组织30户茶农集中了50亩连片茶园作为物联网示范茶园，由北京科百宏业科技有限公司提供农业物联网自动监测、预警及水肥一体化灌溉控制等技术。

“通过对茶叶叶面温度的自动监测，温度低于零摄氏度时控制器启动、开阀喷雾，水结冰时放热，茶叶不会结霜；天热时如果温度太高，也会自动开阀喷雾降温。”公司战略合作经理王海天说。

数据力引导下的小气候提升+精准微喷灌等技术，使茶农不再因灾害减产，而且节省农药肥料及人工成本，茶叶产量和品质得到提升。这项基于物联网和大数据的茶叶精准栽培托管模式，入选了百项重大农业科技成果。

中国农业科学院院长唐华俊表示，当前，我国正处于实施乡村振兴战略、全面建成小康社会的关键时期。破解农业资源环境约束，满足不断升级的消费需求，应对农产品国际贸易形势，都必须发挥创新引擎的带动作用，推广名优特色、营养健康的新品种，集成应用节本增效、生态环保、农产品质量安全、动植物疫病防控的关键技术。今后要进一步探索创新，构建高效的成果转化平台，全面提升成果转化效率。

品味收获的美好

——各地欢度中国农民丰收节综述

刊播 新华社（9月23日）

作者 胡璐 于文静 杨喆 杨静

2019年9月23日，黑龙江省方正县，一片稻田已经成熟，稻穗颗粒饱满。为了庆祝中国农民丰收节，这里正在举行水稻机械收割比赛。随着裁判员一声令下，14名收割机手站在操作台上，熟练地将一片片水稻收割完毕。

“参加这次比赛，最大的收获是能与大家一起交流收割技艺。”黑龙江省大庆市肇源县新站镇安和村农民苗英杰获得了二等奖，喜笑颜开。他是种田“老把式”了，使用的收割机换了3代。“最开始用的是小型机械，后来换的收割机效率越来越高，有的收割机还有卫星定位模式。”

秋分时节，伴着浓浓的收获喜悦，中国农民丰收节再次来临。与2018年相比，2019年庆祝活动的重心进一步下沉到县、乡、村，提高农民的参与度和基层的覆盖率。

丰收节，是属于亿万农民的节日。各地正在举办丰富多彩的庆祝活动，充分展示丰收的成果，丰富农民的精神生活。

云南省寻甸回族彝族自治县七星镇腊味村举行摸鱼节，来自各地的游客和少数民族群众一同在稻田里进行摸鱼比赛。百余名参赛选手卷起裤腿、跳入稻田、徒手摸鱼，稻田顿时成了欢乐的海洋。掰玉米、砍西蓝花、挖雪莲果等农事活动都成了一场场比赛。

安徽省黄山市徽州区呈坎千年古村，村民们以徽州传统的“晒秋”方式，将收获来的辣椒、玉米、南瓜、黄豆、稻谷、荞麦和红（黑）豆等色彩斑斓的果实，晾晒在村中晒场或房前屋后的晒架上，把千百年来古老徽州传承下来的特有的“晒秋”民俗，展现给来自各地的游客。

湖南省常宁市罗桥镇下冲村村民张灯结彩，用丰收的稻谷、玉米、蔬菜、瓜果摆放出“丰收中国”等字样和图案，庆祝中国农民丰收节。

北京市顺义区赵全营镇的兴农天力农业园内，有优质特色农产品现场品尝、农民丰收文化展、“乡村振兴有‘京’彩”展览、农业科技和农业机械化展览展示等活动。丰收节期间，北京房山秋收节、通州农民丰收节和艺术节、京西稻开镰节等33项基层庆祝活动，将陆续举办。

近年来我国深入推进农业供给侧结构性改革，农业结构更优、生产更绿、质量更高，是丰收节的深厚底蕴。2019年我国继续实施轮作休耕3 000万亩，调优种植结构和农业投入品结构，有机肥使用量增加，化肥农药使用量持续减少。丰收节庆祝活动上，各地纷纷展示了多种多样的特色农产品，绿色品牌越发受到人们追捧。

丰收节不仅仅是农民的节日，同样滋润着老百姓对美好生活的向往。为了满足居民休闲消费需求，河北省推出张家口葡萄采摘生态游、临城赏红叶采摘等“秋采摘”系列休闲农业与乡村旅游精品线路，为公众体验丰收喜悦、观赏秋日美景提供绝佳去处。

各地还充分利用电商直播等互联网营销方式，推动农产品消费升级、拓展节日市场，拉动乡村产业发展。

在黑龙江省的庆祝活动主会场，专门设有网络直播区、龙江“开镰米”拍卖区，将当地各类特产推广到全国各地。

“3 999元，成交！”随着拍卖人的拍卖槌落下，黑龙江省秋然米业有限公司的一斗“开镰米”成交，现场的一台磨米机当即磨出新鲜大米。

“人们对吃得好的追求越来越高，如今‘新鲜’也是一个重要卖点。”工作人员李春风介绍说，大米不仅要种得好，更要卖得好。丰收节就是一个难得的契机，可以把企业生产的优质有机米推广出去。

这个秋天，阿里巴巴联动全国1 000个核心农产品产区、不少国家级贫困县，打造了一个“火热”的丰收节，助力福建鲍鱼北上郑州、广西壮族自治区火龙果热销西安……

“手机变成了新农具，直播变成了新农活，数据变成了新农资。我们要打造永不落幕的丰收节。”阿里巴巴集团副总裁方建生说，日前阿里巴巴已销售近8亿件农产品，举办37万场特色农产品直播，观看人次超过7亿。

调整优化结构　推进粮食生产绿色发展

刊播　中央电视台（8月25日）

作者　宋建春　王凯博　刘成

【导语】

仓廪实、天下安。习近平总书记指出，中国人要把饭碗端到自己手里，而且要装自己的粮食。要发展现代农业，确保国家粮食安全，调整优化农业结构，推进农业由增产导向转向提质导向。

党的十八大以来，中央全面深化农业供给侧结构性改革，推进我国粮食生产绿色发展。

【正文】

立秋已过，进入秋粮产量形成关键期。记者来到粮食主产区河南尉氏采访时，发现2019年的秋粮不少农民种的都是优质新品种。

【同期】**河南省尉氏县种粮大户　韩中乾**

这都是新品种（大豆），比其他品种每斤要高3毛6分钱，但我们不愁销售，因为有订单，市场需要这类产品。

【正文】

老“庄稼把式”韩中乾告诉记者，这些年他种地一直是围着市场转，因为这样收益就错不了。

近年来，在粮食连年增产的基础上，中央抓住粮食供给宽松的有利时机，以市场需求为导向，推进种植业结构调整。

2014年5月，习近平总书记来到韩中乾所在的尉氏县考察粮食生产，指出：要努力在高基点上实现粮食生产新突破。

按照中央提出的“向市场紧缺产品调，向优质特色产品调”的要求，农业大省积极调整种植结构。河南持续发展优质专用小麦，2019年的支持力度达到2亿元，优质专用小麦面积居全国第一。

种粮大户韩中乾2019年的夏粮种的就全都是优质专用小麦。

【同期】河南省尉氏县种粮大户　韩中乾

夏收收入很喜人，100多亩地多收入了17 000多元钱。所以我们愿意扩大这个品种的小麦的种植面积。

【正文】

2019年，全国优质专用小麦面积已由2016年的23.5%增加到33%。

在种植结构不断调优的同时，为了让老百姓吃得安全、吃得放心，中央还把绿色发展作为农业供给侧结构性改革的主攻方向，于2017年9月30日出台《关于创新体制机制　推进农业绿色发展的意见》，绿色优质农产品供给由此被摆在突出位置。

在江苏丹阳的这个家庭农场，传统的喷药施肥如今被1 000多只小鸭子取代了。

【同期】江苏省丹阳市家庭农场主　谢桐洲

以前我们种植水稻，主要是为了产量，追求产量呢，就要施很多的化肥农药，但现在我们都开始考虑绿色生产了。

【正文】

这种改变，得益于中央和地方正在推行的绿色高产高效创建项目，在品种、技术和服务多个方面，农场主谢桐洲都得到了有关方面的支持。

农业农村部最新数据显示，在农业绿色发展方面，2016年以来，我国每年选择300多个县，深入推进绿色高产高效创建；化肥农药使用量实现了负增长；中央累计投入160多亿元，支持开展轮作休耕试点，面积累计达到7 716万亩次。

受益于中央的鼓励政策，江苏丹阳的家庭农场主谢桐洲还主动将两季作物减到一季，提高水稻品质。

【同期】**江苏省丹阳市家庭农场主　谢桐洲**

现在的土壤有机质要比以前增加了，土壤也比以前疏松，（水稻）价格比以前高3～4倍，所以我们收入也高了，种出来的水稻也很受消费者欢迎。

【正文】

随着我国农业供给侧结构性改革的深入推进，粮食生产的区域布局目前也在不断优化。2016年以来，非优势产区的籽粒玉米面积调减了5 000多万亩，低质低效区稻谷和小麦调减1 300多万亩；市场紧缺的大豆增加3 000多万亩。

【同期】**国务院发展研究中心农村经济部部长　叶兴庆**

我们深入推进农业供给侧结构性改革，采取一系列措施以后，2019年已经进入了供给侧结构性改革的收获期，最突出的表现就是我们农产品的品质在进一步优化。

透视粮食生产"十五连丰"

刊播《光明日报》(10月10日15版)

作者 李慧

寒露已过，全国秋冬种生产由北向南全面展开。2019年我国夏粮、早稻丰收到手，秋粮增产趋势明显，我国粮食生产实现创纪录的"十五连丰"，产量有望连续第五年稳定在1.3万亿斤以上，为稳定经济社会发展大局提供支撑。

丰收背后，我国农业发展的底色更浓、成色更足。70年的变革与发展，深刻改变了我国农业农村面貌，农业发展不仅摆脱了底子薄、积累少、"靠天吃饭"的局面，更站上了加快实现农业现代化的历史新起点。

70年来，共和国粮食之基更牢靠、发展之基更深厚、社会之基更稳固。近14亿中国人不仅解决了吃饭问题，也为世界粮食安全贡献了"中国智慧"和"中国方案"。

从靠天吃饭到科技掘金：大国农业根基稳固

眼下正值茭白成熟季节，在江西省定南县历市镇车步村茭白基地，绿油油的茭白被风吹起阵阵绿浪，茭农收割茭白的忙碌身影在绿叶丛中穿梭，采购茭白的商贩和车辆络绎不绝。车步村党支部书记钟有良介绍说，2019年车步村种植的1 500亩茭白迎来大丰收，预计产量达600万斤。这些鲜嫩洁白的茭白几个小时之后就会在广东、福建、浙江等地的市场上销售，当天就可以走上百姓餐桌。

洪范八政，食为政首；务农重本，国之大纲。

在新中国成立后很长一段时间内，西方一直存在对中国粮食安全的质疑。

面对质疑，中国人充分发挥自身能动性，不断实现新突破，粮食产量连年丰收，质量越来越好、结构更加合理，把饭碗牢牢地端在自己手里。

数据的增长中，中国特色粮食安全高质量发展之路日益清晰——70年来，我国粮食生产不断迈上新台阶，由供给全面短缺转变为供求总量基本平衡。2018年，我国粮食总产量达到13 157.8亿斤，比新中国成立之初增加了1万多亿斤；粮食单产2018年达到374.7公斤，比新中国成立之初增加4倍多；人均粮食占有量2018年增加到470多公斤，高于世界平均水平。在同期人口增加1倍多的情况下，人均粮食占有量比新中国成立之初翻了1番多，十分不易。

如果说一粒种子可以改变一个世界，那么一项技术就能创造一个奇迹，而创造中国粮食和农业生产奇迹的正是中国农业科技的快速进步。

目前，我国农业科技创新整体水平已进入世界第二方阵，农业科技进步贡献率达到58.3%，为保障国家粮食安全、促进农民增收和农业绿色发展发挥了重要作用，已成为促进我国农业农村经济增长最重要的驱动力——

70年，从几个农业试验场，发展成全球最完整的农业科技创新体系。目前，我国农业科技创新体系从中央到地方层级架构完整，机构数量、人员规模、产业和学科覆盖面均为全球之最。

70年，从"靠天吃饭"的传统生产，发展成良种良法配套、农机农艺融合的现代农业技术体系。以矮化育种、远缘杂交、杂种优势利用等为代表的重大技术突破，促成了5～6次作物品种更新换代，良种覆盖率达到96%以上。

"从北方冬季只能吃上储存的萝卜白菜，到依靠设施农业生产，实现了新鲜蔬菜和水果的周年供应，打破了水温光等自然条件对农业生产的限制；从塑料大棚、拱棚到现代日光温室和连栋温室，形成了持续发展、总面积达到其他国家总和5倍以上的设施农业规模。"农业农村部科技教育司司长廖西元说。

70年，从"人扛牛拉"传统生产方式到机械化自动化智能化的现代生产方式，我国农业生产方式实现了从人畜力为主向机械化作业为主的历史性跨越。目前全国农作物耕种收综合机械化率超过67%。在部分领域、部分环节逐步实现"机器换人"，显著增强了农业综合生产能力。

70年，从"大水、大肥、大药"的粗放生产方式转变为资源节约、环境友好的绿色发展方式，我国农业走上了绿色发展的新征程……

2019年秋冬种生产，是在粮食连年丰收的高起点上展开的，任务重、难度大。农业农村部副部长张桃林表示，2019年秋冬种期间，我国将深入推进农业供给侧结构性改革，稳产能、提质量、优结构、转方式，力争冬小麦面积稳定在3.3亿亩以上，优质专用麦比例比2018年提高2个百分点，冬油菜面积稳定在1亿亩以上，确保2020年粮食生产取得“开门红”。

从艰难创业到百舸争流：乡村产业方兴未艾

“是政府带领我们发展木材林、山楂林种植，锁住了沙荒；此后成立的山楂合作社更让这片山楂林变成了百姓的‘摇钱树’。”当说起两万亩的山楂林，河北清河县马屯乡陈村果农陈书强满脸笑容：“2019年山楂的产量同2018年差不多，但价格比2018年翻了一番，1亩山楂能卖五六千元。我和老伴种了15亩山楂树，2019年能挣八九万元呢。”

在马屯山楂合作社理事长高俊英的讲述中，当地“沙滩变金滩”的艰辛探索历程明晰起来。

“马屯乡一带13个村庄地处黄河故道，曾经是出了名的穷沙窝。过去这里有2万多亩不在地亩账本的沙荒地，沙丘连绵，只长茅草不长粮。春天，一夜大风过后，第二天移动了的飞沙能把门‘掩’得都推不开。”高俊英说，沙丘中处在“上风头”的麦田，被狂风吹得都露出了麦根，而处在“下风头”的麦苗儿又都被黄沙囤埋。

农民们回忆，那时麦收，1亩地仅收打几十斤麦子是常有的事。百姓吃粮靠国家供应，花钱靠银行贷款，青黄不接时靠国家救济。

穷则思变。20世纪80年代中期，马屯乡领导多次南下北上寻求治沙良方，并请来专家“把脉”，最后决定植防风林带，发展山楂树种植，防风固沙并发展特色产业。

几十年来，马屯先后栽种适宜沙地生长的“大棉球”“大红星”“大五棱”等优良品种的山楂树110多万棵，如今已有1.2万亩进入了盛果期。马屯13个村的1.3万多人口，仅售山楂一项人均年收入就达5 000多元。

马屯的故事并非孤案。在艰辛的治沙中，产业发展起来了，农民致富的笑容亮起来了。70年来，特别是改革开放以来，各地立足资源禀赋，发展经济作物新产业新业态，农村产业方兴未艾。

党的十八大以来，大众创业万众创新不断向农村延伸拓展，乡镇企业开始走出一条以创新带创业、以创业带就业、以就业带增收的良性互动之路。

各地以农业农村现代化为总目标，以农业供给侧结构性改革为主线，依托农业农村资源，以农民为主体，发掘农业多种功能，开发乡村多重价值，延长产业链、提升价值链、打造供应链，形成了大批乡村产业。

“现代种养业稳步推进，2018年，粮食产能连续7年保持在1.2万亿斤以上；乡村特色产业加快发展，特色农业品牌达10万余个，‘一村一品’示范村、镇2 400个；农产品加工业加速推进，规模以上加工企业7.9万家，主营业务收入14.9万亿元，加工转化率65%；农村创新创业风生水起，返乡下乡创新创业人员累计780万人；新产业新业态层出不穷，休闲农业和乡村旅游营业收入超过8 000亿元，吸引30亿人次休闲度假；农村网络销售额突破1.3万亿元，生产性服务业营业收入超过2 000亿元。”农业农村部乡村产业发展司有关负责人介绍。

从历史深处走来，农村产业兴旺正绘就新的美好画卷。如今，一批彰显地域特色、体现乡村气息、承载乡村价值、适应现代需要的乡村产业，正在广阔天地中不断成长、蓄势待发，为乡村振兴奠定了坚实的物质基础。

从积贫积弱到全面小康：农民生活改天换地

走进青海省互助土族自治县五十镇北庄村连片的娃娃菜地，村民们正忙着铲菜、包装、装车运输，一派忙碌的丰收景象。五十镇北庄村每天有30余名村民到娃娃菜地里打工，他们不仅拿到了土地流转费，还有田间劳务收入。村民星官布什姐说：“每天在田间地头帮着铲菜、包装、装车，能在家门口就近打工挣钱，不用出远门，还能照顾家人，每天收入少则八九十元，多则上百元。”

在农民丰收节这个喜庆日子里，各地农民用自己的方式庆丰收、晒丰收，多样的农耕文化、火热的生活激情里展现着蓬勃的时代气象、光明的乡村振兴图景。

新中国成立70年来，我国农村居民收入持续较快增长，消费水平持续提高，消费结构不断优化升级，扶贫工作成效显著，农村居民生活实现了由贫困到总体小康的历史性跨越，正向全面小康迈进。

新中国农业发展史凝聚着党中央强农惠农富农政策的甘霖。近年来，我国不断加大强农惠农富农政策力度，如全面取消农业税，提高农产品价格，推进农村产业融合，促进农民转移就业和创业，推进农村集体产权制度改革，实行种粮农民直接补贴、良种补贴等政策，着力促进农民增收，农民收入取得了持续较快增长。

新中国农业发展史也是一部农村改革史。通过一次次改革，农业体制机制改革不断深化，极大减轻了农民负担，解放了农业生产力，改变了农村面貌。

在中国农业博物馆4号展厅，一尊三足青铜圆鼎高高矗立，鼎上铭记了历代田赋变迁。这尊“告别田赋鼎”是河北灵寿县农民王三妮2006年铸造的。就在这一年，我国全面取消农业税，延续了2 600多年农民缴纳“皇粮国税”的历史宣告终结，极大减轻了农民负担，甩开包袱的种粮农民，从此阔步前行。

从翻身解放，到承包土地迅速增收；从全面取消农业税，到深化农村金融体制创新，农村改革让农民过上了幸福的好日子。

70年以来，我国农民的收入显著增长，生活水平得到了巨大的提高，实现了从贫穷到总体宽裕的历史性跨越。2018年，按当年价格计算，我国农民的人均可支配收入达到了14 617.0元，剔除通货膨胀因素的影响，比1949年增长了40倍，年均实际增长率为5.5%。

收入水平的增加也给农民的消费升级提供了动力。数据显示，2018年农村居民人均消费支出12 124元，扣除物价因素，比1949年实际增长32.7倍，年均实际增长5.2%。农村居民恩格尔系数为30.1%，比1954年下降了38.5个百分点。

改革洪流奔涌向前，丰收喜悦铭刻历史。百姓和美的画卷里，农业强、农村美、农民富的愿景正在党的坚强领导下，在一代代“三农”工作者和亿万农民的拼搏下成为现实。

中国饭碗

刊播《经济日报》(6月24日1版)
作者 乔金亮

【编者按】**洪范八政，食为政首。粮食关系国家安危、人民幸福。新中国成立70年来，中国的粮食安全发展之路令世界瞩目，共和国粮食之基更牢靠、发展之基更深厚、社会之基更稳定。近14亿中国人不仅解决了吃饭问题，还为世界粮食安全贡献着中国方案。**

猗猗嘉禾，今盈我仓。粮丰农稳，盛世和安。

从江南鱼米乡到中原大粮仓再到东北黑土地，自南向北，田野上展现出一派收获的希望。2019年6月12日，农业农村部部长韩长赋在河北省南和县宣告，2019年夏粮丰收已成定局。

在江南，早稻已收获、中稻在成长。水稻第一主产省湖南，享誉国际的超级杂交稻从这里走上国人餐桌，走向世界。袁隆平院士领衔的超级杂交稻，代表了当今世界最高水平，不断刷新着水稻高产的世界纪录。21世纪以来，超级稻不断从“高产”向“绿色、高效、品质”迈进，通过推广“稻虾”“稻鱼”“稻蟹”等立体种养模式，节肥节药、生态绿色，让人不仅吃得饱，而且吃得好。

在中原，丰收的小麦刚刚颗粒归仓。小麦第一主产省河南，已发展为国人的“主食厨房”。河南开展小麦整建制高产创建，从统一良种、肥水管理到病虫防控、机械收获，逐步推行标准化生产。“粮头食尾”“农头工尾”，当地大力发展粮食加工业和主食提升工程。如今，中国人每吃4个馒头，有1个来自河南；每2个速冻水饺，有1个来自河南。

在东北地区，秋粮作物已完成播种。粮食第一主产省黑龙江，昔日“北大荒”已变身“北大仓”。田成方、路成网、林成行、渠相连，肥沃黑土上农机纵横。各类农民合作社在龙江大地开花结果，大农机、大水利、大合作、大科技，黑土地上展现着现代农业的大气魄。

长期以来，西方对谁能养活中国人心存质疑

在新中国成立后很长一段时间内，西方一直存在对中国粮食安全的质疑。面对质疑，中国人充分发挥自身能动性，不断实现新突破，粮食产量连年丰收，质量越来越好、结构更加合理。中国人的饭碗牢牢地端在自己手里。

新中国成立之际，时任美国国务卿艾奇逊就放言：“历代政府都没有解决中国人的吃饭问题。同样，共产党政权也解决不了这个问题。”1974年，第一次世界粮食会议在罗马召开，各国代表听到了恍若世界末日的预测。一些专家告诉他们，据测算，由于人多地少等原因，中国绝无可能养活10亿人口。

养活中国人的注定是中国人自己。与美国等新大陆国家相比，中国确实是人多地少，但中国人的能动性却不可小觑。1978年的一个冬夜，安徽省凤阳县小岗村18位农民签下“生死状”，将村内土地分包到户，开创了家庭联产承包的先河。到了1979年，小岗村的粮食产量由之前的每年3万斤一下子增加到13万斤。

“保证国家的，留足集体的，剩下都是自己的。”让小岗村民没想到的是，全国各地的人们蜂拥而至，纷纷来学习“大包干”经验。从1982年到1984年，中央连续3年以“1号文件”的形式，对包产到户给予肯定。家庭联产承包责任制从此正式登上我国农村土地经营制度的舞台。到1984年，全国569万个生产队中99%以上都实行了家庭联产承包责任制，粮食产量突破8 000亿斤，人均粮食拥有量达800斤。

在这一年的联合国粮农组织大会上，中国政府向世界宣布：中国基本解决了温饱问题！

对此，西方世界并不相信，他们对中国粮食安全的质疑依然不绝于耳。1994年，美国学者布朗在其《谁来养活中国》一书中，表达了对中国粮食供给的质疑，认为未来以全球的粮食生产也难以满足中国巨大的需求。多年后，布朗本人不得不承认，“在《谁来养活中国》出版之后的这段时间里，中国政府为提高谷物的产量采取了许多行动。这么做的结果是，中国成为基本上可以粮食自给自足的国家”。

按照农业发展的一般规律，一个国家粮食增产的持续时间越长，出现拐点的几率就越大。但是，在经历了多年连续增产之后，中国粮食发展始终高位运行、后劲十足。回顾世界粮食发展的历史，排名前6位的主要产粮国中，只有美国在1975—1979年、印度在1966—1970年实现过5连增。而中国在2004—2015年实现了12连增的奇迹，此后连续稳定在1.2万亿斤的高位上。

“中国人的饭碗任何时候都要牢牢端在自己手上。”党的十八大以来，以习近平同志为核心的党中央始终把粮食安全作为治国理政的头等大事，高屋建瓴，提出了国家粮食安全新战略，走出了一条中国特色粮食安全高质量发展之路。

数字最有说服力。目前，我国水稻、小麦、玉米三大谷物自给率保持在95%以上，远远高于布朗预测的42.5%的粮食自给率。粮食总产连续7年超过1.2万亿斤，2018年达到13 158亿斤；人均占有量超过940斤，高于世界平均水平。韩长赋深有感触地说：“过去是8亿人吃不饱，现在是近14亿人吃不完。”

市场最有发言权。近年来，不仅粮食市场供给充分，肉、蛋、菜、果、鱼等产销量也稳居世界第一，人均占有量均超过世界平均水平。从城镇超市到乡村集市，粗粮细粮一应俱全、蔬菜副食目不暇接，“菜篮子”丰富，“米袋子”充实，“果盘子”多彩，成就了时和年丰的中国。

中国始终是维护世界粮食安全的积极力量。2011年，时任联合国粮食计划署总干事撰文指出：“当我在世界各地访问时，人们问我为什么有信心可以在我们这一代消除饥饿，中国就是我的答案。”2016年，时任联合国粮食及农业组织助理总干事劳伦特·托马斯接受《经济日报》记者采访时表示，这些年来，联合国粮食及农业组织非常自豪地见证了中国以仅占世界9%的可耕地面积和6%的淡水资源养育了世界上22%人口的瞩目成就；欣喜地看到中国从早年的粮食受援国转变为向许多南半球国家提供技术援助和其他粮食解决方案的主要援助国。

中国人碗里装的主要是中国粮，靠的就是中国的种子

种子是农业的“芯片”。能否很好地掌握种子的选育、生产、加工技术，能否把优质品种推广到田间地头，关乎一国的粮食安全和百姓能否吃饱饭。

在北京北三环联想桥东南角，有块占地150亩的“世界最贵农田”。与高昂的商品房价相比，这块地皮弥足珍贵。这些年来，在中国农业科学院的这块试验田里，科学家培育出中单2号、丰抗系列冬小麦等多个主力品种，单品种累计在全国推广面积均过亿亩，价值不可估量。

距“最贵农田”2公里多的中国农业科学院大院里，有一座不起眼的3层红砖小楼。推开厚重的金属密闭门，立着一排排高大的架子，上面摆放着许多贴着标签的铁盒，40多万份种质资源在此沉睡。这座小楼是始建于1986年的国家作物种质库，堪称农作物的“诺亚方舟”。在零下18摄氏度、相对湿度低于50%的贮存条件下，种子寿命可延长到50年以上。这是中国种业创新的“根据地”和“保险箱”。

这些种子是从哪里来的呢？每年11月份至次年4月份，位于三亚的国家南繁科研育种基地都会迎来全国700多家科研单位的“育种候鸟”。得益于独特的光温热资源，通过在海南加种一代，育种周期可以缩短一半时间。对于育种科学家来说，不断繁育出新的种子是其使命。60多年来，一代代中国育种家们远离家乡专心搞科研，选育出了无数良种。

2019年4月份一天的正午，正是三亚气温最高的时候，83岁高龄的著名玉米育种家程相文依然在南繁基地紧张地工作着。面对《经济日报》记者的询问，他说，“玉米最佳授粉时间在中午时段，这些年来我已经习惯了”。他头顶烈日，吃住都在玉米地边搭建的简易板房里。程相文连续53年的春节都是在南繁基地度过的。他引进和选育了39个玉米新品种，推广种植面积超过1亿亩。在程相文等专家们的努力下，改革开放之初玉米亩产只有不到360斤，21世纪初已达640斤。

然而，一场种子战在世界范围内展开。我国种业刚刚市场化并开放市场，却逢上跨国种业公司全球扩张之时，民族种业发展遭遇巨大压力。

在国家种业新政的支持下，育种成果加快从高校、研究院所向种业企业转移和农民大田应用。目前，我国水稻、小麦、大豆、油菜全部为自主品种，玉米自主品种占85%以上、蔬菜占87%以上，做到了“中国粮用中国种”。辽宁省昌图县宝力镇种粮大户张强说，“前些年，我种的玉米用的是美国先锋公司的种子，现在1万多亩地都已经换成国产种子了。一开始我也不信，国产种子能比国外的强？2012年试种了600亩，结果发现国产品种不仅抗叶斑病，还抗倒伏”。

2019年2月份，新的国家作物种质库项目在中国农业科学院破土动工。新种质库设计容量为150万份，是现有种质库容量的近4倍，设施条件更好，信息化和智能化水平更高。新的种质库建成后，将与现有的国家农作物种质资源保护与利用中心、国家农作物基因资源和基因改良重大科学工程等一起，构成系统完整的作物种质资源保存、鉴定评价、创新研究和开发利用体系，为现代种业奠定坚实基础。

翻开农作物育种领域论文数量排行榜，中国连年稳居榜首，超过美国、日本等国家，占全世界的20%。这些年来，程相文内心始终有个信念，“我们有世界上最丰富的种质资源，也应该有世界上最具竞争力的现代育种产业”。中国种子协会专家顾问组组长李立秋说，截至2019年3月，全国选育农作物品种4万多个，申请植物新品种保护达到2.7万个，授权品种超过1.1万个。据统计，2018年品种权申请量4 854件，居世界第一。

改革开放40多年来，中国育种家们靠自己的智慧和汗水，利用我国优质种质资源，培育出超级稻、矮败小麦、杂交玉米等一批国际领先的革命性品种，推动全国主要农作物品种更新了5～6次，每次更新都增产10%以上。在广袤农田里，他们一次又一次创造了人类粮食生产的新高度。我们应该记住他们的名字和品种：袁隆平和超级杂交水稻、李振声和远缘杂交小麦、李登海和紧凑型杂交玉米……

创造中国粮食生产奇迹，离不开农业科技

如果说一粒种子可以改变一个世界，那么一项技术就能创造一个奇迹，创造中国粮食奇迹的正是中国农业科技的快速进步。

如今，我国已迈入世界农业科技大国行列，水稻、小麦、玉米三大主粮原生质体培养技术与国际先进水平同步，超级稻研究与新品种选育更是世

界领先。中国农业科技进步贡献率由改革开放初的27%，提高到2018年的58.3%。1978年我国粮食平均亩产仅337斤，1982年突破400斤，1998年突破600斤，2018年达749.4斤。

现代农业技术同样降低自然灾害的影响。涝是一条线、旱是一大片，“龙口夺粮”靠的是旱作农业技术。我国有近一半的耕地在非灌区，由于资源性缺水严重，西北旱作农业区饱受干旱困扰。但该区域光热充足，昼夜温差大，而且降水期和秋粮作物生长期同步，适宜采用旱作技术发展玉米、马铃薯等。以覆膜双垄沟播技术为代表，西北旱作农业的潜力得以充分挖掘，打造了我国粮食生产新的增长极。

病虫害是粮食增产的克星，“虫口夺粮”则要靠现代植保技术。如果没有过硬的植保技术，迁飞性的草地贪夜蛾会让其所过之处玉米几近绝产；稻瘟病可引起水稻大幅度减产40%以上。中国农业科学院植物保护研究所研究员王振营说，我国在粮食病虫害防控方面经验丰富，有完善的监测预警体系、专业的统防统治队伍、实用的各类植保器械，有效减少了病虫害可能带来的损失。以2019年为例，全国小麦赤霉病防控面积同比增加28%，发病面积同比减少68%，为小麦增产赢得了主动。

农机是农业科技的物质载体。2019年6月份，河北邢台清河县小麦开镰，400多台联合收割机在不同区域展开作业。据了解，全县共播种小麦29万亩，一周时间即可收获完毕。

中国已是世界第一农机制造和使用大国，拖拉机和收获机数量遥遥领先。近年的“三夏”，全国有1万多个农机作业服务队抢收抢种。如果天气晴好，全国3.4亿亩冬小麦只需2周就能基本收完。如今，带有计亩测产功能的无人驾驶收割机、带有漏播监控功能的高速玉米播种机、植保无人机等越来越多地投入应用。

先进技术在广阔田野发挥作用靠的是大力推广，“藏粮于技”。据测算，在生产条件相同、投入不增加的情况下，仅通过提高农业技术到户率，粮食单产提高幅度便可在10%以上。农业农村部科技教育司司长廖西元说，“藏粮于技”既要“顶天”，注重科研成果的创新；也要“立地”，把先进技术推广到户。围绕农民需求，广大农业科技工作者将论文写在大地上，推动将专家的试验产量变成农民的大田产量。

依托农业科技，在增产的同时，农业绿色发展有了新进展，农业资源利用的强度降下来了，农业面源污染加重的趋势缓下来了。

国家重视“三农”投入，方能确保产区“粮仓”安稳

即使在工业化和城镇化飞速发展的今天，中国依然对粮食和农业高度重视，通过加大“三农”投入，保护种粮农民积极性，保护粮食主产区积极性。

2018年9月25日，首个中国农民丰收节刚过，习近平总书记深入黑龙江农垦考察。他双手捧起一碗大米，意味深长地说道：“中国粮食！中国饭碗！”这8个字，字字千钧，体现着我们党和国家对国情农情的深刻洞察。

中央始终对粮食安全有清醒认识：粮食安全历来是治国安邦的首要之务。世界上真正强大的国家、没有软肋的国家，都是能确保自己粮食安全的国家。决不能因为当前粮食供求宽裕，就简单地认为今后粮食安全可以高枕无忧；决不能因为国际市场粮价一时下滑，就简单地以为可以靠买粮吃过日子；决不能因为推进农业供给侧结构性改革，就简单地压缩粮食生产。要始终保持战略定力，确保国家粮食安全这根弦时刻绷紧。

得益于高标准农田建设，耕地质量本身也在发生变化。我国耕地中有70%左右的中低产田，通过高标准农田建设，力求实现旱涝保收、稳产高产。截至2018年，全国已建成6.4亿亩高标准农田。按照规划，到2020年要确保建成8亿亩集中连片的高标准农田。

稳粮稳农民，要稳住农民种粮积极性。在市场经济条件下，农民种粮也要讲究效益，影响其种粮意愿的主要是价格。1994—2003年，国家2次大幅提高粮食定购价格。2004年以来，全面放开粮食购销市场，充分发挥价格作用。在此基础上，有关部门坚持并完善稻谷、小麦最低收购价政策，不断改进临时收储和目标价格政策，推动建立玉米、大豆“市场化收购”加“补贴”的机制，稳定种粮收益预期，不让种粮农民吃亏。

抓粮抓“粮仓”，要抓好主产区积极性。全国超10亿斤的产粮大县有400多个，产量占全国的54%。但产粮大县往往是财政穷县。如何激发地方政府抓粮食的积极性？2009年开始，国家逐步取消了主产区粮食风险基金的地方配套，每年为主产区减轻负担近300亿元。还推进包括常规产粮大县、超级产

粮大县、产油大县、商品粮大省、制种大县5方面的综合奖励政策体系，奖励资金由2005年的55亿元增加到2018年的428亿元，稳住主产区“粮仓”，不让种粮大县吃亏。

有了稳定数量和质量的耕地，有了稳定的种粮队伍，有了真金白银的基础投入，大国粮仓根基十足。目前，全国农业机械化水平超过68%，农业科技进步贡献率超过58%，意味着农民“面朝黄土背朝天”已基本成为历史；农田有效灌溉系数超过53%，一半以上的农田旱涝保收，意味着“靠天吃饭”正得到改变；全国农药使用量连续多年负增长，化肥使用量已实现零增长，粮食生产的绿色底色越发鲜明。

改革与时俱进，机制创新为种粮人减负

一部新中国粮食发展史也是农村改革史。通过一次次改革，农业体制机制改革不断深化，极大减轻了农民负担，解放了农业生产力，改变了农村面貌。

中国农业博物馆4号展厅，有一尊三足青铜圆鼎，1米高的鼎上铭记了历代田赋变迁。这尊“告别田赋鼎”是河北灵寿县农民王三妮2006年铸造的，就在这一年，中国实行了2 600年的“皇粮国税”历史宣告终结，极大减轻了农民负担，甩开包袱的种粮农民，从此阔步前行。

一枚1981年发行的全国通用粮票，如今在收藏品市场上可以卖到几百元，年轻人根本想象不出计划经济时代的粮票有多重要。在那个年代，没有方寸大小的粮票，有钱也买不到粮。1955年，全国通用粮票开始在各地发行使用。作为计划经济的特征，在使用票证购买生活必需品的年代，不仅粮食、食用油，甚至买糖、蛋糕、肉、鱼等都必须使用票证。

改革开放后，经营制度的调整对于生产力、土地产出的促进作用始于小岗村。“过去‘一大二公’，影响了农民投工投劳，而‘大包干’让土地释放出了增产潜力。”中国农业科学院农业经济研究所研究员刘合光分析说，家庭承包使得农业生产中高昂的监督成本内部化，重构了农业生产的微观组织基础，调整生产关系以解放农业生产力，很快解决了粮食等主要农产品的短缺问题。

“菜篮子”“米袋子”，都是最基本的民生需求，中国的改革丰富了人们的饭碗和餐桌。今天，站在北京日吞吐3.6万吨蔬菜水果的新发地批发市场大门前，你可能很难想象，这个亚洲最大的蔬菜水果交易市场在1985年还只是新发地村的"土市场"，几辆三轮板车就是货架。新发地市场创始人张玉玺回忆说，1985年，北京放开了肉、蛋、菜等5种农产品的价格，同时打开城门，欢迎各地蔬菜进京，新发地村的菜农们开始在村口摆摊卖菜。

随着农业经济的长足进步，农产品市场由卖方市场转变为买方市场，让曾经紧俏的粮票风光不再。1985年的中央1号文件明确提出，对已经实行32年之久的农产品统购统销政策进行改革。从此粮油等农产品由统购统销转向价格"双轨制"。1992年10月份，各地先后放开粮食及其他农产品价格，促进粮食产销与市场接轨。1993年，北京市宣布取消粮票。至此，粮票彻底退出流通，定额定量供应的计划配给制成为历史。市场化改革解除了计划经济对农业发展的约束，1993—1998年，粮食产量连续跨越了几个台阶。

粮食产量稳步提升，国家对农村税费和农业补贴的改革紧锣密鼓。取消农业税，意味着国家与农民的关系从"取"到"予"的转折。中央农村工作领导小组办公室副主任韩俊回忆说，2004年起，国家对种粮农民开始粮食直补，同年启动农机具购置补贴。2006年在取消农业税的同时，陆续增设了农资综合补贴和良种补贴。这构成了中央财政支农4项补贴。到2013年，农业"四补贴"达1 700亿元，10年间提高了11倍。据专家测算，如按"四补贴"资金计，农民平均每生产1斤粮食，国家补贴达0.14元。

机制创新始终伴随着农业农村发展变化的进程。近年来，大量农村青壮年进城务工，种粮农民呈现老龄化和兼业化，农村留守的多是老人、妇女、小孩，农村种田的局面发生了变化，人称"九九""三八""六一"部队。"谁来种地"成为粮食生产必须直面的问题，也需要经营体系相应作出调整。2014年，中央提出引导农村土地经营权有序流转，发展适度规模经营。2016年，中央又推进承包地"三权"分置改革，这是继家庭联产承包责任制后的又一个重大制度创新。

把分散的农户组织起来，把分散的作业统一起来，农民合作社日渐成为提高粮食产能的有效途径。江西省定南县岭北镇大屋村种粮大户李金明就尝到了合作种粮的甜头。他联手村里的6位种粮大户，成立了乐丰农机专业合作社。合作社统一良种、技术、机收和销售，节本增效明显，社员年纯收入较之前增加了20%以上。对社员来说，合作经营不仅使产量得以提高，就连市场话语权也变强了。

目前，全国依法登记的农民合作社217.3万家，经农业部门认定的家庭农场近60万家，社会化服务组织达到36.9万个，土地经营权流转比例达36.5%。如今，逐步形成以家庭经营为基础、合作与联合为纽带、社会化服务为支撑的复合型农业经营体系。当有能力有意愿务农的新型职业农民和新型经营主体进入农业，“谁来种地”就在农业经营体系改革中找到了答案。

食物极大丰富，确保粮食安全才能安天下稳民心

从南方双季稻种植区到北方农牧交错带，从内湖的大水面养殖到深远海的海洋牧场，从西南的高原农业到西北的旱作农业……多元农业形态、多样农业资源，保障了“米袋子”“菜篮子”产品的丰富，也稳定了民心。

念好“山海经”，唱好“林草戏”，打好“果蔬牌”，近年来各地树立大粮食观、大农业观，面向整个国土空间挖掘各种资源潜力，建立多元化的粮食和重要农产品保障体系。

在种植业内部，合理配置粮食作物、经济作物和饲料作物。鼓励适宜地区增加饲草料、小杂粮、特色林果的供给；在种植业外部，创新理念，“主产区调出原粮是贡献，调出肉蛋奶、调出加工食品同样也是贡献”。

在高精度卫星地图上，可以清晰地看到山东寿光每个蔬菜大棚的位置。从小土棚，到下挖式卷帘棚，到无立柱钢结构大棚，再到物联网云棚，当地蔬菜大棚已经发展到了第七代。有了大棚蔬菜，人们享用的蔬菜品种比世界任何地方都要多。数据显示，1978年，我国仅有设施蔬菜面积4万亩，人均占有量0.4斤；2018年，设施蔬菜面积达5 800多万亩，人均占有量360斤。我国蔬菜总产量、人均占有量，连续多年稳居世界规模以上蔬菜生产国的第一位。

水产业也是我国的优势产业。目前，我国水产养殖产量突破5 000万吨，占全世界水产养殖产量的60%以上。同是地处东亚，中国和印度人口接近，但中国的水产品消费量是印度的12倍——尽管印度的地理条件更理想，位于渔业资源丰富的热带，两面围绕着温暖的海洋。在中国人每年消费的6 500万吨水产品里，只有1 500万吨来自捕捞，其余均来自养殖。

有鱼吃、有菜吃、有肉吃，有人也许会有疑问，既然食物已经极大丰富，为何还强调粮食？相比其他农产品，粮食的种植适宜性较大、贮存时间较长、大规模远程运输难度较小，是最适宜作为国家战略储备资源的食物。更重要的是，粮食在生物链中处于底层，肉、蛋、奶、油脂等均由其转化而来。从贸易角度看，目前全球粮食的可贸易量约6 000亿斤，不到我国消费量的一半；大米贸易量约700亿斤，仅相当于我国大米消费量的1/4。可见，无论消费结构如何变化，国际形势如何发展，始终要抓好粮食这一安天下、稳民心的战略产业。

吃得安全、吃得健康、吃得营养，消费者日益增长的美食需求在农业高质量发展中得到满足。一位院士说，“过去，我们是单以产量论英雄，谁能育出高产品种、谁能拿出增产措施，谁就是英雄；现在，导向在变化，以产量、品质、效益综合论英雄。”如今的不少品牌农产品上，消费者可以通过扫描二维码，了解种植信息、生长期、施肥次数、喷药情况等。通过不断完善农业全产业链，加以信息化的追溯手段，各生产主体努力确保农产品从田间到餐桌的安全、营养。

与一些国家通常只注重粮食生产的做法相比，中国强调要同时加强粮食生产、储备、流通三大能力建设，这是对大国粮食安全保障能力建设的重大创新。如今，国家11个部委积极配合，产区销区通力合作，农区牧区齐心协力，落实国家粮食安全新战略，从“单一安全”向“全链条安全”，从“产量安全”向“生态安全”，加快构建符合我国国情的粮食安全保障体系。

不仅让近14亿人吃饱吃好，还参与解决世界粮食问题

在成功让人类1/5以上人口吃得饱吃得好的同时，中国没有忘记世界。2006年起，中国就成为仅次于美国和欧盟的世界第三大粮食援助捐赠国，还为世界解决粮食问题贡献出了“中国方案”“中国技术”。

2008年，全球粮食危机爆发，国际粮价暴涨超过45%，全球粮食储备跌至30年的最低点。在这场危机中，中国牢牢守住18亿亩耕地红线和95%的粮食自给率，从容地应对了国际粮价波动，保持了粮食供应的稳定。在当时和随后的一段时期，中国力保国内粮价稳定，为世界粮价企稳作出突出贡献。

事实证明，中国没有对世界粮食市场形成冲击，也没有对发展中国家的粮食进口需求形成竞争威胁。

在“一带一路”倡议的实施中，中国粮食技术正在走进沿线粮食短缺国家，助力他们生产出更多粮食。派出人员最多的中国—尼日利亚“南南合作”项目，被誉为“全球农业南南合作的样板”。尼日利亚农业和农村发展部部长奥杜·奥贝赫来华时曾高兴地告诉《经济日报》记者：“在中国的支持下，我们的农业已经取得了长足发展，现在已经是非洲最大的水稻和玉米生产国。相比以前，大米进口量降低了90%。”

中国对其他发展中国家解决粮食安全问题也产生了很好的外溢效应。近年来，我国在全球近100个国家建立了农技示范中心、农技实验站和推广站，先后派遣农业专家数万人次，帮助这些国家培养了大批粮食技术人员。

2018年11月份，“全球农业南南合作高层论坛”在湖南长沙举行。论坛期间，联合国粮农组织总干事格拉齐亚诺接受《经济日报》记者采访时说，过去40年，中国始终积极参与“南南合作”，已是联合国粮农组织加强“南南合作”的最大贡献者。作为全球最早实现联合国千年发展目标中减贫目标的发展中国家，中国在消除贫困和饥饿方面有不少经验可以共享。在农作物种植、灌溉及水产养殖、农业机械化等方面为发展中国家提供了宝贵的技术援助。

超级杂交稻是中国对世界粮食安全的突出贡献。中国工程院院士袁隆平有一个杂交稻全球梦，“全世界有22.5亿亩水稻，如果有一半种上杂交稻，增产的粮食可以多养活4.5亿人”。如今，超级稻占国内水稻总种植面积的三成，比其他品种亩均增产137.6斤，在印度、越南等国家推广达9 000多万亩，平均亩产比当地优良品种高266斤。不久前，袁隆平团队在阿联酋热带沙漠实验种植水稻获得成功。未来，水稻有望覆盖阿联酋10%以上国土面积，不但能提升其粮食自给能力，而且有望改善当地生态环境。

接受本报记者采访的多位外国专家表示，中国的成功经验为发展中国家解决粮食问题提供了可复制方案。世界粮食计划署执行干事大卫·比斯利认为，世界上70%的粮食都是小农户生产的。来自中国的经验向其他发展中国家的小农户展示了怎样发展农业，这些小农户是实现粮食安全的关键。国际农业发展基金总裁吉尔伯特·洪博表示，中国的一个重要经验就是不仅关注生产力，还关注能源、水利以及运输、道路等基础设施，切实改善小农户的生产环境。

“五谷者，万民之命，国之重宝”。进入新时代，我们在解决近14亿中国人的吃饭问题上不断书写鸿篇、创造历史，走出了一条适合中国国情的粮食安全发展之路。未来，中国人的饭碗将端得更牢。

筑梦种业强国再出发

——写在2019中国种子大会召开之际

刊播《农民日报》（3月28日1版）

作者 李炜　曹茸　李竟涵

麦穗小得像蝇头，每穗只有18粒，陕西省长武县十里铺村农民张万福至今还记得从前小麦的样子。受益于几代品种更新，如今这片渭北旱塬上的小麦，亩产已经能达到500公斤。

一次次品种突破，推动粮食产量不断飞跃，带来百姓餐桌日渐丰盛，粮票、肉票等从前百姓生活中的“奢侈品”早已进入了历史博物馆，忍饥挨饿、缺吃少穿的日子一去不复返。中国人将饭碗牢牢端在自己手里，掌握着发展的战略主动和回旋空间，近14亿人口的大国在国际上更有底气！

“种业是一个很伟大的事业”“要下决心把我国种业搞上去，抓紧培育具有自主知识产权的优良品种，从源头上保障国家粮食安全”，习近平总书记的殷殷嘱托激起了中国种业人迎难而上、奋发图强的斗志与勇毅，也终于迎来了民族种业的辉煌飞跃。

这是一场与时间的赛跑，40年走过欧美国家上百年的发展历程；这是一条逐梦种业强国的征程，为了民族种业振兴一棒接着一棒跑下去。

松绑

从垄断产品到千亿级市场

“种地不选种，累死落个空。”种业，从来都不仅仅只是一个产业，它是“中国饭碗”的底座，是农业大国的基石，是农业发展的“芯片”，关乎一个国家的核心利益。

然而新中国成立之初"家家种田、户户留种"的方式，导致作物产量低而不稳，严重影响了人民生活。"红薯汤、红薯馍、离了红薯不能活"就是20世纪70年代河南农村的贫苦写照。

1978年，改革开放的春风，在静默的大地上唤出了种业的新芽。这年7月，中国种子公司在北京成立，随之而来全国县级以上农业部门纷纷成立种子公司，标志着我国种业进入到了以县域为单位统一供种，实现生产专业化、加工机械化、质量标准化、品种布局区域化的"四化一供"时代。千百年来农民自留自用的种子，开始成为能够买卖的商品。

随后，1995年种子工程的实施，让农民告别了"用秤称、麻袋装"的买种子方式，种子包衣包装标牌化，我国种子供给能力和质量再上新台阶。

"四化一供"、种子工程……坚冰日渐消融，但对饥渴的大地来说，仍然不够。由于其特殊战略地位，种子一直由国有企业垄断经营，不允许跨区销售，僵化的体制导致机构臃肿、债务不清、竞争不充分、发展动力不足。

站在十字路口的中国种业，该往何处走?

2000年，经第九届全国人民代表大会常务委员会第十六次会议审定通过，《中华人民共和国种子法》（以下简称《种子法》）施行，我国种子产业进入了依法治种的新阶段。地区封锁被打破，种子不再为国有企业垄断经营，市场化之门从此打开。

2006年，国务院办公厅《关于推进种子管理体制改革加强市场监管的意见》印发，强力推进政企分开，打破了管理者既是"裁判员"又是"运动员"的不公平体制，彻底为种子全面市场化松了绑。

2011年，国务院印发《关于加快推进现代农作物种业发展的意见》，如春雷炸响，首次明确了种业的"基础性、核心性、战略性"定位，推动科研院所与所属企业脱钩，明确商业化育种以企业为主体、科研单位主攻基础性研究。这个在业内被称为种业新政的"8号文件"的出台，标志着种业改革开始迈向深水区。

党的十八大以来，种业迎来了发展黄金期。我国种业市场规模已近1 000亿元，居世界第二位，成为全球种业重要市场和区域中心。现代种业发展更加有了底气：我们有世界上最多的人口、最大规模的农业、最丰富的种质资源，也应该有世界上最高水平的农业科技、最具竞争力的现代育种产业。

突围

“洋种子”倒逼转型升级

“一个品种的选育需要10年，现在用的是10年前科技支撑的结果，如果现在不奋起直追做大做强民族种业，10年以后怎么办？”中国种业的危机意识在开放竞争中被唤醒。

21世纪最初10年，随着政策的放开，民营种企如雨后春笋般涌现。恰恰赶上跨国种企迅猛发展、全球布局之时，“洋种子”席卷而来。美国玉米品种一度抢占了东北市场的半壁江山，“国外种子按粒卖，国内种子按斤卖”的严酷现实，直指中国种业的发展软肋——

从企业规模上看，2011年我国有持证种子经营企业8 700多家，但全部种子销售收入加起来，仅相当于美国一个孟山都公司，“多散弱”已成我国种业发展不能承受之重。从育种水平看，跨国种企已全面进入“分子时代”“工厂化”批量选育新品种，我国还是“拿眼瞪，用脚踹，一把尺子一杆秤”“小作坊式”的传统育种，研发新品种像是“买彩票”。

“狼来了”并不可怕，压力也是动力。“洋种子”就像一条鲶鱼，倒逼中国企业转型升级。

国务院印发的“8号文件”提出政企分开、科企分开，商业化育种以企业为主体，成为种业改革路上的重要里程碑之一。甫一出台，就在业内激起千层浪。长期以来，我国育种创新的主要力量都在科研院所，大多数技术、资源、设备也都在科研院所，一旦“科研单位不干了，企业又担不起来”，将会给粮食安全带来大麻烦。

但从产业发展规律看，随着市场机制的建立，确立企业主体地位，是种业健康发展的前提，不少发达国家的经验都证明了这一点。

确定了改革路径，需要的就是啃“硬骨头”的改革勇气。农业农村部门以“逢山开路，遇水搭桥”的决心和担当推进改革，一系列扶持企业创新的政策措施陆续出台。

2013年，农业部、财政部、中国农业发展银行、中国中化集团等共同发起设立15亿元的现代种业发展基金，支持“育繁推”一体化种子企业，目前已投入近14亿元，基本实现三大主粮作物品种及主要种植区域全覆盖。此外，还通过国家种子工程、生物育种能力建设等专项和税收减免优惠“扶优扶强”，扶持大型“育繁推”一体化企业。

种业政策和市场化竞争双向发力，使种业经营主体迅速向两极分化，一批自主研发能力强的“育繁推”一体化企业高歌猛进，而许多没有竞争优势的中小企业被市场淘汰。2017年年底，全国持证种企仅有4 000多家，数量不足高峰时的一半。

旧有的秩序被打破，全新的格局在重建。随着市场集中度的提高，种子大产业格局基本形成，不断壮大。目前，在国内主板、创业板、新三板挂牌上市的种企共有70多家，全国种企资产总额1亿元以上的达373家。

2017年发布的全球十大种企中，隆平高科和先正达—中国化工占据2席。中国种企不仅进入全球种子市场的第一梯队，还雄心勃勃开启了“扬帆出海”的新征程。2017年，中国化工以430亿美元收购先正达，隆平高科与中信合作以11亿美元收购陶氏巴西种子业务，世界种业第三次并购浪潮中开始出现中国企业的身影。

克难

为了“中国粮”用上“中国种”

一个悖论曾经困扰着众多种业人，我国的育种家数量世界第一，种质资源保有量居世界第二，为何难出大品种？

答案是“两个80%”——我国80%的种业科技人员集中在科研单位，而80%的种子企业缺乏自主创新能力。产学研流通不畅，导致科研与生产“两张皮”，科研成果不少，但大多是“铁皮柜里的成果”。

企业为主体，并非“一刀切”式地不准科研院所搞育种。改革者接下来要思考的是如何调动科研人员的积极性，让科研院所的资源“活”起来，让科研人员“为企业育种、到企业育种”。

想让科研资源“活”起来，就要允许科研人员“富”起来。

种业权益改革，一场被业内称为具有破冰意义的实践，于2014年拉开序幕。

“赋权、让利”是这次权益改革的核心，划定科研人员对新品种权的权益比例不低于40%，对育种材料的比例不低于60%，大大高于当时“不低于

20%”的最低限。这极大地调动了科研人员的积极性，“研究领着生产走”变成了“研究跟着生产走”。目前，全国已有122家单位参与到改革试点中，改革成果几乎覆盖了所有作物类型。

如果说权益改革是理顺了商业化育种和基础研究的关系，让科研成果“接地气”，同年开展的良种联合攻关，则开创了集中力量办大事的“中国特色育种新模式”。体制障碍、学科界线、院墙壁垒，阻碍创新的藩篱一一被打破；7位院士领衔，180多位相关领域权威专家坐镇，103家成员单位合力攻关，产学研联合创新机制迸发出泉涌的活力。

一个例子能够说明“集中力量办大事”：很多人可能不知道，早在1985年、1992年和1998年，我国优质稻发展曾先后迎来3次高潮，但都未能持续。良种联合攻关，则使我国优质稻米率达到37.1%，比攻关开展前提高了5个百分点。

一组数字能够印证“集中力量办大事”：截至2019年1月，四大作物联合攻关组共选育新品种231个，攻关组选育的大豆新品种“合农91”，示范田亩产423.77公斤，刷新全国高产纪录，8个玉米新品种成为我国第一批通过国审的适宜籽粒机收品种，小麦品种的科研成果转化，实现经济效益约1亿元。

从水稻“三系”配套到小麦优质专用，从国产转基因抗虫棉逆势突围到“双低”油菜大发展，品种的每一次突破都显著提升了我国农业生产力水平。几十年来，我国农作物品种经历5～6次更新换代，良种覆盖率已达96%，品种对农业增产贡献率超过43%，水稻、小麦、大豆等大宗作物用种均为自主选育，实现了中国粮主要用中国种。

担当

做“多设路标、少设路障”的有为政府

少有一个行业像种业这样风起云涌，从0起步，发展成规模全球第二的庞大市场，资金、人才竞相涌入；少有一个行业像种业这样逆势崛起，面对来势汹汹的“洋种子”奋力突围，实现了“中国粮用中国种”；少有一个行业像种业这样大刀阔斧，步步都是农业农村部门“刀刃向内”的改革。

从“四化一供”到政企脱钩、事企脱钩，种业的发展一步步松了绑。一部民族种业发展史，也是一部政府与市场关系的变革史。对管理者来说，如何以“有为政府”保障“有效市场”的健康运转，既考验决策执政者的智慧，

也需要自我变革的勇气。

多设路标、少设路障，种业管理体制越理越顺，带来种业发展环境的不断优化，成为民族种业茁壮成长的沃土。截至2018年年底，我国植物新品种保护授权总量突破1万件，非主要农作物登记品种超过1万个，长期保存的种质资源总量突破50万份，种业科企合作和兼并重组加快，三大粮食制种保险补贴政策出台，种业对外开放进入新阶段，现代种业势头正劲。

市场经济的负外部性无法通过市场自身解决，需要管理机构主动作为。“育种不如买种，买种不如偷种，偷种不如套牌。”种子行业众所周知的潜规则曾让不少企业苦不堪言。“如果不能加强对品种权的保护，就没人愿意投入搞育种了。”

2016年，我国《种子法》大修，专门增加了“新品种保护”章节，遏制了“换个车灯就是一辆新车”等所谓的“新品种”市场乱象，鼓励种业原始创新，受到业内的一致赞赏。

而更值得赞誉的，是新《种子法》对品种管理制度的重大改革。目前多数发展中国家采用品种审定制度，品种入市权掌握在政府手中。品种登记制度主要在市场经济比较成熟的发达国家实行，入市权掌握在企业手中。我国品种审定制度自1982年建立以来，对新品种选育和推广、保障国家粮食安全发挥了重要作用。但是近年来，审定通道窄、评价指标不适等问题也将其推至风口浪尖。

根据新《种子法》规定，品种审定制度做了重大改变，审定农作物的种类由原有国家和省级审定的28种主要农作物减少为5种，还拓宽了试验渠道，提高了审定效率，从根本上解决了审定难的问题。同时建立非主要农作物品种登记制度，2017年5月1日《非主要农作物品种登记办法》正式实施，这是顺应种业市场发展的必然选择，也是种业变革历史长河中的闪亮一笔。

2018年，农业部种子局在挂牌后的第八个年头，正式变身为农业农村部种业管理司，将畜禽种业发展一并纳入管理范围，种业管理大格局正在形成。

传承
种业精神薪火相传

这是一场接力跑，我们要一棒接着一棒跑下去，每一代人都要为下一代人跑出一个好成绩。

时间拉回到1972年，还是村里生产队长的李登海刚刚得知，美国的春玉米亩产达到了1 250公斤，而当时山东莱州玉米亩产仅两三百斤。巨大的差距让他立志投身玉米育种。40多年间，他选育的紧凑型高产玉米品种累计推广面积达13多亿亩，增加社会经济效益1 300多亿元。

这是一组让人肃然起敬的名字：袁隆平、李登海、李振声、程顺和、郭三堆……从风华正茂的年轻人到耄耋老人，他们几十年来滴落在土地上的汗水，浇灌出杂交稻、抗虫棉、优质小麦等民族种业“奇迹”，不仅解决了国人温饱，更让一颗颗“金种子”走出国门。

2014年，袁隆平、李振声、程相文、程顺和、李登海、张海银等被评选为“中国种业十大功勋人物”。2018年，赵振东、盖钧镒、朱英国、赵久然、程式华、许勇等被评选为“中国种业十大杰出人物”。他们代表的，正是“执着梦想、合作创新、奉献种业、强国富民”的中国种业精神。

传承，是年仅30岁的隆平高科一线育种人员犹召对事业的理解。2018年4月，在南繁基地田埂边，犹召与袁隆平等一起受到习近平总书记接见。一个是年过80的种业泰斗，一个是“80后”的科研晚辈。因为仰慕袁隆平几十年如一日对事业的坚持，犹召大学毕业后离开家乡，慕名而来加入隆平高科，而为了跟随袁隆平朝着更高的目标前进，犹召每年有8个月坚守在南繁基地，一干就是8年。

春风化雨，桃李芬芳。一代又一代的种业人不仅在大地上耕耘着，更为国之种业埋下了一颗颗“良种”，越来越多“80后”“90后”的新种业人正在做出自己的选择，选择与民族种业共同成长。

未来

中国种子“拥抱”世界

就在2018年，国家发展和改革委员会、商务部联合发布《外商投资准入特别管理措施（负面清单）（2018年版）》，大幅放宽外商投资中国种业的门槛。中国这个千亿级的大市场，再次向全世界敞开大门。

而放眼全球，新一轮种业科技革命正迎面而来，跨国种企强强联合，领先优势被放大，企业竞争加剧。融入世界种业新格局，对成长中的民族种业，无疑是一次挑战，也是一次机遇。育种技术、行业资源、市场份额……行业分配格局面临新一轮重构，百舸争流，怎样才能抓住机遇？

答案只有一个：唯改革者进，唯创新者强，唯改革创新者胜。改革虽有阵痛，痛过才有蜕变。

我们呼唤“育繁推”一体化的民族种企“航母”。从计划经济到市场经济，中国种业产业化筚路蓝缕，取得了一项项亮眼的成绩，但与发达国家相比，无论市场发育程度还是企业实力，还有巨大的差距。要继续推进种业市场化改革，坚持企业的创新主体地位，形成布局合理、大中小各具特色的种业企业格局。支持一批优势企业做大做强、做专做精，培育中国的大型种企，在世界种业格局中占据一席之地。

我们呼唤中国育种创新成果世界“领跑”。种业是农业科技的制高点，是农业科技创新最活跃的领域，在相当大的程度上反映了一个国家农业现代化水平，要在新一轮种业科技革命中赢得战略主动，就要取得一批突破性科研成果专利。要进一步推进良种重大联合攻关，深化科企合作，形成全产业链一体化的种业创新模式，加快培育具有自主知识产权的高产稳产、绿色生态、优质专用、适宜全程机械化的新品种。

我们呼唤更有效更有活力的现代种业治理体系。纵观我国种业发展史，不难看出，法制保障和政策支持是种业发展的“定海神针”，从《种子法》出台到国务院系列文件实施，为政府如何扶、市场如何调、秩序如何建奠定了基石。要进一步健全种业知识产权保护体系，确保研发创新主体的积极性，为育种创新营造良好的环境。要完善种子质量标准体系、追溯管理体系、推动红黑名单制度落实，构建种业高质量发展保障体系。

历史是未来的钥匙，答案就在我们脚下。向着未来出发，以梦为马、逐梦前行，继续在深化改革中谋发展，在自主创新上求突破，民族种业定能跨越历史征途，在奋力奔跑和接续奋斗中成就梦想，在全球种业版图上勾画出“种业强国”的绚丽图景。

乡村振兴这两年

刊播《农村工作通讯》（12月）

作者 雷刘功 王雪梅 姜玉桂 李锦华 牛震 许雪亚 李春艳 许雅 王琦琪

当浙江安吉县鲁家村村委会主任裘丽琴站在联合国的领奖台上，当浙江“千村示范、万村整治”工程获得联合国“地球卫士奖”中的“激励与行动奖”时，中国的农村发展受到世界瞩目。

裘丽琴深情地说：“习近平主席亲自推动的‘千村示范、万村整治’工程，使我们村庄变成一张靓丽的明信片。”从一个脏乱差的落后村到天蓝地净水清、拥有18个家庭农场、村集体资产2亿元的景区村，鲁家村实现了发展的“三级跳”，也成为中国农村人居环境改善、发展方式转变的缩影。

“我们在乡村追梦。”裘丽琴道出亿万农民对乡村振兴的热切期盼。没有农村小康，就没有全面小康。

“实施乡村振兴战略，是党的十九大作出的重大决策部署，是决胜全面建成小康社会、全面建设社会主义现代化国家的重大历史任务，是新时代做好‘三农’工作的总抓手”“农业强不强、农村美不美、农民富不富，决定着全面小康社会的成色和社会主义现代化的质量”……

党的十九大提出实施乡村振兴战略以来，以习近平同志为核心的党中央情系“三农”，念兹在兹，语重心长的话语在农村广袤大地凝聚了共识，迸发出新的活力，化作有力的行动，乡村振兴的宏伟蓝图正徐徐展开……

顶层设计，规划先行。着眼农业农村现代化的总目标，坚持农业农村优先发展的总方针，落实20个字的总要求，乡村振兴战略规划出台，制定了路线图、时间表，乡村振兴的四梁八柱逐步建立。

真抓实干，科学推进。各地相关举措密集出台，明确了任务书、作战图。五级书记抓振兴，各地干部群众满怀信心，拼搏进取，只争朝夕。

农业农村发展亮点频现：从增产到提质，农业转型升级提速；从脱贫到振兴，产业脱贫的内生动力越来越强；增添新动能，农村一、二、三产业加速融合；向改革要红利，农村改革稳步推进；由点到面全面推开，农村人居环境整治打响了乡村振兴的一场硬仗。

两年来，随着乡村振兴战略有力实施，广大农村在产业兴旺、生态宜居、乡风文明、治理有效、生活富裕等方面展开生动的实践，振兴之变由表及里、日新月异。

一张蓝图干到底。正如中央农村工作领导小组办公室主任、农业农村部部长韩长赋说，重农强农的号角已经吹响，我们要坚决贯彻落实党中央确定的“三农”工作大政方针，撸起袖子加油干，千方百计把“三农”领域的事情办实办好，坚决守住“三农”战略后院。

从产业扶贫到产业振兴：脱贫攻坚内生动力持续增强

“我一定会用自己勤劳的双手把日子过得红红火火。”

说这话的是内蒙古自治区赤峰市喀喇沁旗河南街道马鞍山村村民张国利。近年来，马鞍山村坚持生态立村、产业富村、旅游强村，运用“菜单式”扶贫和联农带贫模式，实现了产业扶贫全覆盖。如今，张国利老两口儿光是种植山葡萄每年的收入就将近3万元。2019年7月，正在内蒙古自治区考察的习近平总书记来到张国利家中，同基层干部群众代表座谈交流时指出，产业是发展的根基，产业兴旺，乡亲们的收入才能稳定增长。

打好脱贫攻坚战是实施乡村振兴战略的优先任务。伴随着党的十九大提出实施乡村振兴战略，如何做好新时期产业扶贫与产业振兴的衔接尤为重要。近年来，农业农村部牵头会同有关部门，统筹做好产业扶贫、定点扶贫、片区扶贫和深度贫困地区扶贫等工作，结合实际认真贯彻落实乡村振兴规划，不但全面提升了产业扶贫质量，为巩固脱贫攻坚成果提供有力支撑，而且让产业扶贫这个脱贫攻坚和乡村振兴最直接的“衔接点”更有效。

“我们的韭黄卖到上海、浙江，那是‘无敌手’！”贵州省安顺市普定县水母河流域万亩韭黄地里，忙碌的村民自豪地说。这里的韭黄，1年收割3次，亩产2 500公斤、产值约2万元，已带动当地贫困户1 281户5 775人。

普定县韭黄种植历史悠久，在几年前却没有卖出好价钱。为此，当地农业农村部门立足资源禀赋和市场需求，深入调查研究，突出比较优势，力求在规模化上取得突破，带动农户就地脱贫。在认真分析研判的基础上，贵州省提出以茶、食用菌、蔬菜、辣椒等12个特色产业为主攻方向，贵州省农业农村厅成立产业领导小组，抓具体、抓深入，有序推进12大特色产业发展。由此，普定韭黄成为受益者之一，不但走出了深山，而且卖出了好价钱。

“事必有法，然后可成。”为了贯彻落实中央打赢脱贫攻坚战决定和三年行动决策部署，农业农村部会同国务院扶贫开发领导小组办公室、国家发展和改革委员会、财政部等部门印发《关于实施产业扶贫三年攻坚行动的意见》，明确产业扶贫工作路径和重点任务，落实到村到户精准帮扶举措。

截至2019年8月，农业农村部先后指导22个省份和832个贫困县编制产业扶贫规划，推动各地科学确定产业、精准设计项目，实现产业对人、人对产业；支持贫困地区加快发展带动作用明显的特色优势产业，全国92%的贫困户参与到产业发展之中。

“这里是茶园，也是公园；是产业，也是风景。”湖北省恩施土家族苗族自治州宣恩县万寨乡伍家台村静卧在山谷之中，层层叠叠、连绵起伏的茶山浸漫在云雾缭绕之中。对于该村123户易地扶贫搬迁户来说，“幸福就在眼前”。因为搬进了宣恩首个4A级旅游区，贫困户既享受到完善的基础设施配套，又通过就业创业实现增收。

“恩施土家族苗族自治州不脱贫，定点帮扶不脱钩。”在农业农村部多年来的定点帮扶下，恩施土家族苗族自治州立足山区特色资源优势，打造恩施硒茶新引擎，组装“脱贫致富新快车”。2018年，全州80多万茶农人均茶叶收入4 600元，占茶农年人均可支配收入的44%。恩施硒茶品牌助力扶贫同时入选2018年“产业扶贫机制创新典型”，成为与广西壮族自治区编制县级“5+2”、村级“3+1”规划，河北省“政银企户保”金融扶贫齐名的十大典型之一。

据了解，农业农村部在指导各地编制产业扶贫规划中，着力推动产业扶贫与乡村产业振兴进行更有效的衔接。发展目标上，引导各地由注重产业覆盖向注重产业长效发展转变。工作布局上，继续加大对贫困村和贫困户的产业扶持力度，同时兼顾非贫困村和非贫困户的产业发展需求。支持环节上，加大对产后加工、主体培育、产品营销、科技服务的支持力度，推动一、二、三产业融合发展。成效考核上，重点考核产业发展基础性工作和带贫增收能力，引导各地持续推进扶贫产业提质增效、提档升级。

832个贫困县累计实施扶贫产业项目98万多个，建成扶贫产业基地近10万个……实施乡村振兴战略以来，很多贫困乡村的扶贫产业发展实现了从无到有的历史性跨越，涌现出了洛川苹果、赣南脐橙、定西马铃薯等一大批带贫益贫的特色主导产业，进一步发挥了典型引路作用。

“滴水穿石，须久久为功。”2019年中央一号文件强调特色产业扶贫，注意发展长效扶贫产业，着力解决产销脱节等问题。为此，农业农村部制定了《贫困地区农产品产销对接实施方案》，聚焦集中连片贫困地区尤其是深度贫困地区，建设标准化生产基地和仓储冷链设施，培育新型农业经营主体，强化品牌建设。同时，农业农村部以提升农产品流通质量效率为重点，深入开展“三区三州”等深度贫困地区特色优质农产品产销对接活动，让贫困地区的优质农产品不仅产得出、产得好，还能卖得出去、卖上好价钱。

就在1年前，以“产品出村助力脱贫”为主题的全国贫困地区农产品产销对接行动在京启动。首场对接活动共有来自集中连片贫困地区453个贫困县的1 800多名供货商参加，1 370多名采购商进行了现场订货，现场签约超过54亿元，总采购额达到127亿元。接下来，在新疆维吾尔自治区喀什地区、甘肃临夏等地举办以“三区三州”为重点的产销对接活动，在吉林、广西壮族自治区、海南、湖南等地举办多场针对大兴安岭南麓地区、武陵山区等集中连片贫困地区的产销对接活动，以河北28个定点扶贫县为重点，办好第四届京津冀品牌农产品产销对接活动。

贫困地区要发展产业，龙头带动不可缺少。农业农村部通过支持贫困地区积极培育龙头企业、农民合作社、种养大户、家庭农场等带贫新型经营主体，对贫困地区农民合作社示范社创建、高素质农民培育和产业化发展重点支持，引导贫困地区总结推广产业带贫减贫机制，探索完善“企业+合作社+贫困户”“企业+基地+贫困户”“园区+合作社+贫困户”等带贫模式，强化新型经营主体龙头带动和全产业链服务功能，切实提高产业发展精准脱贫质量。截至2019年8月，全国有新型经营主体带动的贫困户已超过2/3，832个贫困县已发展市级以上龙头企业1.4万家，12.6万个贫困村已发展农民合作社26万个，直接带动建档立卡贫困户237万户。

脱贫攻坚，产业扶贫是关键；乡村振兴，产业兴旺是重点。从这2年各地实践看，产业扶贫已经成为脱贫攻坚“五个一批”中涉及面最广、带动人口最多的关键举措，为脱贫攻坚取得决定性进展和2020年如期打赢脱贫攻坚战提供了有力支撑。在各方共同努力下，形成了产业发展支撑脱贫增收的良好态势。在产业扶贫的有力推动下，贫困地区农民可支配收入保持较快增长，近3年增速始终在10%以上，实际增速一直比全国农村快1.6～1.8个百分点。

从增产到提质：我国农业迈向高质量发展“快车道”

大雪刚过，河南滑县白马坡、卫南坡约3.3万公顷高标准粮田示范区满眼新绿，小麦嫩芽一望无际，坦荡如砥。

这几年，滑县农业正悄然发生着新变化：过去春怕旱、秋怕涝，现在渠相连、水畅通，良种良法配套，新农具、新服务助阵，赶市场，看需求，调结构，“靠天收”变成了“吨粮田”。

党的十九大报告指出我国经济已由高速增长阶段转向高质量发展阶段。推动农业农村高质量发展，是我国经济高质量发展根本要求在“三农”工作中的贯彻落实。2017年年底召开的中央农村工作会议提出“走质量兴农之路”“加快推进农业由增产导向转向提质导向”等要求；随后召开的全国农业工作会议提出了“唱响质量兴农、绿色兴农、品牌强农主旋律”的重要工作思路，并将2018年确定为“农业质量年”。提质导向在农业发展的作用被前所未有地凸显出来，中国农业开启了一场从思想观念到发展方式再到发展动能的全方位、深层次、革命性的变革，不断迈向高质量发展的新时代。

实施乡村振兴战略以来，农业供给侧结构性改革取得明显成效。从老品种到新特色，从传统农业到智慧农业，从单一产业到全产业链发展，新产业、新技术、新业态层出不穷，中国农业在转型升级中迸发出蓬勃活力。

“红薯汤，红薯馍，离了红薯不能活”。在饥荒年代果腹救命的红薯，如今成了河南清丰县推进供给侧结构性改革的“先锋”。全县红薯种植面积达6万亩，而以华薯农业等为代表的企业，用农业科技将产业做大，将调结构增收益落到田间地头。仅2018年，华薯就带动当地农民种植红薯5万亩，每斤收购价高于市场0.1元，亩净利润超1 500元，企业得效益，农民增收益。

放眼神州大地，还有成千上万个农业企业、合作社在农业供给侧结构性改革浪潮中站稳了脚跟，正是他们的成功转型，筑牢了中国农业高质量发展的基础。从中央到地方、从政府到市场主体，从农业生产者到消费者，都在积极践行高质量发展理念。同时，农业综合生产能力不断巩固提高，粮食生产连获丰收，2019年粮食产量达到13 277亿斤，连续5年稳定在13 000亿斤以上，国家粮食安全保障有力。棉花、油料产量分别达到610万吨、3 439万吨。农业结构持续优化，粮改饲面积增加3 400多万亩，大豆种植面积增加2 300多万亩，农产品加工业与农业总产值比达到2.3∶1。农林牧渔产值占比分别为54.1%、4.8%、25.3%、10.7%。大宗农产品产业集中度不断提高，农村新产业新业态蓬勃发展。

一方面，着眼于农业结构更好更优；另一方面，以现代科技驱动农业，中国农业正从“靠天吃饭”的经验模式进入“知天而作”的信息时代。

初冬时节，位于四川广汉的垦丰果蔬种植专业合作社，成片青绿色的叶菜长势喜人，焕发着勃勃生机。合作社理事长黄达安正坐在办公室里，拿着手机查看着作物的生长状况，并遥控给蔬菜浇水。

“自从用上新技术，通过手机就能对作物的光照、温度、湿度进行管理，精准控制浇水、施肥的量。现代科技，让一切都在精准的大数据掌握之下。以前园区至少需要50个人管理，现在不超过10个人，1年节省人工和肥料约40万元。2018年，合作社获得蔬菜配送订单2 000余吨，销售金额逾2 000万元，利润比2017年增长8%。”黄达安说。

实施乡村振兴战略以来，我国现代农业产业园建设扎实推进，“两区”划定和建设加快推进。2017年以来，农业农村部会同财政部认真落实中央部署要求，连续3年组织开展国家现代农业产业园创建工作，各省省级财政专项投入近200亿元，创建省级产业园1 821个、市县级产业园3 804个，中央、省、市县梯次推进的工作格局基本建立。目前，全国“两区”划定工作基本完成。

以“两区”为重点，大规模推进高标准农田建设，优先在“两区”建设一批“一季千斤、两季吨粮”的旱涝保收高标准农田，夯实“两区”产能基础。研究建立以绿色生态为导向的“两区”农业补贴制度，探索对“两区”实行差异化补贴，调动地方政府抓粮和农民种粮的积极性，做到结构调整和粮食生产“两手抓”“两手硬”。

田间耕作的巨变得益于农业科技的深刻变革和支撑。2018年，农业农村部下发《乡村振兴科技支撑行动实施方案》，部署各地发展农业科技具体任务。截至2018年年底，启动建设南京、太谷、成都、广州4个农业科技创新中心，国务院印发加快推进农业机械化和农机装备产业转型升级的文件，新创建152个主要农作物生产全程机械化示范县。不仅如此，卫星遥感、航空遥感、地面物联网技术的天空地一体化农情信息获取方式以及人工智能、5G等技术应用使农业大大提高了生产效率，引领乡村转型升级。

“挖土不用锹，割麦不弯腰”，中国农民曾经的梦想已经成为现实。目前，农业科技、装备、人才等现代生产要素已成为农业发展的主要驱动力，现代农业建设实现了由量变积累到质变提升的转变。科技进步贡献率达到了58.3%，主要农作物良种基本实现全覆盖，自主选育品种占比达95%，耕种收综合机械化水平超过69%，小麦基本实现全程机械化，玉米、水稻机械化水平超过80%，新型职业农民超过1 500万人。

2019年2月，农业农村部会同国家发展和改革委员会、科学技术部、财政部等6部门，编制印发《国家质量兴农战略规划(2018—2020年)》，明确质量兴农的总体思路、目标任务、推进路径，为各地实施质量兴农战略提供遵循。全方位、多角度开展规划宣贯，制定规划任务分工方案，建立健全质量兴农评价体系、政策体系、工作体系、考核体系，强化政策支持、检查督导和组织领导，确保规划目标任务落实到位。以质量兴农战略规划为引领，深入推进农业绿色化、优质化、特色化、品牌化，调整优化农业生产力布局，推动农业由增产导向转向提质导向。

2019年中央一号文件提出，以“粮头食尾”“农头工尾”为抓手，支持主产区依托县域形成农产品加工产业集群，尽可能把产业链留在县域，改变农村卖原料、城市搞加工的格局。

前几年，黑龙江北安市二井镇种粮大户李群利收获的玉米，都要卖到100多公里外的绥化市一加工企业，因为县域内没有啥加工企业。如今，只需不到5公里的路程，粮食就可以卖给北安象屿金谷生化科技有限公司。

以北安象屿金谷生化科技有限公司为龙头，北安市正全力打造玉米全产业链。2018年10月开工建设的30万吨燃料乙醇项目，年可加工转化玉米92.4万吨，成为带动当地百姓增收的“香饽饽”。

把农业产业链留在县域内，提升深加工能力，不仅拉动了地方经济的发展，而且还能带动农民增收。截至2018年年底，休闲农业和乡村旅游营业收入超过8 000亿元，启动创建国家现代农业产业园62个、农业产业强镇254个，认定第二批特色农产品优势区86个。

产业结构更优、产品质量更高、产业效益更好、农民收入更多……一个丰富的、迸发活力的发展模式正在重塑中国农业的品格。

从脏乱差到洁美靓：农村人居环境整治由点到面全面推开

2018年1月，中共中央办公厅、国务院办公厅印发《农村人居环境整治三年行动方案》，实施乡村振兴战略的一场硬仗在中华大地全面打响。

农村“厕所革命”、村庄清洁行动、生活垃圾和污水治理……农村人居环境整治正在大江南北由点到面全面推开，数以万计的村落正在发生翻天覆地的变化。

截至2019年12月，全国90%以上村庄开展清洁行动，生活垃圾收运处置体系覆盖84%以上的行政村，近30%的农户生活污水得到处理……

作为乡村振兴的重点任务，农村人居环境整治行动迅速，扎实推进，打得漂亮，而运筹早在多年之前就已萌发。

时光回转。2003年，一项名为“千村示范、万村整治”的工程，在浙江启幕。时任浙江省委书记习近平直接部署：全面整治1万个行政村，并把其中1 000个左右的中心村，建成全面小康示范村。从卫生改厕，到河沟清淤，再到村庄绿化……“千万工程”造就了万千美丽乡村，也沉淀了智慧，积累了经验。

2018年9月，浙江“千村示范、万村整治”工程获得联合国“地球卫士奖”。中央农村工作领导小组办公室号召各地深入学习浙江经验，全面推进农村人居环境整治。时至今日，这场小角落里的大革命方兴未艾，如火如荼。

——农村“厕所革命”统筹推进，有序有力。

“小康不小康，厕所算一桩”。小小厕所，连着亿万农民群众的福祉，也牵着习近平总书记的心。

自2018年启动以来，中央农村工作领导小组办公室、农业农村部会同有关部门抓好顶层设计，集中力量打硬仗，全国各地积极推进，紧抓落实克难关。2018年，全国完成农村改厕1 000多万户，农村改厕率超过一半，其中六成以上改成无害化卫生厕所。

2018年年底，中央农村工作领导小组办公室、农业农村部、卫生健康委员会等8部委联合印发《关于推进农村“厕所革命”专项行动的指导意见》，进一步明确了推进农村“厕所革命”的总体思路、任务目标和保障措施。

农村“厕所革命”整村推进奖补政策首次启动，计划5年左右时间，中央将以奖补方式支持和引导各地推动有条件的农村普及卫生厕所，2019年中央财政已安排70亿元。

“以前儿媳妇回来都不愿意在家住一宿，原因就是上厕所不方便。现在可好了，厕所不仅进了屋，还没味。孩子们回来能在家多住几天了！”河北井陉矿区白彪村村民程墨荣谈到改厕的好处，乐得合不拢嘴。

厕所一改，不仅改善了民众生活，也改强了产业。猕猴桃是湖南永顺县场坪村的扶贫产业。在农村人居环境整治行动中，场坪村在全村推广沼气池上建厕所，不仅让村民告别了如厕的不便，也为猕猴桃产业提供大量肥料，节本又增效。“沼渣沼液一点没浪费，全部抽到我家猕猴桃园里去了。”场坪村村民向廷禄对自家的改厕工程，满心欢喜。

“推进农村改厕，决不能造盆景，搞形象工程、政绩工程，更不能集中所有资源只打造几个示范村，要在试点示范基础上，分阶段、有步骤滚动推进，以点带面，推动农村改厕在全国实现整体提升。”韩长赋强调。

据统计，2019年上半年，全国新开工改造农村户厕1 000多万户。

——村庄清洁持续行动，打响农村人居环境整治由点到面的开幕之战。

“一把扫帚扫到底”。按照《农村人居环境整治三年行动方案》的要求，到2020年，我国要实现村庄环境基本干净整洁有序。针对农村环境卫生“脏乱差”等突出问题，2018年年底，中央农村工作领导小组办公室、农业农村部等18个部门联合印发《农村人居环境整治村庄清洁行动方案》，发动群众自觉行动进行“三清一改”（清理农村生活垃圾、清理村内塘沟、清理畜禽养殖粪污等农业生产废弃物、改变影响农村人居环境的不良习惯），整治提升村容村貌。

2019年，农业农村部又先后开展了村庄清洁行动“春节战役”“春季战役”“夏季战役”和“秋冬战役”。

吉林省部署开展村庄清洁行动时，已是寒冬腊月。−30℃的低温，没有阻挡群众打扫家园的热情。截至2019年11月初，吉林省9 323个行政村中，已有98.7%的村庄全面开展了村庄清洁行动。

“一道篱笆绕村中，小径长扫净无尘”。走进广东茂名市长坡镇潭坑村，竹篱笆顺着村道，围起一个个菜园子、养鸡场。谁曾想，过去村里柴草乱垛、粪土乱堆、垃圾垒成小山坡。

说起村里的村庄清洁行动，湖南永顺县场坪村的村民孔凡菊笑不离口。“原来村里鸡屎、猪屎多，走路脚都下不去咧！现在村子里环境卫生了，房子也漂亮了，我愿意跳个舞、唱个歌，美哟！”

据不完全统计，村庄清洁行动中，累计清理农村生活垃圾4 200多万吨，清理村沟村塘淤泥近3 500万吨，清理村内残垣断壁410多万处……

——生活污水治理直面问题，补齐农村人居环境整治突出短板。

八百里巢湖，烟波浩渺，水鸟翔集。

巢湖是中国五大淡水湖之一，安徽巢湖市也因其得名。2019年1月，全国农村生活污水治理工作推进现场会就在这里召开。

2019年7月，中央农村工作领导小组办公室、农业农村部、生态环境部等九部门联合印发《关于推进农村生活污水治理的指导意见》，明确农村生活污水治理的基本思路和重点任务。

在巢湖市汪桥集村，清净的溪水穿村而过。明渠将雨水导入池塘，污水则走地下管道，经过三格式处理池后，进入污水主管网，再汇入污水处理站集中净化，水质达标后，用于农田灌溉。自巢湖市获评“全国农村污水治理示范县（市）”以来，村里的微动力污水处理站不时会迎来同行前来参观学习。

“农村生活污水治理是当前农村人居环境整治的突出短板。参观学习者多，不仅说明受这一难题困扰的人多，也说明各地直面问题，想要真刀真枪解决问题的多。”农业农村部农村人居环境整治办公室一名工作人员告诉记者。

地处山区的湖南永顺县那必村，地无三尺平，资金也不充裕，但处理生活污水也有自己的一套。村里和县环保局共同投资，在相对平坦处建设全村生活污水处理系统。污水处理系统将居民每日产生的生活污水通过管道集中到三格化粪池中，经过厌氧发酵后流入种满芦苇等根系发达植物的生态湿地，作进一步的过滤处理。

2019年上半年，新开工建设农村生活污水处理设施达9万多座。

——生活垃圾治理发挥市场作用，就近就地就农利用。

在山东东平县单楼村，整洁的街道两边有花有草，每隔一段距离，路旁就有一个蓝色的垃圾桶。在东平县，像单楼村这样的村庄随处可见。这得益于该县对城乡环卫一体化的管理，通过向企业借力，发挥市场机制作用，实现保洁人员职业化、垃圾清运系统化、资金筹措多元化。

截至2019年12月，全国行政村生活垃圾收运处置体系覆盖率比2013年提高40余个百分点。

尽管近年来各级政府采取了一系列有力有效措施，但从现实情况看，要构建起现代化农村生活垃圾治理体系，任务依然艰巨。

2019年10月，中央农村工作领导小组办公室、农业农村部、住房和城乡建设部在河南兰考县召开全国农村生活垃圾治理工作推进现场会。会议强调，要加快完善农村生活垃圾收运处置体系，抓好农村生活垃圾分类试点工作，建立健全治理长效机制。

“瓶瓶罐罐可以卖钱，瓜果蔬皮可以还田，建筑垃圾可以修路……”江苏南通市元祥村自从推行垃圾分类以来，村里垃圾堆积如山、臭气熏天的现象不见了踪影，村民的好习惯也在逐步养成。

日月如梭，农村人居环境整治三年行动已进入倒计时，尽管线多面广，但只要于微处用匠心，一定能镌刻出美丽宜居乡村的时代画卷。

从潜心试路到阔步前行：改革激发新活力

站在自家麦地里，望着满眼的新绿，72岁的李忠禄不觉得6点的寒意逼人。昨晚看了《新闻联播》关于“长久不变”的消息，种了一辈子地的老汉彻底“把心放肚子里了”。

2019年11月26日，《中共中央、国务院关于保持土地承包关系稳定并长久不变的意见》正式公布，这个既管当前又管长远政策的出台，给亿万农民吃下了“定心丸”，不仅为乡村振兴提供了有力的制度保障，也为深化农村改革奠定了更为坚实的基础。

党的十九大以来，我国围绕农村土地制度，作出了一系列改革部署，取得了辉煌成果：全国农村承包地确权登记颁证于2018年基本完成、农村土地“三权”分置格局初步形成、农村土地要素资源有效激活……改革的推进，为实施乡村振兴集聚了强大动能。

2年前的这个时节，记者在河南潢川县，见到了金塔红种植养殖专业合作社的理事长张新生，彼时河南省刚向中央递交了完成承包地确权的报告。当时的张新生，正因农户不敢流转土地、流转期限短而不敢加大投入，而现在，他期望经营规模达到4 000亩的心愿不仅早已达成，2019年还获得了2019年度“全国十佳农民”的称号。

“地定心方安”。承包地有了“身份证”，土地经营权的放活得以顺利开展。截至2018年年底，全国有7 235.2万户农户流转了承包地，家庭承包经营耕地流转面积达5.39亿亩，大大推动了农业适度规模经营、现代农业发展。同样的，土地经营权放活的另一重要形式——承包地经营权抵押贷款也取得了可喜成果。截至2018年9月底，全国人大授权的232个试点县土地经营权抵押贷款达964亿元，切实缓解了农业生产发展面临的贷款难贷款贵问题。

谈起这几年的融资经历，江苏省金湖林云稻麦种植家庭农场的负责人张太林感触很深：“过去的融资方式主要是担保，然而担保金额小，而且担保人难找，直到有了土地经营权抵押贷款，我们才有了一条宽松的融资渠道。如今，农场逐渐发展起来，承包农田的规模也由原来的300亩扩大到现在的3 000亩。”

随着农村土地改革的深化，我国农业经营体制机制也在不断创新，近年来，中央大力加强对各类新型农业经营主体的培育扶持，各地不断创设政策环境，强化服务引导，以家庭农场、农民合作社等为代表的农业经营主体，规模日益壮大、数量快速增长、实力逐渐增强。目前，依法登记的农民合作社达220.7万家，到2018年年底，进入农业农村部门家庭农场名录的有60万家，县级以上农业产业化龙头企业达8.7万家，各类农业产业化组织辐射带动1.27亿农户，户年均增收超过3 000元。

回顾乡村振兴战略实施的这两年，我国不仅在农村土地“三权”分置、农业经营体制机制创新领域收获了丰硕成果，农村宅基地制度改革也取得了突破性进展，成为乡村振兴的另一大支点。

20多年前，付丽霞刚嫁到河南长垣县的云寨村时，街上到处都是泥，基本家家都是破烂屋，她家里三间屋三间漏。如今，楼房林立、道路开阔、花木扶疏……云寨村的三街十二巷，步步入画，处处成景。

改变，源于农村宅基地改革。2015年，在国务院批准的33个开展农村“三块地”改革试点中，长垣县是河南省的唯一试点。近几年一直朝着“花香云寨”目标奋进的云寨村，抓住全县宅基地制度改革试点的机遇，尝试实行宅基地有偿使用，将阻碍村庄改造发展的废弃宅院予以盘活。

经过集中整治，云寨村在退出的宅基地上，兴建了污水处理厂、旅游公厕、党建广场等公共设施。同时，对交过使用费的空闲宅基地，实施“三权”分置改革，村里牵线承包给有意发展农家乐的人，让闲置宅基地活了起来。

不同于长垣县的有偿使用模式，同样是首批改革试点县的浙江义乌坑口村，则依托“多规合一”的更新改造，引导每位村民自愿拿出3平方米宅基地，由村集体统筹发展民宿等项目，增加集体经济收入。如今，义乌有76个像坑口这样的村，通过宅基地制度改革，村集体经济有了源头活水，摘掉“经济薄弱村”帽子的同时，把更多资金投入到农村基础设施配套建设和提升，广大村民成了最终受益者。

根据中央明确的时间表，包含宅基地制度改革在内的农村“三块地”改革试点将于2019年年底结束。33个试点县在过去的4年里，立足实际，因地制宜，探索出了一些颇具特色的模式路径，如宁夏回族自治区平罗县的“土地收储+以地养老”，江西余江的“货币补偿+住房优惠”等，为我国宅基地制度改革积累了丰富经验，为相关政策理论的创新完善提供了重要依据。

如何保障农村集体所有制有效实现，如何创新农村集体经济运行机制，如何保护农民集体资产权益，是新时期党中央一直致力研究和思考的重大课题。党的十九大以来，这项事关农村集体经济发展、事关亿万农民切身利益的改革正在加速推进。

时至隆冬，云南富民县的气温却不冷不热刚刚好。出了城，沿着盘山公路一直往上，就是罗免镇麻地村。麻地村是一个典型的民族村，平均海拔在2 100米以上，苗族和彝族村民占全村人口的80%，当地上了年纪的人都管村子叫“冷麻地”，意喻着寒冷、贫穷。

村党支部书记李自顺，这一年都在忙着一件大事：争取在2019年10月底前完成集体产权制度改革。对于这项工作，李自顺和村干部们一开始并不太理解。然而，随着改革的深入，李自顺成了改革的拥护者。他说，过去，村里有啥资产、有多少钱、收支是啥情况，没人能说得清。改革后，村里资产的底数清了、权属明了，尤其是股份经济(合作)联合社成立后，村集体有了“身份证”，能像其他经济实体一样开展经营活动，大伙发展的劲头足了。

麻地村只是全国农村集体产权制度改革的一个缩影。2015年至今，改革试点已经开展了4批，覆盖全国80%左右的县。从清产核资、成员认定、股权量化到集体资产股权抵押贷款，这场涉及2亿多农户、8亿多农民的改革，正在扩面提速、稳妥推进。

然而，改革只是手段，不是目的。如何将村集体经济发展的蛋糕做大，是推进农村集体产权制度改革的初衷。

尽管天气已经变冷，河南济源的花石村依然到处可见游客的身影。廊桥、民俗街、商水湖、桃花源、商山寺等，都是游客们赏玩拍照的好地方。“这些设施建设的一部分资金就来自村里集体资产股权抵押贷款。”村支书周全喜说。

2015年花石村启动农村集体产权制度改革，投资兴建了南山森林公园滑雪场、水上乐园、梅园等游乐设施，实行集体控股、集体领办，成为村里新的经济增长点。2019年，村里尝试将村集体资产股权抵押给了济源农商银行，成功拿到了一次性贷款90万元，用于基础设施项目投入，为村集体经济的持续发展注入了金融活水。

目前，距离中央要求的2021年基本完成改革的时间已经过半，许多如花石村这样已完成改革的地方，正致力于运用改革成果、盘活农村集体资产，涌现出诸如资源开发、物业租赁、产业带动等多种发展模式，新时期农村集体经济发展的新局面正在开创，乡村振兴的基础在不断夯实。

从“自治法治德治”到“共建共治共享”：引领乡村社会活力有序

近日，农业农村部公布了“全国乡村治理示范村镇“候选名单，记者的微信朋友圈瞬间刷了屏：“乡村治理看‘浙’里”“村里景观设计有我的功劳”“咱书记干得好，各项工作都让人服气”……字里行间充满了对家乡变化的欣喜和自豪。

党的十九大将“治理有效”作为实施乡村振兴战略的总要求之一，强调“健全自治、法治、德治相结合的乡村治理体系”。党的十九届四中全会提出，“推进国家治理体系和治理能力现代化”“坚持和完善共建共治共享的社会治理制度”，明确了新形势下乡村治理的重点要求和任务，也是新时代实现乡村振兴战略的重要抓手。

从“自治法治德治”到“共建共治共享”，乡村治理新格局正在形成。

在中央的统一部署下，各地结合村情村况，积极探索，涌现出许多可学可鉴的优秀典型。为推广这些好做法好经验，更好地发挥典型的示范引领作用，2019年，农业农村部发布了首批全国乡村治理典型案例，推介了“加强基层党建，完善治理体制”“发挥‘三治’作用，健全治理体系”“创新治理方式，提升治理能力”“聚焦突出问题，实现治理有效”等四类治理模式20个典型案例。

求木之长者，必固其根本。加强农村基层党建，是推动乡村振兴的固本之举。要确保乡村社会充满活力、安定有序，就要打造千千万万个坚强的农村基层党组织，培养千千万万名优秀的农村基层党组织书记，建立健全现代乡村社会治理体制。

2019年6月，中共中央办公厅、国务院办公厅印发的《关于加强和改进乡村治理的指导意见》指出，要完善村党组织领导乡村治理的体制机制。新修订的《中国共产党农村基层组织工作条例》专门增写“乡村治理”一章，提出了新的要求。在当前乡村社会利益格局多元化的形势下，如何发挥基层党组织在乡村治理中的引领主体作用，基层实践给出了满意答卷。

“拆除后的石头都有明确归属”，这是江西余江春涛镇滩头村村小组理事会定下的规矩，第三次启动的宅改，只花1周就完成了。余江区先后有50多位乡亲返乡担任理事长或理事，捐资垫资5 500多万元支援家乡建设；2018年，全区146名优秀理事加入党组织，225名进入村“两委”班子，壮大了基层党员干部力量。

广东佛山南海区将“组织建在网格上”、陕西汉阴县实行“三线”工作机制、福建泉州罗溪镇搞起党建“同心圆”圆桌会……各地充分发挥党员干部带头作用，有效激活乡村治理的神经末梢，使乡村发展稳定有序。

随着城乡一体化的发展，乡村治理面临新的问题，探索如何在乡村振兴战略下创新乡村治理形式，是当前乡村社会发展的重要课题。在浙江象山，由农民发起的“村民说事”已经走过了10年。

这两天，浙江象山泗洲头镇墩岙村党支书鲍英钱很高兴，他从乡贤黄伦祥那儿得知，村里通过“村民说事”商定的扩大文旅活动中心场地的决议，已报镇里审批，很快就能推进项目。“我当了20年村党支部书记，墩岙的变化从来没有像现在这么大。”鲍英钱很是感慨。

村民有事敞开说，把事亮出来；党组织牵头议，把计找出来；党员干部带头，把活干出来；结果大家评，把谱定出来——这是象山县构建“说、议、办、评”制度的完整链条。历经10年探索、总结、提炼，“村民说事”已成为象山探索乡村“三治”融合的成功经验和典型做法，累计化解各类矛盾纠纷8 600余起，矛盾纠纷平均调处率96.1%。2019年，被收录进首批20个全国乡村治理典型案例。

殡葬改革和农村宅基地管理制度改革，是农村改革中的“敏感领域”。在江西横峰县，政府发动农民而非代替农民出谋划策建设美丽家乡，树葬、拆围墙等改善环境、移风易俗的好主意都出自村民，它使得原本难以推进的工作得以顺利完成。村民的“土点子”成为“金点子”。

村民自治以德治为先、以法治为本，德治与法治如车之两轮，不可偏废。

江西全省累计培训出活跃在基层一线的农村“法律明白人”226.3万人次，化解矛盾纠纷8.47万件次，引导法律服务5.9万件次；贵州组织起草涵盖建设工程及承揽、农特产品买卖、农村电商发展等方面125种151份合同示范文本，化解坑农害农隐患；广东惠州市实现“一村一法律顾问”全覆盖，517名村法律顾问对接全市1 166个村，协助村委制定、修改和完善村规民约等，把基层民主自治导入法治轨道……

法律实施有赖于道德支持，道德践行也离不开法律约束。在广西壮族自治区，不仅97%的乡镇(街道)建立了公共法律服务工作，新时代讲习所也“遍地开花”实现全覆盖，德治法治齐头并进；浙江全省已建成1.28万家农村文化礼堂，覆盖了80%以上的农村人口，通过微党课、演讲比赛等活动形式，为村民解疑惑、正风气；河北肥乡区通过制定红白事操办标准、提供免费婚介服务、出台“移风易俗好家庭”成员免费体检等优惠政策，管理和激励并重，移风易俗取得良好效果……各地区因地制宜成立的乡贤参事会、道德评议会、新时代文明实践站等载体，唤回了乡土自信，夯实了道德底蕴，为基层治理赢得情感支持、社会认同。

浙江通过民情综合信息建设，开通网上网下便民服务平台和代办制度，处理过程网络全留痕，群众办事不出村，人民群众安全感满意率达96.4%；上海宝山区的“社区通”网络平台上，居民互动交流6 300万余人次，群众点赞1 900万余次，村民成为信息发布的主体之一；广东从化区的“仁里集”云平台将辖区7类23项日常生活业务和广东政务服务网接入线上，群众可在线查询超过800项服务事项，2019年以来落实社区议事涉及资金超过1 471万元。

推动乡村治理数字化是乡村振兴的战略方向。人工智能、物联网、大数据等先进科技赋能是现代乡村治理升级的必由之路。现代化乡村治理中以农民为主体的服务意识更强，科技支撑将有效帮助政府由被动、碎片和粗放的服务模式转变为主动、整体和精准的服务模式。

加强和改进乡村治理，最终目的是要让广大农民有更多的获得感、幸福感、安全感。农村公共服务水平是衡量农村经济社会发展的重要指标，关乎亿万农民的幸福感和获得感。优先安排农村公共服务，推进城乡基本公共服务标准统一、制度并轨，实现从形式上的普惠向实质上的公平转变，是2019年中央一号文件提出的落实“四个优先”中的一项重要内容。近年来，各地因地制宜、大胆创新、勇于实践，不断完善农村公共服务体系建设、提高农村公共服务能力和效率，探索出了各具特色的经验和模式。2019年12月9日，农业农村部等部门发布了首批18个全国农村公共服务典型案例。

这些案例涵盖农村医疗、养老、文化、社会保障、留守儿童、人居环境、基础设施等多个领域，典型引路、各有侧重，可看、可学、可用，有利于解决乡村居民后顾之忧，引导农民“自我管理、自我教育、自我服务、自我提高”，鼓励农民以更加自信的态度和积极的面貌参与乡村建设和公共事务决策。

实施乡村振兴战略以来，各地开展的多种多样的乡村善治实践，充分尊重并保障了乡村居民的根本利益，打通了村庄层面的“人心共同体”，肯定了农民的首创智慧和探索精神，具有广泛的政策向心力和群众基础，为实现乡村振兴提供了源源不断的创新活力。

我们走在希望的田野上

——新中国70年农村改革创新综述

刊播《农村经营管理》（10月）

作者 李春艳　周嵘　付姓　陈娜　徐刚

1949—2019年。

70年波澜壮阔的农村改革发展史，记录着一幕幕时代变革的精彩瞬间，镌刻着亿万农民心底最深沉的记忆。

山东农民董玉坤的家里，珍藏着一张1951年签发的土地房产所有证，上面还有当时昌南县县长王耀洲的签名印章。这张已变旧发黄的故纸，烙下了新中国成立之初那场土地革命的历史印记。

1978年的一个冬夜，安徽小岗村18位村民按下"红手印"，发起"大包干"，几年后，以"两权分离"为核心的家庭联产承包责任制度得以确立，十几亿人的温饱问题逐步得以解决。

2017年10月，习近平总书记在党的十九大报告中指出，实施乡村振兴战略。巩固和完善农村基本经营制度，深化农村土地制度改革，完善承包地"三权"分置制度。保持土地承包关系稳定并长久不变，第二轮土地承包到期后再延长30年。深化农村集体产权制度改革，保障农民财产权益，壮大集体经济。构建现代农业产业体系、生产体系、经营体系，完善农业支持保护制度，发展多种形式适度规模经营，培育新型农业经营主体，健全农业社会化服务体系，实现小农户和现代农业发展有机衔接。习近平总书记的重要论述，为新时代农村改革发展擘画了未来，指明了方向。

70年砥砺奋进，70年春华秋实。70年来，中国共产党带领亿万农民群众艰苦奋斗、同舟共济，啃下了许多硬骨头，闯过了许多激流险滩，使农村经济发展取得了举世瞩目的辉煌成就。

从“耕者有其田”到“三权”分置

土地迸发新“活力”

经过几个月的劳作，人们渴盼的丰收如期而至。广袤的豫南平原上，万亩青纱帐中挂满了沉甸甸的玉米棒穗。72岁的李忠禄站在自家地头，心里盘算着家里10亩地的收成。

自从2017年拿到土地承包经营权证后，李忠禄的心就彻底踏实了，和新中国几乎同龄的他，亲历过那段风雷激荡的岁月，对土地有着不一般的感情。

土地，是农民的命根子。一部中国发展史，也是一部土地革命史。“耕者有其田”是千百年来中国农民的夙愿，这个夙愿终于在1950年开始达成。随着《中华人民共和国土地改革法》的颁布，土地改革在全国迅即展开，打破了几千年来套在农民身上的封建枷锁，农民真正成了土地的主人，大大激发了生产积极性。

87岁的陈克斌，老家在离洞庭湖不远的湖南华容县万庾镇兔湖垸村。1950年，陈家4口人通过土地改革分到了10亩地，告别了祖祖辈辈的佃户身份。“以前只敢种产量最有保障的作物，一般是种蚕豆，品质不好，但能保收。分田到户后可以自由调配，开始种水稻、高粱、豌豆，吃得饱，也吃得好了。”

土地改革完成后，为适应新中国社会主义建设的需要，中央开始对农业进行社会主义改造，经历了互助组、初级社、高级社、人民公社后，土地由“农户私有、分散经营”逐渐转变为“人民公社统一经营、统一分配”。农业合作化运动，奠定了农村土地集体所有制的基础，也为新中国工业化建设提供了积累。然而，高度统一的集体经营，严重挫伤了农民的生产积极性，现实困境倒逼广大干部群众开始寻求改革。

党的十一届三中全会的召开，拉开了改革开放的大幕，人民公社时期的农业经营制度“冻土”开始松动。1982年，我国《宪法》明确提出“实行家庭承包经营为基础、统分结合的双层经营体制”，全新的农地制度基本形成，我国农村土地实现了所有权与承包经营权的“两权分离”，保障十几亿人民从此远离了饥饿。

进入新世纪，当温饱问题已成为历史，如何提高农业竞争力、推动现代农业发展的问题摆在了面前。然而，家庭承包土地细碎化、土地撂荒、农民不愿种地等，却是制约发展的现实桎梏。党的十八大以来，中央立足我国国情农情，高屋建瓴地作出了将土地承包经营权分为承包权和经营权，实行所有权、承包权、经营权分置并行的战略决策，并将“三权”分置写入《中华人民共和国农村土地承包法》（以下简称《农村土地承包法》），从政策和法律上予以坚强保障。

地定心方安。农村承包地确权登记颁证工作，给广大农民和新型经营主体吃上了“定心丸”。新一轮改革探索的热潮正在中国大地上形成，土地经营权的流转、抵押等权能逐渐得以实现，沉睡了千百年的土地焕发出前所未有的生机和活力。

2018年以来，河北磁县东堡障村流转土地500余亩，通过种植油葵和优质红薯，带动农户增收致富，当年实现村集体经济收入18万元。

辽宁昌图县是全国首批农村承包地经营权抵押贷款试点县之一，通过将30余万亩农村土地的经营权附之以抵押物功能，引“金融活水”下乡，惠及1 588家农民合作社、家庭农场以及19万农户。

千帆竞发，百舸争流。目前，我国“三权”分置格局初步形成。截至2018年年底，全国7 235.2万户农户共流转耕地5.39亿亩；至2018年9月末，全国232个试点地区农地抵押贷款余额520亿元，累计发放964亿元。农业规模经营水平日渐提高，农村经济发展活力倍增，现代农业加速发展。

风雨兼程70载。从“耕者有其田”到“三权”分置，新中国走出了一条有中国特色的农村土地改革之路，不仅以全世界7%的耕地养活了全世界22%的人口，还正以其独特的优势，在农业农村发展的洪流里勇逐潮头。

从“一大二公”到股权量化

集体经济奇迹飞跃

在富足的苏南大地上，年收入过亿元的富裕村比比皆是，与他们相比，年收入“仅有”2 000万元的太仓市璜泾镇雅鹿村并不显眼，但这不妨碍雅鹿村成为当地远近闻名的“明星村”。10年间，雅鹿村一手盘活集体闲置资源资产搞物业经济，一手集中土地发展现代农业，“两手都要硬”带来了集体经济“十年翻七番”、集体资产“十年百倍增长”的奇迹式飞跃。

70年来，与雅鹿村一样，在黄土高原、在中原大地、在西南大山、在长江流域……集体经济奇迹式飞跃的故事一直都在无数农村上演。习近平总书记强调，发展壮大村级集体经济是强农业、美农村、富农民的重要举措，是实现乡村振兴的必由之路。波澜壮阔的70年里，集体经济的蓬勃发展铺就了新中国的亮丽底色，记录了党和新中国为集体经济每一次飞跃作出的伟大构想。

1949年新中国成立之初，面对农民生活水平低下、农业生产能力不足的艰难局面，我们党推行农村合作化和人民公社，逐渐实行土地集体所有、集体共同劳动，孵化出集体经济这一特定历史条件下的农村经济形式，为新中国农业生产的现代化、整个国家的工业化作出了巨大贡献。

1978年改革开放后，安徽小岗村的“大包干”催生了家庭联产承包责任制，形成了家庭承包为基础、统分结合的双层经营体制。随着改革开放的深化和市场经济的兴起，乡镇企业异军突起，广袤乡村集体经济活力迸发，亮色无数。

党的十八大以来，农村集体经济发展迎来了新机遇。翻开党的十八大以来的中央文件，会发现，集体经济时时刻刻牵动着党和国家领导人的心。党的十八大、十九大、党的十八届三中全会报告、历年中央1号文件中，创新丰富集体经济有效实现形式，发展壮大农村集体经济的声音鲜明有力，发展集体经济的顶层设计高屋建瓴。2016年，中共中央、国务院发布《关于稳步推进农村集体产权制度改革的意见》，要求以推进集体经营性资产改革为重点任务，以发展股份合作等多种形式的合作与联合为导向，探索集体经济新的实现形式和运行机制。一场涉及3.6万个乡（镇）、58万个行政村、490万个村民小组以及2亿多农户、8亿多农民的重大制度创新的号角自此吹响。

从白山黑水到秀丽南国，从东部沿海到西部高原，如火如荼的农村集体产权制度改革试点范围已覆盖1 000多个县（市、区）。截至2019年7月底，已有59.2万个村完成清产核资工作，超过13万个村集体完成改革。巨大且宝贵的农村集体资源资产有了明确的经营管理主体，新型集体经济组织有了符合市场经济的现代运营机制，农村各类生产要素焕发出勃勃生机，集体经济发展迸发出强劲活力，集体收入不断增加，改革红利不断释放，集体和农民获得感满满。

从“户户种田”到多种经营形式

“地咋种”有了中国办法

仲秋时节，湖南省临澧县的艺龙家庭农场传来喜讯：不仅自家500多亩绿色生态再生稻和优质稻全面丰收，还为周边千余农户4 000多亩的优质水稻提供统一收购、加工和销售，成了当地水稻产业发展的“领头雁”。

艺龙家庭农场只是我国众多新型农业经营主体中的一个代表。70年来，我们国家农业经营方式几经变迁，从“耕者有其田”到“集体统一经营、统一分配”再到“家家包地、户户务农”，直至现在在家庭承包基础上出现的家庭农场经营、合作经营、集体经营、企业经营等多种经营形式并存，走出了一条中国特色的农业经营之路。

1949年，新中国成立后，土地改革让3亿多无地、少地的农民无偿获得了7亿亩土地和其他生产资料。长期受剥削受压迫的农民终于翻身做主人，耕种热情空前高涨。据统计，1952年，全国粮食产量为3 278.4亿斤，比1949年增长了44.8%，比1936年的历史最高产量增长了9.3%。

1953—1958年，农业合作化运动席卷全国。从农业生产互助组到初级社、高级社，直至人民公社，是我国农业生产进入了高度统一的集体经营时期。虽为改善农业生产条件、完成工业化积累作出了积极贡献，但“干多干少一个样、干好干坏一个样”“上工铃一响，农民把病装”，真实反映了当时农业的生产状况。

1978年，安徽省凤阳县小岗村“分田到户”，拉开了农村改革的序幕。伴随着家庭联产承包责任制在全国推开，家家包地、户户经营，农民被“大锅饭”压抑的生产积极性重新释放，温饱问题很快得以解决。相关研究结果表明，在改革开放初期的农业增长中，约50%的增长源于家庭联产承包责任制的实施，在改革初期的粮食增长中，约35%的粮食单产增长源于家庭联产承包责任制。

党的十八大以来，我国农业经营体系的发展进入一个新阶段。在2012年年底召开的中央农村工作会议上，习近平总书记指出，加快构建以农户家庭经营为基础、合作与联合为纽带、社会化服务为支撑的立体式复合型现代农业经营体系，为我国农业经营体系创新发展指明了方向。此后国家陆续出台系列文件，从财政、金融、土地、人才等方面培育支持新型农业经营主体。党的十九大报告提出，发展多种形式适度规模经营，培育新型农业经营主体，健全农业社会化服务体系，实现小农户和现代农业发展有机衔接。在党的政策鼓舞下，农民合作社、家庭农场、农业产业联合体蓬勃兴起：

截至2019年7月底，全国依法登记的农民专业合作社超过了220.7万家，辐射带动的农户数占到了全国农民农户家庭的一半左右；

截至2018年年底，进入到农业农村部门家庭农场名录的有60万家；

截至2018年，全国从事农业生产托管的服务组织共有36.9万个，全国农业生产托管面积为13.57亿亩次。

这些新型农业经营服务主体积极创新经营方式、发展规模经营，为解决“谁来种地、怎么种地”问题探索了有效路径，成为发展现代农业和乡村振兴的生力军。

70年里，我国农业经营方式的一步步变革，推动了农业生产翻天覆地的变化，在70年的光辉历程中谱写了一曲动人的乐章。

从缺衣少食到富足小康

农民有了更多的获得感、幸福感

在安徽天长市汊涧镇长山村的村史馆，一张已经卷了毛边的泛黄的记录本上，“年度社员收入分配到户结算表”的印刷字依然清晰，下面写着每一家农户工分收入的笔迹已有些模糊。

村支书张宏涛说，这是村里的老会计保存下来的。新中国成立之初，村里人每年收入只有40元左右，吃饭穿衣都很紧张，后来到了人民公社时，大家在一起劳动，靠工分赚口粮和收入，生活依然很紧。改革开放后，老百姓有了越来越多的谋生手段和收入来源，如今，村民除了在外面做生意、打工赚钱外，还能拿到种粮补贴，到年底还能领上流转承包地的保底收入和分红以及村股份经济合作社分红。张宏涛说，现在的生活富足又祥和，村里大家伙儿闲聊时常常感慨国家发展太快了。

张宏涛的话语里，真实浓缩了新中国成立以来农民生活和收入水平的变化。

在脚步铿锵的农村改革发展中，农民的生产积极性愈加高涨，收入水平也水涨船高。从“耕者有其田”到“包产到户”再到承包地“三权”分置，从“生产队、记工分、分口粮”到“交够国家的、留足集体的、剩下的都是自己的”再到“种地有补贴、流转有租金”，农民获得了越来越多的改革发展红利。目前，我国农民人均可支配收入达到14 617元，比1949年实际增长了40倍。农民的钱袋子更加殷实，越来越多的人能够如愿盖房、买车、旅游。

不仅是收入水平，农民的生活也蒸蒸日上。新中国成立之初，绝大部分农村照明要靠煤油灯，饮水直接从井水、河水中取，如今现代化电器早已走进农家，净化自来水入了户，绝大部分村通了电话、网络，一条条公路联家串户，农村垃圾治理、污水处理、“厕所革命”深入推进，“绿水青山就是金山银山”的理念深入人心，越来越多的村庄更加美丽宜居，越来越多的农民过上了好日子，许多城里人也开始向往农村的生活。

农民的好日子，不能少了公共服务和社会保障。新中国成立之初，农村教育十分落后，农村卫生缺医少药，农村养老尚属空白。如今，一所所现代化的乡村小学让农村孩子与城市孩子站在同一起跑线，一间间标准化卫生室覆盖乡村，一位位农村老人享受到统一的养老保障，农村社会保障体系日益完善，为农民编织了“幸福保障网”。

70年，我们站在了一个新的历史起点。沿着乡村振兴的道路继续前进，我们相信，亿万农民群众将会迎来更加美好灿烂的明天。

系列报道

A SERIES OF REPORTS

2019“三农”新闻作品选

春耕探行

生产方式之变

当无人机飞过大田

——来自"豫北粮仓"滑县的春耕调查

刊播《人民日报》(3月29日18版)

作者 常钦

【核心阅读】

又是一年春耕时，田野出现新变化："新农具"、新技术落户，农民种田越来越轻松；旱能浇、涝能排，粮食生产能力不断夯实；深入推进供给侧结构性改革，促进农业提质增效。

绿色发展正成为主基调，农业迸发出新活力，成为越来越有奔头的产业。

无人机、手机成了"新农具"，改变"面朝黄土背朝天"局面

行走在河南滑县乡间，微风吹过，返青的麦苗绿浪翻滚，满眼的绿色心旷神怡。全县180万亩小麦，年产90万吨，产量连年全国第一，"中国小麦第一县""豫北粮仓"的称号名不虚传。

中午刚过，白道口镇郝村种粮大户刘飞便来到田头，“约好了2点钟，该来了吧？”他跺着脚有点着急。

不一会儿工夫，植保小分队赶到，一番调试，“大家伙”终于登场了——无人机转动旋翼缓缓升起，一团雾雨随即喷出，在空中向前推进，田里的麦苗随气浪摇曳，尽情享受着“药浴”。

“以往种麦，打药是最头疼的事，雇人费工不说，还打不匀。”刘飞说着舒展眉头，“还是高科技好，无人机打药，能均匀喷到叶片和根部，1亩作业费才7元，省水70%、省药20%，里外算下来每亩省了好几十块钱。”

农机化改变了“面朝黄土背朝天”的状况。同样是种小麦，这位30多岁的新农民与父辈们不同，“我流转了80亩地，不靠机械化根本干不过来。”刘飞坦言，这些年他购置了播种机、收割机，从种到收，大机械撒着欢施展拳脚。

无人机是个技术活，要请专业的人来干。只见飞防手李成帅手握摇杆，左右开弓，灵活操纵航向，“飞行高度控制在1.5～1.8米，要注意风速、风向，保证打药效率，单机一天可作业400多亩，能顶40个人同时作业。”

市场有需求，社会化服务快速发展。慧飞农业科技服务有限公司总经理李晓飞说，公司像李成帅这样有资质的飞防手有50多人，植保无人机有54架。最近2年，在滑县，无人机成为春管的“新农具”，数量突破了几百架。2018年小麦“一喷三防”无人机作业5万多亩，估计再过2年，飞防面积能占到60%。

和许多农村一样，滑县也面临“谁来种地”的困扰：年轻人外出打工，种地的多是老人妇女，社会化服务如何对接一家一户？

“稳粮食是责任更是使命，必须构建新型农业服务体系。”安阳市委常委、滑县县委书记董良鸿说，县里通过手机、移动互联网，让合作社、家庭农场等新型经营主体联结一家一户，打通科技入户“最后1公里”。

“滴滴”，一条信息发到黄国兴手机上，“又来订单了，老店镇东马庄村，小麦浇水8亩，得抓紧安排。”这位白道口镇西河京村农民，是当地有名的种田“好把式”，带头成立了合作社，组建机械服务队、农技指导站，凭着“硬实力”，成了县里农技服务平台的指定服务点。

“手机种地，如今成了滑县农民的新鲜事。”老黄说着，打开手机上的

"农管家"演示，点开"小麦服务"菜单，耕种、浇地、打药、机收等一项项明码标价。农民选好项目一键下单，平台就将订单派送到服务点，照单作业。除了保姆式服务，还有更专业的指导。县里组织30位资深农技专家，指导小麦、玉米、花生等作物的种植实用技术，农民有难题，能与专家点对点交流。

"'农管家'相当于农民版的'网上外卖'。"县农业技术推广中心主任李勇说，2018年8月试点以来，非常受欢迎，接单100多个，2019年准备在390个村推广。"发挥好'新农具'作用，通过代耕代种、托管推广标准化生产，就能擦亮滑县优质小麦品牌。"

50万亩高标准粮田集中连片，智能、绿色农业提质增效

现代农业离不开基础保障。在白马坡田间远眺，绿油油的麦田一眼望不到头，其间点缀着"白格子""黄扣子""白色斑点"——这些是供电室、机井、出水口。"这是县里打造的高标准粮田示范区，50万亩集中连片，为规模化、组织化生产创造了条件。"县农业农村局副局长韩国凯说。

枣村乡西徐营村田头，63岁的袁社老人正在浇着返青水，"现在浇地轻松多了，一个人就能搞定！"只见袁大爷从兜里掏出一张卡，来到地头的供电室外面，朝机器上一刷，捣鼓了一下屏幕，选定机井编号，只听"滴"的一声，出水口汩汩清流，奔涌向干渴的麦田。

"以前浇水像打仗，一人看水，一人看渠，一人看电，邻里间常常闹纠纷。"袁大爷说，"刷卡浇地，家家一本明白账，用水少了，1亩地能省10块钱，产量却高了。"

"你瞧，这麦苗长得喜人！"袁大爷说着，弯腰拔了株麦苗，"分蘖七八个，次生根密密麻麻，足足有10多根，2019年准又是一个丰收年！"

韩国凯介绍，白马坡这带，以前地势低洼，一直是"望天收"的盐碱地。实施中低产田改造后，田成方、林成网、旱能浇、涝能排，高标准粮田平均亩产提高200多斤。

建好良田，良法跟上。9个农技推广站和18个农情监测系统服务示范区，农业、水利、气象、电力合力，精量播种、测土施肥等主推技术在田野施展，施多少肥、浇多少水，智能化绿色农业实现提质增效。"现在种地更科学、更智能，农民省心省力，一亩还多挣200多块。"袁大爷感叹道。

在白道口镇后赵湖村，一条巨大的“银龙”正在麦田里画圈，3米多高的轮盘上遍布密密麻麻的喷头。“这个大家伙是2019年新推广的时针式喷灌机，作为小麦主产区，连年丰收背后，也面临地下水位下降的局面，发展高效节水、支撑粮仓可持续生产势在必行。”县水利局副局长韩晓伟说。

韩晓伟算了一笔账：根据测算，喷灌较大水漫灌节水20% ~ 30%，项目区5 000多亩耕地，年可节约用水47.2万立方米，年省工3.8万个，可省456万元，粮食综合生产能力可提高15%以上。“相当于下了一场小到中雨。”水滴像降雨一样湿润土壤，不破坏土壤结构，还可以实施水肥一体化，减轻水肥流失和环境影响。

跟着市场种田，让大路货变抢手货，实现“粮仓”到“厨房”转变

生产方式变了，可种什么赚钱？记者采访了解到，许多滑县农民抬头看市场，主动调结构。

市场需求在变。河南利生面业公司总经理岳琪分析：饼粉、包子粉、面条粉等细分产品增幅明显，现在面粉企业越来越个性化。比如，拉面粉要求延伸性好，弹性弱，而烩面粉要延伸性适中，回弹好，不同产品对小麦要求不同。

专用面粉需要专用小麦。韩国凯说，滑县属黄河冲积平原，平均无霜期长达210天，是冬小麦优势区域。但适合强筋还是弱筋？经专家把脉，滑县最适宜强筋型小麦。

“专用小麦，优质高产价位好。”黄国兴头脑很灵活，早早发现商机，种上了强筋麦。用上专用品种，引进技术、机械，同样的产量，1斤多卖1毛到2毛钱，60亩地多挣出1万多元。2019年他又拿到1 000亩的订单，带着60户农民一起种。

“全县小麦品种多达几十个，收购起来难区分。”岳琪说，他在国外考察发现，有的国家小麦只有六七个品种，通过科学布局种植区域，形成了独有品牌。“要突出特色，打出品牌，才有新的利润空间。”

产业链带动，利生面业订单数量达到7 000多亩，2018年加工了10多万吨小麦。“市场不愁，种粮有赚头，大户心里有底，才能舍得投入。”刘飞说，现在订单越来越多，推动了农业生产方式转变。

不少小麦瞄准高端市场。“滑县小麦种植面积中，商品粮生产占六成，小麦种子繁育占四成。”河南滑丰种业董事长赵秀珍介绍，全县180万亩麦田里，有一半以上的种子来自滑丰。“种子买到手，技术跟着走，让农民做省心掌柜，我们做贴心伙计。”赵秀珍说，通过带动效益，由公司承担种植新品种的风险，同时解决农民从种到收的技术和服务问题，形成一站式粮食产业链，年产小麦种子和优质专用粮8 000万公斤左右，带动农户增收9 000多万元。

“粮食大县要变成粮食强县，必须从增产导向转向提质导向。”董良鸿说，县里加快推动生产方式转变，发展优质强筋小麦30万亩，让“大路货”变为优质强筋“抢手货”，确保农民种得好、销路好、效益好。同时，加强粮食产业链建设，实现“粮仓”到“厨房”的蝶变。

组织方式之变

种地走出新路

——来自“粤西粮仓”广东湛江的春耕调查

刊播《人民日报》（4月19日18版）

作者 王浩

【核心阅读】

在湛江，种地正悄然发生新变化。家庭农场、专业合作社、社会化服务组织蓬勃兴起，农业生产经营方式朝着规模化、组织化、专业化方向转变，产业链条不断延伸，现代农业发展出一条新路。

2019年插秧赶晚集，新型主体想新招

云海接天，草长莺飞。广东湛江，田间地头春意涌动。

雷州市东西洋粮食产业示范区里，22万亩连片良田尽染新绿。示范区内的附城镇河北村，海风吹拂，稻浪翻滚。

“2019年插秧赶晚集。”为啥？为银专业合作社理事长庄为银道出原委，“雷州半岛早春时节容易旱，伏夏台风又多，水稻生产的安全期非常短，赶上年景差的时候，可能1年的辛苦就全白搭了。”

在专家指导下，通过对10多年气象资料的梳理，老庄决定把早晚稻种植时间都往后推。这一来，水稻产量一下子就上去了，单季亩产稳稳地超过1 000斤。

“水稻推迟10多天种植，生长环境变了，农机农艺跟得上。”庄为银说，合作社有“秘密武器”——100多台“大铁牛”整装待发，保证误不了农时；喷药用上无人机，上百亩一扫而过，防虫防病不留死角。

同一块地，换了种法，效益提升。“1 000多亩水稻早被预订了。”心里托了底，庄为银喜笑颜开，“农业企业主动找到我们，签订种植合同，专门种优质稻，300多户社员，每亩至少增收200元。”

在庄为银看来，种地不能再走寻常路，“村里的年轻人大多外出打工，务农的多是留守老人，再一家一户地种，即便增产也难增收。必须走适度规模化道路，抱团闯市场。”

雷州市客路镇恒山村村民黄学宏感同身受，“村里人均1亩地，年年都是水稻加花生，刚够口粮。大伙儿都知道优质水稻价格好，可选品种、学技术、找市场都是难事，希望村里有能人站出来带带大家。”

破解“谁来种地”难题，需要更多像庄为银这样的“新农民”。雷州市农业农村局局长朱锐说，扛稳粮食安全这个重任，保证量的供给是前提，但随着人们消费需求升级，粮食供给质量也迫切需要提升。需求端的变化，倒逼生产端转型，亟待更多活力满满的新型主体，带着农户抱团生产经营，激发农业发展新动能。

新型经营主体一头连田头，一头跑市场，盯着行情调结构。

苏义杰的家庭农场是当地一道别致的“夜景”。夜幕降临，农场里“星光点点”，璀璨夺目。果园坐落在遂溪县城月镇邦机村的高速路口，人车往来，总有好奇的过客驻足观赏，甚至跑到果园里打探究竟。苏义杰自豪地揭晓谜底，“100多亩火龙果装了补光灯。”

“小灯泡发挥了大作用。补光灯增加夜间光照，不仅引来了游客，还让火龙果提前结果，躲开集中上市高峰期。早上市20天，1斤多卖2块多。更划算的是，果树能多结4轮果，全年增收200多万元。”在苏义杰的家庭农场带动下，越来越多农民参与火龙果种植，遂溪火龙果种植面积已超2万亩，产值接近2亿元。

和庄为银、苏义杰一样，如今3 000多个新型经营主体活跃在湛江的广袤田野。“他们发挥在技术、市场等方面的优势，攻克农业生产难题，让湛江现代农业的‘身板’更加健硕。”广东省农民专业合作推广中心主任洪生说。

摸准土地的“口味”，“田保姆”精心服务

雷州市客路镇乐尾村的辣椒地里，一个个黄辣椒如同盏盏小灯笼般藏在枝叶里。正是追肥的时候，可地里却见不到一个人影。

“不需要那么多人喽！”只见种植大户吴志绣打开手机，屏幕上显示配肥界面，轻轻点击，配肥机就轰轰作响，科学配置的“营养餐”流经细细管道，从地里探出的一个个喷头里喷涌而出，水雾弥漫。

“过去哪有这么讲究，买肥不是去镇里销售点扛，就是雇卡车到市里拉。”吴志绣说，施肥更是靠感觉。觉得苗情不好，就撒遍“傻瓜肥”。时间一长，土硬了不说，还变得更“馋”。种出的瓜果蔬菜味道寡淡，“收购商都看不上咱们的产品。”

经专家一指点，吴志绣恍然大悟：土地得先做个全身“体检”，再按结果进行配方施肥。“体检”报告显示，土性偏酸，要补微量元素。追施钾肥，喷洒叶面肥，对症施策，不仅疗效变好，每亩还节约成本500多元。

客路镇后湾村，村民种番薯最常遇到的也是“打药”难题。“番薯容易被地下的害虫咬噬，按照老习惯，起垄时，农药随着肥料打入地下，但番薯成熟期短，农药残留不能充分分解。可不打药，番薯就满身虫眼，品相差又卖不上价。”

村民冯妃四的300多亩番薯，总是被抢购一空。他靠的是啥？绿色植保套餐。采用绿色农药，无公害，无残留。好产品受到市场认可，他与批发商签订订单合同，价格稳定在每斤1.6元。

无论是吴志绣的测土施肥方案，还是冯妃四的绿色植保套餐，都出自中化农业广东雷州现代农业技术服务平台（MAP）。这位“田保姆”为农户提供的技术指导和农资农机、产销对接等服务，深受农户欢迎。

专业的人干专业的事。“传统小农生产，从种到收一肩挑。随着农业适度规模经营的推进，农产品从田头到餐桌的旅途更复杂，涉及种植规划、投入品使用、标准化采收等环节，出现了一家一户办不了、办不好的事情。”洪生说。

“田保姆”应运而生。新型社会化服务主体紧盯农民的生产需求，按需提供贴心服务。

中化农业广东分公司总经理刘杰介绍，为改善种植精细化不足的情况，中化农业制定绿色标准的地下害虫防治方案；与中国农业科学院合作，测量土地营养元素含量，结合作物生长情况，提供科学肥料配方。

“新型社会化服务主体在资源、技术、人才上有优势，可针对农业生产经营中的难点问题，建立现代农业技术服务平台，运用科学的解决方案帮助经营主体提升效益，加快农业经营方式转变。”中化集团新闻发言人张宝红说，截至2019年3月，中化集团现代农业技术服务平台服务粮食作物面积已达148.24万亩，经济作物服务面积40.2万亩。

打造产业全链条，农产品身价“三级跳”

从0.15元到1.5元再到15元，辣椒身价“三级跳”，让吴志德成为公认的“辣椒能人”。

吴志德是雷州绿富种养农民专业合作社理事长。这位“老把式”没少被“辣”过，“前些年食用椒市场好，大家盲目跟风，导致价钱起起伏伏，收购价最低跌到1斤1毛5。”

吴志德很着急。他到珠三角探行情、找市场，与广东惠州食品企业签订单，带领300多位社员，改种“黄灯笼”“墨西哥”等酱用品种，每斤收购价稳定在1.5元，1亩地至少多收6 000元。

企业为啥愿意出高价？城里流行吃蔬菜沙拉，配餐的辣椒酱少不了，一瓶辣椒酱至少得卖到15元。吴志德说，“现在合作社准备引进生产线，研发生产适合不同区域口味的辣椒酱产品，让辣椒产业链条从种植覆盖到加工、销售，把更多增值收益留在农村。”

记者在采访中发现，不少新型经营主体都积极延伸产业链条，推动农业一、二、三产业融合发展，提升农产品附加值。但因实力相对弱，这些主体也期待更多的政策支持助其成长。

技术难题待突破。普通番薯1斤1元多，经过分拣、清洗和糖化等初加工，番薯“颜值”飙升，身价水涨船高，1斤能卖到10多元。客路镇迈港村番薯种植大户刘清裕动了心，但却在技术工艺上卡了脖子。

原来，番薯要变成合格加工品，水分含量得达标，这对采收环节提出新要求。“全程机械化不说，技术工艺也得全部升级。真希望有更多的科研机构能够研制实用的采收机械和技艺，帮助我们排忧解难。”刘清裕说。

金融扶持盼解渴。“1袋鲜水果切片能卖到几块钱，我正在谋划上马水果加工。”苏义杰算起账，建冷库和引进设备是投资大头，没个几百万下不来。可跑了几家银行，按家庭农场的资质只能贷到30万元，根本不“解渴”。

“延伸产业链，资金需求量大，现在身边不少家庭农场和合作社都在为资金发愁。其实目前已经有相当部分的新型主体经营水平提高了，运转也更规范了，希望银行能摘下有色眼镜，为有能力有意愿的经营主体提供更加给力的信贷服务。”苏义杰说。

一条产业链，牵出一串，带动一片。“立足资源优势和特色，以农产品加工业为引领，构建全产业链和全价值链是发展方向。当前需要针对薄弱环节、瓶颈制约，强化政府服务，加大扶持力度，让产业链条运转更顺畅，带动农民更稳定增收。”洪生说。

关注长江禁捕

刊播 中央电视台（4月19日）

作者 宋建春　王凯博　陈博　刘成

市场缘何出现长江刀鱼

【导语】

长江是我国重要的生态宝库，拥有水生生物4 300多种，是重要的淡水水生生物基因库。但近年来由于过度捕捞等人为因素，长江生物完整性指数到了最差的“无鱼”等级。

为此，从2019年3月1号起，长江流域开始进入为期4个月的禁渔期，长江刀鲚、凤鲚、中华绒螯蟹全面禁捕。

2019年3月底，新闻频道曾经报道过上海崇明区长兴岛地区有偷捕贩卖长江刀鲚的不法行为，公安机关对此类违法行为进行了严厉的打击，时至今日，长江刀鲚是否还能在市场上见到？来看记者最新发回的调查。

【正文】

刀鲚，就是俗称的刀鱼，也称“江刀”。每年清明前后，由海洄游入江繁殖产卵，是上海、江苏一带追捧的江鲜。近年来，由于过度捕捞，刀鱼数量逐年减少，市场价格不断被推高。为了保护长江刀鱼，2019年2月，农业农村部停止发放刀鲚捕捞证。可记者在菜市场依然能够见到长江刀鱼售卖。

【同期】江苏省南通市端平桥菜市场摊贩

好刀鱼。

[记者：多大的？]

3两左右。

[记者：什么价？]

3 000多元。

【正文】

记者发现，这家菜市场有10多家贩卖长江刀鱼的摊点。由于2019年长江刀鱼全面禁捕，市场上售卖江刀的摊贩也变得遮遮掩掩。

【同期】

[记者：这个鱼像江刀。]

江苏省南通市端平桥菜市场摊贩

什么像江刀，就是江刀。一般不认识的人，不知道的人我还不给他看呢。现在有记者暗访，所以问什么刀鱼，就叫好刀鱼，不叫别的什么刀鱼。

【正文】

记者看到，不少摊贩为了规避检查，并没有把长江刀鱼摆在明面上，而是放到泡沫箱里，有人来买才会拿出来。

记者了解到，由于长江刀鱼全面禁捕，虽然2019年非法捕捞行为明显下降，但仍有人铤而走险。为了有效保护长江刀鱼，2019年3月中旬起，农业农村部长江流域渔政监督管理办公室联合上海等地及长江航运公安局多地区多部门，开展为期1个月的打击长江口水域非法捕捞联合执法行动。

【同期】**长江航运公安局上海分局支队长　桑静宇**

我们从侦办的案件来看，非法捕捞的方式和交易渔货物的方式都更加隐蔽了。

【正文】

记者了解到，在禁渔期内，非法捕捞交易的时间、地点都所有变化。

【同期】**长江航运公安局上海分局长兴派出所所长　黄文高**

（非法捕捞的）船就停在这个位置，他们就翻上来，就到上面来交易。

[记者：这里是一个正常可以停泊的码头吗？]

是非法捕捞的小船临时停靠的。他们现在比较狡猾，昼伏夜出，知道我们公安要抓，渔政要管，所以都是半夜出来。

【正文】

由于交易更为隐蔽，公安部门在掌握线索之后，提前布控。目前，已经侦办了刑事案件6起，抓获犯罪嫌疑人十多人。

【同期】**犯罪嫌疑人　唐某**

捕了大概三十几条鱼。

公安干警

非法捕捞上来的刀鱼都卖给谁？

犯罪嫌疑人　唐某

卖给小贩子。

【正文】

根据犯罪嫌疑人介绍，为了降低风险，他们非法捕捞上来的长江刀鱼不会卖给陌生人，而是转给熟悉的收鱼小贩，小贩再通过自己的渠道卖向各大市场。

禁捕区边界成非法渔网聚集地

【导语】

长江口，是长江刀鱼从海入江洄游的必经之路。2019年，长江口被列入长江禁渔区域。那么，这一带非法捕捞情况如何？继续来看记者调查。

【正文】

为了摸清长江口水域的非法捕捞情况，执法人员从空中进行了监测。通过无人机拍摄的画面，可以清晰地看到，在长江口一带，分布着不少渔网的浮标。记者随即跟随执法人员前往查看。

【同期】

[记者：现在我乘坐的这艘中国渔政局的船舶和前边的浙江、江苏、上海3省、市联合组成的执法编队将前往东经122度以西，也就是我们说的长江禁捕区进行联合执法。]

【正文】

记者发现，渔网浮标主要集中在上海崇明岛以东，东经122度一带。记者了解到，长江禁渔区边界就在这里，东经122度以西属于长江禁捕区域，严格禁止一切捕捞行为。

记者跟随执法编队来到这里。

【同期】

[记者：我们刚刚得到线索，离我们3海里之外的地方有几艘疑似非法捕捞船舶，由于这片水域属于浅水区，再加上我们的渔政执法船比较大，为了避免打草惊蛇，现在我们跟随执法人员换乘快艇前往执法。]

【正文】

来到目标水域后，非法捕捞船舶已经不见踪影，现场遗留了不少渔网。

【同期】

[记者：刚才我们坐快艇过来，这里下网的面积很大，大约有多少个渔网？]

渔政执法人员

大约有1 000多个网。

【正文】

记者发现，这些网的位置在东经122度左右。记者了解到，随着长江大保护执法力度逐渐加大，在东经122度以西的禁捕区，非法网具比往年少了很多。但是，非法捕捞行为却瞄准了东经122度这条禁捕区边界来钻空子，发现执法人员前来检查，就把渔网拉到禁捕区之外。

【同期】**农业农村部长江流域渔政监督管理办公室副主任　赵依民**

在我们的禁渔线以内打击力度加大以后，出现很多非法船只往禁渔线以外靠，造成禁渔线以外非法活动和管理压力都比往年大。

【正文】

记者了解到，随着长江大保护力度加大，目前即使在禁捕区外，对于刀鲚等特定鱼种进行捕捞或者使用网眼过密的违规网具捕捞，也都属于非法行为。

非法网具破坏长江水生生物资源

【导语】

为了有效打击非法捕捞行为，这次的执法行动对长江禁捕区边界线以内进行了地毯式清理。继续来看记者报道。

【同期】

[记者：现在辅助船正在清理渔网，我们来看一下，这个渔网网眼特别密，网眼和家里的纱窗差不多，这网里有江刀。大家来看一下，里边的各种鱼，甭管是大鱼小鱼，只要是进去，根本就出不来。]

【正文】

记者看到，非法捕捞的渔网，正是国家早就明令禁止的"绝户网"。现场起获的网里，不仅有几个月大的刀鱼，还有个头非常小的鱼苗。

【同期】

[记者：这是鳗鱼苗，特别细特别小，跟牙签差不多粗细。你看这虾里边全部是籽。]

【正文】

记者在现场看到，非法捕捞的不仅有大小通吃的"绝户网"，还有覆盖面大，能直达江底的刺网。

【同期】

[记者：现在我们看到的这张在阳光下银光闪闪的白色网具就是刺网，这张网很大，怎么也得有几十米。刺网的杀伤力特别强，之所以说强是因为它能直接下到江底。]

渔政执法人员

那种网能从水面到达江底，只要是鱼全都跑不了。

[记者：也就是说，那种网破坏性更大？]

对。

【正文】

记者在调查中发现，目前，长江口非法捕捞渔网基本上都是对水生生物破坏性极大的网具。

【同期】农业农村部长江流域渔政监督管理办公室副主任　赵依民

（东经）122°线以外，网具设置还是比较多，而且情况相当严重。从水生生物来说，长江口是洄游鱼类的咽喉，所有鱼类都要经过这个区域，特别是中华鲟、刀鲚、鳗鱼、河蟹等都要经过这个区域，这个区域管理的好坏对于长江的整个禁渔期制度，对于整个长江经济区保护非常关键。

聚焦生猪产能

刊播 中央电视台（11月）

作者 宋建春　王凯博　石爽爽

全国规模养殖场生猪产能触底回升

【导语】

受生猪周期和非洲猪瘟疫情叠加等因素影响，2019年3月以来，我国猪肉供给偏紧，价格高位运行。当前的生猪产能恢复进展如何？一起看看记者在生猪生产大市广西壮族自治区贵港市的观察。

【正文】

广西壮族自治区贵港市是生猪生产大市，记者来到当地一家大型养猪企业，发现不少母猪已经繁育了小猪。

【同期】

[记者：现在我所在的产房有55头能繁母猪，这些母猪刚刚分娩1周左右，大家看这些小猪现在非常健康活泼。]

【正文】

记者了解到，2018年8月我国发生首例非洲猪瘟疫情后，这家生猪养殖企业生产的重心便转移到防控非洲猪瘟上，没有盲目扩大养殖规模。2019年6月，在确保防控措施得力之后才开始逐步扩大生猪产能。

【同期】**广西扬翔股份有限公司亚计山区域兽医总监　张伟超**

保下了10万头母猪后，我们才在以前的基础稳定增加，现在已经增加到将近15万头母猪。

【正文】

记者在养殖区看到，不少母猪已经进入繁育环节。随着能繁母猪存栏量的增加，生猪存栏也在迅速增长。

【同期】**广西扬翔股份有限公司亚计山区域兽医总监　张伟超**

预计年出栏将近350万（头）左右的（生猪）。

【正文】

记者了解到，2019年8月，广西壮族自治区生猪生产下滑趋势得到遏制，生猪生产逐步恢复。记者来到一家小型规模生猪养殖场，看到这家养殖场正在建设新的圈舍，扩大养殖规模。

【同期】**广西壮族自治区贵港市养殖户　杨斯伟**

目前已经进了6 000头小猪，9月份就进了。这些猪现在已经接近100斤，这批猪应该能够在春节前供应市场。

【正文】

记者了解到，为了促进生猪产能快速恢复，国务院有关部门相继出台了17条针对性强、含金量高的政策措施。农业农村部最新调度显示，受行情利好和政策的拉动，不仅仅在广西壮族自治区，目前全国生猪生产均呈恢复态势。

【同期】**农业农村部畜牧兽医局局长　杨振海**

全国的规模猪场全部实现了止降回升。据我们监测，10月份规模猪场年出栏5 000头以上的规模猪场生猪存栏和能繁母猪存栏环比增长了0.5%和4.7%，已经连续2个月实现了环比增长。

今年年底全国生猪产能将实现回升

【导语】

根据农业农村部的信息，随着规模养殖场生猪产能触底回升，再加上非洲猪瘟疫情防控有效，预计2019年年底，全国生猪产能将止跌回升。

【正文】

规模养殖场的生猪产能是全国生猪产能重要的风向标。记者在采访中发现，规模养殖场生猪产能止跌回升，直接带动中小养殖场、养殖户恢复产能，扩大规模。

【同期】

[记者：我现在是在广西壮族自治区贵港市的一家养殖企业内，这些仔猪在20天以后将会被送农户家进行育肥饲养，预计2020年4月份这些小猪将会长大出栏。]

广西壮族自治区贵港市养殖户　杨斯伟

我们预计在12月中旬进第二批猪，5 000头，有了这么多支持，我们有信心，也有能力把猪养好。

【正文】

记者在采访中发现，作为产能恢复的重要指标之一，全国能繁母猪存栏量也在增长。

【同期】**农业农村部畜牧兽医局局长　杨振海**

据我们监测，10月份全国能繁母猪环比增长了0.6%，这是自2018年4月份以来首次实现了环比增长。

【正文】

记者从农业农村部了解到，根据最新监测调度，目前，在一系列有效措施促进下，已有十多个省份生猪存栏环比增加或持平，全国生猪存栏环比降幅明显收窄。预计2020年生猪产能将回到正常水平。

【同期】**农业农村部畜牧兽医局局长　杨振海**

我们监测9月份（全国生猪存栏）的环比降幅是3%，而10月份的环比降幅是0.6%，降幅明显收窄。预计年底生猪存栏可以实现止跌回升。

中国农业之最

刊播 中央广播电视总台（6月）

总策划、审稿 王磊

策划 朱敏

撰稿 丁飞　柴华　张明浩　刘飞　朱敏

记者 孟晓光　柴安东　蒋雪娇　郭翔宇　许新霞　乔仁慧　张国亮
苑竞玮　姜文婧　吴媚苗　吴卓胜　韩民权　刘祎辰　尧遥
李佳　李健飞　李腾飞　傅闻捷　景明　王利　凌姝　左艾甫
于中涛　王伟　彭建军

【引言】

农业是国民经济的基础，重农固本是安民之基、治国之要。改革开放40多年来，我国农业农村发展取得历史性成就、发生历史性变革。尤其是农业生产，在多个领域创造了世界之最，不但养活了本国的近14亿人口，切实提高了人民的生活水平，更为稳定世界经济，丰富世界各国人民的餐桌，推动农业科技进步，促进贸易发展作出了自己独特的贡献。

2019年6月，中央广播电视总台央广中国之声播出特别策划《中国农业之最》带您深入了解在中国农业一项项“之最”的背后，是如何与世界互动，与全球共赢的。

一粒小麦的重量

作者 丁飞

坐标：东经116°，北纬33°

河南省永城市侯岭乡张井村，强筋优质小麦单产新纪录诞生

【现场宣布】平均亩产是778.9公斤，再创我们国家优质强筋小麦的最新（大面积）高产纪录！

2019年6月5日，中原大地，骄阳似火。2019年强筋优质小麦“丰德存麦5号”实打验收会正在张井村的麦田里举行。河南是我国第一大小麦主产省，产量占全国的1/4以上。2018年我国小麦单位面积产量已经达到平均亩产722斤，远高于美国的422斤。经过专家现场称重并扣除水分杂质，“丰德存麦5号”一举创下我国强筋优质小麦大面积单产新纪录，可谓优质与高产兼得。

坐标：东经116°，北纬35°

山东省济宁市嘉祥县仲南村，无人驾驶收割机全国首次亮相

【压混：无人收割机工作声】

一辆红白相间的无人驾驶收割机在嘉祥县麦田里忙碌作业。如今的麦收时节，可不再是“面朝黄土背朝天”，以无人驾驶收割机为代表的黑科技2019年首次在全国亮相。吞进沉甸甸的麦穗，吐出金灿灿的麦粒，视频被上传到网上，外国网友直呼“绝妙”。操作者只需要设定好割幅、耕作面积等参数，机器就能自动规划路径并作业，行距误差不超过4厘米，损失率不超过1.5%。雷沃重工公司副总经理李金良：

【李金良】农机的整个机械操作全程都实现了无人化，耕种管收全环节实现了无人化，2019年夏天是“无人农机时代”的开始，这将极大推动中国农机产业的升级。

坐标：东经118°，北纬36°

河北省辛集市新垒头镇马兰村。节水小麦，托起漏斗上的大粮仓

【压混：下雨声】

都说“小麦的一生需要3场雨”，但在极度缺水的河北，由于地下水超采，形成了大规模的地下水“漏斗区”，如果降水量不足，小麦就很难获得好收成。马兰农场和全国多个科研院所技术合作，不断培育节水小麦新品种。10年间，从这里走向全国的麦种累计突破7亿斤，总节水35亿立方，相当于2个半白洋淀的蓄水量。河北石家庄市农林科学院研究员何明琪：

【何明琪】这个品种抗寒性非常好，可以免浇冻水，春季可以少浇一水。

所以小麦一个生长季节可以节约两水，也就是每亩地节约80～100立方，大面积应用的话，节水效果非常明显。

“谁来养活中国？”20世纪90年代，曾有西方经济学家如此发问，理由是根据美国工业化的农业模型，到2030年中国巨大的粮食需求将给全球粮食生产带来冲击，造成世界性的经济崩溃。

可他错了。今天，世界看到了中国的回答——从农村起步的改革开放，40年来使中国粮食产量持续快速增长，不仅解决了13亿人口的吃饭问题，国民营养状况也得到了大幅改善。中国还通过农业对外合作，输出农业技术，促进了非洲等第三世界国家和地区的农业现代化，缓解了它们的粮食安全压力。农业农村部小麦专家指导组组长、扬州大学教授郭文善：

【郭文善】我们国家的小麦经历了从低产到中高产的过渡。我们通过品种的改良、栽培技术的改进、生产条件的改善，实现了小麦产量的稳步提高。最近几年我们的总产量基本是稳定的，生产量可以满足我们的消费。

今天，中国1年小麦产量1.2亿吨，位居世界第一，已基本实现自给自足，进口量不到4%。1粒小麦的重量只有0.025～0.04克，但1.2亿吨小麦托起的是中国的粮食安全和民族自信，更成为世界粮价的稳定器。

【郭文善】中国是一个小麦消费大国，我们的消费量占世界小麦消费量比重超过16%。如果我们过度依赖他国小麦，从安全角度上来说会有很大的问题。当我们进口量大的时候，国际小麦价格就会大幅上涨，那些贫穷国家也会因此受害；而当国际上小麦供应不足的时候，各国会采取保护措施，有钱也买不到小麦。所以我们必须保证口粮的绝对安全。满足我们自己的小麦供应就是对世界的很大贡献。

2019年6月，农业农村部部长韩长赋站在河北省邢台市南和县闫里乡闫里村的麦田旁对外宣告，2019年夏粮丰收已成定局。农业稳定、粮食安全，经济社会发展就有了基础支撑，应对国际上的风险和挑战，中国就有底气。

【韩长赋】夏粮首战告捷，为全年粮食丰收奠定基础，利于保供给、稳物价、惠民生、增信心。我们有近14亿人，还是那句话，“手中有粮，心中不慌”。任凭风浪起，我有“压舱石”。

根据农业农村部最新数据，“截至2019年6月16号17时，全国已收获小麦2.94亿亩，麦收进度过八成半。其中机收比例达96.8%。四川、湖北、安徽、河南麦收结束，江苏进入尾声，山东、陕西、山西近九成，河北近八成”。可以预见，2019年又是一个丰收年。

稻花香里说丰年

作者 柴华

【压混：童声古诗】

明月别枝惊鹊，清风半夜鸣蝉。稻花香里说丰年，听取蛙声一片。

稻花香里说丰年，这是中国人对于丰收最朴素的描绘。水稻，全球近一半人口的主食。世界上最早的稻谷栽培可以追溯到公元前16 000 ~前12 000年的中国湖南。今天，中国水稻的种植面积约为3 000万公顷，不是世界第一，但中国却是世界上水稻产量最高的国家。

【压混：无人机起飞声】

插秧曾经是农村最常见的景象，不过，在今天中国的很多地区，高度机械化的农机团队开始穿梭于稻田之间取而代之，无人机不时轰隆而过已经是田间地头的日常。

在广东省阳江市的大沟镇，和兴农业机械专业合作社的陈建明整个春耕期间都在忙着操作各种机械插秧：

【陈建明】小时候十多亩地插秧要十多天，现在我种下几百亩只需要十多天。

在黑龙江农垦8511农场，副总经理孔祥辉告诉记者，当地人通过桃李、蒲公英、百合、水稻、鱼和蚯蚓的立体5层种养殖新模式，念起了4.0版的致富经。

【孔祥辉】首先水稻是禾本科的，如果喷药，蒲公英和果树都会受到伤害的，不结果，而且会死的，其次水里头游着鱼，水稻的品质会更好。

水稻是我国最主要的三大粮食作物之一，近14亿人口有一半以上以稻米为主食，尽管播种面积仅占全国粮食作物的1/4，但产量却达到了中国粮食总产量的一半以上，年产量超过2亿吨。在这个数字的背后，是想尽办法追求高产、更高产的永恒主题。

中国宁夏回族自治区引黄灌区，是全国优质粳稻最佳生态区之一。近年来，坚持以水定植、稻旱轮作、集中连片原则优化水稻种植布局，水稻种植面积稳定在近120万亩，总产60万吨以上。国家水稻产业技术体系首席科学家程式华：

【程式华】它的产量高，在我们国内名列前茅，实现了高产和优质的完美结合，所以对整个产业能起到带动作用。

而在浙江省长兴县北汤村的扶贫基地内，当地通过政策优惠复垦等方式把荒滩变成稻田，村里的20户低收入农户2018年每户平均增加了2万元的收入。长兴县林城镇北汤村农户王宝顺：

【王宝顺】2019年收成很好的，天气好，我们20几个人也很有干劲，2019年收成是挺好的，我们估计1亩有1 200斤以上。

实现高产，保证种植面积仅仅是一方面，在过去的半个多世纪，中国水稻研究成果的突飞猛进才是中国水稻高产的终极秘密。

其实早在1990年5月，中国已经凭借杂交水稻良种，成为世界领先的大面积种植高产水稻的国家。彼时的西方媒体曾感叹道："这使一半中国人的饭碗里装满了珍珠般的高产稻米！"

1996年，我国提出"超级稻育种计划"，由袁隆平院士主持。中国水稻的当代奇迹由此进入了辉煌的新篇章。2000—2016年，袁隆平团队共实现了大面积示范种植平均亩产700公斤、800公斤、900公斤、1 000公斤、1 067公斤的超级稻攻关5期目标，"中国超级稻"毫无争议地站上了全球水稻育种的巅峰。

【袁隆平】人民生活水平提高了，不满足于吃饱，还要吃好，但是就中国国家的粮食安全来讲，产量是第一位的。没有产量，怎么来吃好呢。

而进入新千年的第二个10年，这种研究与贡献还在向着更新的领域、全世界更广阔的范围蔓延。

【压混：春耕现场声音】

“海水稻”是指能够在盐碱地及滩涂上存活生长并能达到一定产量的一类特殊水稻。自2016年开始，袁隆平院士带领科研人员，在单位产量上取得了较大突破。在山东青岛，青岛海水稻研究发展中心常务副主任张国栋说，2019年“海水稻”青岛大田种植最低产量目标是每亩300公斤。

【张国栋】2019年我们的目标是希望所有品种的亩产都在300公斤以上，希望能出现1～2个（亩产）达到400公斤甚至500公斤的品种。

袁隆平告诉记者，根据计划，“海水稻”的种植测试面积将从1万亩扩大到近2万亩，覆盖新疆维吾尔自治区、黑龙江、浙江、山东、陕西、河南等多个省份。

【袁隆平】我们国家有十几亿亩的盐碱地，基本上是不毛之地。其中有水源的、可以种上水稻的有1亿多亩。我们计划花8年的时间，让全国的盐碱地种上1亿亩的“海水稻”，每亩按最低的产量300公斤计算，1亿亩地每年可以增产粮食300亿公斤，多养活8 000万到1亿人口。

“谁来养活中国？”20世纪90年代，还有西方经济学家如此发问。到了今天，这个问题已经变成了“中国粮食种植技术还会惠及哪里？”

以“海水稻”为例，很多饱受盐碱沙漠困扰的国家把目光投向中国。沙特阿拉伯目前已经开始试种“海水稻”，希望借此实现粮食自给。

而中国农业科学院作物科学研究所研究员黎志康告诉我们，自2008年起，我国农业科学家在亚洲、非洲的18个国家里，主导的国际绿色超级稻项目，已经使得超过160万农户受益。

【黎志康】我们一共审定推广了78个水稻品种，包括52个常规稻和26个杂交稻，我们累计的（推广）面积超过600万公顷，超过160万农户受益。

绿色超级稻使得部分国家水稻平均增产了20%左右，解决了当地不少农民的增收难题。国际水稻研究所博士阿里：

【阿里】菲律宾的水稻种植户，对覆盖了近100万公顷面积的水稻产量非常满意。（户均）收入因此增加了200多美元，人们从中受益。

不仅如此，农业农村部有关负责人介绍，自“一带一路”倡议提出以来，我国农业对外投资合作实现了跨越式增长，目前已经在境外实施了850多个涉农项目，其中就包括水稻这样的主要农作物。“稻花香里说丰年”正在变成世界上许多国家人民对于丰收的共同向往。

超市里的世界第一

作者 张明浩

【压混：超市背景声】

盛夏，正是各种水果上市的时候，北京的各大超市里，各种水果琳琅满目，大兴的西瓜、烟台的樱桃、海南的荔枝，甚至不是当季水果的陕西苹果、贵州猕猴桃都能买到。

在挑选得眼花缭乱的同时，你或许并不知道，我国是世界第一大水果生产国，苹果、梨、桃、西瓜的产量居世界第一，香蕉、葡萄、菠萝的产量也位居世界前列。

高产量让中国的民众得以享受水果的美味，更让很多外国的民众一饱口福。

在水果之乡海南，陆侨集团副总裁林壮森告诉我们，2018年，海南无核荔枝实现了全国首次出口，销往菲律宾、马来西亚、新加坡、澳大利亚等国。

【林壮森】荔枝很受国外客户欢迎，我们希望把无核荔枝的品质做好，可以让各国的华人、国外的朋友，享受到海南这么有特色的产品。

据统计，2018年以来，海南共计出口热带水果461吨、总货值1 050万元。

【压混：冷库现场工作声】

【木克然木·玉山】慢一点哦、慢一点，这是要拉到国外的货，一定要保质保量！

在新疆红旗坡农业发展集团园艺三分场的大型冷库里，阿克苏市阿达进出口有限责任公司董事长木克然木·玉山正在一辆满载红富士苹果的卡车旁叮嘱车上的搬运工人。眼下正是阿克苏水果逐渐成熟的季节，木克然木·玉山的电话几乎每天响个不停。

【木克然木·玉山】我们2019年的订单是6 000吨苹果、5 000吨梨子，如果全部都走出去的话创汇是2 000万美金，我想应该不成问题。借助“一带一路”这个平台走出去比较顺利，比方说到巴基斯坦的货以前要走10天到半个月，现在只需要4～5天就可以往返。

当然，有出口也有进口，多年来，中国始终敞开市场，迎接世界各国的水果贸易伙伴。中国社会科学院农村发展研究所研究员李国祥说，这让中国消费者能够尽享世界美味，也推动了国外水果产业发展。

【李国祥】在水果进出口贸易方面，中国市场开放的力度比较大，关税比较低。我们通过结构调整水果提档升级，让消费者可能对国际市场的多样化的水果的需求不断增长，未来的进口与出口很可能会成为常态，特别是我们（正在）构建农业对外开放新格局。

中国水果开始“香飘全球”，而在超市，还有一项世界第一，这就是我们每天都要吃到的蔬菜。目前我国蔬菜种植面积超过3.35亿亩，产量接近8亿吨，人均占有量超过500千克，均居世界第一位。

【压混：吕剧唱段】

在山东寿光市田柳镇西冢子村，大棚种植户李文鹏正在家里边听小曲边用手机检测自家大棚里种植的西红柿。

【李文鹏】（从）家里，通过手机就可以知道棚里的一切情况，（以前）整个人都得在棚里盯着才知道，知道的也不太全面，我通过科学种田，真正提高了种植效益。

寿光共有蔬菜生产基地60多万亩，冬暖式大棚20多万个，年产蔬菜500万吨左右，在全国遥遥领先。得益于高温蔬菜大棚技术，寿光蔬菜已然成为中国北方冬季最为主要的蔬菜供货源，也是我国最大的蔬菜销售中心。

此外，全国蔬菜质量标准中心也在寿光设立。负责人孙继业表示，寿光编制了37种蔬菜的54项生产技术规范和绿色食品、有机食品设施果菜生产技术规程，蔬菜的“寿光”标准已经上升为“国家”标准。

【孙继业】制定全国体系最全的蔬菜质量准则，努力把“寿光标准”升级为“国家标准”。

近几年，寿光还引进了来自美国、荷兰、以色列等30多个国家和地区的新品种共2 000多个，有500多个新品种在农民的大棚里落地生金。因为品种繁多，寿光也因此成为全国大棚蔬菜的“实验田”。

我国蔬菜产量充足，品种增多，近年来，品质也在不断提高。中国蔬菜协会会长薛亮说，这给有机、绿色、无公害蔬菜带来了发展空间。

【薛亮】过去要吃得饱，现在要吃得好，而且要吃得安全。所以特别关心蔬菜产品的安全性、质量。所以我们觉得要把绿色发展，提供优质绿色产品放到重要的位置上。

【压混：现场蒙语交谈声】

在内蒙古自治区二连浩特市昊罡果蔬粮油进出口园区，满载各类新鲜蔬菜的大型货车正准备出发前往蒙古。负责人赵龙介绍说，这里是我国新鲜蔬菜出口的重要中转站。

【赵龙】因为咱们这头去乌兰乌德近，1 200公里，二连离北京才700多公里，拉货近呀，到山东也近，就能省运输成本，挺方便的。这几天又有过来和我签合同的，我看这个趋势挺好。现在供的是乌兰乌德家连锁超市。

数据显示，2018年，我国蔬菜出口量为948万吨，出口金额超过126.15亿美元。和水果一样，中国超市里的这2项世界第一正在与世界互动，与全球共赢。

能甜能苦还有才华的农副产品

作者 刘飞

随着农业生产力的发展，如今吃饱已经几乎不是什么难题。而在餐桌上，除了唱主角的主食、菜肉之外，还有一些农产品可能是点缀，甚至不被直观地看到，但却越来越吸引人们的食欲，也在经济发展中扮演更重要的角色。

就像油菜籽，中国湖北被吃下的1滴菜籽油，可能就让一个加拿大人早起2分钟。

【音响：快门声】

金灿灿耀眼一片，透出些许鲜绿底色，近几年各地油菜花田受到游客青睐，成了热门“打卡”景观。而在花期过后，它的精彩仍在继续。

【压混：机械收割油菜籽声】

2019年5月，湖北黄石市阳新县的油菜花早已开过，农机大面积抢晴收割，油菜籽基本颗粒归仓。种植户蔡春花说，机械化技术省了不少成本：

【蔡春花】可以节约400多元钱。亩产至少450斤左右，所以划得来，我尝到甜头了！2019年想种1 200亩。

中国农业科学院油料所研究员、副所长张学昆介绍，给中国老百姓提供的国产油中55%左右是菜籽油：

【张学昆】我国生产的自己的菜籽油大概是每年450万吨左右，折合每个人大约是6斤，这个量还是很可观的，是消费最多的一种油。

品质好的油菜籽出油率更高，菜籽油加工企业也愿出价订购。在湖北十堰市竹山县，农户卖到某食品公司的油菜籽每斤能到2.6元。

我国菜籽油消费不仅富裕了我们的油菜种植户，还拉动了加拿大油菜籽产业：

【张学昆】我们已经维持了大概十几年达到1亿亩这个规模。我们种植油菜籽目前在世界上是第二位，第一位是加拿大。加拿大以前比我们少，这两年发展很快，主要是我们这两年在大量进口，刺激了加拿大的增长，加拿大国内就开始大量种植。

追逐油菜花田的不只有游客，尝到甜头的也不只是国内外种植户，还有“追花夺蜜”而来的蜜蜂，油菜花是我国主要蜜源种类之一。

能观赏，能榨油，还能酿蜜，号称最“有才华”的油菜花可不是浪得虚名，更不要说它还能给欧洲人的餐桌带去“甜蜜”。

【音响：蜜蜂飞舞声】

油菜花也只是我国蜂蜜生产的冰山一角，中国农业科学院蜜蜂研究所研究员吴杰表示，我国地域辽阔，从而能够产出极具特色的蜂蜜：

【吴杰】比如说，我国的黑龙江和吉林生产的椴树蜜、陕西和山西生产的洋槐蜜、甘肃和宁夏回族自治区生产的枸杞蜜、党参蜜。近10年的数据表明，我国的蜂蜜产量都是比较高的，蜂蜜产量和蜂王浆产量均占世界第一位，其中，蜂蜜年产量占世界蜂蜜年产量的30%左右。

这当中，有约1/4出口到了其他国家：

【吴杰】在50多万吨的年产量当中，出口量每年大概在12万吨，主要是向欧盟、日本出口。

在我国，南京老山药业公司质量总监苏庆还注意到，蜂蜜正逐渐进入健康产品的销售市场：

【苏庆】蜂产品已经不局限在蜂蜜，蜂王浆、蜂胶、蜂花粉等周边产品也逐渐被消费者认可。

我国的蜂产品主产区集中在浙江、四川、云南、江苏、陕西、黑龙江等地。其中，据不完全统计，云南的蜜源植物和重要辅助蜜源植物达148种，其中能够生产商品蜜的约75种。

"云南味道"层次丰富，不仅有甜，还有苦味醇香。

很多人倒是想来这"吃苦"，这就是全球厂商。

因为云南的这份"坚苦"，坚是坚果的坚，苦是形容咖啡的苦。

云南的坚果产业指云南核桃和澳洲坚果两个树种。云南省林业和草原局杨劼表示，目前，云南是全球最大的核桃、澳洲坚果种植和生产地区。

【杨劼】经过近20年的推广，已经惠及我省2 622.3万山区群众。坚果产业已经成为山区群众受益最广、最可持续、而且最具云南特色的生态产业。截至2018年，云南核桃产量达119万吨，产值281亿元。澳洲坚果产量4.8万吨，产值10.5亿元。这样的体量，使我们有足够的资源给大家提供安全绿色优质的坚果产品。

云南咖啡属于阿拉比卡系列，云南省咖啡行业协会副会长、亚洲咖啡协会副秘书长胡路称，云南咖啡种植面积180万亩，产量15万吨，出口量8万吨，中国95%以上的咖啡产自云南，是我国最大的咖啡产区。这背后，是快速增长的消费人群：

【胡路】全球咖啡巨头纷纷涌入云南，参与云南咖啡事业，瞄准中国巨大的咖啡消费潜在市场。近年来，中国咖啡消费年增长速度高达15%以上，是世界咖啡消费年增长速度的10倍。

【音响：坚果壳碎声及倒咖啡声】

可甜、可苦、有才华、求健康……满足不同需求的农副产品如今丰富着人类的消费选择，带动全球相关产业发展提升，满足味蕾，也让农民的钱袋子有满满的“饱足感”。

鱼肥水美看中国

作者 朱敏

【压混：浙江民谣《船歌》】

太湖山水吴兴桥，种株杨柳隔株桃，游人要看太湖景，荡湖船儿慢慢摇。

【压混：喂饲料时鱼扑腾的声音】

这里是浙江省湖州市南浔区菱湖镇新庙里村的一处家庭农场，农场负责人盛素红刚刚将饲料车推上跑道旁的人行道，跑道里的鱼就兴奋地扑腾起来。30条跑道里的近50万尾鱼在水中24小时不间断地巡游，喂食的时候，抢食和起跃分外有力量。

【盛素红】我的鱼一直在里面游动，锻炼，就像人在跑步机上面一样，它不停地游，这样它的肉质就比较紧致，还能增强品质。我们的水基本上是好几年才抽1次，只要把池子里的鱼抓干净就能够放下一季的鱼苗，水就循环利用。

湖州市南浔区菱湖镇，这个位于浙江北部一个不起眼的小镇，却是全国三大淡水鱼商品基地之一，被誉为“中国淡水渔都”。养鱼跑道将传统池塘养殖与工厂化养殖相结合，以小池养鱼、大池养水的模式，有效改良水质，达到养殖尾水零排放，养殖产量翻一番。

【盛素红】现在在我们湖州地区，客户都已经很认可我们的鱼了，对鱼的品质还有口感，大家的反映都很好。我们每天有好几个客户固定的都过来拿鱼。

像菱湖镇这样以渔为生的小镇、村庄，在中国不计其数。从南至北，从河湖到海洋，中国时时上演鱼群翻腾的景象。

每年12月28号，古林查干湖都要举行传统的“祭湖醒网”仪式，祭祀湖神，唤醒沉睡的大网，至今已有千年历史。在冰封的湖面上，渔民们凿开几个口子，撒下大网，几小时后起网，数十万条鱼跳跃于冰面上。这种古老而神秘的渔猎技艺每年都会吸引众多游客前来“探秘”。

【压混：舟山渔民号子】

兄弟们啊～加把劲啊～把起帆啊～出海去啊～幸福生活乐陶陶啊～

一幅幅热闹景象汇聚成一组惊人的数据：2018年，我国水产品产量超过6 400万吨，连续30年居世界第一，占到世界总产量的40%以上。中国水产品不仅丰富了本国人民的餐桌，也满足了世界人民的味蕾。农业农村部部长韩长赋透露：

【韩长赋】我国水产品出口额突破200亿美元，连续17年位居世界第一位。我国产地水产品质量安全监测合格率连续11年保持在97%以上。

【采购商】罗非鱼肯定要买的，2019年还更便宜了……

2019年6月18号到20号，第六届中国国际水产博览会在广东湛江举行，吸引了来自厄瓜多尔、印度、阿根廷、泰国、越南、马来西亚等30多个国家和地区的生产商、贸易商、进口商参加。

中国水产流通与加工协会会长崔和说，中国水产品质、量齐升的背后，是正在从简单的原料出口转向出口深加工，在延伸产业链的同时，向世界贡献更优质的中国水产品。

【崔和】中国水产养殖在全球不论是产量还是技术，各个方面都领先。从原料供应就保障了能够向全球提供优质的水产品。从产业链分工和资源配置来讲，中国是全球最大的水产品加工中心。

【压混：卡车运货声】

在青岛盛源嘉水产有限公司的水产品加工厂，进出的运货车非常繁忙。这家主要从事水产品加工的公司，从俄罗斯、挪威进口原料，深加工后再出口欧美、韩国等地。公司财务经理纪森师：

【纪森师】现在主要市场还是欧洲，2019年上半年（出口）势头不错。到

目前而言，我的感觉是比2018年同期要好一些。

中国水产品产量和出口量常年位居世界第一，水产养殖业的发展功不可没，这也让从前高不可攀的河鲜、海鲜走上寻常百姓家的餐桌。2018年的水产养殖总产量超过5 000万吨，占我国水产品总产量的比重达78%以上，是世界上唯一养殖水产品总量超过捕捞总量的主要渔业国家。农业农村部副部长于康震表示，生态养殖模式已在我国迅速铺开。

【于康震】稻渔综合种养开展得如火如荼，池塘工程化循环水养殖、近海立体生态养殖、工厂化循环水养殖等先进技术示范推广力度不断加大。

自古以来，中国人便懂得不能"竭泽而渔"的道理。眼下，我国主要江河湖海全面进入禁渔期，水面迎来数月的平静。

【张文】你看看今天打的鱼，又肥又大。

在禁渔期来临之前，吉林省松原市前郭县查干湖渔场副场长张文打捞上2019年夏季的最后一筐胖头鱼，拉往查干湖渔场鱼产品销售处。

【张文】我们查干湖用科学的方法去养鱼，年年投放180万～200万斤的鱼苗。成鱼达到300万斤。我们用鱼苗补缺成鱼的产量，所以我们轮捕轮放，在需要的时候我们就多打一些鱼回来，不需要时候我们就可以把鱼放回湖里。

短暂的休养生息，为的是生生不息。在水产博览会上，全球水产养殖联盟（GAA）主席乔治·张伯伦说，如何提升资源的利用率，改进生产管理和有效性，中国已经作出了表率。

【张伯伦】随着世界人口的增长，全球范围内都需要用更可持续的方式来生产更多的水产品，中国在这方面已经起了表率作用，下一步我们希望能够让大家来学习中国，用少的资源来生产出更多的食品。

湛江水产进出口企业协会秘书长岑坚指出，中国市场现如今的无可取代背后是十年磨一剑的努力。10年来，我国不断调整水产品质量，做到物美价廉。

【岑坚】中国的水产品无论是从种苗，还是饲料，还是养殖环境，还是养殖的过程，都达到了世界的先进水平。特别是经过前10年的铺垫，经过了国内和国际上的所有认证，我们的养殖都达到了国际标准。所以我们的产品才会越来越受到外国消费者的欢迎。

大国农业

刊播 中央电视台（6月）

总导演 任民

《大国农业》从“三农”的视角梳理了新中国成立70年来农业领域的创新故事，展现了农业发展中鲜为人知的颠覆性改变，以及农业对中国经济、中国人的生活带来的深远影响。

种铸基石

作者 贾润英　徐兵　吴迎新

一粒种子改变一个世界。本片从种子讲起，通过国家作物种质库和“南繁”基地鲜为人知的故事，讲述中国人如何端稳饭碗。

餐桌四季

作者 李文娟 吴迎新

中国人的餐桌由单调变得丰富，对饮食的追求由饱腹变成美食。中国人用自己的辛劳和智慧，掌控着自己餐桌上的四季。

耕海牧渔

作者 姜蕾 姜恺 李文娟 郑国隽 吴迎新 徐兵 赵润 邢建新 陈凡 王英汉

从追赶到超越，中国渔业装备的技术和应用不断实现新的突破，让中国距离“耕海牧渔”的蓝色梦想越来越近。

尊崇自然

作者 刘新绘 徐兵

桑基鱼塘、敖汉旱作农业、稻鱼共作，让我们感受到顺应自然、融入自然的生态理念，回到天人合一、和谐共生的美丽家园。

创新力量

作者 贾润英　姜恺　吴迎新　贾涛　徐兵　孟俊峰

人工智能、大数据运算正以前所未有的速度改变农业的各个领域，将中国农民从面朝黄土背朝天的繁重劳动中彻底解放出来，让农业具有别样风采。

乡村治污记

刊播 中央电视台（4—5月）

猪场拆迁喜与忧

作者 任民　黄芳　穆玉刚

现阶段，我国发展最薄弱的环节在农村，如厕难、环境脏、村容差等问题较为突出。因此，改善农村人居环境是实施乡村振兴战略的第一场硬仗。2018年，中共中央办公厅、国务院办公厅印发的《农村人居环境整治三年行动方案》提出，改善农村人居环境，建设美丽宜居乡村。我们栏目将陆续推出“乡村治污记”系列节目。今天，记者走进了广西壮族自治区的陆川县。陆川，是全国有名的养猪大县，每年出栏生猪150万头；在米场镇1个镇，养猪户就有1 000多家，可是这几年来，原本养得好好的一些猪场，却不得不面临着一个大问题，那就是——拆！

养鱼鸭　零排放

作者 李佩航　贾涛

兰溪市自古以来就是鱼米之乡，水禽和鱼类养殖非常发达，当地很多农户靠着这些养殖产业走上了致富路。但是，在从前，养殖带来的污染也一度让当地人苦不堪言。怎样既能实现水禽鱼虾的高产优质，又能实现粪污的零排放？

乡村治污绿智慧

刊播 中央电视台（1—2月）

土里埋着“金豆豆”

作者 尚芹如　金政

玉米大丰收，秸秆无处留。
让秸秆变废为宝，有人有绝招。
让“废物”变肥土，在“废物”上面种菜。

水里捕鱼　粪里淘“金”

作者 李百合　徐兵

昔日臭水河，今日大变身。
这里，曾经粪污堆满地，而今却是瓜果飘香换新颜。
牛河，大潘村，如何演绎去“污”记？

2019“三农”新闻作品选

访谈解读

EXPLANATIONS OF INTERVIEWS

对标硬任务 做好“三农”工作

——访中央农村工作领导小组办公室主任、农业农村部部长韩长赋

刊播《人民日报》（2月20日4版）

作者 高云才 赵永平 郁静娴

“务农重本，国之大纲”。习近平总书记指出，2019年是决胜全面建成小康社会第一个百年奋斗目标的关键之年，做好“三农”工作对有效应对各种风险挑战、确保经济持续健康发展和社会大局稳定具有重大意义。

对标全面小康，2019年“三农”工作有哪些硬任务？坚持农业农村优先发展，制度供给有何安排，农民如何得实惠？就中央1号文件（简称文件）系列决策部署，记者专访了中央农村工作领导小组办公室主任、农业农村部部长韩长赋。

守住“三农”这个战略后院，发挥好农业农村“压舱石”作用

韩长赋表示，首先，文件强调做好“三农”工作特殊的重要性。当前，我国经济运行总体平稳，稳中有变、变中有忧，外部环境复杂严峻，经济面临下行压力，风险和困难明显增多。越是在这种情况下，越要稳住“三农”，守住这个战略后院，发挥好农业农村“压舱石”和“稳定器”的作用。坚持农业农村优先发展，体现了党中央对工农城乡关系深刻变化的科学把握，彰显了农业农村基本盘的战略定位。

其次，文件明确了2019年及2020年“三农”工作必须完成的硬任务。现在距2020年进入全面小康社会只有不到2年时间，“三农”领域面临许多必须完成的硬任务，比如打赢脱贫攻坚战，确保国家粮食安全，完成农村人居环境整治3年行动任务，实现农民人均可支配收入比2010年翻一番，确保农民

生活达到小康水平等。文件列出任务清单，强化政策举措，集中力量补短板、强弱项，确保各项任务如期完成。

再有，细化农业农村优先发展的政策安排。2018年的中央1号文件对坚持农业农村发展提出了原则要求。2019年的中央1号文件对落实农业农村优先发展总方针进行了更加细化实化的部署安排，把落实农业农村优先发展同政绩考核联系到一起，进一步压实责任，确保做到能落实、见实效、可考核。

夯实农业农村优先发展制度基础，“四个优先”动真格

坚持农业农村优先发展，是党中央着眼全局，从解决城乡发展不平衡、乡村发展不充分矛盾出发提出的一个重大方针，如何才能落到实处、见到实效？

韩长赋认为，必须把农业农村优先发展的政策导向牢固树立起来，动真格、见真章，改变“三农”工作“说起来重要、干起来次要、忙起来不要”的现象。

在干部配备上优先考虑。把优秀干部充实到“三农”战线，把精锐力量充实到基层一线，注重选拔熟悉“三农”工作的干部充实地方各级党政班子。

在要素配置上优先满足。坚决破除阻碍要素自由流动、平等交换的体制机制壁垒，引导和支持土地、人才、资金、技术、科技等各类发展要素向农业农村流动，释放农村巨大发展潜力。

在资金投入上优先保障。坚持把农业农村作为财政优先保障领域和金融优先服务领域。加大公共财政倾斜力度。打通金融服务“三农”各个环节，推动农村金融机构回归本源，县域新增贷款主要用于支持乡村振兴，地方政府债券资金要安排一定比例用于支持农村人居环境整治、村庄基础设施建设等重点领域。

在公共服务上优先安排。加快补齐农村基础设施短板，全面提升农村教育、医疗卫生、社会保障、养老、文化体育等公共服务水平，努力推进城乡基本公共服务标准统一、制度并轨，实现形式上的普惠向实质上的公平转变。

以供给侧改革为主线，以土地制度改革为牵引推进农村改革

2019年是推进新一轮农村改革的开局之年，如何推进改革激活农村活力？要以供给侧结构性改革为主线，以土地制度改革为牵引推进农村改革。

深入推进农业供给侧结构性改革，要围绕“巩固、增强、提升、畅通”八字方针往深里做、往细里做。

韩长赋说：“农业供给侧结构性改革是一项系统工程。”当前，我国农业发展的主要矛盾已由总量不足转为结构性矛盾，矛盾的主要方面在供给侧。继续抓好去库存、降成本、补短板，把握好玉米去库存节奏，加大稻谷去库存力度，合理调整粮经饲结构，多措并举降低农业生产成本，加快补齐农业基础设施、生态环境、质量品牌等短板。

“处理好农民和土地的关系，仍然是深化农村改革的主线。”要保持农村土地承包关系稳定并长久不变，完善落实承包地“三权”分置的配套政策和法律法规。总结好农村土地制度3项改革试点经验，巩固改革成果。完善农村土地征收和农村集体经营性建设用地入市改革的配套制度，在修法基础上全面推开。稳慎推进农村宅基地制度改革，全面开展农村宅基地使用权确权登记颁证。

我国“大国小农”的基本国情决定了小农户家庭经营在很长一个时期内仍将是我国农业的基本经营方式。要正确处理发展适度规模经营和扶持小农户的关系，落实扶持小农户发展的政策，将小农户引入现代农业发展的轨道。要突出抓好家庭农场和合作社两类新型经营主体，启动家庭农场培育计划，开展农民合作社规范提升行动，进一步提高农业经营效率。

“我国是农业大国，还有近6亿农民，农业还是弱质产业，这个特殊国情要求我们必须不断完善农业支持保护制度。要适应世界贸易组织规则和推进农业供给侧结构性改革的要求，统筹兼顾市场化改革取向和保护农民利益的关系，强化高质量绿色发展导向，按照增加总量、优化存量、提高效能的原则，进一步完善农业支持保护政策。”韩长赋说。

对标全面小康硬任务，精准扶贫和农村人居环境整治稳扎稳打

打赢脱贫攻坚战是全面建成小康社会最大的硬任务，是实施乡村战略的优先任务。韩长赋说，2019年重点是咬定既定脱贫目标，全面排查解决影响“两不愁三保障”实现的突出问题，确保到2020年现行标准下农村贫困人口实现脱贫、贫困县全部摘帽、解决区域性整体贫困。要聚焦深度贫困地区，推动脱贫攻坚资金、重大工程项目、扶贫政策举措进一步向深度贫困地区倾斜，

坚决攻下脱贫难度最大的深度贫困堡垒。要把脱贫与后续发展结合起来，深入实施产业、生态、教育、健康、社会保障等扶贫，强化易地扶贫搬迁后续措施，增强贫困地区、贫困群众内生动力和自我发展能力，减少和防止返贫，巩固和扩大脱贫攻坚成果，做好脱贫攻坚与乡村振兴的衔接。

农村人居环境整治是乡村振兴的重要内容和一场硬仗。韩长赋说："良好生态环境是农村最大优势和宝贵财富，要守住生态保护红线，推动乡村自然资本加快增值，让良好生态成为乡村振兴的支撑点。"

2019年重点是抓好农村人居环境整治3年行动，深入学习推广浙江"千村示范、万村整治"工程经验，推动农村人居环境整治工作从典型示范转向面上推开，重点做好垃圾污水处理、"厕所革命"、村容村貌提升。要注重同农村经济发展水平相适应，同当地文化和风土人情相协调，绝不能"刮风""搞运动"，做表面文章。

加强党的领导，充分发挥党管农村工作的政治优势制度优势

习近平总书记指出，农业农村农民问题是关系国计民生的根本性问题，必须始终把解决好"三农"问题作为全党工作重中之重。完成2019年中央1号文件提出的硬任务，如何进一步加强党的领导？

韩长赋说，必须加强党对"三农"工作的领导，把党管农村工作的政治优势、制度优势充分发挥出来。

要加强农村基层党组织建设，充分发挥农村基层党组织战斗堡垒作用。以县为单位对软弱涣散村党组织"一村一策"逐个整顿。实施村党组织带头人整体优化提升行动，选好用好村党组织带头人，配齐配强班子，加大从青年农民、农村外出务工人员中发展党员力度。要加强和改善村党组织对村级各类组织的领导。要增强村级组织服务能力。按照有利于村级组织建设、有利于服务群众的原则，将适合村级组织代办或承接的工作事项交由村级组织，并保障必要工作条件。健全以财政投入为主的稳定的村级组织运转经费保障制度。因地制宜发展壮大村级集体经济，增强村级组织自我保障和服务农民能力。

要把加强乡村治理作为夯实党在农村执政基础的固本之策。韩长赋表示，要充分发挥群众参与治理的主体作用，打造充满活力、和谐有序的善治乡村。

加强农村精神文明建设。守牢农村思想文化阵地，引导农民践行社会主义核心价值观，深入挖掘农村优秀传统文化，通过村规民约等方式，推进农村移风易俗，革除陈规陋习，建设文明乡风。深入推进扫黑除恶专项斗争。坚决查处发生在农民身边的不正之风和腐败问题，加强农村矛盾纠纷调处化解和乡村公共安全隐患排查治理，努力确保农村社会风清气正、和谐稳定。

既管当前又管长远，增强农民发展生产信心

土地承包关系长久不变是重大宣示

刊播《人民日报》(11月29日2版)

作者 郁静娴

土地关系是农村最基本的生产关系，以土地制度为核心的基本经营制度是党在农村的政策基石。日前，《中共中央、国务院关于保持土地承包关系稳定并长久不变的意见》正式发布。在2019年11月28日举行的国务院新闻办公室发布会上，中央农村工作领导小组办公室主任、农业农村部部长韩长赋和农业农村部党组成员兼中央农村工作领导小组办公室秘书局局长吴宏耀对此进行了相关解读。

“一不动百不摇”的重要制度设计

发布会上指出，此次《意见》发布，意义重大、影响深远。韩长赋介绍，《意见》中长久不变的政策内涵，归纳起来为“两不变、一稳定”：保持土地集体所有、家庭承包经营的基本制度长久不变；保持农户依法承包集体土地的基本权利长久不变；保持农户承包地稳定。

“《意见》明确了巩固和完善家庭承包经营制度的基本方向，明确了保持土地承包关系长期稳定的基本原则，是一个关于农村土地政策的重大宣示，是一个既管当前又管长远，可以说是‘一不动百不摇’的重要制度设计。”韩长赋表示，长期稳定土地承包关系，充分保障农民的土地承包权益，完善农村土地承包经营制度，既有利于增强农民发展生产的信心，给他们吃下“定心丸”，又有利于促进农村土地流转，发展适度规模经营，还有利于保障农村的长治久安。

据介绍，我国现有农村承包土地15亿多亩，涉及近2亿农户。第二轮承包从1993年开始，到1999年基本完成。如果按承包期30年计算，到2023年就将大批到期，高峰期则集中在2026—2028年。继党的十九大报告之后，此次《意见》进一步明确，第二轮土地承包到期后再延长30年，使农村土地承包关系从第一轮承包开始保持稳定长达75年。

"这是实行'长久不变'的重大举措，也是具体体现。"韩长赋说。《意见》还规定，第二轮土地承包到期后应坚持延包原则，不得将承包地打乱重分，确保绝大多数农户原有承包地继续保持稳定，且延包以二轮承包到期为起点。

如何确保延包顺利组织实施？主要从3方面着手。一是把证书发到农民手中。2014年起全面推开了农村承包土地确权登记颁证工作，目前发证率超过94%，下一步要继续抓好"扫尾"工作，做到应发尽发。二是健全配套法律政策。按照新修订的我国《农村土地承包法》，抓紧修改完善《土地经营权流转管理办法》等相关配套法律法规和政策措施。三是开展延包试点，主要面向先期承包到期的县。在大面积操作实行之前，中央以及有关部门还会出台指导意见。

把选择权交给农民，保障农民承包权益

近年来，伴随城镇化加快推进，大量农民进城。2018年，全国约有2.88亿农民工，其中举家进城务工经商的有3 000多万户。这些进城农户的承包土地怎么处置？

"在土地问题上，要尊重农民的意愿和维护农民权益，把选择权交给农民。"韩长赋强调，此次出台的《意见》明确提出，现阶段不得以退出土地承包权作为农户进城落户的条件。对进城落户的农民，一方面引导他们在依法自愿有偿的原则下，将承包地转让或者退还集体。另一方面，也可以选择保留承包权、流转经营权，或者通过代耕托管等方式发展多种形式的适度规模经营。对长期弃耕抛荒承包地的，发包方可以依法采取措施予以纠正。

还有一种情况是，二轮承包以来，由于人口的增减和自然灾害等一系列原因，一些农户存在无地或者少地的状况。他们的权益该如何保障？

韩长赋介绍，据各地初步调查和统计，这部分农户约占总农户的0.94%。

《意见》对此明确规定，第二轮承包到期后，应坚持延包原则，不得将承包地打乱重分，现有承包地在二轮承包期期满以后由农户继续承包，有自然灾害损毁等特殊情形时，可按照大稳定、小调整的原则，按照法定程序在个别农户间做适当调整。

"这主要是从保护农户的承包权益和保障农业可持续发展两个方面角度考虑的。"韩长赋表示，对于无地少地农户的基本生活保障问题，各地也在研究和探索。一方面，有条件的地方可以通过集体预留的机动地（二轮承包的时候允许集体有条件可以留不超过5%的机动地）、新开垦的耕地、原承包户依法自愿交回的耕地以及承包农户消亡后集体依法收回的耕地来解决。另一方面，可以帮助无地少地的农民通过流转土地经营权来耕种土地，比如流转其他进城务工农民的土地。

"此外，还要在地外做文章。"韩长赋说，人多地少是我国的基本国情，不能无限地分割耕地来解决这些问题，也要帮助无地少地的农户提高就业技能、提高就业服务、广辟就业门路。

新型经营主体有了稳定预期，有利于适度规模经营有序推进

据统计，到2018年年底，全国有5.39亿亩耕地在不同主体间实现流转。按照《农村土地承包法》的规定，土地经营权流转期限不得超过土地承包的剩余期限。目前二轮承包即将到期，是否会影响新型经营主体流转土地的积极性？

"此次发布的《意见》一方面给承包户一颗'定心丸'，同时也给土地的受让方，也就是新型经营主体吃下了'定心丸'。"吴宏耀说，到期以后农户可以延包，经营主体可以再签续订合同，延期流转土地。同时，新修订的《农村土地承包法》规定，经承包方同意，受让方可以依法投资改良土壤，建设农业生产辅助设施、配套设施，并按照合同约定对投资部分获得合理补偿。

"在调研中也看到，很多农民和新型经营主体在合同中都约定，在承包到期后，在政策允许的情况下，继续由新型经营主体也就是原来的主体经营。"吴宏耀表示，在相关的政策和法律保障下，新型经营主体长期流转农民的土地开展经营活动，对农业长期投资是有稳定预期的。

"当然，流转不流转土地，是承包农户自己的选择。"韩长赋强调，《农村土地承包法》以及此次发布的《意见》都明确规定，任何组织和个人不得强迫或者阻碍土地经营权流转。同时，流转的期限不能超过第二轮承包剩余期限，流转后的土地必须用于农业，而不能从事非农建设。韩长赋表示，必须依法保护农民土地的流转权益，确保现有的土地承包关系保持稳定并长久不变，也确保适度规模经营、发展现代农业能够因时因地有序地推进。

确保如期完成“三农”硬任务的总部署
——透视2019年中央1号文件四大信号

刊播 新华社（2月19日）
作者 董峻 于文静 高敬 胡璐

2019年2月19日，新华社受权发布《中共中央、国务院关于坚持农业农村优先发展做好“三农”工作的若干意见》。这份2019年的中央1号文件开宗明义指出，2019年和2020年是全面建成小康社会的决胜期，“三农”领域有不少必须完成的硬任务。新华社记者第一时间采访权威专家，就文件精神进行全面解读。

对标全面建成小康社会“三农”硬任务

意见提出，对标全面建成小康社会“三农”工作必须完成的硬任务，适应国内外复杂形势变化对农村改革发展提出的新要求，抓重点、补短板、强基础，确保顺利完成到2020年承诺的农村改革发展目标任务。

2019年和2020年的硬任务有哪些？这份全文11 000多字的文件提出的有：确保现行标准下农村贫困人口实现脱贫、贫困县全部摘帽，建成8亿亩高标准农田，实现农村人居环境阶段性明显改善，基本完成农村宅基地使用权确权登记颁证工作等，涉及脱贫攻坚、人居环境、乡村产业、农村改革等诸多方面。

国务院发展研究中心农村经济研究部部长叶兴庆说，之所以说是“硬”任务，体现在3个方面：一是不可或缺性，脱贫攻坚、改善农村人居环境、保障粮食安全等都是全面小康不可或缺的重要方面。二是紧迫性，从现在起到2020年进入全面小康社会只剩下不到2年时间。三是艰巨性，这些问题解决起来需要付出真金白银，需要真刀真枪地干。

中央农村工作领导小组办公室秘书局副局长江文胜说，打赢脱贫攻坚战，是全面建成小康社会重中之重、急中之急的任务，深度贫困是最难啃的骨头，要聚焦深度贫困地区尽锐出战，集中优势兵力，推动脱贫攻坚资金、重大工程项目、扶贫政策举措进一步向深度贫困地区倾斜，坚决把这个坚中之坚攻下来。

落实农业农村优先发展总方针

文件提出，落实农业农村优先发展总方针，牢固树立农业农村优先发展政策导向。专家表示，农业农村优先发展要求能否落到实处，直接关系到“三农”这个战略后院能否守住，农村工作硬任务能否按期完成，农业农村现代化这个目标能否实现。

如何落实农业农村优先发展总方针？文件指出，各级党委和政府必须把落实“四个优先”的要求作为做好“三农”工作的头等大事——优先考虑“三农”干部配备、优先满足“三农”发展要素配置、优先保障“三农”资金投入、优先安排农村公共服务。

中央农村工作领导小组办公室秘书局副局长罗丹说，全面加强党对“三农”工作的领导，是落实农业农村优先发展方针的根本政治保证。党管农村工作是优良传统，也是最大的政治优势，必须贯彻到“三农”工作方方面面，进一步健全党委全面统一领导、政府负责、党委农村工作部门统筹协调的农村工作领导体制，强化五级书记抓乡村振兴的责任，真正把农业农村优先发展的总方针变成全党全社会的共同意志、共同行动。

中国人民大学农业与农村发展学院教授孔祥智认为，坚持农业农村优先发展的实质就是要在资金投入、产业布局、劳动力就业、基础设施建设、公共服务等方面向农业农村倾斜，逐渐矫正城乡之间的失衡状态，最终实现均衡发展。可以预期，在未来相当长的时期内，农业农村优先发展将会是中国农业农村政策的基本点。

保障重要农产品有效供给

专家表示，当前我国经济运行稳中有变、变中有忧，外部环境复杂严峻，经济面临下行压力，风险和困难明显增多。如果农业出现大的滑坡，粮食和重要农产品供给出了问题，不仅会带来物价上涨，使经济发展陷入增长下行和物价上行“双碰头”的被动局面，而且会影响社会稳定。必须始终绷紧端牢“饭碗”的弦，把加强农业特别是抓好粮食生产的政策举措落到实处。

对此，文件提出围绕“巩固、增强、提升、畅通”深化农业供给侧结构性改革，并部署了稳定粮食产量、巩固和提高粮食生产能力、调整优化农业结构、加快突破农业关键核心技术、实施重要农产品保障战略等一系列政策措施。

中国人民大学副校长朱信凯说，应对农产品的国际贸易压力，必须提高农产品的产量和品质、降低成本，从而提升国际竞争力。同时，牢牢把握农产品进口的主动权，拓展进口渠道，更好地统筹用好国际国内两个市场、两种资源，科学确定国内重要农产品保障水平，提高国内安全保障能力。

农业农村部科技教育司司长廖西元说，实施乡村振兴战略、推进农业农村现代化，根本要靠科技创新的支撑引领。立足未来，要加快攻克基因编辑技术、合成生物学技术、干细胞技术、智能化技术等颠覆性技术，推动农业多领域实现“弯道超车”、跨越式发展。

全面深化农村改革激发活力

文件对推进新一轮农村改革作出要求，专门用了一个章节部署全面深化农村改革的相关政策措施，包括：巩固和完善农村基本经营制度、深化农村土地制度改革、深入推进农村集体产权制度改革、完善农业支持保护制度等。

专家表示，改革开放从农村起步，农村改革始终是改革的重要领域和关键环节。处理好农民和土地的关系是新形势下深化农村改革的主线。农村土地制度改革要有底线思维，始终坚持农村土地集体所有、不搞私有化，坚持农地农用、防止非农化，坚持保障农民土地权益、不得以退出承包地和宅基地作为农民进城落户条件。

完善农业支持保护制度是深化农村改革的迫切任务和重要内容。中国社会科学院农村发展研究所研究员李国祥认为，当前需要对农业支持保护制度进行探索和完善。同时，加快补齐农村人居环境和公共服务短板，不仅要解决投资主体的问题也要重视维护工作，只有建立建设、运营、维护一整套行之有效的机制，才能让其真正运转并发挥出应有效益。

同济大学经济与管理学院特聘教授程国强表示，落实中央1号文件精神，各地不能有“等靠要”思想，应大胆探索，通过创新制度供给，引导优质要素向乡村合理流动和有序汇聚，解决制约农村发展的人、地、钱的问题。要注重改革“三农”工作管理体制，探索新型城乡管理、公共服务新体系，转变职能，理顺关系，提高效率。他还强调，建立地方党政“一把手”挂帅的、统筹城乡的综合配套改革领导机制，能够切实增强工作执行力。

集中力量攻坚“三农”硬任务

——中央农村工作领导小组办公室主任、农业农村部部长韩长赋解读2019年中央1号文件精神

刊播 新华社（2月20日）

作者 于文静　董峻

中共中央、国务院《关于坚持农业农村优先发展做好“三农”工作的若干意见》，即2019年中央1号文件于2019年2月19日公布。文件重点部署了哪些任务、如何确保农业农村优先发展、新一轮农村改革如何发力？中央农村工作领导小组办公室主任、农业农村部部长韩长赋于2019年2月20日在国务院新闻办公室举行的发布会上做了全面解读。

2019年、2020年必须完成5项硬任务

韩长赋说，2019年中央1号文件是决胜全面小康攻坚冲刺阶段的1号文件，是脱贫攻坚和乡村振兴交汇推进时期的1号文件，是改革开放40年新时代农村改革再出发的1号文件。

韩长赋表示，2019年和2020年是全面建成小康社会的决胜期，“三农”领域有不少必须完成的硬任务。打赢脱贫攻坚战是全面建成小康社会最大的硬任务，文件把它摆在突出位置，要加大“三区三州”等深度贫困地区脱贫攻坚力度，做好脱贫攻坚与乡村振兴的衔接。

第二项硬任务是抓好粮食生产。他说，要稳定扶持粮食生产的政策举措，确保粮食播种面积稳定在16.5亿亩，粮食产量保持稳定，严守18亿亩耕地红线。

第三项，增加农民收入。到2020年，农民人均收入比2010年翻一番，这是全面建成小康社会的硬指标。

第四项，改善农村人居环境。抓好农村人居环境整治3年行动，重点抓好

垃圾污水治理、“厕所革命”和村容村貌提升。

第五项，补齐农村基础设施和公共服务短板。文件提出要实施村庄基础设施建设工程，加强农村饮水、道路、用电、住房、物流、信息网络等基础设施建设。

“在其他领域也有硬任务，必须强化时间节点意识，加强统筹协调，细化工作举措，层层压实责任，确保这些硬任务能够按时按质收官交账。”他说。

突出农业农村优先发展政策导向

中央1号文件提出，落实农业农村优先发展总方针，牢固树立农业农村优先发展政策导向。

“农业农村优先发展是一个必须长期坚持的重大方针。”韩长赋说，1号文件提出了“四个优先”：在干部配备上优先考虑、在要素配置上优先满足、在资金投入上优先保障、在公共服务上优先安排。

他强调，要优先把优秀的干部充实到“三农”战线，优先把精锐力量充实到基层一线，优先把熟悉“三农”工作的干部充实到各地党政班子，建立健全“三农”工作干部队伍培养、配备、管理、使用机制。

同时，坚持把农业和农村作为财政优先保障领域和金融优先服务领域，加大公共财政倾斜力度，提高土地出让收入用于农业农村投入比例，确保农业农村投入力度不断增强、总量不断增加。

“优先贵在落实，要真正改变‘三农’工作‘说起来重要、干起来次要、忙起来不要’的现象，强化五级书记抓乡村振兴责任，把‘四个优先’的要求真正扛在肩上、抓在手上，并且和自己的政绩联系起来，层层落实责任，动真格、见实效、能考核。”韩长赋说。

土地制度改革是农村改革“重头戏”

韩长赋表示，1号文件对新一轮农村改革作出部署，处理好农民和土地的关系仍然是深化农村改革的主线，要以土地制度改革为牵引推进农村改革。

他说，要保持土地承包关系稳定并长久不变，扎实完成承包地确权登记颁证工作，妥善处理好、化解好遗留问题。这项工作已经基本完成，2019年要做好收尾工作。同时，研究出台第二轮土地承包到期以后再延长30年的配套政策，确保政策衔接。

据他介绍，农村土地征收、集体经营性建设用地入市和宅基地制度改革是正在继续深化的农村土地制度3项改革。试点比较成熟的，如农村土地征收和集体经营性建设用地入市，将会在修改相关法律基础上，完善配套制度、全面推开，加快建立城乡统一的建设用地市场。

试点不够成熟的，如宅基地制度改革，要稳慎推进，拓展改革试点，丰富试点内容，探索适度放活宅基地和农民房屋使用权的有效途径，盘活利用闲置宅基地和闲置农房，增加农民的财产性收入。

他同时强调，要坚持农村土地集体所有、不搞私有化，坚持农地农用、防止非农化，坚持保障农民土地权益、不得以退出承包地和宅基地作为进城落户的条件。

重点部署乡村治理工作

韩长赋说，现在一些农村婚丧陋习、老无所养等不良风气有所抬头，有些地方农村黑恶势力侵蚀农民的安全感和幸福感，一些农村基层党组织软弱涣散、服务动员农民的能力弱化，村民自治组织作用发挥得也不够。

对此，中央1号文件在完善乡村治理机制、加强农村精神文明建设、建设平安乡村、抓好农村基层党组织建设等方面都作出重点部署。

“乡村治理是乡村振兴的关键环节，它关系到农民的幸福感和安全感，关系农村社会稳定，也关系党在农村的执政基础。”韩长赋强调。

他还表示，完善村级组织运转经费保障机制是1号文件中一个很重要的政策，同时要因地制宜发展壮大集体经济。通过这些措施，发挥好农村基层党组织的“战斗堡垒”作用，带动提升乡村治理能力，完善乡村治理体系。

“大国小农”如何实现农业现代化

——中央农村工作领导小组办公室、农业农村部有关负责人解读中共中央办公厅、国务院办公厅《关于促进小农户和现代农业发展有机衔接的意见》

刊播 新华社（3月1日）
作者 于文静　董峻

占农业生产经营主体数量98%以上的小农户，如何在现代农业的新路中找到发展空间？适度规模经营和小农户家庭经营如何协同发展？2019年3月1日，中央农村工作领导小组办公室、农业农村部有关负责人在国务院新闻办公室举行的新闻发布会上对相关热点问题进行解读。

防止人为垒大户

中央农村工作领导小组办公室副主任、农业农村部副部长韩俊说，我国建设现代农业的前进方向是发展多种形式适度规模经营，培育新型农业经营主体。同时，也要看到小农户家庭经营是我国农业的基本面。以小农户为主的家庭经营是我国农业经营的主要形式，也是农业发展必须长期面对的现实。

据他介绍，根据第三次农业普查数据，我国小农户数量占到农业经营主体98%以上，小农户从业人员占农业从业人员90%，小农户经营耕地面积占总耕地面积的70%。

“在农业现代化过程中，一定要处理好培育新型农业经营主体和扶持小农户的关系，让党的农村政策阳光雨露惠及广大小农户。”韩俊表示。

韩俊说，此次文件强调各级党委和政府要高度重视小农户发展，在政策制定、工作部署、财力投放等各个方面加大工作力度，加快构建扶持小农户发展的政策体系，注重惠农政策的公平性和普惠性，防止人为“垒大户”，排挤小农户。

同时，统筹兼顾扶持小农户和培育新型农业经营主体，发挥新型农业经营主体对小农户的带动作用，引导小农户开展合作与联合。农业生产经营规模要坚持宜大则大、宜小则小，不搞一刀切、不搞行政命令；保持足够“历史耐心”，确保我国农业现代化进程走得稳、走得顺、走得好。

实施四方面政策支持

小农户发展生产普遍存在力量薄弱、缺少资金等问题。此次《关于促进小农户和现代农业发展有机衔接的意见》明确，强化小农户支持政策，充分发挥财政杠杆作用，鼓励各地采取贴息、奖补、风险补偿等方式，撬动社会资本投入农业农村，带动小农户发展现代农业。

中央农村工作领导小组办公室秘书局局长吴宏耀表示，关于对小农户的财政支持政策，2019年中央1号文件和这次的《意见》都作出明确要求，主要包括以下4方面：

——加大强农惠农富农政策力度。按照世界贸易组织规则保护农民利益，支持农业发展，稳定和完善普惠性的、直接对农民的补贴政策。同时，重点支持能带动农民增收致富的新型经营主体。

——实施新型职业农民培育工程。继续围绕农业职业经理人、现代青年农场主、农村实用人才带头人、新型农业经营主体骨干和农业产业扶贫对象等开展职业技能培训，计划2019年培育新型职业农民100万人以上。通过培训，使一部分小农户能够发展成为家庭农场。

—推进农业社会化服务。支持农村集体经济组织、专业化农业服务组织、服务型农民合作社、供销合作社等具有一定能力和提供有效稳定服务的主体，为从事粮棉油糖等重要农产品生产的农户，提供以生产托管和保姆式服务为主的社会化服务。

—大力培育发展家庭农场，支持农民合作社规范发展。

打造小农生产升级版

家庭农场是小农户的升级版，但在新型农业经营主体中，家庭农场的发展相对较弱。对此，《意见》提出启动家庭农场培育计划。

农业农村部政策与改革司司长赵阳在会上表示，我国家庭农场发展迅速，经农业农村部门认定或备案的家庭农场接近60万家，但在技术支撑、资金投入、产品销售等方面，还远远不能满足现代农业发展要求。

赵阳说，目前全国规模经营农户有398万户，家庭农场发展大有潜力。启动家庭农场培育计划，就是要通过财政、金融、保险等各方面支持政策，让有长期、稳定务农意愿的小农户能够稳步扩大经营规模，逐步发展成为规模适度、生产集约、管理先进、效益明显的家庭农场。2019年提出的百万家庭农场建设行动，将推动我国小农生产提档升级。

针对小农户时常遇到的一家一户办不了或办不好的生产问题，吴宏耀表示，《意见》提出要加强面向小农户的社会化服务，特别是要发展农业生产性服务。“果蔬等经济作物的社会化服务比例比较低，市场信息、产销对接、农作物病虫害防治、动物疫病防控、农业废弃物资源化利用等方面还是薄弱环节，也是下一步重点发展的服务领域。”

韩俊：中国有能力保障农产品供给

刊播 中央电视台（6月1日）
作者 宋建春　王凯博　郑天皓

【导语】

中央农村工作领导小组办公室副主任、农业农村部副部长韩俊接受记者采访时表示，面对中美经贸摩擦升级，中国有能力保障农产品的市场供给，守好“三农”的战略后院，为经济社会发展发挥“压舱石”作用。

【正文】

韩俊介绍说，美方挑起经贸摩擦并不断加码，正在使美国农业蒙受严重损失。

中国是美国最重要的农产品出口市场之一。2018年，美国对华大豆出口减了一半，2019年一季度，美国对华农产品出口同比下降60%，大豆出口同比下降80%。

【同期】**中央农村工作领导小组办公室副主任、农业农村部副部长　韩俊**

我们对美国进行反制，几乎把美国对中国出口的所有农产品都覆盖到了。现在美国农产品出现严重的库存积压，美国农民的收入缩水非常严重，如果中美经贸摩擦持续化，美国的农业会受到重创。

【正文】

韩俊表示，中国减少自美进口大豆，对国内市场大豆供应影响有限。目前，中国正在采取多种有效措施，保障大豆供需平衡。包括实施国产大豆振兴计划，预计到2020年，大豆种植面积将达1.4亿亩，总产量增至1 900万吨；通过改进饲料配方，每年可减少大豆需求1 400万吨；同时，俄罗斯以及南美国家更多的大豆也正在进入中国市场。

【同期】**中央农村工作领导小组办公室副主任、农业农村部副部长　韩俊**

谁都想把大豆卖到中国来，我们的市场对任何国家都是开放的。美国一旦失去了中国这个市场，要想再重新获得这个市场份额，就很难了。2019年我国大豆进口的总需求会下降，我国有充足的政策工具，我国有足够的运作空间，来弥补美国大豆进口减少形成的缺口。

【正文】

那么，中美经贸摩擦，对中国农产品的市场供给影响大不大?

【同期】**中央农村工作领导小组办公室副主任、农业农村部副部长　韩俊**

现在我们农产品的供给是非常稳定的。比如说我们的粮、棉、油、糖，这些大宗农产品生产形势比较好，库存比较充足，价格也比较稳定。

【正文】

韩俊表示，近期国内市场的水果、猪肉等农产品价格出现较大幅度上涨，与中美经贸摩擦没有直接关系。根据监测，近期的农产品价格上涨，主要是受前期气候、疫病等不利因素影响，具有一定的季节性和周期性。后期随着夏季时令水果大量上市，水果总体价格有望出现季节性回落，目前，生猪生产已经出现了恢复性迹象。

韩俊表示，2018年，中国农民工总量已达2.88亿人，从短期看，中美贸易摩擦持续升级，部分出口企业可能会出现减产，一些企业向海外转移产能和订单可能会加快，这对农民工就业会产生一定影响。目前，国家正在采取措施，最大限度稳定农民工就业。

【同期】**中央农村工作领导小组办公室副主任、农业农村部副部长　韩俊**

首先我们要大规模地面向农民工提供职业技能的培训，通过培训提高农民工转业转岗的能力。第二，结合乡村振兴战略的实施，增加农村内部的就业机会。要提高回乡创业的农民工的创业成功率。

【正文】

韩俊表示，2019年，我国夏粮有望获得好收成，夺取全年粮食和农业丰收有较好基础。在当前国内外复杂形势下，农业生产稳住了，“三农”战略后院守好了，经济社会发展就有了“压舱石”。

把"三农"领域事情办实办好

刊播《经济日报》(2月21日8版)

作者 乔金亮

"2019年的中央1号文件，是决胜全面小康攻坚冲刺阶段的1号文件，是脱贫攻坚和乡村振兴交汇推进时期的1号文件，是改革开放40年新时代农村改革再出发的1号文件。"在2019年2月20日的国务院新闻办公室新闻发布会上，中央农村工作领导小组办公室主任、农业农村部部长韩长赋表示，文件的指导性、针对性、前瞻性都很强，要全面抓好贯彻落实，把"三农"领域事情办实办好。

韩长赋说，文件着眼于稳市场、保供给，强化发展农业特别是抓好粮食生产的政策举措，明确要求稳定粮食生产面积、稳定粮食产量。着眼于稳就业、促增收，强调支持乡村产业发展壮大，进一步挖掘农村就业潜力，为农民提供更多就近就业机会。着眼于稳政策、促改革，在稳定农村基本政策的基础上，深入推进新一轮农村改革。着眼于稳社会、促和谐，强调加快补齐农村民生短板，着力营造风清气正、和谐稳定的农村社会环境。

聚焦五项硬任务

对标全面小康目标，"三农"工作有哪些硬任务？韩长赋说，"三农"领域面临许多必须完成的硬任务，文件列出任务清单，强化政策举措，集中力量补短板、强弱项，确保各项任务如期完成。

打赢脱贫攻坚战。这是全面建成小康社会最大的硬任务，是重中之重、急中之急。打赢脱贫攻坚战，重点要解决好实现"两不愁三保障"存在的薄弱环节。加大“三区三州”等深度贫困地区脱贫攻坚力度。减少和防止贫困人口返贫，做好脱贫攻坚与乡村振兴的衔接。

抓好粮食生产。这始终是农业农村工作的头等大事和首要任务。文件释放了明确的重农抓粮信号。要毫不放松抓好粮食生产，就是稳面积、稳产量、稳政策，稳定扶持粮食生产的政策举措，确保粮食播种面积稳定在16.5亿亩，粮食产量保持稳定。要严守18亿亩耕地红线，全面落实永久基本农田的特殊保护制度，巩固和提高粮食生产能力。

增加农民收入。到2020年，农民人均收入比2010年翻一番，这是全面建成小康社会的硬指标。这几年农民收入增长较快，已经连续9年增幅快于城镇居民收入。2019年和2020年要保持农民增收好的势头，所以文件对发展壮大乡村产业、拓宽农民增收渠道作出了安排。

改善农村人居环境。这是实施乡村振兴战略的重点任务。必须抓好农村人居环境整治3年行动，确保到2020年农村人居环境得到阶段性明显改善。这方面要重点抓好垃圾污水治理、“厕所革命”和村容村貌提升。各地农村的情况千差万别，推进人居环境整治要从实际出发，坚持因地制宜、分类指导，循序渐进、量力而行，注重同农村经济发展水平相适应，同当地的文化和风土人情相协调。

补齐农村基础设施和公共服务短板。农村基础设施和公共服务落后，是城乡差距最直观的表现，也是农民反映强烈的民生痛点。所以，要加快补齐短板，改善农村民生。文件提出要实施村庄基础设施建设工程，加强农村饮水、道路、用电、住房、物流、信息网络等基础设施建设，提升农村教育、医疗、卫生、社会保障、文化体育等公共服务水平，加强农村污染治理和生态环境保护，推动农业农村绿色发展，建设山清水秀、天蓝地绿的生态宜居乡村。

全面落实“四个优先”

农业农村优先发展是党中央从党和国家事业发展全局出发提出的，是必须长期坚持的重大方针。如何才能落到实处、见到实效？文件对此提出要求，就是“四个优先”：

在干部配备上优先考虑。要优先把优秀的干部充实到“三农”战线，优先把精锐力量充实到基层一线，优先把熟悉“三农”工作的干部充实到各地党政班子，建立健全“三农”工作干部队伍培养、配备、管理、使用机制，打造一支“一懂两爱”的“三农”工作队伍。

在要素配置上优先满足。要破除阻碍要素城乡流动、平等交换的体制机制障碍，改变资源要素向城市单向流动格局，引导和支持土地、人才、资金、技术以及科技等各类发展要素向农业农村流动，释放发展潜力和活力。

在资金投入上优先保障。要坚持把农业和农村作为财政优先保障领域和金融优先服务领域，加大公共财政倾斜力度，提高土地出让收入用于农业农村投入比例。过去长期是“取之于农，主要用之于城”，今后要确保农业农村投入力度不断增强、总量不断增加。

在公共服务上优先安排。要努力推进城乡基本公共服务标准统一、制度并轨，能够实现形式上的普惠向实质上的公平转变，让农民在农村就可以享受到优质的公共服务资源。

韩长赋说，优先发展贵在落实，要真正改变“三农”工作“说起来重要、干起来次要、忙起来不要”的现象，强化五级书记抓乡村振兴责任，把“四个优先”的要求真正扛在肩上、抓在手上。

深化三块地改革

乡村振兴战略提出1年多来，已经实现良好开局。各地已出台了实施乡村振兴战略的地方规划，基本搭建起了乡村振兴战略实施的“四梁八柱”，明确提出了推进乡村振兴战略的时间表、路线图和任务书。同时，针对重点领域和关键环节，从中央到地方，研究出台了一批专项规划、行动计划、实施方案，部署了一批重大工程、重大项目、重大行动。

2019年是新一轮农村改革的开局之年，应如何推进改革激活农村活力？韩长赋说，处理好农民和土地关系仍然是深化农村改革的主线，要以土地制度改革为牵引推进农村改革。首先，要保持土地承包关系稳定并长久不变。要扎实完成承包地确权登记颁证，处理好、化解好遗留问题，将土地承包经营权证书发到农户手中。这项工作已经基本完成，2019年要做好收尾工作。同时，研究出台第二轮土地承包到期以后再延长30年的配套政策，确保政策衔接，能够平稳过渡。

“要继续深化农村土地制度3项改革。土地征收、集体经营性建设用地入市和宅基地制度改革已经实行了4年，要总结试点经验，巩固扩大改革成果。”韩长赋表示，对试点比较成熟的，比如农村土地征收和集体经营性建设用地入市，将会在修改相关法律基础上，完善配套制度，全面推开，加快建立城乡统一的建设用地市场。对试点不够充分不够成熟的，比如宅基地制度改革，要稳慎推进，探索适度放活宅基地和农民房屋使用权的有效途径，盘活利用闲置宅基地和闲置农房。农业农村部将组织开展农村宅基地和农房调查，摸清全国宅基地的基本情况，力争2020年基本完成宅基地使用权的确权登记颁证工作。

韩长赋强调，农村土地制度改革是大事，必须稳慎推进。改革要守住底线，就是要坚持农村土地集体所有、不搞私有化，坚持农地农用、防止非农化，坚持保障农民土地权益、不得以退出承包地和宅基地作为进城落户的条件。总之，以土地制度改革为牵引推进新一轮农村改革，会进一步释放农村发展活力。

中央1号文件为何连续16年聚焦“三农”

刊播 中新社（2月20日）

作者 王庆凯

2019年中央1号文件《中共中央、国务院关于坚持农业农村优先发展做好“三农”工作的若干意见》于2019年2月19日发布。这是21世纪以来，中央1号文件连续第十六年聚焦“三农”工作。

在当前经济形势下，中央1号文件为何继续锁定“三农”？中央农村工作领导小组办公室主任、中国农业农村部部长韩长赋于2019年2月20日在国务院新闻办公室回应中新社记者提问时表示，这一方面体现了中央对“三农”工作的高度重视和对亿万农民的关怀；另一方面，2019年和2020年是中国全面建成小康社会的决胜期，而小康社会的短板和难点就是“三农”工作，就在农村。

“中央1号文件”原指中共中央每年发的第一份文件，自2004年至今，中央1号文件每年都聚焦“三农”，如今已成为中央重视农村问题的“专有名词”。

中国农业农村部农村经济研究中心主任宋洪远认为，中国经济发展进入新常态，正从高速增长转向中高速增长，如何在经济增速放缓的背景下继续强化农业基础地位、促进农民持续增收，是必须破解的重大课题。

专家表示，当前中国经济面临下行压力，内外部风险和困难错综复杂。如果农业出现大问题，将会使经济发展陷入增长下行和物价上行“双碰头”

的被动局面，继而影响社会稳定。

"手里有粮，心里不慌。"农业是支撑中国经济的基础产业，当下"三农"工作更应起到中国经济"压舱石"的作用，为有效应对国内外各种风险挑战赢得主动，必须要夯实农业基础，保障重要农产品有效供给。

2019年的中央1号文件提出，要确保粮食播种面积稳定在16.5亿亩，严守18亿亩耕地红线。并且要优化农业结构，扩大大豆、木本油料种植和油菜生产等，实施重要农产品保障战略系列政策措施。

中国人民大学农业与农村发展学院教授孔祥智认为，坚持农业农村优先发展的实质就是要在资金投入、产业布局、基础设施建设等方面向农业农村倾斜，逐渐矫正城乡之间失衡状态。可以预见，未来一段时间内，农业农村优先发展将是中国农业农村政策的基本点。

2019年中央1号文件从8个方面对"三农"工作做了部署，据记者统计，着墨最多的当属全面深化农业农村改革。

农村改革一直备受各方关注，2019年的中央1号文件一锤定音：要继续深化农村土地制度改革。坚持农村土地集体所有、不搞私有化，坚持农地农用、防止非农化，坚持保障农民土地权益、不得以退出承包地和宅基地作为农民进城落户条件。要健全农村土地流转规范管理制度，发展多种形式农业适度规模经营，允许承包土地的经营权担保融资。

中央1号文件还指出，要在修改相关法律的基础上，全面推开农村土地征收制度改革和农村集体经营性建设用地入市改革。这意味着，非农建设用地将不再必须"国有"，扫清了集体经营性建设用地直接入市的法律障碍。

同济大学经济与管理学院教授程国强认为，落实1号文件精神，各地不能有"等靠要"思想，应通过创新制度供给，解决制约农村发展的人、地、钱问题。注重改革"三农"工作管理体制，探索新型城乡管理、公共服务新体系，转变职能。

山东济南章丘区农村集体产权制度改革办公室主任江世青表示，章丘接下来将按照中央1号文件的要求继续深化农村集体产权改革，总结推广目前资源变资产、资金变股金、农民变股东取得的经验，多种形式发展壮大农村集体经济，增加农民收入，探索集体资产股权质押贷款办法，实现农村集体产权流转通畅。

2019年的中央1号文件公布后，金融市场反应最快，在利好推动下，2019年2月20日，哈高科、科迪乳业、西部牧业等泛农业股开盘集体大涨。

评论观点

COMMENTS AND VIEWS

2019“三农”新闻作品选

决胜全面建成小康社会 推进乡村全面振兴

刊播《人民日报》(2月20日1版)

作者 朱隽

中国要强，农业必须强；中国要美，农村必须美；中国要富，农民必须富。

新春伊始，中共中央、国务院发布《关于坚持农业农村优先发展 做好“三农”工作的若干意见》。这是21世纪以来，党中央连续发出的第十六个“1号文件”，为我们做好新时代“三农”工作，促进农业全面升级、农村全面进步、农民全面发展提供了重要遵循。

2019年的“1号文件”立足“三农”发展新形势，对标全面建成小康社会“三农”工作必须完成的硬任务，适应国内外复杂形势变化对农村改革发展提出的新要求，突出强调牢牢把握稳中求进工作总基调，落实高质量发展要求，坚持农业农村优先发展总方针，巩固农业农村发展好形势。抓好各项硬任务的落实，对做好2019年及2020年“三农”工作意义重大。

2018年是全面贯彻党的十九大精神的开局之年。在以习近平同志为核心的党中央坚强领导下，农业发展稳中有进，打赢脱贫攻坚战3年行动开局良好，乡村建设迈出新的步伐，农村改革深入推进，农村社会保持和谐稳定。“三农”持续向好形势进一步巩固，为保持经济持续健康发展和社会大局稳定奠定了坚实基础。

当前，经济下行压力加大，外部环境发生深刻变化，形势越是复杂，做好“三农”工作越具有特殊重要性。就当前看，农业仍是“四化同步”的短腿，农村还是全面建成小康社会的短板。只有稳住“三农”这个基本盘，才能为有效应对各种风险挑战赢得主动，为做好全局工作增添底气。确保顺利完成到2020年农村改革发展目标任务，是党中央对全体人民特别是亿万农民的庄严承诺，直接关系全面建成小康社会的成色和社会主义现代化的质量，关系我们党在人民群众中的威信。我们必须坚持把解决好“三农”问题作为全党工作重中之重不动摇，抓重点、补短板、强基础，推动乡村全面振兴，加快推进农业农村现代化。

小康不小康，关键看老乡。打赢脱贫攻坚战是全面建成小康社会的底线任务，必须不折不扣完成好。要聚力精准施策，决战决胜脱贫攻坚，主攻深度贫困地区，着力解决突出问题，巩固扩大脱贫攻坚成果。要扎实推进乡村建设，加快补齐农村人居环境和公共服务短板；发展壮大乡村产业，拓宽农民增收渠道；完善乡村治理机制，保持农村社会和谐稳定，不断提高广大农民的获得感、幸福感、安全感。

手中有粮，心中不慌。对于一个有着近14亿人口的大国来说，粮食问题须臾不能放松。随着消费升级，人们的需求已从吃得饱转向吃得好、吃得健康。要达到这一目标，进一步夯实农业基础、保障重要农产品有效供给是前提。农业农村发展，根本依靠深化改革。要围绕“巩固、增强、提升、畅通”把农业供给侧结构性改革往深里做、往细里做，以土地制度改革为牵引推进农村改革，通过改革释放发展活力，为乡村振兴和农业农村现代化增添动力。

办好农村的事情，关键在党。要加强党对“三农”工作的全面领导，把农业农村优先发展落到实处，强化五级书记抓乡村振兴制度保障，培养懂农业、爱农村、爱农民的“三农”工作队伍，充分发挥好农村党支部战斗堡垒作用和农民主体作用。要坚持从实际出发做好“三农”工作，因地制宜、分类施策，循序渐进、量力而行，稳扎稳打、久久为功，注重实效、防止做表面文章。

没有农业农村的现代化，就没有国家的现代化。没有乡村的振兴，就没有中华民族伟大复兴。2019年是新中国成立70周年，是全面建成小康社会的关键之年。全面贯彻落实习近平总书记关于做好“三农”工作的重要论述，锐意进取、攻坚克难、扎实工作，我们就能让亿万农民有更多实实在在的获得感、幸福感、安全感，谱写新时代乡村全面振兴的新篇章。

做好"三农"工作关键在党

刊播《人民日报》(3月3日4版)

作者 高云才 顾仲阳

党的领导，是"三农"发展的坚强政治保障。

"加强党对'三农'工作的领导，落实农业农村优先发展总方针"，2019年中央1号文件就坚持加强和改善党对"三农"工作的领导提出了明确要求、作出了重要部署。贯彻落实中央1号文件精神，各级党委和党组织就要对标全面建成小康社会必须完成的硬任务，对照中央1号文件的各项部署，以"钉钉子"的精神一抓到底，心贴心办事，实打实交账。

办好农村的事情，实现乡村振兴，关键在党。党的十八大以来，农业农村发展之所以取得历史性成就、发生历史性变革，最根本的原因在于以习近平同志为核心的党中央坚强领导，勇于推动"三农"工作理论创新、实践创新、制度创新，推动农业农村发展呈现良好态势。2019年是全面建成小康社会的关键之年，面对经济下行压力加大、外部环境发生深刻变化的复杂形势，发挥"三农""压舱石"作用至关重要。必须进一步加强党对"三农"工作的领导，全面实施乡村振兴战略，坚决打赢脱贫攻坚战，加快推进农业农村现代化，确保顺利完成到2020年承诺的农村改革发展目标任务。

加强党对"三农"工作的领导，就要强化五级书记抓乡村振兴的制度保障。要制定落实责任实施细则，严格督查考核，出台实绩考核意见，加强考核结果应用，以考核指挥棒推动责任层层压实。领导带好头才能形成工作好势头。五级书记要作表率，挂帅又出征，工作安排和精力分配上真正与"三农”重中之重的地位相匹配，真正把农业农村工作扛在肩上、抓在手上。

加强党对“三农”工作的领导，就要发挥农村党支部战斗堡垒作用。基础不牢，地动山摇。农村人口流动频繁，社会结构多元，组织形式多样，利益关系复杂，农村基层党组织只能抓实建强，不能弱化、虚化、边缘化。要配齐配强班子，建立第一书记派驻长效工作机制，加强和改善村党组织对村级各类组织的领导，增强乡村治理能力，确保党的“三农”工作路线方针政策落地生根，巩固党在农村的执政基础。

加强党对“三农”工作的领导，就要培养懂农业、爱农村、爱农民的“三农”工作队伍。人才振兴是乡村振兴的基础。要建立“三农”工作干部队伍培养、配备、管理、使用机制，把乡村人才纳入各级人才培养计划予以重点支持，充分激发乡村现有人才活力，引导各类人才投身乡村振兴。要发挥好农民主体作用，把发动群众、组织群众、服务群众贯穿乡村振兴全过程，激发和调动农民群众积极性主动性，不断增强亿万农民的幸福感和获得感。

沧海横流显砥柱，万山磅礴看主峰。全面贯彻落实习近平总书记关于做好“三农”工作的重要论述，汇聚起全党上下、社会各方的强大力量，勠力同心、苦干实干，农业强、农村美、农民富的美好图景就一定能变成现实。

每天二两肉　民生重千钧

刊播 新华社（9月5日）
作者 王立彬

每人每天2两肉，是按国务院办公厅印发的《中国食物与营养发展纲要（2014—2020年）》人均1年29公斤肉基本需求计算来的。对大多数国人而言，猪肉是肉类蛋白重要的摄入来源之一，所以确保猪肉供应、稳定市场价格，关系到大多数人的碗里荤腥，是涉及千家万户菜篮子的大事。

保供应、稳市场，要补短板、抓节点。保障城乡居民肉类消费需求，首先要从价格承受能力最弱的低收入群体着眼。据国家发展和改革委员会最新数据，2019年4月份以来，按照社会救助和保障标准与物价上涨挂钩和联动机制，全国已经有29个省份和新疆生产建设兵团先后启动价补联动机制，累计发放价格临时补贴约24亿元，补贴困难群众9 000余万人次。要千方百计保障人民群众吃得上肉、吃得起肉，特别要保障低收入群体节假日碗里有肉，而且尽可能地要多几片肉。兜住这个底，就兜住了公众的关切。

保供应、稳市场，要着眼当下，解燃眉之急。就当下看，2019年以来，在防控非洲猪瘟疫情同时，中央就明确要求各地抓好牛羊禽鱼等可替代猪肉的肉类的生产与供应，由于下手早，效果较好。特别是鸡鸭等禽肉生产周期短、见效快，目前总体供给充足、价格稳定。猪肉在我国肉食消费中的比重，由改革开放初的90%多降至目前的60%出头，一个重要因素就是其他肉类的替代，就是“两条腿的顶替了四条腿的，没有腿的顶替了两条腿的”。当前要着眼于供需结构调整，主动做好各种肉类的生产、屠宰、冷冻、运输、上市，切实做好禽流感等秋冬疫情防控，同时做好市场价格监管，坚决防止信息扭曲、市场失灵、哄抬物价造成猪牛羊鱼禽等联动涨价。

栏之不存，猪将焉附？从长远来看，要尽快遏制生猪产能下降趋势，恢复存栏量出栏量。近年来，我国生猪规模养殖发展势头较快，规模化比重不断提高，但总体上仍以分散养殖为主，良种化、设施化、规范化、标准化水平较低。这不仅导致低产出和养殖环节收益不高，而且也是环境污染、防疫水平低以及生产波动幅度大形成“猪周期”的重要原因。着眼于长远，要更好发挥政府作用，健全市场调控机制，发展规模化养殖，做好产销区对接，从根本上弱化“猪周期”作用。

凡事过犹不及。一定要按中央要求，因地制宜、循序渐进，不允许超越法律规定，以环境整治之名，一刀切拆圈推栏，把生产生活与生态对立起来，人为打破养殖业与市场供需周期而造成新的市场波动。

像抓粮食生产一样抓生猪生产

刊播《经济日报》(12月4日9版)

作者 乔金亮

解决老百姓吃肉问题，必须坚持立足国内基本自给的方针。要树立大农业观，把生猪生产提升到更高位置上来，像抓粮食生产一样抓生猪生产。稳定生猪生产，保障猪肉供应，事关“三农”发展、物价稳定、群众生活和经济社会发展大局。今后要建立健全支持生猪产业发展的政策体系。

一段时间以来，生猪供给受到社会广泛关注。在2019年11月30日召开的全国畜牧业工作会议和全国大中城市“菜篮子”产品保供座谈会上，国务院领导同志对生猪保供稳价工作提出明确要求。事实证明，解决老百姓吃肉问题，必须坚持立足国内基本自给的方针。要树立大农业观，把生猪生产提升到更高位置上来，像抓粮食生产一样抓生猪生产。主产区应该认识到，生产和调出粮食是为国家作贡献，生产和调出猪肉也是为国家作贡献。

解决好吃饭问题，始终是治国理政头等大事。全面建成小康社会，要端牢中国人的饭碗，碗里得有粮有菜有肉。养猪业是关乎民生的重要产业，猪肉是大多数居民最主要的肉食品，在CPI中的权重也比较大。我国是生猪生产和消费大国，生猪饲养量和消费量均占全球的一半。稳定生猪生产，保障猪肉供应，事关“三农”发展、物价稳定、群众生活和经济社会发展大局。

保障近14亿人的畜产品供应，必须立足国内生产。从国际上看，全球猪肉总贸易量约800万吨，不到国内产量的15%。2018年及以前，我国猪肉进口总体保持增长势头，但最大年份也只有160万吨，占国内产量的比重始终没超过2%。从国内来看，在全部肉类消费中，猪肉占比高达62.7%。因此，要加快实施重要农产品保障战略，与三大谷物一样，必须确保猪肉基本自给，目标是95%以上的自给率。

本轮生猪产能下滑，直接原因是非洲猪瘟疫情以及部分地区盲目禁养限养，但一些制约养猪业发展的长期问题更要警惕。一些地方因为养猪没有税收，不仅占用土地资源，还有环保压力、防疫压力和食品安全压力，因而排斥养猪业。个别地方借口当地产业升级、环境保护等需要，甚至提出打造“无猪市”“无猪县”。这些地方忘记了“菜篮子”市长负责制的要求，“只想吃肉、不想养殖”，企图把生猪保供给都甩给市场。

眼下，生猪产业政策环境已进入宽松期，成为促进生产恢复和产业转型的重大利好。各部门相继出台了扑杀补贴、贷款贴息、生猪保险、用地支持、规范禁养区管理、财政支持、信贷支持等举措。不少省份也把养殖目标任务层层分解到市到县。从长远计，今后要建立健全支持生猪产业发展的政策体系。

要健全生猪产业支持保护制度。目前，我国生猪养殖场户约有2 600万户，规模养殖比重达49.1%，意味着规模场和散养户的生猪产量各占一半。但从养猪主体的数量上看，仍以小散户为主，年出栏500头以上的规模场户只有18.7万户。过去养猪业的政策主要围绕散养户，今后要适应规模养殖需要，在继续支持和引导散养户的前提下，出台适宜规模养殖主体的支持政策。

要压实各地发展畜牧业责任制。此前，国务院文件已明确发展生猪生产、保障市场供应实行省负总责，要求主产省份细化猪肉稳产增产、主销省份保持一定自给率的发展目标。今后，应进一步鼓励生猪主销省份支持主产省份发展生猪生产，通过资源环境补偿、跨区合作建立养殖基地等方式，推动形成销区补偿产区的长效机制。对于生猪调出大县，增加奖励资金规模，发挥生猪调出大县的支撑保障作用。

要加快提高畜牧业竞争力。在开放条件下，产业竞争力不完全在于规模。对比小麦、稻谷等主粮，我国畜禽产品所享受的关税保护很少。我国猪肉进口来源国有21个，还有更多的国家希望进入中国市场。从竞争角度看，美国的优势在于土地集约、科技发达，澳大利亚的优势在于天然牧场资源，我国的优势在于农牧结合、种养循环。因此，要充分发挥农牧结合优势，降低养殖成本，解决养殖污染，将发展畜牧业作为农业结构调整优先方向。

保供稳价慢不得 转型升级等不起

刊播《农民日报》(9月2日4版)

作者 冯克 孟德才

2019年6月份以来，不少家庭主妇发现猪肉贵了，还贵了不少。此前20几块钱1公斤的猪肉，现在卖到了30多块。涨价的直接原因是生猪产能的下降。据农业农村部监测数据，全国生猪存栏已连续7个月下降，7月份同比降幅更是达到32.2%，降幅之大近10年未有。产能连降，肉价攀升，家庭主妇皱了眉，更惊动了党中央、国务院。前不久，李克强总理在哈尔滨考察时专门到菜场问价，特别关注猪肉涨价情况。8月底，国务院先是开了常务会，又专门开了电视电话会，主题紧紧围绕稳定生猪生产、保障市场供应。

周期性价格波动，似乎是生猪市场常态，但这一轮涨价，原因却比较复杂。远的说，2018年2月份开始，生猪价格周期性下行，养猪业不景气，养猪场户“不想养”，形成了一轮去产能周期。近的说，非洲猪瘟疫情致死率高，没有有效疫苗，很多养猪场户“不敢养”。还有一些长期性因素，比如，发展养猪业地方财政没税收，还要贴钱、要占地，要承担环保责任、防疫责任、食品安全责任，有些地方政府觉得不划算，禁养限养层层加码，“不让养”；还比如，养猪场户缺乏担保抵押物，长期存在的融资难问题导致农民“缺钱养”。从母猪怀孕到育肥猪出栏约10个月，没有及时补栏的后果刚好在2019年6月份开始显现。

尽管2019年猪肉减产已成定局，但考虑到替代品禽牛羊等生产发展较快，适当进口增加，以及猪肉消费下降等因素，2019年肉类供应总体是有保障的，老百姓碗里不至于缺肉。不过，我们却丝毫不能掉以轻心。俗话说，猪粮安天下。碗里有肉是小康社会的一个基本标志，是老百姓对幸福生活的直观感受。如果不能尽快遏制生猪生产下滑势头，一旦猪肉市场严重短缺，价格远超普通群众承受范围，老百姓吃不到、吃不起猪肉了，必然会影响他们的幸福感和获得感。

因此，考虑到生产周期，要打赢猪肉保供稳价之战真是慢不得！当前，必须按照国务院常务会议精神和电视电话会议要求，循因施策、对症下药，拿出一系列大招、硬招、实招，千方百计扭转生猪产能下滑势头，千方百计保障市场供应。

加快恢复生猪生产，这是火烧眉毛的要紧事。治急症要用猛药，只要是对恢复生猪生产有用，该使出来的招都要使，能用的办法都要用。比如，以种猪场和规模养殖场为重点开展生产救助，稳定能繁母猪和生猪存栏；发挥龙头企业和专业合作社作用，带动农户补栏增养；优化种猪跨省调运检疫程序，打通仔猪、种猪及冷鲜、冷冻猪肉运输“绿色通道”等，用足政策工具箱，加速恢复生产。

抓好非洲猪瘟疫情防控，相比之下这是个慢工程，来不得半点松懈。在有效疫苗研制出来之前，要做好打持久战的准备，摸清底数，真实全面掌握疫情，强化疫情传播重要关口、重点环节的监管，把已发生的疫情控制住，竭力避免发生新疫情。

还要好好治一治有些地方不愿养猪的心病。落实环保要求无可厚非，但以此为借口“甩包袱”，采取不当行政手段以“禁”代“治”就不对了。必须立即取消、坚决纠正超出法律法规范围的禁养限养规定，对确需关停、搬迁的规模化养殖场，要支持异地重建，不能“一拆了之”。

也要多措并举提振养猪场户的信心。信心贵比黄金，要尽快将生猪调出大县奖励、疫病扑杀补助、规模养殖场临时性生产补助、能繁母猪和育肥猪保险、养殖场户贷款贴息等政策落实到位，用真金白银的支持增强养殖场户的补栏底气。

尽快恢复生产的同时，市场这头也要关注到两个群体。一是困难群众，要及时把价格临时补贴发放到他们手中，避免因涨价吃不上肉；二是投机商贩，要加强市场监管和行政处罚，一旦发现捏造散布谣言、囤积居奇、串通涨价等违法行为，查处一起，曝光一起。

战略上高度重视，战法上迅速得当，相信打赢这场生猪保供稳价之战指日可待。然而，偶然中蕴含着必然。造成此轮猪价上涨的偶然因素叠加在一起，暴露出我国生猪产业规模化养殖比重偏低，活猪长距离调运弊端多，基层防疫体系不健全，养殖粪污处理不到位等深层次痛点。

如果说保供稳价是当务之急，那么产业转型才是治本之策；如果说保供稳价慢不得，那么产业转型更是等不起。只有加快建立起现代化的生猪养殖、流通、防疫体系，才能从根本上降低猪周期发生的频次和波动幅度，避免生猪生产和市场供应再次出现大的反弹。

推动产业转型升级，要干的事很多，“重中之重”是推动养殖体系实现“小散弱”向规模化转变，流通体系实现从“运猪”向“运肉”转变。如此，先进技术应用、疫病防控、绿色养殖、质量安全等产业转型预期才能真正实现。当然，在这个过程中，要促进生猪散养户与现代化养殖体系的有机衔接，不能搞强制退出，保护好农民利益；要加快建立销区补偿产区的长效机制，引导生猪屠宰加工业向养殖集中区域转移，调整利益格局，充分调动主产区积极性。

总之，如何让市民买得起、又让农民增收入，怎样让主产区养猪有实惠、又要让主销区吃肉有保障，这是摆在我国生猪产业转型升级面前的紧迫课题。答好这一课题，我国生猪产业才能焕然一新，老百姓碗里有肉也才能得到更加有力的保障。

编筐编篓收好口　一鼓作气决全胜

刊播《农民日报》(12月22日1版)

作者 施维

刚刚闭幕的中央农村工作会议，是继中央经济工作会议之后的又一次重要会议，也是我们在迈向实现第一个百年奋斗目标伟大征程上的一次关键会议。习近平总书记的重要指示，从全局和战略高度深刻阐明了做好2020年“三农”工作的特殊重要性，明确了2020年“三农”工作的总体要求和主攻方向，为我们做好“三农”工作提供了行动指南和根本遵循。我们一定要认真学习、深刻领会，统一思想、狠抓落实，不折不扣完成中央部署的各项重点任务。

何谓特殊重要性？就是非同一般、非同往常的重要。2020年，是全面打赢脱贫攻坚战的收官之年，是全面建成小康社会目标实现之年，中华民族伟大复兴征程上即将迎来具有里程碑意义的重大时刻。全面建成小康社会，最突出的短板在“三农”，最艰巨的任务在“三农”，我们能否如期兑现党中央向全国人民作出的庄严承诺，我们能否按时交上一份无愧于历史的答卷，很大程度上要看2020年“三农”工作的成效如何。“三农”工作的重要性我们年年都讲，年年都强调，而2020年的“重要性”既是对“三农”工作“压舱石”作用必须的“重锤响鼓”，更是具有特殊历史意义和战略意义的必然要求。全面小康，“三农”不能拖后腿。站在重要的历史关口，我们必须要切实提高历史站位和政治自觉，克服松懈、麻痹思想，全力谋划做好2020年“三农”工作。

特殊重要性，必然意味着特殊的责任。做好2020年“三农”工作，头绪多、任务重、要求高。干什么，怎么干？关键就是要落实好九个字“抓重点、补短板、强弱项”。必须紧紧围绕全面建成小康社会和打赢脱贫攻坚战两大目标任务，既要把常抓不懈的基础性工作和战略性任务做实做好，更要把当务之急的事情抓紧解决好。要坚决打赢脱贫攻坚战，不获全胜，决不收兵。这是全面建成小康社会的重中之重，是必须完成的硬任务。既要集中力量全面完成剩余脱贫任务，又要采取有效措施巩固成果防止返贫；要加快补上农村全面建成小康社会的短板，集中资源，精准施策。各地要对标全面小康定性定量指标，认真梳理查找各自短板，从实际情况出发，补上在农村基础公共设施、社会保障、公共文化领域、生态环境等方面的短板；要做好粮食、生猪等重要农产品稳产保供，这始终是“三农”领域的头等大事。对发展中存在的风险隐患和未来面临的各种挑战，都要有科学的预判和全面的准备。中国人的饭碗应主要装中国粮和重要副食品，全面建成小康之年应该是一个丰收年。

编筐编篓，重在收口。最后一年，越到收尾阶段越是难啃的硬骨头、难打的硬仗，2020年的任务绝不是轻而易举、吼一嗓子就能够完成的。既要精锐尽出、努力冲锋，也要稳字为先、脚踏实地。要做到真心实意地干，关键就是看党政一把手责任是否压实了，“千难万难，一把手重视就不难了”，要把完成全面建成小康社会目标领域重点任务列入党政一把手工程，和政绩考核联系到一起；要坚持真金白银地投，说一千道一万，有没有投入是关键，日子再紧也得优先保障“三农”、尽着“三农”，还得集中力量打硬仗，把钱花在刀刃上；要敢于真刀真枪地拼，“敲锣打鼓”是建不成小康社会的，关键时刻必须有过硬的作风和担当，敢于迎难而上、较真碰硬，才能限期啃下硬骨头。要坚持因地制宜、实事求是。我国各地情况千差万别，短板也不尽一致，各地一定要根据各自实际认真查补，不能简单套用全国要求；补短板是要补全面建成小康社会的短板，不是补现代化的短板，既要保证质量，也要防止盲目攀比、吊高胃口。

做好2020年“三农”工作意义之大、要求之高、任务之重，前所未有。我们一定要深入贯彻习近平总书记重要指示精神，把2020年“三农”工作摆到更加重要的位置上来，切实增强责任感、使命感，一鼓作气、乘势而上，坚决如期完成全面建成小康社会和打赢脱贫攻坚战各项“三农”硬任务，奋力谱写中华民族伟大复兴中国梦的“三农”华章。

十一论学习《习近平关于“三农”工作论述摘编》

刊播《农民日报》(5月)

作者 唐园结　何兰生　施维　冯克　江娜　曹茸　刘振远　李飞
孟德才　李海涛　崔丽　郭少雅　白锋哲

新时代“三农”工作的总指引

——一论学习《习近平关于“三农”工作论述摘编》

伟大的事业，离不开科学的理论为指引；伟大的梦想，需要强大的精神来指路。近日，《习近平关于“三农”工作论述摘编》出版发行，这是“三农”领域的一件大事。深入学习贯彻习近平总书记关于“三农”工作的重要论述，既是一项重要的政治任务，也是我们做好本职工作的必然要求。书中收录286段论述，这些论述闪耀着马克思主义思想光辉，既有理论性、又有实践性，既有价值观、又有方法论，既有目标导向、又有问题导向，体现了习近平总书记对“三农”的深入研究、深谋远虑和深厚感情，形成了新时期解决我国“三农”问题的理论探索与顶层设计。对于推进当前和今后一段时期我国“三农”事业，乃至全局的发展有重大的意义。

要始终坚持以习近平关于“三农”工作论述统领“三农”发展。习近平总书记高度重视“三农”工作，党的十八大以来就实施乡村振兴战略、农业农村现代化、农村基本经营制度、国家粮食安全、农业供给侧结构性改革、绿色发展、农耕文明、乡村治理、农民增收、脱贫攻坚、党对“三农”工作的领导等方面作出了重要论述。从“中国人的饭碗任何时候都要牢牢端在自己手上”到“新形势下深化农村改革，主线仍然是处理好农民和土地的关系”；从“推动农业绿色发展是农业发展观的一场深刻革命”到“农民小康不小康，关键看收入”。这些不同角度、不同层面的重要论述，既鲜明具体、各有侧重，又一以贯之、浑然一体，科学地回答了新时代“三农”工作的重大理论和实践问题，是指导我国农业农村发展取得历史性成就、发生历史性变革的强大思想武器，也是我们做好新时代“三农”工作的总指引。我们要全面学习好、领会好习近平关于“三农”工作论述的丰富内涵，坚持以习近平关于“三农”工作论述为统领，推动“三农”事业不断开创新局面、谱写新篇章。

要始终坚持“三农”工作重中之重战略地位不动摇。总书记指出“农业农村农民问题是关系国计民生的根本性问题，必须始终把解决好‘三农’问题作为全党工作重中之重。”他还强调“坚持农业农村优先发展的总方针，就是要始终把解决好‘三农’问题作为全党工作重中之重”。这充分体现了以习近平同志为核心的党中央对“三农”问题极端重要性的深刻认识。未来，在新的发展形势和要求下，我们要始终保持战略上的清醒，切实增强稳住农业农村这个“战略后院”的责任感和使命感。决不能因为“三农”形势向好就有所松懈，决不能因为宏观经济形势变化而有所减弱，绝不能因为农村人口的减少、农业占国内生产总值份额的下降而有所忽视。必须要切实改变和扭转“三农”工作“说起来重要，干起来次要，忙起来不要”的倾向，坚持农业农村优先发展，不断筑牢夯实农业农村这个基础，下好经济社会发展的“先手棋”，为社会主义现代化建设全局提供基础支撑。

要始终坚持不断提升农民群众的获得感。实施乡村振兴战略是有鲜明目标导向的。总书记指出，“农业强不强，农村美不美，农民富不富，决定着亿万农民的获得感和幸福感，决定着我国全面小康社会的成色和社会主义现代化的质量”，他多次强调，“要围绕农民群众最关心最直接最现实的利益问题，加快补齐农村发展和民生短板，让亿万农民有更多实实在在的获得感、幸福感、安全感。”在总书记关于“三农”工作的论述中，鲜明的民本情怀贯穿始终。这是我们做好“三农”工作的出发点也是落脚点，是我们实施乡村振兴战略根本动力和源泉所在。这昭示我们，在改革发展的过程中，一方面要不断地让农业强起来、让农村美起来、让农民富起来，让亿万农民有更多获得感，才能得到农民的真心拥护和支持；另一方面，只有发挥好农民的主体作用，不断调动亿万农民的积极性、主动性、创造性，乡村振兴才能筑牢坚实的群众基础，蓝图才能真正变成现实。

伟大理论指导伟大实践。当前我们正处于全面建成小康社会的决胜期，学习贯彻习近平关于“三农”工作论述，要紧密结合农业农村改革发展任务要求，坚持在学懂弄通上下工夫，在学以致用上出成绩，不断提高做好农业农村工作的政策理论素养和工作能力水平，为决胜全面建成小康社会、实现中华民族伟大复兴的中国梦作出新的更大贡献！

坚定不移走城乡融合发展之路

——二论学习《习近平关于“三农”工作论述摘编》

“城乡发展不平衡不协调，是我国经济社会发展存在的突出矛盾，是全面建成小康社会、加快推进社会主义现代化必须解决的重大问题。”习近平总书记反复强调，我们的现代化绝对不能走“一边是繁荣的城市，一边是凋敝的农村”这样的道路。认真学习《习近平关于“三农”工作论述摘编》不难发现，党的十八大以来，习近平总书记对于如何处理好工农关系、城乡关系念兹在兹，对要建立什么样的新时代中国特色社会主义工农城乡关系、怎样建立新时代中国特色社会主义工农城乡关系这一重大时代课题进行了一系列深刻论述，成为我国重塑城乡关系、坚定不移走城乡融合发展之路的指路灯和导航仪，更成为当前和今后相当长时期顺利推进我国社会主义现代化的治本方略和决胜一招。

要切实树立城乡融合的发展理念。习近平总书记多次强调“没有农业农村现代化，就没有整个国家现代化。能否处理好城乡关系，关乎社会主义现代化建设全局。”这是根据我国经济社会发展趋势任务作出的重大判断。在现代化进程中，城的比重上升，乡的比重下降，是客观规律；但不管工业化、城镇化进展到哪一步，城乡将长期共生共存，也是客观规律。无论从世界各国现代化进程的普遍规律出发，还是从我国城乡发展不平衡不协调和二元结构的现实国情考量，都要求我们必须把城镇和乡村贯通起来，实现城乡一体化发展。党的十九大提出乡村振兴战略，正是从全局和战略高度来把握和处理工农城乡关系。我们必须认真学习领会总书记关于实施乡村振兴战略、走城乡融合发展之路必要性的重要论述，破除城市中心主义的错误认识，逐步实现高水平的城乡发展一体化。

要加快建立城乡融合的体制机制。40年前，我们通过农村改革拉开了改革开放大幕；40年后，我们还要向改革要动力，加快建立健全城乡融合发展的体制机制和政策体系。总书记指出"通过建立城乡融合的体制机制，形成以工促农、以城带乡、工农互惠、城乡一体的新型工农城乡关系，目标是逐步实现城乡居民基本权益平等化、城乡公共服务均等化、城乡居民收入均衡化、城乡要素配置合理化，以及城乡产业发展融合化。"从目标导向和问题导向为城乡融合体制机制的建立健全指明了政策取向。一方面，现阶段城乡差距大最直观的是基础设施和公共服务差距大，农业农村优先发展要体现在公共资源配置上，把公共基础设施建设重点放在农村，逐步建立全民覆盖、普惠共享、城乡一体的基本公共服务体系。另一方面，城乡资源要素一直单向流向城市，农村长期处于"失血""贫血"状态，要通过体制机制创新推动城乡要素有序自由流动、平等交换，吸引资本、技术、人才等要素更多向乡村流动，为乡村振兴注入新动能。

要准确把握城乡融合的关系原则。在推进城乡融合发展过程中，如何处理好城镇化与乡村振兴的关系，如何处理好各自内部任务重要性排序和相互关系等问题都必须着力加以解决。总书记强调"要顺应城乡融合发展大趋势，坚持新型城镇化和乡村振兴两手抓。"通过制度保障，让进城和留乡各得其所，实现城镇与乡村相得益彰。一方面，推进城镇化的当务之急是要回归到推动更多人口融入城镇这个本源上来，促进有能力在城镇稳定就业和生活的农业转移人口举家进城落户，这是缩小城乡差距、改变城乡二元结构、推进农业现代化的根本之策。另一方面，乡村振兴必须围绕农业农村现代化这个总目标来推进，总书记强调"农村现代化既包括'物'的现代化，也包括'人'的现代化，还包括乡村治理体系和治理能力的现代化。我们要坚持农业现代化和农村现代化一体设计、一并推进，实现农业大国向农业强国跨越。”

新时代走城乡融合发展之路，有着现实而深刻的时代背景，也有着重大而深远的历史意义。我们一定要认真学习、深刻领会习近平总书记关于城乡融合发展的一系列重要论述，抓紧工作、加大投入，努力在统筹城乡关系上取得新突破，给农村发展注入新的动力，为城市繁荣扩展新的空间，让广大农民平等参与改革发展进程，与城镇居民共同享受现代化的发展成果。

坚持农村基本经营制度不动摇

——三论学习《习近平关于“三农”工作论述摘编》

习近平总书记指出，农村基本经营制度是党的农村政策的基石。坚持党的农村政策，首要的就是坚持农村基本经营制度。在近日出版的《习近平关于“三农”工作论述摘编》中，总书记基于对民族历史的深刻理解、对现实国情的精准把握、对农民群众的深厚情谊，就农村基本经营制度提出了一系列战略性要求。这是新时代稳定党的农村政策基石、夯实乡村振兴制度基础的理论依据和路径指引，也为当前“三农”的改革与发展指明了方向。

坚持和完善农村基本经营制度是深化农村改革最大的政策，决不能动摇。总书记多次强调，坚持农村基本经营制度，不是一句空口号，而是有实实在在的政策要求，就是“三个坚持”：坚持农村土地农民集体所有；坚持家庭经营基础性地位；坚持稳定土地承包关系。其中，农村土地属于农民集体所有，讲的是所有权的权属问题，是农村基本经营制度的“魂”，是农村最大的制度；家庭经营讲的是承包经营权的权属问题，是实施主体问题、实现方式问题，是农村基本经营制度的“根”；稳定承包关系从发展的角度，讲的是未来、是预期，是对农民权益的承诺和保障，是农村基本经营制度能否稳定的关键。

“三个坚持”是经过了历史检验的原则性和规律性认识，在任何时候都不能动摇。同时，面对新形势、新任务、新要求，习近平总书记也对当前如何进一步坚持和完善农村基本经营制度作出了深远部署。

一方面是要完善土地“三权”分置制度。在农村承包地问题上，所有权与承包经营权分离直接开启了中国改革进程，被称为第一次重大创新；而承包经营权裂变承包权和经营权，与所有权分置并行，这是我国农村改革的又一次重大创新。习近平总书记指出，要完善“三权”分置制度，在依法保护集体土地所有权和农户承包权前提下，平等保护土地经营权，理顺“三权”关系。对于农村闲置宅基地，总书记也进一步提出要求：探索宅基地所有权、资格权、使用权“三权”分置，落实宅基地集体所有权、保障宅基地农户资格权和农民房屋财产权。承包地、宅基地“三权”分置的产权制度适应了城乡要素流转的格局，推动了农地在不同群体之间的再配置，必将为深化农村改革再度释放巨大红利。

另一方面要加快构建新型农业经营体系。这些年，在创新农业经营体系方面，各地探索了多种多样的新形式，如专业大户、家庭农场、专业合作、股份合作、农业产业化经营等。习近平总书记对这些探索和实践进行了肯定，并要求加快构建新型农业经营体系，推动家庭经营、集体经营、合作经营、企业经营共同发展。与此同时，也高屋建瓴地提出了“三个相适应”的指导思路，即土地经营权流转、集中、规模经营的度，要与城镇化进程和农村劳动力转移规模相适应，与农业科技进步和生产手段改进程度相适应，与农业社会化服务水平提高相适应。“三个相适应”可以说是为当前各地探索新型农业经营体系提供了最具实践意义的理论总结。

我国农村改革是从调整农民和土地的关系开启的。新形势下深化农村改革，主线仍然是处理好农民和土地的关系。在改革如火如荼的推进过程中，要始终保持高度警醒和底线思维。早在2013年，总书记就提出“四个不能”的红线，在此后的不同场合多次强调这一红线，即：不能把农村土地集体所有制改垮了，不能把耕地改少了，不能把粮食产量改下去了，不能把农民利益损害了。同样是从2013年开始，总书记就在讲话中谆谆告诫要“尊重农民意愿”，2016年在农村改革座谈会上的讲话中，明确要求：“要尊重农民意愿和维护农民权益，把选择权交给农民，由农民选择而不是代替农民选择，可以示范和引导，但不搞强迫命令、‘不刮风’、‘不一刀切’。”这些红线和底线，为确保土地改革行稳致远划定了车道。

农村基本经营制度是基石，如何在巩固和完善的前提下进一步深化改革，解放生产力？《习近平关于"三农"工作论述摘编》一书中蕴含着极为深刻的理论创新和实践指引，我们一定要认真学习、深刻领会并贯彻落实，才能把住方向，走好每一步，才能在当前乡村振兴的壮阔征程中夯实制度基础、释放制度活力。

始终把解决好吃饭问题作为头等大事

——四论学习《习近平关于"三农"工作论述摘编》

"中国人的饭碗任何时候都要牢牢端在自己手上，我们的饭碗应该主要装中国粮。"粮食安全历来是治国安邦的首要之务，特别是党的十八大以来，习近平总书记对保障国家粮食安全作出一系列重要论述，高屋建瓴地提出了"以我为主、立足国内、确保产能、适度进口、科技支撑"的国家粮食安全新战略，形成了一系列粮食安全理论创新与实践创新。这些论述体现出了鲜明的底线思维、战略思维和历史思维，回答了保持国家长治久安的时代命题，为新时期确保国家粮食安全指明了方向、提供了遵循，具有重大现实意义和深远历史意义。

要立足自给掌握粮食安全主动权。总书记指出"粮食安全既是经济问题，也是政治问题，是国家发展的'定海神针'。"并且一再强调"一个国家只有立足粮食基本自给，才能掌握粮食安全主动权，进而才能掌握经济社会发展这个大局。"这体现了以习近平同志为核心的党中央，在治国理政中一以贯之的对粮食安全的高度重视，更是时刻警醒我们：对于一个有着近14亿人口的大国来说，手中有粮，心中不慌，任何时候都是真理。当前，我国经济运行稳中有变，变中有忧，外部环境复杂严峻，经济面临下行压力和困难增多，这个时候确保重要农产品特别是粮食供给至关重要。如果粮食和重要农产品供给出了问题，不仅会带来物价上涨，使经济发展陷入增长下行和物价上行双碰头的被动局面，而且会影响社会稳定。因此，我们要始终坚持从战略上看待和把握粮食安全问题，始终坚持“确保谷物基本自给，口粮绝对安全”的战略底线，始终依靠自己保口粮，集中国内资源保重点，守住“三农”这个战略后院。

要始终绷紧粮食安全这根弦不放松。总书记指出“我国粮食安全基础仍不稳固，粮食安全形势依然严峻，什么时候都不能轻言过关了。”他还强调“我们决不能因为连年丰收而对农业有丝毫忽视和放松。”总书记对粮食安全的深刻阐释建立在对中国国情农情和发展大势的深刻研判之上。党的十八大以来，我国粮食产量连续7年稳定在1.2万亿斤以上，但是粮食安全仍存在隐患，粮食供需仍是紧平衡。决不能因为当前粮食供求宽裕，就简单地认为今后粮食安全可以高枕无忧；决不能因为国际市场粮价比国内便宜，就简单地以为可以靠买粮吃过日子；决不能因为推进农业供给侧结构性改革，就简单地压缩粮食生产。必须始终保持战略定力，始终绷紧“端牢饭碗”这根弦，数量质量一起抓、产量产能一起抓、生产生态一起抓，把抓好粮食生产的政策举措落到实处。

要确保产能落实“藏粮于地、藏粮于技”。总书记指出“保障粮食安全，关键是要保粮食生产能力，确保需要时能产得出、供得上。”历史经验显示，只有牢牢稳住粮食产能，我们才能从容不迫地推进我国经济的深度转型、换挡升级；只有牢牢稳住粮食产能，我们才能为中国的进一步发展争取空间和时间，提供“大后方”式的强力支撑。随着资源约束的日益趋紧、粮食需求总量的刚性增长以及结构性矛盾凸显，巩固和提升粮食产能，必须要走粮食高质量发展之路，坚持粮食“数量”“质量”“能力”三者有机统一，在保障数量供给的同时，更加注重质量安全，产量可以一时多点少点，产能必须巩固提升，真正实现“吃得饱”“吃得好”“不愁吃”，总书记强调“这就要求我们守住耕地红线，把高标准农田建设好，把农田水利搞上去，把现代种业、农业机械等技术装备水平提上来，把粮食生产功能区规划好建设好，真正把‘藏粮于地、藏粮于技’战略落到实处。”

抓农业农村工作，首先要抓好粮食生产。在日益复杂严峻的内外部形势下，在深入推进乡村振兴的新征程中，迫切需要稳住农业，保障粮食等农产品供给。我们要始终坚持以习近平新时代中国特色社会主义思想为指引，把总书记关于粮食安全重要论述学懂弄通做实，贯彻到重农抓粮的各方面、全过程，将中国人的饭碗端得更牢、捧得更稳。

深入推进农业供给侧结构性改革

——五论学习《习近平关于“三农”工作论述摘编》

进入新的历史阶段，我国农业的主要矛盾是什么？农业发展面临哪些突出瓶颈？出路在哪里？当前和今后我国农业政策改革和完善的主要方向是什么？如何深化农业供给侧结构性改革？近日出版的《习近平关于“三农”工作论述摘编》一书，辑录了党的十八大以来习近平总书记关于这些问题所做的重要论述。总书记的这些论述，是对我国农业农村发展形势和阶段作出的重大科学研判，是关系农业长远发展、实现农业大国向农业强国转变的重要理论指引和行动指南。我们必须深入学习领会，扎实贯彻落实，真正将学习成果体现到工作实绩和农业发展成效上去。

要始终坚持以农业供给侧结构性改革为主线。深入推进农业供给侧结构性改革，是整个供给侧结构性改革的重要一环，也是我国农业农村自身发展思路的一个重大转变。总书记指出，“要坚持以农业供给侧结构性改革为主线，坚持质量兴农、绿色兴农，加快推进农业由增产导向转向提质导向，加快构建现代农业产业体系、生产体系、经营体系，不断提高我国农业综合效益和竞争力。”我国农业正处在转变发展方式、优化经济结构、转换增长动力的攻关期，一方面，我国农业在取得巨大成就之后，也面临诸多矛盾和难题，供需结构错配、资源环境约束、国际竞争倒逼，迫切需要进行供给侧结构性改革；另一方面，城乡消费结构升级、农业物质基础扎实，产业深度发展融合，也为推进农业供给侧结构性改革提供了有利条件和难得机遇。当前和今后很长一段时期，我们要始终将其作为农业农村工作的主线，创造性地开展工作，把农业供给侧结构性改革引向深入。

要始终坚定不移地走质量兴农之路。总书记指出，“必须深化农业供给侧结构性改革，走质量兴农之路。”他还反复强调，“质量就是效益，质量就是竞争力。走质量兴农之路，要突出农业绿色化、优质化、特色化、品牌化。”“必须下决心对农业生产结构和生产力布局进行大的调整，尽快实现农业由总量扩张到质量提升的转变。这是农业供给侧结构性改革最为紧迫的任务。”走质量兴农之路，必须切实把增加绿色优质农产品供给放在突出位置，狠抓农产品标准化生产、品牌创建、质量安全监管；必须切实推行绿色生产方式，扩大轮作休耕制度试点，加大退耕还林还湖还草力度，让耕地和水资源休养生息；必须向开发农业多种功能要潜力，促进一、二、三产融合发展，延长产业链、提升价值链；必须发展适度规模经营，培育新型农业经营主体和服务主体。要尽快实现农业向高质量发展转变，让农业成为有竞争力的产业。

要始终坚持以市场需求为导向调优结构。总书记指出，“市场需求是导航仪。”“要以市场需求为导向调整完善农业生产结构和产品结构。”生产的最终目的是满足需求，要改变不合理的农业供给结构，更好满足市场需求，必须坚持市场化导向，进行农业结构调整，调优品质、调精品种、调顺产业，使农业结构布局与市场需求相适应，减少无效供给，扩大有效供给。同时，要优化农业供给政策，积极稳妥改革粮食等重要农产品价格形成机制和收储制度，以市场定价、价补分离为取向，让价格更好反映市场供求。总书记尤其强调，一定要处理好政府与市场的关系。政府要摆正位置，既不越俎代庖，也不袖手旁观，重点要强化政策引导、加强服务支持，创造良好的市场环境。

农业供给侧结构性改革是一个长期过程和系统工程，必须坚定不移地深入推进。我们要始终坚持用总书记重要论述武装头脑，做到联系工作时实际学，方向不明时认真学，思路不清时反复学，遇到具体问题时深入学，在持续学习中深入推进农业供给侧结构性改革，努力提高农业质量效益和竞争力，不断开创农业现代化建设新局面。

坚持以绿色发展引领乡村振兴

——六论学习《习近平关于“三农”工作论述摘编》

绿色，是农业农村高质量发展的重要底色。习近平总书记指出，“实施乡村振兴战略，一个重要任务就是推行绿色发展方式和生活方式”，要“坚持人与自然和谐共生，走乡村绿色发展之路”。早在河北、福建和浙江工作期间，习近平总书记就对推动农业农村绿色发展进行了一系列探索和实践。党的十八大以来，习近平总书记就推动农业农村绿色发展的重大意义、如何走好乡村绿色发展之路等重大历史课题进行了深刻论述。这些论述既是对中国古代生态文明思想的传承与创新，也是马克思主义生态文明思想与当代中国乡村建设紧密结合的最新理论成果和实践结晶，为新时期以绿色发展引领乡村振兴提供了根本指引和基本遵循。

要深刻认识绿色发展的长期性和艰巨性。习近平总书记指出，“以绿色发展引领乡村振兴是一场深刻革命。”由于历史欠账多、问题累积多，实现农业农村绿色高质量发展需要破解很多现实矛盾，不会一蹴而就。在农村人居环境整治方面，总书记强调，要“因地制宜、精准施策”“一件事情接着一件事情办，一年接着一年干”；在耕地质量保护与提升方面，总书记指出，“耕地轮作休耕情况复杂，要先探索进行试点”。这深刻揭示出绿色发展的长期性、艰巨性、复杂性。我们要坚持久久为功、绵绵用力，统筹推进山水林田湖草系统治理，从农民绿色生产生活技术装备应用和体制机制创新入手，扎实推进农村人居环境3年整治行动，加强农业生态环境保护和农村污染防治，不仅要杜绝生态环境欠新账，而且要逐步还旧账，真正让生态美起来、环境靓起来。

要正确处理经济发展和生态保护的关系。过去一个时期，我们在实现农畜产品产量大幅提升的同时，也因生产技术落后、资源配置不当，造成了环境污染与生态破坏，制约了农业可持续发展。总书记强调，“我们必须处理好经济发展和生态环境保护的关系，把该减的减下来、该退的退出来、该治理的治理到位”，“良好生态环境是农村最大优势和宝贵财富。要守住生态保护红线，推动乡村自然资本加快增值，让良好生态成为乡村振兴的支撑点”。这深刻揭示出经济发展和生态保护不是非此即彼的关系，良好生态恰是农业农村高质量发展的重要支撑。我们要在严守生态底线的基础上，以基于良好生态的农村一、二、三产业融合为重点，合理推动产业生态化、生态产业化，向农业投入品减量、产业价值链提升、农村新业态增长要效益，实现生产、生活、生态协调发展。

要让农民成为绿色空间的守护人和受益者。亿万农民是农业农村绿色发展的参与者和推动者，总书记指出，“要发动农民参与人居环境治理，大家动手搞清洁、搞绿化、搞建设、搞管护，形成持续推进机制”，同时还强调，“要在建立市场化、多元化生态补偿机制上取得新突破，让保护生态环境的不吃亏并得到实实在在的利益，让农民成为绿色空间的守护人”。总书记的重要论述，生动体现出发展为了人民、发展依靠人民、发展成果由人民共享的执政情怀，也是推动农业农村绿色发展的根本出发点和落脚点。我们要充分调动广大农民参与的积极性，坚决维护和发展好亿万农民的根本利益，既总体上不增加农民负担，又切实促进绿色发展各项政策措施落地，真正提升农民群众在农业农村绿色发展中的获得感、幸福感。

以绿色发展引领乡村振兴关系到我国经济社会发展全局。我们要坚持以习近平关于“三农”工作论述为指引，扛起绿色发展的政治责任和历史担当，积极转变农业生产方式、经济发展方式和农村生活方式，再现乡村山清水秀、天蓝地绿、村美人和的美丽画卷。

着力传承发展提升农耕文明

——七论学习《习近平关于“三农”工作论述摘编》

“乡村文明是中华民族文明史的主体。”“乡村振兴，既要塑形，也要铸魂。”在近日出版的《习近平关于“三农”工作论述摘编》中，习近平总书记对农耕文明与中华文明的关系、文化振兴之于乡村振兴的意义等重要时代课题进行了一系列深刻论述，从中华民族伟大复兴的历史高度肯定了农耕文明的巨大价值和深远意义，充分体现了总书记对于传承发展提升农耕文明的深厚情结和责任自觉，为我们大力推进农村精神文明建设、走乡村文化兴盛之路提供了基本遵循和路径指引。

要深刻认识农耕文明的重要价值。总书记指出，“农耕文化是我国农业的宝贵财富，是中华文化的重要组成部分，不仅不能丢，而且要不断发扬光大。”并进一步强调“不能名为搞现代化，就把老祖宗的好东西弄丢了！”从中国特色的农事节气，到大道自然、天人合一的生态伦理；从各具特色的宅院村落，到巧夺天工的农业景观；从乡土气息浓厚的节庆活动，到丰富多彩的民间艺术；从耕读传家、父慈子孝的祖传家训，到邻里守望、诚信重礼的乡风民俗，无一不是中华农耕文明的鲜明标签和重要表现。农耕文明是中华优秀传统文化、社会主义先进文化和革命文化的根脉，是坚定中国特色社会主义文化自信的根本依托。为此，我们要坚定乡土文化自信，从更加全面、更加深刻的角度去审视农耕文明的历史价值和现实意义，不断提升乡土文化的社会影响力，切实增强社会大众对农耕文明的理性认知和情感认同。

要坚持保护传承与发展提升并举。随着工业化、城市化的快速发展，传统农耕文明受到一定程度的冲击。许多地区村庄空心化和“三留守”问题也日益突显。对此，总书记明确指出，“农村是我国传统文明的发源地，乡土文化的根不能断，农村不能成为荒芜的农村、留守的农村、记忆中的故园。”无论是中华民族的文脉传承，还是乡村文化的繁荣兴盛，传承发展提升农耕文明都具有至关重要的意义，并且刻不容缓。对此，我们一方面要在“保护”和“传承”上下工夫。切实保护好优秀农耕文化遗产，推动合理适度利用，培育挖掘乡土文化人才，支持农村地区优秀戏曲曲艺、少数民族文化、民间文化等传承发展，既要让有形的乡村文化留得住，也要让活态的乡土文化传下去。另一方面，更要在“发展”和“提升”上做文章。要把我国农耕文明优秀遗产和现代文明要素结合起来，赋予新的时代内涵，积极推动传统农耕文明创造性转化、创新性发展。

要以德治为引领孕育乡土社会好风尚。总书记指出，“农村精神文明建设很重要，物质变精神、精神变物质是辩证法的观点，实施乡村振兴战略要物质文明和精神文明一起抓，特别要注重提升农民精神风貌。”总书记深刻认识到乡村社会中，人们大多“生于斯、死于斯”，熟人社会特征明显。因此，开展农村精神文明建设，乡村德治是一个重要的突破口。一方面，要深入挖掘乡村熟人社会蕴含的优秀思想观念、人文精神、道德规范，充分发挥其在凝聚人心、教化群众、淳化民风中的重要作用，引导农民爱党爱国、向上向善、孝老爱亲、重义守信、勤俭持家。另一方面，要大力弘扬和践行社会主义核心价值观，坚持教育引导、实践养成、制度保障三管齐下，以农民群众喜闻乐见的方式，深化中国特色社会主义和中国梦宣传教育，弘扬民族精神和时代精神，加强爱国主义、集体主义、社会主义教育，切实改善农民精神面貌，提高乡村社会文明程度，焕发乡村文明新气象。

走乡村文化兴盛之路，不仅是传承发展提升农耕文明的内在要求，更是实现乡村文化振兴的必由之路。我们一定要认真学习、深刻领会习近平总书记关于传承发展提升农耕文明的一系列重要论述，凝心聚力，真抓实干，让悠久的农耕文明在新时代展现出无穷的魅力和风采，为乡村全面振兴提供丰厚的精神文化滋养。

坚持加强和创新乡村治理

——八论学习《习近平关于“三农”工作论述摘编》

乡村治，百姓安，则国家稳。加强和创新乡村治理，走乡村善治之路，是推进国家治理体系和治理能力现代化的基石和关键。在近日出版的《习近平关于“三农”工作论述摘编》中，总书记立足现实国情农情，准确把握乡村社会变化特征，满怀对广大农民的深厚情感，高屋建瓴地对如何激发乡村社会活力，怎样进一步提升乡村治理能力和治理水平，如何最大限度增加稳定发展的和谐因素等问题进行深刻阐释，提出明确要求，为我们实现乡村治理体系和治理能力现代化指明了方向。

当前，我国城乡利益格局深刻调整，农村社会结构深刻变动，农民思想观念深刻变化。这种前所未有的变化，为农村经济社会发展带来巨大活力，同时也形成了一些突出矛盾和问题。“乡村振兴离不开和谐稳定的社会环境。”我们必须按照总书记的指示和要求，加强和创新乡村治理，建立健全党委领导、政府负责、社会协同、公众参与、法治保障的现代乡村社会治理体制，健全自治、法治、德治相结合的乡村治理体系，让农村社会既充满活力又和谐有序。

要进一步强化农村基层党组织的领导作用，实现乡村治理有魂。“农村工作千头万绪，抓好农村基层组织建设是关键。”总书记多次强调，无论农村社会结构如何变化，无论各类经济社会组织如何发育成长，农村基层党组织的领导地位不能动摇、战斗堡垒作用不能削弱。实现乡村治理有效，关键在党。这就要求我们必须采取切实有效措施，强化农村基层党组织领导作用，选好配强农村党组织书记，整顿软弱涣散村党组织，加强农村党员队伍建设。同时建立和完善以党的基层组织为核心、村民自治和村务监督组织为基础、集体经济组织和农民合作组织为纽带、各种经济社会服务组织为补充的农村组织体系，使各类组织各有其位、各司其职。

要始终坚持统筹推进“三治融合”，实现乡村治理有序。“健全自治、法治、德治相结合的乡村治理体系，是实现乡村善治的有效途径。”我们要按照总书记的指示，以党的领导统揽全局，创新村民自治的有效形式，推动社会治理和服务重心向基层下移，丰富基层民主协商的实现形式，发挥村民监督的作用，让农民自己“说事、议事、主事”。要把政府各项涉农工作纳入法治化轨道，加强农村法治宣传教育，完善农村法治服务，引导干部群众尊法学法守法用法，依法表达诉求、解决纠纷、维护权益。要注重发挥好德治的作用，推进移风易俗，培育文明乡风，推动礼仪之邦、优秀传统文化和法治社会建设相辅相成。

要不断创新基层管理体制机制，实现乡村治理有力。“创新基层管理体制机制，整合优化县乡公共服务和行政审批职责，打造‘一门式办理’‘一站式服务’的综合便民服务平台。”总书记一直强调，加强和创新农村社会管理，要以保障和改善农村民生为优先方向，树立系统治理、依法治理、综合治理、源头治理理念，体现了总书记的民本情怀。各地要秉持便民、为民的理念，构建简约高效的基层管理体制，健全农村基层服务体系，夯实乡村治理基础，推动乡村治理重心下移，尽可能把资源、服务、管理下放到基层。

乡村治理因其内在复杂性，呈现出治理主体多元、治理内容多变、治理方式多样等特点。我们要认真学习领会总书记重要论述精神，始终坚持用总书记重要论述武装头脑，积极探索创新，既要从顶层设计出发，完善乡村治理体制机制，又要从基层实践入手，因地因村制宜，不断提升乡村治理专业化、法治化、社会化、智能化水平，激活乡村主体的创新力量，增强农民群众的获得感和幸福感，努力谱写好新时代乡村善治新篇章。

增加农民收入是“三农”工作中心任务

——九论学习《习近平关于“三农”工作论述摘编》

“小康不小康，关键看老乡；老乡富不富，关键看收入”。从农村插队到主政中央，习近平总书记对农民始终充满深厚感情，他一以贯之的执政理念就是“富裕农民，提高农民，扶持农民”“要更加重视促进农民增收，让广大农民都过上幸福美满的好日子，一个都不能少，一户都不能落”。在近日出版的《习近平关于“三农”工作论述摘编》中，习近平总书记关于农民增收的论述来自于他长期基层工作的实践总结，来自于他对现实中农民增收难点、重点、关键点的深刻体察，体现了他坚持以人民为中心的发展思想，科学回答了农村发展为了谁、发展依靠谁、发展成果由谁享有的根本问题，为推动农民收入持续较快增长提供了根本遵循。

要把增加农民收入作为“三农”工作中心任务。如果说“三农”工作是全局工作的靶心，那么农民增收就是靶心中的靶心。习近平总书记多次强调“农业农村工作，说一千、道一万，增加农民收入是关键。”“检验农村工作实效的一个重要尺度，就是看农民的钱袋子鼓起来没有。”农民增收是做好“三农”工作的出发点和落脚点，只有农民富裕，才能更加积极主动发挥主体作用，成为乡村振兴的推动者和受益者。在当前农民收入增长越来越受到宏观经济和全球化发展深刻影响的情境下，我们更要把促进农民增收当做头等大事来抓，提高认识，增强本领，抓出实效，为我国步入全面小康社会打牢基础。

要加快构建促进农民收入持续较快增长的长效机制。农民增收是一项长期战略任务，要通过构建长效机制稳定并拓宽农民各项增收渠道。内练内功，外加扶持，内外结合，农民增收才能更加长效可持续。习近平总书记反复指出，“促进农民收入持续较快增长，要综合发力，广辟途径，建立促进农民增收的长效机制。”“要加快构建促进农民持续较快增收的长效政策机制，让广大农民都尽快富裕起来。”并就建立健全“三农”投入稳定增长的长效机制、建立适合农业农村特点的金融体系、健全农业支持保护制度、完善农民职业培训政策等进行了论述。要广辟农民增收致富门路，形成多元化增收渠道；要推进农业供给侧结构调整，挖掘农业增收潜力；要提升农民素质，保持增收稳定性；要创新农业经营体系，加快培育新型经营主体；要建立完善各项保障机制，为农民增收创造良好的体制和政策环境。

要依靠改革作为推动农民增收的根本动力。改革不仅是我国农业农村转型升级的不竭源泉，更是农民增收致富的根本动力。习近平总书记强调“要稳步推进农村改革，创造条件赋予农民更多财产权利。”“要深化农村产权制度改革，开展清产核资，明晰农村集体产权归属，赋予农民更加充分的财产权利。”要抓住农村产权制度改革的契机，向农村耕地、宅基地和建设用地这“三块地”要红利。通过赋权颁证，盘活农村土地、房屋、林权等“沉睡”资源，真正释放财产增值潜力；全面开展清产核资，推动资源变资产、资金变股金、农民变股东，发展壮大集体经济，使农民尽享集体资产股份分红收益；通过征地改革，让土地真正实现“同地、同权、同价”，使农民更多分享土地增值收益。

增加农民收入对解决好“三农”问题乃至对整个经济社会发展全局都具有重要意义。我们肩负着祖祖辈辈父老乡亲的殷切期望，习近平总书记的论述我们要牢记于心、付诸于行，切实增强危机意识，充分估计困难，紧紧抓住机遇，果断采取措施，多措并举推进农民收入持续较快增长，带领亿万农民一道奔向美好新生活！

让脱贫成果经得起历史的检验

——十论学习《习近平关于“三农”工作论述摘编》

“这件事我要以‘钉钉子精神’反反复复地去抓。”从陕西梁家河村到湖南十八洞村，从河北正定到福建宁德，扶贫始终是习近平总书记最牵挂的事情，“花精力最多”的工作。学习《习近平关于“三农”工作论述摘编》，可以深刻感受到，习近平总书记关于扶贫工作的重要论述有着扎实的实践基础和深厚的理论源泉，他深刻地把握和回答了新时代中国特色社会主义扶贫工作的重要理论和实践问题，在丰富和发展了中国特色扶贫开发理论的同时，也为决胜全面建成小康社会夯实了思想基础，为我们如期打赢脱贫攻坚战提供了根本遵循，为全球减贫事业贡献了中国方案和中国智慧。

“消除贫困、改善民生、实现共同富裕，是社会主义的本质要求，是共产党的重要使命。”新中国70年发展历程，就是一部消除贫困、改善民生、实现共同富裕的奋斗史。习近平总书记指出，“农村贫困人口脱贫是最突出的短板。虽然全面小康不是人人同样的小康，但如果现有的7千多万农村贫困人口生活水平没有明显提高，全面小康也不能让人信服。”正是有了这样的战略定位和科学指引，近几年脱贫攻坚全面开展以来，中国的减贫事业才能以每年减少1千多万贫困人口的速度稳健推进。眼下，脱贫攻坚战已经进入决胜的关键阶段，面对剩下的最难啃的“硬骨头”，如何准确把握习近平总书记关于扶贫工作重要论述的精神内核，关系到我们能否以过硬质量与成色打赢打好脱贫攻坚战，确保脱贫攻坚沿着健康正确的方向前进。

要在精准精细上做文章。改革开放初期，我国农村普遍贫困，需要通过普惠性的政策措施使大部分地区和群众受益。现在，情况发生了很大变化。贫有百样、困有千种，扶贫开发推进到今天这样的程度，贵在精准，重在精准，成败之举在于精准。总结各地实践和探索，好路子、好机制的核心就是下足“绣花功夫”，做足科学文章，遵照习近平总书记提出的精准方略，“在精准施策上出实招、在精准推进上下实功、在精准落地上见实效”，做到扶持对象精准、项目安排精准、资金使用精准、措施到户精准、因村派人精准、脱贫成效精准。

要在转变贫困地区发展方式上下工夫。“发展是甩掉贫困帽子的总办法。”贫困地区尽管往往自然条件恶劣、经济发展水平较低，但具有生态资源优势、劳动力资源优势和山水文化优势，树立发展信心，把自身比较优势发挥好，就一定能把黄土变成金。

无论是发展生产脱贫一批、易地搬迁脱贫一批、生态补偿脱贫一批，还是发展教育脱贫一批、社会保障兜底一批，都是针对“穷根子”科学“开药方”的过程。目的就是在经济发展、社会治理、生态保护、文明传承等方面转变贫困地区曾经落后的发展方式，坚持能做什么就做什么，擅长做什么才做什么，立足于贫困地区群众的长远利益，着力提高发展质量和效益，绝不为干而干，不搞表面工作，把每一份资源和精力都用到刀刃上。

要坚持实事求是量力而行。总书记多次强调，“脱贫攻坚要坚持实事求是，不能层层加码，提不切实际的目标。”打赢脱贫攻坚战的目标，是实现农村贫困人口的“两不愁、三保障”，实现贫困地区农民人均可支配收入增长幅度高于全国平均水平，基本公共服务主要领域指标接近全国水平。在此过程中，既要防止不思进取、“等靠要”等不良作风，也要警惕好高骛远、吊高胃口的倾向。在脱贫攻坚的后半程，尤其要防止急躁症，坚持时间服从质量，不随意“早退”，不搞层层加码，在打基础、谋长远、见成效上下足功夫，让脱贫成果经得起历史的检验。

距离2020年实现全面建成小康社会的目标只有将近1年半的时间。越是在这样的关键时刻，越要坚定必胜的信念，越要有一鼓作气攻城拔寨的决心。我们要坚持以总书记重要论述为指引，坚持不懈、稳扎稳打，尽锐出战、真抓实干，不折不扣打赢脱贫攻坚战，如期兑现对人民群众的庄严承诺。

加强和改善党对“三农”工作的领导

——十一论学习《习近平关于“三农”工作论述摘编》

东西南北中，党政军民学，党是领导一切的。习近平总书记关于“三农”

工作的重要论述，是习近平新时代中国特色社会主义思想的重要组成部分。总书记反复强调要加强和改善党对“三农”工作的领导，这是十九大提出的“坚持党对一切工作的领导”这一基本方略的内在要求，也是做好新时代“三农”工作的根本保证。

办好农村的事，关键在党。总书记反复告诫全党，必须提高党把方向、谋大局、定政策、促改革的能力和定力，确保党始终总揽全局、协调各方，提高新时代党全面领导农村工作能力和水平。这一重要论述，继承了党管农村工作的优良传统，丰富和发展了党的“三农”工作理论，也为当前实施乡村振兴战略，推动农业农村现代化提供了坚强有力的政治保障。

加强和改善党对“三农”工作的领导，首先要健全领导体制和工作机制。总书记强调，“要健全党委全面统一领导、政府负责、党委农村工作部门统筹协调的农村工作领导体制。”这是党领导农村工作的基础，是我们做好新时代“三农”工作最大的政治优势、制度优势。在幅员如此辽阔、情况如此复杂的乡村地区，实现全面振兴，必然要求我们汇聚起全党上下、社会各方的强大力量。“五级书记”抓乡村振兴，要求党委主要领导要真懂“三农”、善抓“三农”，把农业农村工作摆到优先级、重点项上来，切实扭转实践中“三农”工作说起来重要、干起来次要、忙起来不要的问题。要通过交担子、压责任，树好指挥棒，让各级领导干部多到农村走一走，多到农民家里看一看，多熟悉和了解农业，真情实感地了解农民的诉求和期盼，真心实意地帮助农民解决一些实际问题。从中央到地方，党委农村工作领导小组办公室都设在农业农村部门，承担着牵头抓总、统筹协调的重要职能，也要进一步健全工作机制，通过扎实有效的工作让党的各项农村政策落实落地，落到农民心里。

加强和改善党对“三农”工作的领导，关键是抓住农村基层党组织建设这个“牛鼻子”。农村工作千头万绪，抓好农村基层组织建设是关键。总书记指出，“办好农村的事，要靠好的带头人，靠一个好的基层党组织。”当前，农村地区很多问题的根源，在于一些基层党组织的软弱涣散，组织力、凝聚力、向心力不足。党在基层的力量弱了，各种负面的、消极的、不利于乡村振兴的情况就多了。我们要牢记总书记的要求，切实建强农村基层党组织，选优配强村党组织带头人，健全以财政经费为主的投入保障制度，扩大农村基层党组织和党的工作覆盖面，更好地发挥农村党支部的战斗堡垒作用。还要多培养一批肯扎根农村、奉献农村的青年党员，充实到农村基层党组织中来，夯实党在农村的执政基础，确保无论农村社会结构如何变化，无论各类经济社会组织如何发育成长，党在农村的战斗堡垒始终坚不可摧。

加强和改善党对“三农”工作的领导，根本在于培养一支胸怀“三农”、能打胜仗的农村基层干部队伍。我国各地农村发展程度不一，情况千差万别，党的农村工作千头万绪，农村政策千万条，要让党的涉农政策在农村落地，真正让农民笑，最终得靠农村基层干部队伍这支基本力量。总书记讲：“对广大农村基层干部，政治上要信任、工作上要依靠、生活上要关心。”要让农村基层干部端牢财政饭碗、解决他们的后顾之忧，让他们有条件一门心思为农民服务。基层干部也要勇于承担起服务乡村振兴的历史使命和时代担当，扎扎实实做好工作，全心全意奉献“三农”。

习近平总书记关于“三农”工作的重要论述是一个有机的整体，关于农业农村优先发展、城乡融合发展的重要论述是管总管方向的，关于基本经营制度、粮食安全、绿色发展等的论述是确目标定思路的，而关于加强和改善党对“三农”工作的领导重要论述，是为我们做好新时代“三农”工作传真经送法宝的。我们要把习近平总书记关于加强党对“三农”工作领导的重要论述，放到党的工作传统和时代使命的方位坐标中来把握，切实学深悟透，最终落实到具体行动上，努力开创农业农村工作新局面。

沃野千里　磅礴伟力

——新中国成立70周年“三农”发展给我们的启示

刊播《农村工作通讯》(10月)

作者 雷刘功　魏登峰　徐刚　杨勇　姜玉桂　王翔　刘月姣　王琦琪

70年披荆斩棘，70年砥砺奋进。新中国成立以来，在中国共产党的领导下，亿万农民用汗水和智慧，开展了波澜壮阔的伟大实践，走出了一条具有中国特色的农业农村现代化道路。

这是农业农村经济强势发展的70年。全国农林牧渔总产值从1952年的461亿元提升到2018年的113 580亿元，粮食产量由新中国成立之初的11 318万吨提高到目前的65 789万吨。棉花、油料、糖料产量分别比1949年增长12.7倍、12.4倍、41.1倍，肉蛋鱼、果菜茶产量稳居世界第一，农业农村经济的强势发展为我国经济社会全面发展奠定了坚实基础。

这是农村面貌发生翻天覆地变化的70年。农村人居环境极大改善，焕然一新的美丽乡村成为农民生活的幸福家园。从挤破屋，到住平房，再到上楼房、住别墅；从出村小土路，“晴天一身土，雨天一身泥”，到柏油马路“村村通”；从信息闭塞到用网络与世界连接；从村头旱厕到卫生厕所……农民在日益美好的生活中触摸发展的果实。

这是亿万农民生活水平极大改善的70年。农村居民人均可支配收入从49.7元增长到14 617元，7亿多农村贫困人口稳定实现“两不愁三保障”，农村低保平均标准从2012年的2 068元涨到2018年的4 833元，农村医疗、农村养老、普及义务教育托起农民稳稳的幸福。

这是农业农村现代化跨越式发展的70年。农业科技贡献率达到58.3%，主要农作物耕种收综合机械化率超过67%，其中粮食作物已超80%，良种实现全覆盖，互联网成为现代农业“新引擎”，手机已经成为农民的“新农具”……亮眼的成绩单充分表明，农业农村正以较快的发展速度、创新的发展模式实现由传统向现代的转变。

这是农民思想观念发生深刻变化的70年。从率先砸破“大锅饭”、首创“大包干”，到乡镇企业异军突起；从20世纪90年代主动“离土离乡”的“民工潮”，到如今带着资本、技术“上山下乡”的“城归潮”，生动的农业农村发展实践刷新着农民的思想。他们立于思想解放的潮头，逢山开路、遇水架桥，用勤劳智慧驱动着农业农村经济发展的航船不断前行。

70年辉煌历程，在中国一望无垠的千里沃野上，升腾起不断促发“三农”前进的磅礴伟力！70年“三农”发展积淀而成的宝贵经验，既有中国特色，也有世界意义。站在新的起点上回眸历史，70年“三农”发展犹如一卷书写在广袤田野上的壮丽史诗，发人深省，催人奋进！

必须端牢饭碗，把解决吃饭问题作为头等大事

“洪范八政，食为政首。”远观华夏悠悠五千载，多少个封建王朝因解决不了吃饭问题而造成社会动荡、人亡政息；近看20世纪40年代，粮食的极度匮乏造成百姓逃荒要饭、流离失所，成为几代中国人难以忘却的痛苦回忆。

70年来，我们从饥饿到温饱，从“吃得好”到“吃得安全”“吃得健康”，伟大的历史跨越，铸就了中国粮食生产史上的一个个发展奇迹。看数量，我国粮仓的根基日益牢固，粮食总产量不断迈上新台阶。2018年，我国粮食总产量达到65 789万吨，比1949年的11 318万吨增长了4.8倍；人均粮食产量达到472公斤，比1949年增长1.3倍。无论在城市还是乡村，“米袋子”更充实，“菜篮子”更丰富，“果盘子”更多彩，我国三大谷物自给率保持在98%以上，口粮自给率达到100%。看质量，我国农业供给侧结构性改革持续发力，满足了人民群众消费需求的升级，提高了供给体系整体质量。“粮头食尾”“农头工尾”带动质量兴粮，增品种、提品质、创品牌，传统成品粮加工行业产值占比下降，粮食深加工和食品加工行业产值增幅分别高于全行业平均水平3.8和10.7个百分点。预计到2020年，全国粮食优质品率提高10个百分点左右，粮食加工转化率达到88%。

70年来，从艾奇逊的“中国人吃饭问题”到布朗的“谁来养活中国？”我们用连年增产打破了一个又一个洋预言。中国不仅没有出现严重粮荒，而且主要农产品产量持续稳定增长，其中谷物、肉类、花生、茶叶、水果等产量长期稳居世界第一，中国人不但自己解决了吃饭问题，而且为在全球范围内消除饥饿与贫困作出了重大贡献。中国饭碗的数量和质量、广度和深度，构筑了国家发展稳定的“战略后院”。不管国际上风云变幻、波谲云诡，只要粮食不出大问题，中国的事就稳得住。只有牢牢稳住粮食，我们才能从容不迫地推进我国经济的深度转型、换挡升级；只有牢牢稳住粮食，我们才能为中国的进一步发展争取时间空间，提供强力支撑。

粮安天下安，不可等闲看。70年的栉风沐雨，我们形成了具有中国特色的“粮食安全观”，提出了“以我为主、立足国内、确保产能、适度进口、科技支撑”的国家粮食安全战略，科学回答了多了和少了的关系、数量和质量的关系、国内和进口的关系、政府和市场的关系。透过现象看本质，我们认识到粮食多了和少了是两种不同性质的问题，多了是库存和财政的压力，是战术问题，少了则是社会和整个大局的压力，是战略问题；我们认识到要坚持数量质量并重，稳定数量是提升质量的重要基础，要在保障数量供给的同时，更加注重农产品质量安全和食品安全，注重生产源头治理和产销全程监管，让老百姓吃得饱、吃得好、吃得放心；我们认识到中国饭碗应该主要装中国粮，进口可以缓解国内资源环境压力，但靠别人解决吃饭问题是靠不住的，如果口粮依赖进口，我们就会被别人牵着鼻子走，粮食安全的主动权必须牢牢掌控在自己手中；我们认识到农业主要矛盾已经由总量不足转变为结构性矛盾，调结构要以市场为导向，多的减下去，缺的调上来，要发挥市场的决定性作用，市场定价，价补分离。

端牢中国饭碗，关键在稳住粮食生产能力，确保需要时能产得出、供得上。从“靠天吃饭”到旱涝保收，从“人拉牛犁”到全面机械化，从“皇粮国税”到种粮补贴，70年的砥砺前行，告诉我们要把手中的饭碗端稳，必须有地种粮、有技种粮、有人种粮。“保障国家粮食安全的根本在耕地，耕地是粮食生产的命根子，耕地红线要严防死守”。多年来，我们一方面稳定耕地数量，严守18亿亩耕地红线，完善法律法规以抑制耕地面积锐减势头。另一方面，大力提升耕地质量，建设高标准农田6.4亿亩，改变“靠天吃饭”局面。“农业的出路在现代化，农业现代化关键在科技进步。”多年来，我们大力推进科教兴粮，粮食单产翻了几番，做到了中国粮用中国种，中国好种打中国好粮。如今，播种收割有北斗卫星导航，施肥有测土配方，打药有无人机绿色防控，轻点鼠标就能种田，扫码就能追溯大米的“前世今生”，科技创新为粮食生产插上了腾飞的翅膀。“要让农民种粮有利可图、让主产区抓粮有积极性，要探索形成农业补贴同粮食生产挂钩机制，让多生产粮食者多得补贴。”多年来，我们一方面着力解决“谁来种地”问题，培养造就新型农民队伍，确保农业后继有人。另一方面，我们以解决“怎么种地”为导向，加快构建新型农业经营体系。同时，调整优化补贴方式，引导农民多种粮种好粮，促进增产又增收。

一粟一粒，关系国家安危。“中国粮食，中国饭碗！”保障国家粮食安全是一个永恒课题；70年的“三农”发展启示我们，不论过去、现在还是将来，都必须端牢饭碗，把解决吃饭问题作为我们党治国理政的头等大事。

必须重视土地，把处理好农民与土地的关系作为主线

“土地者，民之本也。”土地是农业最重要的生产资料，是农民赖以生存和发展的最基本的物质条件，是农业之本、农民之根。农民与土地的关系，是一个国家最为重要的生产关系，是我国农村改革不变的主线。

70年来，从“四海无闲田，农夫犹饿死”到实现“耕者有其田”，从“大呼隆”“大锅饭”到“包产到户”“包干到户”，从“两权分离”到“三权”分置，为处理好农民与土地的关系，我们进行了一次又一次重大理论创新和实践突破，走出了一条独具中国特色的农村土地制度改革之路，为解决人民温饱和国家快速发展提供了有力支撑。新中国成立后，我们打破封建土地所有制枷锁，实行土地集体所有、集体经营，为改善农业生产基础设施条件、推广农业科学技术以及增加工业化发展原始积累发挥了积极作用；改革开放之初，我们冲破重重阻力探索“大包干”，解决了出工不出力、种地糊弄人的问题，给了农民支配自身劳动时间，从事非农产业的自由，确立了家庭联产承包责任制；党的十八大至今，我们实行农村土地“三权”分置制度，顺应了农民保留土地承包权、流转土地经营权的意愿，实现了农民集体、承包农户、新型农业经营主体对土地权利的共享，为促进农村资源要素合理配置、引导土地经营权流转、发展多种形式适度规模经营奠定了制度基础，促进了新型农业经营主体蓬勃发展，使我国农村焕发出新的生机和活力。实践证明，农民与土地的关系处理得好，可以激发广大农民群众的积极性、主动性和创造性，从而促进生产力的发展，让农村社会繁荣稳定，百姓安居乐业；反之，就会对生产力的发展起到阻碍和破坏作用，可能影响社会稳定。

70年来，随着工业化城镇化深入发展，大量农村劳动力转向非农产业就业。传统意义上的农民摇身一变，不断分化出流转经营他人承包地的“职业农民”，户籍在农村、工作和生活在城镇且有承包地的“农民工”，户籍、工作和生活都在城镇且有承包地的“新市民”。这给处理好农民和土地的关系带来新的重大挑战。周邦虽旧，其命维新。新形势下，处理好农民与土地的关系要以不变应万变，就是要以坚持农村土地集体所有、家庭经营基础性地位、现有土地承包关系的不变，来适应土地经营权流转、农业经营方式的多样化，推动提高农业生产经营集约化、专业化、组织化、社会化，使农村基本经营制度更加充满持久的活力。农村土地属于农民集体所有，讲的是所有权的权属问题，是农村基本经营制度的“魂”，是农村最大的制度；家庭经营讲的是承包经营权的权属问题，是实现方式问题，是农村基本经营制度的“根”；稳定承包关系从发展的角度，讲的是未来、是预期，是给农民的“定心丸”。这些都是经过了历史检验的原则性和规律性认识，克服了部分土地私有制国家在农业现代化进程中陷入的发展困境，彰显了中国特色社会主义道路的制度自信，在任何时候都不能动摇。同时，面对新形势，要进一步深化农村土地制度改革，完善土地“三权”分置制度，深化土地征收、集体经营性建设用地入市和宅基地制度改革，不断激活农村土地资源要素。

处理好农民与土地的关系，关键在于保障农民基本权益，底线是不能损害农民利益。纵观70年农村土地制度变革，历次重大创新都是从农民利益出发，顺应民心民意，尊重农民首创精神，把选择权交给农民，由农民选择而不是代替农民选择，不搞强迫命令、不“刮风”、不“一刀切”。有恒产者有恒心。多年来，我们通过开展农村土地承包经营权确权登记颁证，依法有效保障和实现农民土地权益，解决了一些地方承包地块面积不准、“四至”不清、空间位置不明、登记簿不健全等问题，截至2018年6月底，31个省(自治区、直辖市)均开展了承包地确权工作，确权面积13.9亿亩，超过二轮家庭承包地(账面)面积。我们落实承包地“三权”分置制度，在保护农民承包权的同时促进土地流转，截至2017年年底，全部或部分流转出土地的农户超过7 000万户，面积达到5.12亿亩，占家庭承包地总面积的37%。我们探索土地经营权抵押贷款，缓解农民贷款难贷款贵问题，截至2018年6月末，全国232个试点地区农地抵押贷款已达390亿元。不久前，我国修订了《中华人民共和国土地管理法》，允许已经进城落户的农民自愿有偿退出宅基地，允许集体经营性建设用地直接入市，改变过去农村的土地必须征为国有才能进入市场的问题，直接为农民增加财产性收入，同时进一步规范了征地程序，强化了对农民利益的保护。

土地制度改革是农村改革的核心，是乡村振兴的动力源泉和关键。70年的“三农”发展启示我们，农村土地制度的发展与完善是一个长期的历史过程，要与时俱进处理好农民与土地的关系，确保土地制度保持生机活力。

必须尊重农民，时刻把农民主体地位放在心上

一部新中国的“三农”发展史，就是一部中国农民在党领导下的奋斗史，写满了中国农民的勤劳、智慧和奉献。“人民是历史的创造者，是真正的英雄”。共和国70年农业农村发展之所以乘风破浪、成就煌煌，正是因为我们始终为了农民，依靠农民，在中国特色的农业农村现代化征程中凝聚起亿万农民的磅礴力量。

农民有力量，农业农村就有希望。农民从事物质生产劳动，生产满足人类社会生存和发展需要的重要产品；农民进行精神生产，发展科学文化，创造社会精神财富；农民投身社会建设，成为改革创新的主体力量，推动社会历史进步。70年来，农民迸发的力量和智慧，在太行绝壁之上劈出了“惊天地、泣鬼神”的“人工天河”红旗渠，在小岗村按下了突破僵化思想束缚的“红手印”，曾经创造了乡镇企业异军突起的奇迹，如今又掀起了“双新双创”的时代浪潮……70年，正是农民，在不断燃起建设家园的激情，不断探索前行的路径，不断推动着中国乡村社会的改革和发展。

“政策好不好，要看乡亲们是哭还是笑。”新中国70年农业农村发展过程中，是否尊重农民的意愿始终是衡量政策好坏的重要标准。“耕者有其田”，农民的呼声回荡了千年，直到新中国成立才得以实现；“交够国家的，留足集体的，剩下都是自己的”，我们听见了，家庭承包经营制度和统分结合的双层经营体制应时而生；“不愁吃，不愁穿”，我们想到了，也做到了，中华民族即将全面建成小康社会……农业农村发展的一次次飞跃，农民梦想的一次次实现，是几代人胼手胝足拼搏奋斗的产物，也是农民意愿得到尊重的结果。“要充分尊重广大农民意愿，调动广大农民积极性、主动性、创造性，把广大农民对美好生活的向往化为推动乡村振兴的动力，把维护广大农民根本利益、促进广大农民共同富裕作为出发点和落脚点。”尊重农民，始终把农民主体地位放在心上，是以人民为中心的发展思想的具体体现。习近平总书记的嘱托，情溢于言，更是对70年来农业农村发展的规律性认识和深刻把握。

70年“三农”的巨大变迁，感受最深的是农民。变化最大的，也是农民。共和国70年成长史，也是一部农民的成长史。从一锄一锹地里刨食到坐在温控房里操控计算机作业；从自给尚不能自足到“买全球”“卖全球”；从出身决定命运到自由迁徙、自主择业；从集体化生产生活到自我意识逐渐觉醒与凸显……70年来，农民对美好生活的向往，迸发出惊人的力量，深刻地改变着中国，也在改变着自己。不断回应农民自我发展提出的诉求，赋予农民更多的权利，正是农业农村改革的方向所在。

“使每个农民在经营自主、自由交往、平等交换机制的激励下，积极劳动，提高文化知识和技能，努力改善生存条件，为未来自身的全面发展创造机会。这也意味着农民摆脱封闭性社会的约束，使潜藏的活动能量获得释放机会，走向现代化。”农村改革的重要推动者杜润生在回顾改革时如此总结。国家的现代化不能没有农业农村的现代化。农业农村的现代化，离不开农民的现代化。

在赋予农民市场经营主体地位之外，让农民当家做主，获得自己管理自己事务的政治主体地位，是农民现代化的应有之义。“要一切相信农民，一切依靠农民，依靠村民自治搞好农村社会管理，这是唯一正确的道路。”从革命年代的“翻身得解放”，新中国成立之初的“分田分地忙”，到今日的“村民自治”，让农民“说事、议事、主事”，农民的事农民自己商量着办，我们都能清晰看见，在共和国现代化的征程上，农民现代化的脚步并向前行。

坚持农民主体地位，尊重农民意愿，必须相信农民，保障农民的合法权益。我们只有尊重农民的意愿，维护农民的权益，顺应农民成长的规律，才能把农民的积极性、主动性、创造性调动起来、激发出来，这正是共和国农业农村70年发展的内生动力。

70年来，我们为了农民，依靠农民，夺取了农业农村战线上一个又一个举世瞩目的胜利。如今，党的十九大提出实施乡村振兴战略，这是以习近平同志为核心的党中央着眼党和国家事业全局、顺应亿万农民对美好生活的向往，作出的重大决策部署，是决胜全面建成小康社会、全面建设社会主义现代化国家的重大历史任务，为农业农村现代化描绘了美好蓝图。我们唯有始终尊重农民，时刻把农民的主体地位放在心上，才能把一张张美丽蓝图变为现实。

必须依靠科技，把创新作为驱动农业发展的第一动力

"面朝黄土背朝天"，是千百年来中国农民生产劳作的真实写照。过去，技术缺、条件差，勤劳的中国农民"汗珠子滚太阳"，却只能在瘠薄的土地上收获着微薄的希望。新中国成立70年来，农业因为科技水平的提升而一路高歌猛进：从"人扛牛拉"到农机制造和使用数量世界第一，许多作物耕种收实现"机器换人"；从"一种难求"到良种实现全覆盖，让"中国粮"主要用"中国种"；从"靠天吃饭"到"知天而作"，"天空地"一体化让精准种植看得见摸得着……科技的全方位进步，让许多农业领域实现了从"跟跑"再到"并跑"到"领跑"的转变，让广大农民实现了从富饶的土地上收获美好生活的希望。

科技是农业发展的"第一动力"。新中国成立初期，中国农业科技几乎是"一穷二白"，面对"我们连一辆汽车、一辆拖拉机都不能造"的家底和西方势力的封锁，中国人民的拼搏创造精神前所未有地迸发出来。1963年，全国农业科技工作会议召开，会上制定了《1963—1972年农业科学技术发展规划》，提出了3 000多项研究课题。为了"能吃饱"，我国各级农业科研机构围绕提高粮食生产能力，潜心研究出水稻矮化育种及杂交玉米等众多科研成果。改革开放后，我国农业迎来了"科学的春天"。1978年3月18日，科学史上“空前的盛会”——全国科学大会召开，通过了《1978—1985年全国科学技术发展规划纲要》，提出了发展耕作制度和栽培技术、提高良种性能、实行科学施肥、研究病虫害综合防治技术、研制高质量高效率农业械具等新要求和新任务。这一时期，水果、蔬菜等经济作物的“革命性品种”相继问世，我国自主研发的联合收割机、多功能一体拖拉机等大型农具悉数亮相，先进的耕作方式和农田水利得到极大普及，大大提升了农业的综合生产效率。党的十八大以来，针对“一、二、三产融合”和“农业农村农民”发展新要求，我们着重加强科技创新，充分发挥科技在农业现代化进程中的突出作用。农作物基因资源与基因改良国家重大科学工程、国家动物疾病防控高等级生物安全实验室等“农之重器”大批涌现，丰收计划、跨越计划、“863”计划等一批重大科研项目层出不穷，“太空育种”“无人飞防”“植物工厂”等先进技术一一亮相，农业科技新成果成为农业现代化进程中的一道亮丽风景线。

我国农业科技发展的伟大成就，是一代又一代农业科学家扎根土地，拼出来、干出来、奋斗出来的。“共和国勋章”获得者袁隆平，一生致力于杂交水稻技术的研究、应用与推广，发明籼型杂交水稻，还创建了超级杂交稻技术体系，为我国粮食安全和世界粮食供给作出杰出贡献；“人民楷模”李保国，一生奋战在科技兴农和脱贫攻坚第一线，先后培育了16个山区开发治理先进典型，带动10万山区农民增收58.5亿元……我国一代又一代科技人员前赴后继，始终坚持立足国家重大需求、立足人民生产实际需求，把论文写在了祖国的广袤大地上。

让科研成果从实验室的理论研究变成田间地头的现实生产力，少不了一群经受风吹日晒的农技推广员。正是这一支支推广队伍，打通了农业科技成果落地的“最后1公里”。70年间，从推广“农业八字宪法”到让寿光蔬菜大棚火遍全国，这支穿梭在田间地头的队伍是新时代“教民稼穑”之人，创造了“农技兴，百姓富”的丰功伟绩；从“线断人散网破”的重大冲击到“一主多元”的融合共赢，这支肩负着重大使命的队伍已由散乱走向高效，形成了全方位、多层次的推广体系。70年，我们让农业科技成果有了自上而下的传播渠道，各级农技推广机构和人员认真履行先进实用技术推广、动植物疫病防治及农业灾害监测预报等各项职责，让科研成果更“接地气”。

70年来，我们始终坚持根据农业科技发展实际需要推动制度创新。从科技计划和管理体系重构到科研项目和经费管理体制改革，从加大成果转化收益分配力度到增加知识价值为导向的分配政策，从几个农业试验场到完整的中央、省、地三级农业科研机构系统，一系列制度改革和体系建设直击痛点、招招给力，拆掉创新路上的“制度藩篱”，搭建起干事的广阔舞台，让广大农业科研人员活力持续迸发。党的十八大以来，新一轮科技体制改革全面开启，每年的中央1号文件对发展农业科技都提出了迫切要求并作出全面部署，激活科研机构、激活科技成果、激活科技人才，让农业现代化发展迎来又一个春天。

习近平总书记强调，农业现代化关键在科技进步和创新，要立足我国国情，遵循农业科技规律，加快创新步伐，努力抢占世界农业科技竞争制高点，牢牢掌握我国农业科技发展主动权。70年的“三农”发展启示我们，只有依靠自主创新的力量，坚持走中国特色农业科技自主创新道路，农业发展后劲才能更足，“第一动力”势能才能更强，战略支撑才能更稳。当前，农业正在集约、高效、安全、持续的现代农业发展道路上阔步前进，必须用好科学技术这个有力杠杆，加快农业科技创新步伐，提高农业综合效益和竞争力，推动我国由农业大国走向农业强国！

必须注重可持续发展，让绿色成为农业发展的底色

人类与自然，相荣则共生，相害则俱损。回眸历史，众多辉煌夺目的文明发祥于得天独厚的自然环境，却最终因严重的生态破坏而衰落。中华民族历经数千年，依然屹立于世界民族之林，原因之一就在于始终秉承与大自然和谐共生的哲学观念。

从历史中走来，承受着历史的馈赠，也背负着历史的重担。人多地少、人均资源紧缺、生态破坏问题突出……新中国成立之初，我们就面临着比许多国家更为严峻的生态问题。作为自然系统重要组成部分的农业生态系统，一直承担着保障国家食物安全、资源安全、生态安全的艰巨任务，肩负着描绘发展底色的历史使命。

“像所有的认知过程一样，人们对环境保护和生态建设的认识，也有一个由表及里、由浅入深、由自然自发到自觉自为的过程。”随着共和国的成长，我们绿色发展的理念也更加具体、鲜明和科学。“尊重自然、顺应自然、保护自然”的生态文明理念，不仅写入了党的十八大报告，也写进了《中国共产党章程》。这一理念，不仅汲取了传统智慧的精华，也是对马克思主义自然辩证法的丰富与再发展。这一理念的形成，不是出自哪一个人的苦思冥想，而是成于70年的艰辛探索，也来自于共和国农业农村70年的发展积淀。

2017年，为落实绿色发展理念，农业部启动实施畜禽粪污资源化利用行动、果菜茶有机肥替代化肥行动、东北地区秸秆处理行动、农膜回收行动和以长江为重点的水生生物保护行动等农业绿色发展五大行动。紧接着，我国首个关于农业绿色发展的文件《关于创新体制机制推进农业绿色发展的意见》正式出台，农业绿色发展的路线图、时间表浮出水面，未来十几年农业发展方式绿色转变的四梁八柱搭建起来。追本溯源，我们发现，让绿色成为农业发展的底色，是新中国农业70年的坚持。

让绿色成为农业发展的底色，体现在始终注重生态保育，让生态系统更加稳定。山水林田湖草是生命共同体，农业生产与自然息息相关。老一辈革命家，对处理农业生产与自然的关系，有着超前的认识。1956年，毛泽东主席向全国人民发出号召：“绿化祖国”“实现大地园林化”。他还提出以兴修水利、保持水土的方法治理水涝灾害。邓小平同志则提出因地制宜的农业生产理论，他指出：“所谓因地制宜，就是说那里适宜发展什么就发展什么，不适宜发展的就不要去硬搞。像西北的不少地方，应该下决心以种牧草为主，发展畜牧业。”生态保育并非易事，更非一年一载之功。为之，则难者亦易矣。截至2018年，我国森林覆盖率已由1949年的9%提高到近23%，农田林网控制率也达到78%以上，草原综合植被覆盖度达到55%以上，田园、草原、森林、湿地、水域生态系统持续改善。

让绿色成为农业发展的底色，体现在节约资源，让资源利用更加高效。自然界是天然的资源场，是历经长久形成的天然财富，但绝非取之不尽用之不竭。肆意掠夺开发，最终危及的还是我们自身。70年，共和国在成长，对资源的需求与消耗也越来越大。我们在开发利用资源的同时，始终关注环境问题，坚持资源开发和节约并举，克服各种浪费现象，使资源利用与环境保护协调、可持续发展。70年中国农业的发展，依靠着科技创新和劳动者素质提升，不断提高资源利用率、土地产出率。截至2017年，我国耕地质量水平和农业用水效率进一步提高，农田灌溉水有效利用系数提高到了0.548。

让绿色成为农业发展的底色，体现在注重环境友好，让产地环境更加清洁。农业和环境最相亲、最相融，稻田是人工湿地，菜园是人工绿地，果园是人工园地，都是“生态之肺”。良好的生态环境是社会生产力持续发展和人们生存质量不断提高的重要基础。中国农业一直致力于推广绿色生产技术，以治理农业环境。江苏的田娘农场，每年消化畜禽粪便、秸秆等废弃物数十万吨，产出有机肥培育优质水稻上百万斤，把污染包袱变成了致富产业，获得联合国秘书长特别顾问颁发的“中国绿色责任奖”。2017年，我国水稻、小麦、玉米三大粮食作物平均化肥利用率达37.8%，畜禽粪污资源化利用率达到70%。

让绿色成为农业发展的底色，体现在注重产品质量，提升绿色供给能力。增加优质、安全、特色的农产品供给，是中国农业不懈的追求。习近平总书记强调，推进农业供给侧结构性改革，要把增加绿色优质农产品供给放在突出位置。如今，中国农业正在实现农产品供给由主要满足“量”的需求向更加注重“质”的需求转变，农产品质量安全水平和品牌农产品占比明显提升，休闲农业和乡村旅游也在加快发展。

“绿水青山就是金山银山”。理念就是旗帜，理念就是方向。树立农业绿色发展理念，是发扬优良传统，也是一场观念上的深刻革命。只有把农业绿色发展不断推向深入，我们才能走出一条产出高效、产品安全、资源节约、环境友好的农业现代化道路，守住祖国的一片青山绿水。

必须注重改善民生，始终做到不丢掉农村这一头

“哀民生之多艰”，伟大的爱国诗人屈原2 000多年前面对难解的国忧，掩涕之中发出一声叹息。“兴，百姓苦；亡，百姓苦。”后世王朝兴衰更替中，这似乎也成了老百姓的宿命。直到在中国共产党领导下成立新中国，中国人民在历经近百年屈辱后不但以独立姿态重新屹立于世界，而且从此踏上了奔向幸福的康庄大道。

“天下顺治在民富，天下和静在民乐”，民生是国家依存之本。1949年，全国约5.42亿人口，近5亿生活在农村，人均收入不到27美元，绝大多数处于饥饿状态。农村民生何其艰！新成立的中华人民共和国，百废待举，内缺资源、外少支援，十分有限的资源需要面对十分繁重的建设任务。农村民生建设何其难！

农村不稳，国家不稳；农民不安，国家不安。重视和改善农村民生自然成为党和国家事业发展的重心。

重视和改善农村民生，是中国共产党人的使命所在。中国共产党从诞生之日起就树立起“为人民谋幸福”的初心，并一直贯穿中国共产党人奋斗历程的始终。1925年，毛泽东在《政治周报》发刊词中写下“为了使中华民族得到解放，为了实现人民的统治，为了使人民得到经济的幸福”。新中国缔造者们在议定国名时，特别郑重用上了“人民”二字。邓小平提出了评判一切工作是非得失的“三个有利于”标准，着眼点就是有利于民。习近平总书记强调以人民为中心，并且将“坚持人民主体性地位”作为党和国家所有政策和所有工作的一项基本要求，同时鲜明提出“要坚持农民主体地位，发挥农民主体作用”，不断提升农民群众的获得感、幸福感和安全感。决不能丢掉农村这一头，是中国共产党人初心的映鉴，体现着党和国家对农民一以贯之的尊重和情怀。

重视和改善农村民生，是国家对农民所做奉献的一种认可。不能忘记农民为中国革命胜利、建立新中国和推进改革发展所作出的巨大贡献。新中国成立之初，广大农民在党的带领下，勒紧裤腰带过紧日子，挤出十分有限的农业剩余支援国家建设；改革开放以后，农民不但首先探索市场化发展路径，而且通过“工农产品剪刀差”、提供丰富廉价劳动力和土地资源等，为城市工业发展提供坚实资源要素保障，为我国经济社会持续快速发展提供了有力支撑；党的十八大以来，广大农民积极响应党的号召，为满足人民日益增长的美好生活需要积极发展生产，全力投身中国特色社会主义现代化和中华民族的伟大复兴事业。我们必须看到，我国幅员辽阔，人口众多，大部分国土面积是农村，即使将来城镇化水平到了70%，还会有四五亿人生活在农村。在全面建成小康社会中，决不能丢掉农村这一头，这是历史逻辑的使然，是现实需求的必然。

重视和改善农村民生，体现在新中国成立70年发展实践之中。新中国成立之初，我们努力调配好有限资源，以实现最基本生存权为出发点，建立了优抚和救助体系，通过加强集体经济来强化农村基本民生保障，特别是发展了150多万名“赤脚医生”，在落后条件下有效解决了农村人看病问题。这一时期，尽管生活水平整体很低，但广大农民群众觉得生活有价值、有目标、有尊严。每一位农民，不管多穷都能挺起胸膛做人。改革开放以后，我们以发展经济支撑民生改善，先后采取多予少取放活的方针、取消农业税、面向农民建立起农村医疗制度、农村养老制度、农村社会救助制度，全面加强农村教育、文化、卫生、交通、水利等公共事业和基础设施建设，在农村逐步构建起现代社会保障和服务体系。这一时期，农村生活生产条件大幅改善，农民生活从短缺走向充裕、走向小康、奔向幸福。党的十八大以来，我们大力推进城乡融合发展，补短板、强弱项、惠民生，大幅改善农村人居环境，积极缩小城乡发展差距，推进基本公共服务均等化和全覆盖。特别是针对农村民生的难点——8 249万贫困人口的脱贫，全面打响精准脱贫攻坚战，加快补齐全面建成小康社会中的这块突出短板，决不让一个地区、一个民族、一个人掉队。决不能丢掉农村这一头，这蕴含着探索中国特色农业农村现代化道路伟大实践的时代逻辑。

“人民对美好生活的向往，就是我们的奋斗目标。”党的十九大以来，我们首次确立农业农村优先发展这个乡村振兴的总方针。我们坚持民生为先、民生为重、民生为本，坚持把新增财力向困难民众倾斜、向农村倾斜、向基层倾斜、向社会事业倾斜，不断破除制度性障碍、不断完善农村基础设施和基本公共服务供给体系、不断提升农民自我发展能力，围绕农民群众最关心、最直接、最现实的生产生活难题，增加投入、加强建设，努力使农村这一头发展得更快，让农民群众共享改革发展成果。

“利民之事，丝发必兴；厉民之事，毫末必去”，民生无小事，民生无易事。习近平总书记强调：任何时候都不能忽视农业、不能忘记农民、不能淡漠农村。70年的“三农”发展启示我们：任何时候，都要把农民高兴不高兴作为检视我们农业农村政策的“试金石”，都要把为农民谋幸福作为“三农”工作的出发点和落脚点，都要把能不能让农民过上更美好的生活作为发展的最终目标。只有这样，我们“三农”事业才会蒸蒸日上，我们的执政基础才会更加坚实。

必须繁荣乡村文化，不断提升农村发展的软实力

“观乎天文，以察时变；观乎人文，以化成天下。”《周易》对文化的解释直指本质：以人文教化天下。文化作为一种精神力量，能够在人们认识世界、改造世界的过程中转化为物质力量，对社会发展产生深刻的影响。人类社会发展的历史证明，一个民族，物质上不能贫困，精神上也不能贫困，只有物质和精神都富有，才能自尊、自信、自强地屹立于世界民族之林。

中国作为传统农业大国，农村发展至关重要，加强乡村文化建设是满足广大农民群众多层次多方面精神文化需求的有效途径，是提高党的执政能力和巩固党的执政基础的必要基础，是实现全面建成小康社会、全面振兴乡村的必由之路。

费孝通先生曾经有言，泥土是乡人的生命。这个“泥土”就是承载着乡音、乡土、乡情和传统价值观的乡村文化。农村是我国传统文明的发源地，乡村文化的根不能断。根断了，我们就找不到“三农”的魂魄了，农业农村发展、乡村有效治理也就没有了持续动力。回望来路，新中国成立70年来，乡村文化建设为农业发展、农村稳定、农民富裕提供了重要的智力和精神支撑。

70年来，党和政府农村工作的一个重要内容，就是为乡村“塑形铸魂”，就是守住乡村文化的“根”。新中国成立初期，为进一步巩固执政基础、恢复发展国民经济，大规模的农村扫盲识字运动通过冬学教育等“适应广大群众需要的与实际工作密切结合着的教育方式”蓬勃开展，为广大农民学习各种文化与技能提供了必要基础。与此同时，我们大力推进农民的思想政治教育，形成了破除农村旧习、树立社会主义新乡风的热潮。改革开放后，面对更加复杂的国际形势和以经济建设为中心的根本任务，党和政府加强乡村文化建设的意识进一步增强，邓小平指出：“我们要在建设高度物质文明的同时，提高全民族的科学文化水平，发展高尚的丰富多彩的文化生活，建设高度的社会主义精神文明。”从“物质文明与精神文明”的“两个文明”到党的十六大提出“经济建设、政治建设、文化建设”的“三位一体”，再到党的十七大的“四位一体”，直到党的十八大进一步拓展的“五位一体”，文化建设始终是其中“一体”。特别是2005年，中共中央办公厅、国务院办公厅印发了《关于进一步加强农村文化建设的意见》，从加强农村公共文化建设、丰富农民群众精

神文化生活、创新农村文化建设的体制和机制等多方面对乡村文化建设提出了明确和具体的要求。

党的十八大以来，面对新形势新任务新挑战，以习近平同志为核心的党中央将乡村文明建设摆到了愈发重要的位置，作出了一系列富有创见的科学论断、出台了一系列富有远见的政策措施，为深化农村精神文明建设指明了前进方向。近几年来的中央1号文件都对加强农村文化建设或者农村精神文明建设作出了明确要求。特别是，党的十九大提出了“产业兴旺、生态宜居、乡风文明、治理有效、生活富裕”的乡村振兴战略的总要求。乡风文明，作为乡村振兴的紧迫任务，重点是弘扬社会主义核心价值观，保护传承农村优秀传统文化，加强农村公共文化建设，开展移风易俗，改善农民精神风貌，提高乡村社会文明程度。2018年，习近平总书记在全国“两会”上提出了乡村振兴的“五个振兴”，其中一个振兴就是要推动乡村文化振兴，通过加强农村思想道德建设和公共文化建设，以社会主义核心价值观为引领，深入挖掘优秀传统农耕文化蕴含的思想观念、人文精神、道德规范，培育挖掘乡土文化人才，弘扬主旋律和社会正气，培育文明乡风、良好家风、淳朴民风，改善农民精神风貌，提高乡村社会文明程度，焕发乡村文明新气象。

乡村文化，在调节社会关系中发挥着“润物无声”的作用。优秀乡村文化能够提振农村精气神，增强农民凝聚力，孕育社会好风尚。从中国特色的农事节气到大道自然、天人合一的生态理念；从乡村气息浓厚的节庆活动，到丰富多彩的民间艺术；从耕读传家、父慈子孝的祖传家训，到邻里守望、诚信重礼的乡风民俗等等，这些优秀的传统文化都为乡村德治提供了内容源泉，是提振农村精气神的宝贵财富。不管是新中国成立初期的农民思想政治教育，还是新时代社会主义核心价值观在农村的弘扬，70年来，我们始终注重深入挖掘、继承农耕文化中蕴含的优秀思想观念、人文精神、道德规范，赋予时代内涵，充分发挥其在凝聚人心、教化群众、淳化民风中的重要作用，将其转化为提振农村发展的精气神，为乡村治理有效、“三农”事业全面发展提供了强大的精神支撑。比如“中国农民丰收节”的设立，它作为一个鲜明的传统文化符号，被赋予了新的时代内涵，既传承弘扬了祈盼丰收、欢庆丰收的中华优秀农耕文化传统，让农民以节为媒，释放情感、寻找归属，又推动了传统文化和现代文明有机融合，增强了农民群众的文化自信心和民族自豪感，为提升新时代农民精神风貌、提振农村精气神提供了动力源泉。

习近平总书记说，要让居民望得见山、看得见水、记得住乡愁。70年乡村文化建设的生动实践告诉我们：只有守护住乡村文化这个根脉，以社会主义核心价值观为引领，用优秀文化不断提升农村精气神，我们的乡风文明才会蔚然成风，乡村振兴才会朝气蓬勃，“三农”事业也才能不断发展壮大。

必须完善乡村治理，让农村社会既充满活力又和谐有序

乡村治，百姓安，国家稳。我国作为一个人口众多的农业大国，乡村怎么管理历来是关系民心向背、国运兴衰的大事。几千年来，乡村社会一直奉行“皇权不下县”，主要靠乡绅自治，这种秩序直至近代社会被打破，虽然晏阳初、梁漱溟等曾掀起乡村建设运动，但难阻农村衰败。

历史的车轮滚滚向前，如何重建农村社会秩序、稳定发展广大乡村，重任落在新中国和中国共产党身上。

从土地改革开始，加强农村基层政权建设作为新中国乡村治理的重要内容也正式拉开帷幕。1950年，政务院颁布《乡(行政村)人民政府组织通则》《乡(行政村)人民代表会议组织通则》，全面加强和规范乡村政权建设。1954年11月，全国农村党的基层组织工作会议召开，到1957年农村党组织覆盖率达到99.9%。1958年8月，中共中央制定《关于在农村建立人民公社问题的决议》，农村逐步建起“三级所有、队为基础”的管理体制。农民从“一盘散沙”中组织起来，凝聚起建设新中国的强大合力。

伴随着家庭联产承包责任制的全面推行，我国乡村治理也迎来新变化。从1980年2月广西壮族自治区宜州市屏南乡合寨村成立“村民委员会”尝试村民自治，到1980年6月四川广汉市向阳镇在全国率先摘下“人民公社”的牌子；从1983年10月中共中央、国务院发出《关于实行政社分开建立乡政府的通知》，到1987年11月全国人民代表大会常务委员会通过《村民委员会组织法（试行)》，“村民自治”在改革开放的历程中一步步探索前行，广袤田野重新恢复和焕发勃勃生机。

时序更替，万物维新。党的十八大以来，治理真正开始成为一种执政理念。以习近平同志为核心的党中央，深刻把握社会运行规律和治理规律，实现了从“社会管理”到“社会治理”的转变。治理和管理一字之差，但却凸显了我们党在社会领域治国理政理念的重大转变。

“健全自治、法治、德治相结合的乡村治理体系”“走乡村善治之路”，乡村治理也被提到前所未有的新高度。近几年的中央1号文件，对强化基层党组织建设、完善村民自治机制、加大“小微权力”腐败惩处力度、建设平安乡村等都作出了系列部署。2019年1月，中央印发新修订的《中国共产党农村基层组织工作条例》，明确了新时代农村基层党组织建设的基本遵循。一系列新理念新要求，搭建起了新时代乡村治理的“四梁八柱”，引领广大乡村进入活而有序、活而有力的状态。

我们看到，浙江诸暨“枫桥经验”，从20世纪60年代初的“发动和依靠群众，坚持矛盾不上交，就地解决，实现捕人少、治安好”，到新时代发展为“党建统领、人民主体、三治融合、四防并举、共建共享”；我们看到，因在1965年兴修水利、改土改田中成为一面旗帜而得名的四川成都郫都区战旗村，近年来不断完善党员干部联系群众的工作机制，党员干部跟群众更亲了，党组织成了群众信赖的主心骨……一个个鲜活的事例，正是新中国70年来乡村治理的生动缩影。从中央的决策部署到基层的创新实践，广阔的农村社会迸发出强大活力，呈现出和谐有序的良好局面。

让农村社会既充满活力又和谐有序，就要夯实乡村治理这个根基。欲致其高，必丰其基。乡村是最基本的治理单元，乡村治理的好坏，不仅关系农村发展稳定，也影响国家治理的高度。良好的乡村秩序，不会凭空而来、从天而降。乡村要成为安居乐业的家园，离不开科学有效的治理。实现乡村振兴，治理有效既是目标要求，也是重要基石和保障。因此，要不断夯实乡村治理这个根基，完善乡村治理体系，提升乡村治理能力，走好乡村善治之路。

让乡村社会既充满活力又和谐有序，就要始终不渝建强农村基层党组织。70年来乡村治理的探索与实践告诉我们，凡是经济发展和村庄建设搞得好的村，都有好的带头人和强有力的党支部。“给钱给物，不如建个好支部”。农村基层党组织是确保党的方针政策在农村贯彻落实的支柱力量，是农民群众的主心骨、农村发展的领头雁。加强和改进乡村治理，必须强化农村基层党组织领导作用，选优配强农村党组织书记，整治软弱涣散村党组织，提升基层党组织的组织力凝聚力。

让乡村社会既充满活力又和谐有序，就要不断创新完善乡村治理体系。习近平总书记指出："加强和创新社会治理，关键在体制创新。"回顾新中国的历史，乡村治理得以不断推进并取得巨大成就，很重要的一个原因就在于体制机制创新。从"村社合一"到村民自治，从管理到治理，从单一行政手段到多种手段综合运用等等，无不体现了创新的力量。当前，随着工业化城镇化加快推进及农村改革不断深入，乡村正经历前所未有的变化，也给乡村治理带来一些新问题。解决这些问题，必须进一步改革创新，最核心的一点，是要健全自治、德治、法治相结合的乡村治理体系，以自治增活力、以法治强保障、以德治扬正气，共同推动乡村善治。

求木之长者，必固其根本。70年的"三农"发展启示我们，只有不断夯实乡村治理这个根基，不断激发乡村发展活力，乡村振兴才能行稳致远，党的执政基础才能不断巩固，农民群众的获得感、幸福感、安全感才能不断增强。

必须坚持党管农村，确保党在农村工作中总揽全局、协调各方

务农重本，国之大纲。中国的发展史，也是一部重农崇农的农业发展史。我们党始终从战略和全局的高度重视"三农"问题，坚持加强对农村工作的全面领导，发挥总揽全局、协调各方的领导核心作用，带领广大农民群众在农业农村现代化道路上铿锵前行。

从"耕者有其田"到"包产到户"再到承包地"三权"分置，从"生产队、记工分、分口粮"到"交够国家的、留足集体的、剩下的都是自己的"再到"种地有补贴、流转有租金"，从社会主义新农村建设到乡村振兴……回溯70年来的历程，农村改革发展的每一个变化，都凝结着我们党带领农民群众不懈探索实践的智慧和心血，反映了党中央对农业农村发展规律性认识的深化、拓展、升华。

新中国成立时，如何在一穷二白的基础上恢复和发展国民经济，成了摆在党和国家面前的迫切课题。"农业是国民经济基础"，以毛泽东为代表的第一代中央领导集体，把农业放在国民经济发展首位，大力发展农业生产。1950年，中共中央颁布《中华人民共和国土地改革法》，1952年土地改革完成，亿万农民实现了"耕者有其田"。短短几年，农业经济快速恢复，不仅解决了极度紧张的粮食问题，也为国民经济恢复打下了坚实基础。此后从社会主义改造到人民公社，党领导农民开展互助合作、发展集体经济、大兴农田水利、大办农村教育和合作医疗，尽管历经波折，但对改变农村贫穷落后面貌做了不懈探索。

党的十一届三中全会拉开了改革开放的帷幕。从小岗村18户农民签下“生死状”搞“大包干”，到20世纪80年代中央连续发布5个有关农村工作的“1号文件”，农村改革一步步走向深入。取消农产品统购统销、乡镇企业异军突起、农民工进城打工、废除延续2千多年的农业税、实行农业补贴、建设社会主义新农村、统筹城乡发展，一系列改革发展举措接踵推出，广袤的乡村大地发生了翻天覆地的变化。

“小康不小康，关键看老乡”“中国要强，农业必须强；中国要美，农村必须美；中国要富，农民必须富”“必须始终把解决好‘三农’问题作为全党工作重中之重”。党的十八大以来，以习近平同志为核心的党中央观大势、谋全局，把解决好“三农”问题的重要性提升到历史新高度。

实施乡村振兴战略，坚持农业农村优先发展，推进城乡融合发展，坚决打赢脱贫攻坚战，深化农业供给侧结构性改革，创新农村承包地“三权”分置，加强和改进乡村治理，开展农村人居环境整治，制定《中国共产党农村工作条例》……在响鼓重锤的政策引领下，农业农村现代化的壮阔画卷加速展开。

70年砥砺奋进，70年沧桑巨变，我国农业从基础薄弱到展翅腾飞，农村从凋敝落后到繁荣强盛，农民从节衣缩食到富足小康，农村经济社会发展完成了一个又一个跨越，实现了一个又一个梦想。其发展速度之快、变革程度之深，可谓前所未有，举世瞩目；其理论创新之要、实践启示之深，亦是弥足珍贵，催人奋进。

保证农村改革发展沿着正确的方向前进，必须始终坚持和加强党对农村工作的全面领导。“党政军民学，东西南北中，党是领导一切的。”办好中国的事，关键在党；办好农村的事情，同样关键在党。党管农村工作是我们党的优良传统和重大原则，是推进农村改革发展的根本保证。坚持党对农村工作的领导，最根本的是坚持正确的政治方向，坚持以习近平新时代中国特色社会主义思想为指导，坚决维护党中央权威和集中统一领导，坚持中国特色社会主义制度，坚持走中国特色社会主义乡村振兴道路；坚持党对农村工作的领导，最关键的是坚持明确的政策导向，坚持党在农村的基本政策，坚持巩固和完善农村基本经营制度，坚守农村改革的底线，决不能犯颠覆性错误；坚持党对农村工作的领导，最核心的是坚持鲜明的价值取向，坚持以人民为中心，尊重农民主体地位和首创精神，切实保障农民物质利益和民主权利，把农民群众紧紧团结在党的周围，筑牢党在农村的执政基础。

坚持和加强党对农村工作的全面领导，必须坚持不懈推进理论创新、实践创新、制度创新。“三农”问题内涵丰富，涉及广泛，变化快速，既离不开理论的支持引领，更离不开实践的探索试验，必须始终注重理论与实践相结合，开拓创新，与时俱进。70年来，中国共产党把马克思主义基本原理同中国农业农村的具体情况相结合，提出了一系列新思想、新观念、新举措，释放了农业农村发展的潜力和活力。特别是党的十八大以来，习近平同志站在党和国家事业发展全局的高度，不断推进“三农”工作理论创新、实践创新和制度创新，围绕“三农”工作发表了一系列重要论述，系统回答了做好新时代“三农”工作的重大理论和实践问题，是我们党“三农”理论创新发展的重要成果，是做好新时代“三农”工作的科学指南。

沧海横流显砥柱，万山磅礴看主峰。回望70年，我国农村改革之所以能取得巨大成就，农村面貌之所以能发生喜人变化，最根本的原因是始终坚持党对农村工作的领导；展望未来，只要我们认真贯彻习近平新时代中国特色社会主义思想，坚决落实《中国共产党农村工作条例》，坚持党对农村工作的全面领导，确保党在农村工作中总揽全局、协调各方，保证农村改革发展沿着正确的方向前进，我们就一定能够谱写新时代乡村振兴的新篇章。

“一切伟大成就都是接续奋斗的结果，一切伟大事业都需要在继往开来中推进。”历史进入新时代，党的十九大报告提出实施乡村振兴战略，描绘出农村发展新蓝图。风劲潮涌，自当扬帆破浪；任重道远，更需策马扬鞭。在习近平新时代中国特色社会主义思想的指导下，不忘初心，继续前行，我们定能书写出大国“三农”的辉煌新篇章！

2019“三农”新闻作品选

融媒体作品

WORKS OF
CONVERGENCE MEDIA

一把麦子一碗米，为何在总书记心里重千钧

刊播 新华社“新华视点”微博（10月16日）

作者 于文静

秋风起，大地一片金黄。农业农村部消息显示，截至2019年10月10日，秋粮收获已经完成58%，增产趋势明显，我国有望再迎一个丰收年。

洪范八政，食为政首。2019年9月18日，习近平总书记在河南考察时强调，牢牢抓住粮食这个核心竞争力，不断调整优化农业结构，深入推进优质粮食工程，突出抓好耕地保护和地力提升，加快推进高标准农田建设，做好粮食市场和流通的文章。

5年前的2014年5月9日，同样在河南，习近平总书记来到开封市尉氏县张市镇高标准粮田综合开发示范区考察。他下到田间，仔细查看麦穗灌浆情况，向农技人员了解产量预测，向农户询问田间管理。

总书记为何如此重视河南粮食生产？作为农业大省，河南用全国1/16的耕地生产了全国1/10的粮食、1/4的小麦，可以说中国人每吃4个馒头，就有1个产于河南。

一把麦子一碗米，在习近平总书记心里的分量从来都是沉甸甸的。

2018年9月，习近平总书记来到黑龙江农垦建三江管理局考察调研。在北大荒精准农业农机中心一楼展示大厅，当地出产的米油豆奶等各类农产品琳琅满目，总书记逐一察看，强调中国人的饭碗任何时候都要牢牢端在自己的手上。他双手捧起一碗大米，意味深长地说道：“中国粮食！中国饭碗！”

从北大荒到大粮仓，经过几十年发展，如今黑龙江粮食总产量、商品量

和调出量均占全国第一，可以说中国人的每9碗饭中就有1碗产自黑龙江。

关于饥饿的记忆，对很多人来说并不遥远。人口大国的粮食问题，在习近平总书记的心中重千钧。总书记明确指出，我们的立足点、着眼点是，绝不能买饭吃、讨饭吃，饭碗里必须主要装我们自己生产的粮食。

党的十八大以来，我国坚持以我为主、立足国内、确保产能、适度进口、科技支撑的国家粮食安全战略。中国饭碗如何才能端得稳、端得好？国家粮食安全依靠谁？如何才能自信从容地面向未来？习近平总书记多次作出重要指示，为保障粮食安全指明方向。

手中有粮，心里不慌。“看看世界上真正强大的国家、没有软肋的国家，都有能力解决自己的吃饭问题。”习近平总书记意味深长地指出，粮食问题不能只从经济上看，必须从政治上看，保障国家粮食安全是实现经济发展、社会稳定、国家安全的重要基础。

我国粮食生产已经实现“十五连丰”，是不是可以说粮食安全已然无忧了？近年来，虽然连年丰收，但供求依然是紧平衡。随着人口增加、城镇化推进、人民生活水平提高，粮食需求量将是刚性增长趋势。全球每年粮食贸易量有限，依靠别人解决吃饭问题不仅靠不住，而且过多进口粮食也会给低收入国家购粮带来压力。

“在我们这样一个13亿多人口的大国，粮食多了是问题，少了也是问题，但这是两种不同性质的问题。多了是库存压力，是财政压力；少了是社会压力，是整个大局的压力。对粮食问题，要从战略上看，看得深一点、远一点。”习近平总书记高屋建瓴，一语中的。

从注重产量到强调产能，必须落实“藏粮于地、藏粮于技”战略。习近平总书记指出，粮食生产根本在耕地，命脉在水利，出路在科技，动力在政策，这些关键点要一个一个抓落实、抓到位，努力在高基点上实现粮食生产新突破。

耕地是粮食生产的命根子。“要实行最严格的耕地保护制度，依法依规做好耕地占补平衡，规范有序推进农村土地流转，像保护大熊猫一样保护耕地。”习近平总书记对耕地保护特别重视。

科技是高质量发展的动力。习近平总书记强调，要把发展农业科技放在更加突出的位置，大力推进农业机械化、智能化，给农业现代化插上科技的翅膀。

一粒种子可以改变一个世界。2018年4月在海南，习近平总书记指出，国家南繁科研育种基地是国家宝贵的农业科研平台，一定要建成集科研、生产、销售、科技交流、成果转化为一体的服务全国的“南繁硅谷”。

主产区和农民“两个积极性”，直接关系粮食生产发展成效。2016年4月在农业大省安徽，习近平总书记指出，优化技术措施，落实扶持政策，保护农民种粮积极性，着力提高粮食生产效益，努力实现粮食主产区粮食生产发展和经济实力增强有机统一、农民生产粮食和增加收入齐头并进。

……

民为国基，谷为民命。站在粮食生产有望“十六连丰”的新起点上，我国农业结构正在不断优化，优质粮食工程深入推进，“中国好粮油”成为百姓新期待。

“要坚持数量质量并重，在保障数量供给的同时，更加注重农产品质量和食品安全，注重生产源头治理和产销全程监管，让人民吃得饱、吃得好、吃得放心。”习近平总书记对于人民福祉十分牵挂。

清风吹过希望的田野，金色成为乡村振兴的深厚底色。这抹亮色寄托着城乡居民对仓廪丰盈、生活美好的希望，也指引着耕耘者们不懈努力和奋斗。

夏粮丰收：中国的饭碗端得很稳

刊播 玉渊谭天微信公众号（6月12日）

作者 宋建春　王凯博

【正文】

夏粮丰收了！

2019年6月12日，农业农村部最新公布了数据：4亿亩夏粮，预计亩产提高10公斤。

手中有粮，心中不慌。2019，夏粮丰收意义重大。

十几亿人口要吃饭，这是我国最大的国情。

6亿吨！这是中国每年保证全国人民吃饱饭的底线。

从国外买行不行？

3.5亿吨，这是全球每年能供出口的粮食总量，即使都卖给中国，也不够咱吃啊。

吃饱这事，不可能指望别人。

习总书记说，中国人的饭碗任何时候都要牢牢端在自己手上，我们的饭碗应该主要装中国粮。这是底线！

大豆，平安无事！

这两年，国际形势风云激荡，大豆君突然火了。

没错，大豆也是粮食品种，不过，跟小麦、水稻这些口粮没法比。口粮必须自己种，大豆可以进口。

进口大豆都干了啥？几乎全部用于压榨加工。

20%是豆油，这是人吃的；80%是豆粕，用来喂猪、喂鸡、喂牲畜。

这些年，咱老百姓生活好了，这就增加了对大豆君的热情度。

全国每年需要大豆1.1亿吨左右，如果自己种，得用9亿亩耕地。要知道小麦、水稻加到一起还不到9亿亩，都去种大豆绝对不行！吃饱饭最当紧！剩下的9亿亩全种大豆也不靠谱，那得种玉米种薯类，喂猪、喂鸡、喂牲畜，没有这些饲料原料，肉蛋奶咋办？

所以，大豆90%以上要进口。随着我们扩大朋友圈，更多的外国大豆漂洋过海来中国。

谭主刚刚拿到前4个月农产品进口数据，有些震撼。

1—4月，中国自巴西进口大豆增长近50%，自加拿大进口增长264.9%，自阿根廷进口增长2 310.6%。与此形成强烈反差，自美进口大豆锐减70%。

就在几天前，俄罗斯也划了重点，要增加对我们出口大豆。

过去一直以中国为主要买家的美国豆农急坏了。农业农村部韩俊副部长跟谭主聊了几句。

【视频】农业农村部副部长　韩俊

如果是美国不取消加征关税，美国的大豆很难卖到中国来，这个市场很快就会被南美国家，俄罗斯，还有其他国家所填补。

【正文】

其他国家填补得了吗？

别担心，专家给谭主算了个账，足够。

一是我们的朋友圈越来越大，有的是大豆愿意到中国来。

二是我们的进口量会减少一些。

近几年，我们玉米有点多，鼓励种大豆，一项叫“国产大豆振兴”的计划已经实施，预计到2020年，大豆产量将增加到1 900万吨。

谭主还注意到，2018年10月，多年不变的饲料配方有了更科学的新标准，养殖业因此每年可少用大豆1 400万吨。

所以，大豆这事不足虑！

粮价稳，物价稳！

粮价是百价之基，是CPI的重要基础。夏粮丰收，稳定了粮价，也就是稳定了CPI预期。在2019这样一个特殊年份，农业基础的“压舱石”作用分外显发。农业农村部韩长赋部长的一段话，说得很明白。

【视频】**农业农村部部长　韩长赋**

有了农业的稳定发展，保证了粮食安全，我们就可以抗风浪，我们可以应对更多的经济上的以及国际上的各种风险。

【正文】

夏粮丰收，底线筑牢，观风云变幻，多了几分气定神闲！

为您专属定制的中央1号文件

刊播 央视新闻客户端（2月19日）

作者 宋建春 王凯博 陈博

【微视频】

俺老孙来也！变！你可知，这小麦当初也是打西土而来。

想当年西天取经，俺和八戒只见过馒头、面条什么的，还被那呆子偷吃了不少。换如今这太平盛世，饼干、蛋糕还不是给这呆子乐开了花！当真，这小麦也学俺老孙七十二变，强筋、中筋、弱筋、富硒，变化万千！

听闻背后有供给侧结构性改革这一法宝，才使得优质小麦一族“麦丁兴旺”，乃至漂洋过海去往异国他乡！

如今，俺老孙又得了一法宝法，可让粮食增长、百姓脱贫、乡村振兴！俺老孙为您呈上这2019年的中央1号文件，锦囊4件。农业农村怎么变？全在这里面。如果您关心脱贫问题，如果您想在农村种地，如果您想去乡村旅游，请查收！如果想赚钱，想投资，那就收下这增收的锦囊吧！

脱贫锦囊

2020年要达到全面小康，如果您在深度贫困地区，别担心，这个目标不会落下您。2019年国家重大工程建设项目要向你们大力倾斜，新出现的突出问题中央也都想到了！

1.产销脱节？风险保障不足？这些问题必须解决！因为扶贫产业的关键词就俩字儿——长效！

2.易地搬迁后生活不便？与世隔离？放心吧！重搬迁、轻后续帮扶，这些问题正在被纠正。

3.国家政策这么给力，我就在家静等“兜底”呗？NO！等靠要等来的肯定不是“一兜了之”，总书记都说了，幸福是奋斗出来的！

4.收入低，也就比贫困户的标准高那么一丢丢，却享受不到他们享受的政策？别急，这个问题，中央也在研究解决。

种地锦囊

种啥最抢手？划重点啦——绿色的！有机的！优质的！

怎么种？装备得配齐！智慧农机、生物防虫、有机肥料……这些可以让您事半功倍！

算算账，投入不会少，不过别担心，如果您想种好地，国家不会让您一个人担着，补贴不会迟到。2019年，生物种业、重型农机、智慧农业、绿色投入品等等领域的自主创新都将得到国家的大力扶持，搭载科技的翅膀，让您得到更好的产量和质量！

在哪儿种？国家正在划定粮食生产功能区和重要农产品生产保护区，这可关乎着我们泱泱大国的你我他能不能吃得饱、吃得好。如果能在这儿种地是不是很自豪？国家也在往这些地方砸钱，2019年新增的8000万亩高标准农田都要优先安排在这些地方。

增收锦囊

农产品精深加工：种小麦、磨面粉？LOW！如今小麦也能玩出新花样。因为中央1号文件定了，2019年将建成一批农产品专业村镇和加工强县。村镇产出来的，也是高大上！

乡村新型服务业：农村的服务是啥样？您想到的——农家乐？乡村旅游？餐饮民宿？还有您想不到的——共享农庄、健康养生，养老服务。甚至在农业生产上，代耕代种、植保飞手、烘干收储等服务也将引发新潮流。

数字乡村：直播做农家菜？网络发起采摘邀请？太轻松！2019年将重点实施“互联网+”农产品出村进城工程。农产品销售之路将一路畅通。

旅游锦囊

游客：那个啥，农村还是旱厕吗，体验太差啦。

小编：听说过农村人居环境整治3年行动吗？中央可是有硬指标的，目前已经有一半的农户完成了无害化厕所改造，不少人家用的都是抽水马桶呢，不比宾馆差！3年行动，2019年都是第二年啦，中央2019年对农村人居环境整治先进县还要进行奖励，美丽宜居乡村今后会更好！

游客：田园风光的享受VS简陋条件的纠结，矛盾中。

小编：您是10年前去的吗？听说过乡村振兴吗？自来水、硬化路这些基本上都全覆盖啦，宽带网络2019年村里也会有，同样提速降费，和您在家没两样；物流网点、快递小哥，这些都有，在村里看上啥好货，直接快递回家！

国家启动粮食良种重大科研联合攻关计划

且看一粒良种的前世今生

刊播 央视新闻客户端（4月20日）

作者 宋建春　王凯博　陈博

【正文】

雨生百谷，春生之气盛极，北耕南种渐入高峰。谷雨之时，一项国家计划正式启动！《玉米、大豆、水稻、小麦国家良种重大科研联合攻关五年计划》——名字超长，内容更重：四大作物绿色品种指标体系即将发布，主粮品种再迎升级换代！

种子好坏，关乎每个人能否吃饱、吃好。江湖传言：不通晓良种的前世今生，就像不曾在深夜里痛哭过，都不足以谈人生……

一段视频，告诉你：十年磨一剑，一粒良种的前世今生。

【微视频】一粒良种的前世今生

嗨！看到我了吗？……哈哈，我是一粒水稻种子。

别看我个子小，习近平总书记可是非常关心我哦。

总书记说，要下决心把我国种业搞上去，从源头上保障国家粮食安全。

怎样长成好种子呢？大家跟我一起来穿越。

10年前，我从野外来到这儿，和上万个小伙伴儿一起，等着改良。

嘘！有人来了！

哈哈，我要种到田里啦！

叶片里藏着我的生命密码。

去体检喽！

第一步，要先把叶片打碎！

哎呦！有点晕！

终于熬过这一关，开始检测基因啦！来看看我的各项指标怎么样！

对啦，我长出来的大米，有没有营养？好不好吃呢？还得继续闯关！在这儿，需要检测淀粉、蛋白质含量等指标。

近10年里，我改良了20代，光试管就进出1 000多次呢。不怕虫，少得病，不怕冷，能抗旱，营养高，味道好，哈哈，这些都是我的新优点。

好开心啊，各项指标全都优秀！国家认证过关！我是名副其实的良种啦！

春耕来啦，我们良种大家族也紧急集结，赶赴大江南北！我，定会不负使命！

【正文】

我国种业的江湖地位：

1. 底气足。自主选育的水稻、小麦、大豆等大宗农作物品种占据主导地位，良种覆盖率达到96%。做到中国粮主要用中国种。

2. 家底儿厚。种业发展的基础是种质资源。全国长期保存的种质资源总量突破50万份，世界第二。

3. 后劲儿猛。国家正在加快培育推广一批高产、绿色、优质、适宜全程机械化的新品种。

猪肉价格何时归位　听听专家怎么说

刊播　新华网（12月19日）

作者　汪亚

梅菜往哪扣、粉条跟谁炖、香肠还灌不灌……网络上的段子在博人一笑的同时也反映着老百姓关注的热点，随着元旦和春节消费旺季的来临，猪肉价格的走势成为老百姓普遍关心的问题。猪肉好买吗、价格何时归位？一起来看看权威专家如何回答。

农业农村部畜牧兽医局局长杨振海在日前接受媒体采访时表示，中央和地方恢复生猪生产的政策效果已经开始显现，据监测，11月第4周，全国集贸市场活猪价格每公斤32.26元，猪肉价格每公斤51.22元，连续4周回落，比价格高峰时分别回落16.7%和12.6%。

虽然当前全国总体上生猪存栏和母猪存栏双双探底回升，但受生猪自然生长规律限制，从存栏增加到形成上市供应能力还需半年左右时间。由于6—8月生猪存栏下降较快，按半年育肥周期，对应元旦、春节期间生猪的出栏将处于低位，加之元旦、春节猪肉消费旺季到来，猪肉市场供应仍然偏紧。但考虑到猪肉进口增加且基本在库待售、前期压栏大猪逐步上市、政府储备和商业库存的冻肉适时投放等因素，元旦、春节期间猪肉供应将有所增加，加上价格高位运行对消费也有所抑制，整体供需形势可能好于预期。

国家统计局新闻发言人付凌晖在2019年12月16日举行的国务院新闻办公室发布会上介绍11月猪肉价格走势时指出，国务院及各级地方政府出台了一系列举措来推动扩大生产，如增加生猪生产，扩大规模化养殖，逐步推动各地取消不合理的禁养限养措施，已经见到一些积极变化。此外，相关部门也在积极增加猪肉进口，向市场投放储备猪肉，对于平抑物价也发挥了重要作用。同时，及时启动临时价格补贴，保障困难群体的基本生活。从未来的情况来看，生猪的供应恢复可能还需要一段时间，价格的高位运行也可能会持续一段时间。但是食品价格稳定有很好的条件和基础。随着一系列支持生猪生产政策的见效，猪肉价格逐步企稳甚至回落还是可以预期的。

我带农民上“两会”

刊播 农民日报微信公众号（3月）
作者 杜兰萍 李国龙 王可依 张健楠 朱瑞 刘然 施维
孟德才 刘硕颖 李朝民 高雅 王澎 李竟涵 郭芸芸
赵宇恒 蒋欣然 王壹 胡然然 缪翼 颜旭 张培奇
王腾飞 王岩 毛晓雅 芦晓春 孙眉 李锐 姚媛

每年的“两会”都是国家极其重要的大事，农民朋友有什么想说、想问、想了解的？为了把农民的实际问题带上“两会”，春节期间，记者深入一线，了解、采访农民朋友的问题；“两会”召开，上会记者带着这些问题到现场，由代表委员进行详细解答，实现了普通农民与代表委员的隔空对话，打通了“两会”的场内和场外。

1. 乡村文化项目有哪些扶持政策？

记者带着山东省日照市将帅沟村乡村艺术团团长刘为顺的问题上了“两会”，全国政协委员、中国科学院地理科学与资源研究所研究员闵庆文从文化遗产保护和乡村文化振兴角度给予解答。

2. 农村基层代表是怎样履职的？

北京市怀柔区喇叭沟门村村民彭兴林很好奇，农村基层代表怎样履职的？人大代表王萌萌、岳喜环、陶勋花分别从各自角度分享履职经验：走访调研，认真倾听农民的想法，然后把百姓的所思所想带到“两会”现场，这是他们共同的做法。

3. 独家视角带你看韩长赋“部长通道”回应农民提问

两会“部长通道”上，记者把山东莱阳农民王巧丽关于人居环境的问题，放在了手机里，带上了“部长通道”。王巧丽在家中看到了直播的情况。

4. 如何保障农村老人老有所养？

辽宁省汤河镇石四村村民崔东亚已经67岁了，他很关注农村养老的问题。对此，全国人大代表、陕西省五丰社区党总支书记雷温芳给予了解答。

5. 国家对合作社有什么支持政策？

国家对于合作社有没有什么扶持政策？全国政协委员、江西农业大学副校长刘木华给出了详细的解答和发展建议。

6. 没有资源优势的村如何发展？

山西省临汾市襄汾县解村村民沈亚兵有个疑问：自己的村庄没有资源，也没有优势特色，该如何发展呢？全国人大代表、四川省白驿镇岫云村党支部书记李君现身说法，分享了岫云村的发展经验。

7. 农民遇到技术难题咋解决？

张诺是某水果种植家庭农场服务联盟负责人，他很关注果树新技术培训问题。全国人大代表、河南省上蔡县拐子杨村党支部书记张全收现身说法，分享了拐子杨村技能培训经验。

8. 如何提升农村干部待遇？

如何激励农村干部为群众服务的激情，提升待遇是一方面。全国人大代表李君、蒋小松、王萌萌分享为村级干部松绑、提高待遇的技巧。

9. 国家对农业保险有什么扶持政策？

种植大棚蔬菜的农民，最担心的就是灾害造成的损失，想咨询下国家对农业保险的政策。全国人大代表纷纷建言献策：建立特色农业保险的保险体系，创新运行机制……

10. 如何为返乡创业者提供更好的平台？

近几年，返乡创业成为一股潮流，包括农民工返乡创业、大学生返乡创业。国家对于返乡创业有什么优惠政策？

11. 如何提高土地的收益？

农民怎么提高土地收益？这是农民最关注的问题之一。全国人大代表、江苏省盐城市耕地保护站站长秦光蔚从中央1号文件解读出发，从现代农业、科学种田、提升耕地质量等角度分享了她的观点。

12. 如何让农民和市民同城同权？

现在农村好多青年都去城里打工，他们能不能也享受和普通市民一样的待遇呢？全国人大代表杨懿文、张晓庆为你答疑解惑。

13. 如何让农村闲置土地产生价值？

北京市喇叭沟门满族乡喇叭沟门村党支部书记梁江龙问，现在土地很紧张，村里的一些闲置土地能不能重新启用，发挥价值。对此，全国人大代表杨恒俊、秦光蔚分享了他们的“土地经”。

农民的关切　总理有回应

《农民日报》记者在新春走基层采访中，收集了农民们关心的一些问题。2019年3月15日，国务院总理李克强会见中外记者时，对于农民关注的这些问题作出回应。

9月23日，我在中国农民丰收节等你

刊播 农民日报微信公众号（8月23日）
作者 李国龙　王岩　付小桐

第二个中国农民丰收节到来之际，作者通过图片、文字带读者回到首个中国农民丰收节的现场，展示各地丰富多彩的庆丰收活动，介绍从远古走来的中华农耕文化，并通过大数据总结分析全国各地农民在丰收节期间的关注点，与广大农民一起迎接第二个丰收节。

还在@微信官方要国旗？田野里，国旗早已铺遍祖国大地

刊播 农视网微信公众号（9月24日）

作者 康轩山

国庆节前夕，很多网友@微信官方，希望微信头像能加上五星红旗的标志。但是，有件事很多人都不知道。就在中国农民丰收节到来之际，我们的农民，早已把国旗铺遍祖国大地的田野。这些都是咱农民给国家的献礼！

“两会”专访郭文圣|历任6个村子第一村主任，他心中最难办的问题竟然是

刊播 农视网微信公众号（3月3日）

作者 黄莉　孙丽敏

“两会”期间，农视网记者采访到了全国政协委员、中国扶贫开发协会副会长郭文圣。多年来郭会长一直奔走于乡村一线，投身于脱贫攻坚事业。历任6个村的第一村主任，他说，遇到的最大的问题就是人才缺乏。

诗仙李白养老的地儿，农村人居环境整治搞得咋样了

刊播 农视网微信公众号（8月31日）

作者 向雨瑶

小桥流水，粉墙黛瓦，坐看蜻蜓戏水，闲听儿童嬉闹……这样的农村，是你记忆中的乡愁吗？随着农村环境整治的加速推进，“望得见山，看得见水，记得住乡愁”的美丽农村画卷正在展开。农村人居环境整治是全面建成小康社会必须完成的硬任务。这个硬任务落实得怎么样？由点上示范向面上推广进展如何？带着这些问题，农视网记者对农村人居环境整治情况进行了走访。